Für meine Mama.
Danke, dass du immer hinter mir stehst und für mich da bist.

Für meinen Papa.
Ich würde für dich kämpfen … du weißt es!

Und für Mira.
Ohne dich gäbe es keinen Pillow! Du bist mein Puschelkater.

Gibt es schließlich eine bessere Form mit dem Leben fertig zu werden, als mit Liebe und Humor?

Charles Dickens

Kapitel 1

Wenn eine Frau ein Auge zudrückt,
dann nur, um zu zielen.

Verfasser unbekannt

We wish you a merry Christmas, we wish you a merry Christmas, we wish you a merry Christmas and a happy new Year

Der bekannte Weihnachtsklassiker schallt durch das Brautmodengeschäft, und ich bilde mir ein, einen Hauch von Zimt wahrzunehmen, der mir in die Nase steigt. Von der weihnachtlichen Gehirnwäsche völlig unberührt, verdrehe ich die Augen.

»Ich hasse dieses Lied«, erkläre ich und sehe meine beste Freundin Nina Fletcher an. »Was haben sich meine Eltern nur dabei gedacht, als sie mich *Mary Christmas* nannten?«

Nina grinst frech. So klein wie sie ist, mit ihren braunen Locken sieht sie so keck und fröhlich aus, wie nur möglich. »Dein Dad ist eben ein Witzbold, und deine Mom hat Weihnachten schon immer geliebt. Und da du nun mal am Weihnachtsabend geboren bist …«

»Ist das ein Grund seinem Kind für immer und ewig einen Stempel der Peinlichkeit aufzudrücken?« Genervt schüttele ich den Kopf. »Außerdem ist der vierundzwanzigste Dezember nur in Deutschland der Weihnachtsabend, und was kann ich dafür, dass die Eltern meines Vaters aus Deutschland stammen?«

»Immerhin hast du trotzdem einen Mann gefunden.« Schmachtend dreht Nina die Augen zum Himmel. »Mary Christmas Parker tritt an Weihnachten – ihrem Geburtstag – mit ihrem Traummann vor den Altar. Du solltest die Geschichte ans Fernsehen verkaufen. Oder du schreibst selbst einen Artikel darüber. Ich sehe es schon vor mir *Mary Christmas – Die Weihnachtsbraut.*«

»Nina, Herzchen. Ich bin Literaturstudentin, freischaffende Journalistin Schrägstrich Autorin. Ich schreibe doch nicht für die Sun«, erkläre ich entrüstet.

Dennoch muss ich bei ihren Worten ein bisschen lächeln. Eigentlich hat sie recht. In vier Wochen ist Weihnachten, und ich werde endlich mit meinem Verlobten Peter Kalla vor den Altar treten und gleichzeitig die Auflagen meiner Tante Gertrud erfüllen, um von ihr hunderttausend Dollar zu erben. Ich kann es kaum noch erwarten. Seit Jahren fiebere ich meinem Hochzeitstag entgegen, und nun ist es bald so weit.

Deshalb stehe ich gerade auf einem Sockel und probiere mein Brautkleid an. Es ist ein cremefarbener Traum aus Satin. Raffinierte Ornamente sorgen in meinem Dekolleté für den angemessenen Blickfang. Der teure Stoff, der sich schmal um meine Taille schmiegt und dann von einem Unterrock im Prinzessinnen-Stil gebauscht wird, hat mich vom ersten Augenblick an verzaubert. Ich wusste einfach, dass ich dieses Kleid haben muss. Der cremefarbene Ton betont meine haselnussbraunen Augen, und die langen Haare, umspielen mein Gesicht wie honigfarbene Wellen.

Peter hat mich ausgelacht. Hat gesagt, ich würde langsam eine echte Brautzilla und dass er beinahe Angst vor unserer Hochzeit hätte, aber jetzt ist es ja bald geschafft. Für uns beide ist es etwas ganz Besonderes, dass wir uns die absolute Traumhochzeit leisten können. Peter ist heute zwar ein erfolgreicher Anwalt, aber er hat hart dafür gearbeitet. Mein Verlobter kommt aus einer Familie, in der jede Ausgabe mit Bedacht getätigt werden musste, und heute genießt er es, seinen schwer erkämpften Erfolg auszukosten. Seine Karriere könnte man quasi als vom Tellerwäscher zum erfolgreichen Anwalt beschreiben. Ich bin stolz auf ihn, aber manchmal wünsche ich mir doch, dass wir mehr Zeit miteinander verbringen können.

Ich drehe mich einmal um mich selbst und bin fasziniert vom Rascheln des Kleides, das um meinen Körper schwingt. Dann werfe ich einen kurzen Blick in den Spiegel, und Nina seufzt bewundernd. »Du siehst wunderschön aus, Mary. Peter hat ein Riesenglück. Wann trefft ihr euch eigentlich zum Mittagessen?«

»Um zwölf«, antworte ich, werfe einen flüchtigen Blick auf die Uhr und erstarre augenblicklich.

»Ach du Schande, Nina. Das ist ja jetzt! Ich habe komplett die Zeit vergessen, und dabei hat er gesagt, es wäre dringend. Mist, Mist, doppelter Mist!«

So schnell es mir möglich ist, schlüpfe ich aus dem Kleid und drücke es Nina in die Hand. Dann schmeiße ich mich quasi mit Lichtgeschwindigkeit in meine Klamotten und merke erst an der Tür, dass ich einen meiner Schuhe noch in der Hand halte.

Oh Mann, Peter hat recht. Ich *bin* Brautzilla. Schnell schlüpfe ich in den Schuh, während ich gleichzeitig auf einem Bein hüpfend versuche, zur Tür hinauszukommen. Das Ganze endet, wie es nun einmal enden muss. Ich lande auf dem Boden und schlage mir schmerzhaft den Kopf an einem der Sofas vor den Umkleidekabinen an. Aua. Ich sehe Sterne – Millionen von ihnen tanzen vor meinem inneren Auge eine flotte Polka, während drei verrückte Männer mit dunklen Lockenperücken und Anzügen im Elvis-Presley-Style den deutschen Schlager *Es gibt Millionen von Sternen …* trällern.

Nina lacht Tränen, als sie mir schließlich zur Hilfe eilt. Ich ziehe mich umständlich an ihrem Arm hoch, lasse mich auf das Sofa sinken und verfluche den Tag, an dem Peter mich zum Kauf dieser fiesen High Heels überredet hat, weil er fand, sie würden meine Beine so gut zur Geltung bringen.

Was bringt ihm das bitte, wenn diese hinterhältigen Mordwerkzeuge der Grund dafür sind, dass ich die meiste Zeit auf meinem Hintern sitzend verbringe? Dann sieht er von meinen Beinen auch nichts. Meinen Hang zur Tollpatschigkeit vergisst mein lieber Verlobter wohl immer wieder. Oder aber er verdrängt ihn …

Während ich noch immer leicht benommen auf dem Sofa sitze, schüttle ich den Kopf. Eigentlich kann ich mich gar nicht beklagen. Peter arbeitet so viel und hart, dass ich für ihn vermutlich so etwas wie eine erfrischende Ablenkung bin, wenn er nach Hause kommt, und wenn ich ganz ehrlich bin, dann schätze ich es, dass ich die Einzige bin, die ihn nach einem langen Tag wieder auf die Beine bekommt. Wenn ich ihm also durch diese Mordwerkzeuge eine Freude machen kann, von mir aus.

Als ich wieder klarsehen und problemlos stehen kann, haste ich nach draußen und werde von der weihnachtlichen Kälte New Yorks begrüßt. Es riecht nach Schnee, gebrannten Mandeln, Lebkuchen und sonstigen verführerischen Dickmachern. Dagegen hat selbst der Gestank der Abgase keine Chance. Es ist so kalt, dass ich sogar meinen gefrorenen Atem in der Luft sehen kann. Bibbernd winke ich dem nächsten heranfahrenden Taxi zu und steige ein. Es ist eine Schande, dass ich mit meiner kleinen Schrottkiste von Auto hier in Manhattan kaum eine Chance habe. Also, es steht schon hier und wartet auf mich, aber die Rückfahrt wird die Hölle werden. Kein normaler Mensch – außer mir – hat in Manhattan oder in Brooklyn, wo sich meine kleine Wohnung befindet, ein Auto. Hier fahren die normalen Menschen mit dem Taxi oder legen kurze Strecken zu Fuß zurück. Aber ob ich wirklich normal bin, ist die andere Frage. Ich lasse den Taxifahrer kurz an einem großen Kaffeehaus anhalten und besorge einen Kaffee für Peter und einen für Trisha, seine Vorzimmerdame. Ich hoffe, Peter damit eine Freude machen zu können, und Trisha wird sich sicher auch nicht über einen Kaffee beklagen. Ich balanciere den Kaffee vor mir her ins Auto, und der Fahrer gibt ordentlich Gas. Es dauert nur etwa zehn Minuten, bis wir bei Peters Kanzlei im Financial District ankommen und der mürrische Taxifahrer mich mit einem viel zu hohen Preis verabschiedet.

Peter ist Anwalt für Familien, Straf- und Erbrecht und ziemlich erfolgreich. Seine Kanzlei liegt nicht umsonst nah an der

Wall Street. Das große Gebäude wirkt imposant und ehrfurchtgebietend, und wie jedes Mal bekomme ich bei seinem Anblick eine Gänsehaut. Schnell stöckele ich die Treppe zur Eingangstür hinauf und vermeide mit schlingernden Bewegungen einen Frontalzusammenstoß mit einem jungen Mann, der mir gerade an der Tür entgegenkommt und mich freundlich anlächelt. Ich lächele zurück – erleichtert, dass der Kaffee nicht übergeschwappt ist – und stolpere beinahe über die Stufe an der Eingangstür. Mehr oder weniger sicheren Fußes erreiche ich das Vorzimmer von *Kalla&Stone*. Trisha, die Vorzimmerdame, sieht auf und nickt mir grüßend zu.

»Ah, Mary Parker, gehen Sie ruhig rein.«

»Danke Trisha.« Ich lächele ihr zu, nehme einen der beiden Kaffeebecher und stelle ihn vor ihr auf den Tisch. »Ich habe Ihnen eine koffeinfreie Soja-Latte mitgebracht.«

Ihr Lächeln vertieft sich, als sie nach dem Becher greift. »Danke, Miss Parker!«

»Gerne Trisha.« Ich lächle zurück und öffne dann die Tür zu Peters Büro. Der große, helle Raum ist modern und elegant eingerichtet. Jedes Detail vermittelt dem Besucher das Gefühl, in besten Händen zu sein. Peter ist nirgends zu sehen, aber im angeschlossenen Waschraum höre ich einen Wasserhahn rauschen.

»Hallo Schatz«, rufe ich halblaut und warte.

»Mary?« Das Rauschen verstummt, und einen Augenblick später taucht mein stattlicher Verlobter auf. Sein dunkelbraunes, welliges Haar hat er ordentlich zurückgegelt, seine braunen Augen, in die ich mich als Erstes verliebt habe, erinnern mich an blankpolierte Haselnüsse. Er sieht wie immer aus, als wäre er einem Modekatalog entsprungen, mit seinem teuren Anzug, dem schicken hellblauen Hemd und den ordentlich geputzten Schuhen. Mein Herz schlägt mir bis zum Hals, und in meinem Bauch kribbelt es aufgeregt. Er ist ein wahr gewordener Traum, und genau das ist auch der Grund, warum ich ihn nach nur einem Jahr heiraten werde. Ich gehe auf ihn zu, drücke ihm einen schnellen, aber zärtlichen Kuss auf den Mund und wuschele ihm durch sein Haar. Das Gel ist noch ganz klebrig. Er muss sich eben feingemacht haben. Für mich, hmmm. Ich grinse ihn verschmitzt an. »Gibt es außer mir und Debby noch jemanden, der dich Schatz nennt?«

Debby ist seine Mutter, und trotz seiner anhaltenden Proteste lässt sie es sich nicht nehmen, ihn Schatz zu nennen. Wenn nötig sogar vor seinen Partnern bei einem wichtigen gemeinsamen Essen oder vor seinen Angestellten. Anstatt aber auf meinen Witz einzugehen, sieht Peter erschrocken aus.

»Also ich ... Wie, wie kommst du denn darauf?«, stottert er, und jetzt bin ich verwirrt. Warum reagiert er so heftig auf meinen kleinen Scherz?

»Schatz«, gebe ich meiner Stimme einen möglichst beruhigenden Klang, »das war doch nur ein Witz. Hier, ich habe dir einen Kaffee mitgebracht.«

Ich stelle den zweiten Kaffeebecher auf seinem großen Schreibtisch ab und mustere ihn aufmerksam.

Peter sieht schwer erleichtert aus, was mich – um es gelinde auszudrücken – ernsthaft beunruhigt. Was ist denn nur los mit ihm? Gerade als ich näher nachhaken will und Peter gerade, »Ich wollte unbedingt mit dir über etwas Wichtiges reden«, sagt, fliegt die Tür zu dem kleinen Waschraum schwungvoll auf, und eine sehr große, sehr schlanke und sehr, sehr blonde junge Frau betritt das Zimmer. Sie sieht aus wie ein Model auf dem Laufsteg, ihre Beine wirken, als könnte man ein Fünf-Meilen-Rennen darauf starten, und ihr Lächeln hat etwa vierzigtausend Watt, als sie durch den Raum schwebt. Ja, ich schwöre es. Dieses zauberhafte Feenwesen läuft nicht einfach. Nein, es schwebt und trällert dabei ein fröhliches »Peeter! Bin fertig, mein Schatz.«

Mich scheint sie dabei gar nicht wahrzunehmen. Es ist, als wäre ich unsichtbar. Um mich herum scheint mit einem Mal die Zeit stillzustehen. Mein Herz setzt einen Moment lang aus, um dann mit einem ungelenken Hüpfer seine Arbeit fortzusetzen. Meine Augen fixieren die Blonde. Ihre Stimme hat einen schrillen Klang, der mir Kopfschmerzen bereitet und mich einen

Augenblick lang ernsthaft glauben macht, ich hätte mich verhört. Neben ihrer gertenschlanken Figur fühle ich mich mit einem Mal fett, ungelenk und so fehl am Platz wie ein Nilpferd im Ballett. Ein Gefühl von Selbsthass überrollt mich mit ungeahnter Heftigkeit und raubt mir fast den Atem. Erst nach einigen Augenblicken, die sich wie Kaugummi ziehen, kann ich mich wieder auf das Wesentliche konzentrieren. Hat das Zauberwesen gerade wirklich »Schatz« gesagt? Meine Augen fliegen von ihr zu Peter, und als ich erkenne, dass er wie angewurzelt dasteht, einen eindeutigen Ausdruck von Schuld auf dem Gesicht, und zwischen dem Zauberwesen und mir hin und her sieht, wird mir einiges klar.

»Mary …«, stammelt er und kann mir offensichtlich nicht in die Augen sehen. »Ich …« Mir wird so schwindelig, dass ich mit einem Mal das Gefühl habe, dass die Welt sich um mich herum dreht. Ich höre das Blut in meinem Kopf rauschen, mein Herz fühlt sich an, als hätte man einen Dolch hineingerammt, und hinter meinen Augenlidern sammeln sich Tränen der Wut und der Trauer. Nein! Ich darf nicht weinen. Nicht jetzt. Nicht hier. Nicht vor ihnen. Beinahe gewaltsam schlucke ich den Kloß in meinem Hals herunter und schalte auf Autopilot. *Bloß nicht ohnmächtig werden, Mary. Geh hier mit Würde raus*, rede ich mir innerlich gut zu. Leider ist mein Kreislauf nicht unbedingt der stärkste, und meine Sorge nicht unbegründet. Hinter meinen Schläfen beginnt eine Ader heftig zu pochen, als ich mich einen Schritt auf Peter und das Zauberwesen zubewege.

»Jetzt verstehe ich das«, meine Stimme klingt gedämpft in meinen Ohren, und ich muss wirklich sehr furchterregend aussehen, denn sowohl Peter als auch die Zaubermaus weichen synchron einen Schritt vor mir zurück.

Ich weiß nicht, ob es dieser synchrone Schritt ist, der mir unerhört intim vorkommt und mein Fass zum Überlaufen bringt, oder ob es das perfekte Gesicht dieser feenhaften Frau ist, die meinen Verlobten gerade »Schatz« genannt hat.

Aber eigentlich ist es ja auch egal, was genau den Ausschlag gibt, denn bei mir brechen nun alle Dämme. Der Schmerz überwältigt mich, und Tränen der Wut stürzen aus meinen Augen. Sie lassen sich nicht zurückhalten. Meine Stimme klingt heiser vor Fassungslosigkeit, während ich eher semierfolgreich gegen den heftigen Druck in der Brust ankämpfe. Da kommt mir meine Wut gerade recht.

»Das darf ja wohl nicht wahr sein, oder? Peter?« Ich ringe um Atem, und meine Stimme klingt gepresst, als ich weiterspreche. »Ich komme direkt von der Kleideranprobe hierher, um dich zu sehen. Dann mache ich einen Witz über eventuelle andere Frauen, und schon kommt eine reinspaziert? Was bist du bloß für ein … ein …«

Mir fällt kein Wort ein, um den Mann, mit dem ich seit einem Jahr glücklich zu sein glaubte, zu beschreiben. Mein Kopf ist leer, und doch habe ich mich in Rage geschrien und schnaufe so erbost, dass ich mich wundere, dass kein Rauch aus meiner Nase quillt. Diese Wut weicht in der nächsten Sekunde einem Gefühl tiefster Trauer.

»Wie konntest du mir das nur antun?«, flüstere ich gebrochen, bevor mich erneut die Wut überwältigt. Meine Emotionen haben in den letzten Sekunden – oder waren es Minuten? – mehr Krisen durchgemacht, als die Klienten des Fernsehpsychologen Dr. Phil. Ich richte meine Augen auf Peter.

»Wann hattest du vor, es mir zu sagen? Am Hochzeitstag? Eine Woche davor? Hattest du überhaupt vor, es mir zu sagen, oder wolltest du mich einfach vor dem Altar stehenlassen?«

Es tut so unfassbar weh, es auszusprechen, aber ich mache weiter, und mit einem Mal finde ich auch die richtigen Worte.

»Du miese Ratte. Aber du kannst dir ja gar nicht vorstellen, wie froh ich bin, dass ich dich los bin!«

Gut, das ist jetzt die fetteste Lüge des Jahrtausends, aber ich bin nicht mehr Herrin meiner Sinne. Vielmehr bäumt sich mein Stolz auf. Herz hin oder her. Später ist noch genug Zeit für Unmengen von Eiscreme und leidenschaftliche Tränen bei *Casablanca*. Ich kann mich nicht länger zurückhalten, rausche auf Peter zu, hole so weit aus, dass es mir beinahe den Arm auskugelt, und verpasse ihm eine schallende Ohrfeige. Es knallt ganz schön, und das tut gut. Ich schüttele meine schmerzende Hand und drehe mich auf dem Absatz um. Ehe ich aber die Tür erreiche, bleibe ich noch einmal stehen und ziehe mir die grässlichen High Heels von den Füßen. Mit Schwung werfe ich sie mir über die Schulter und brülle dabei meinen Frust heraus.

»Yeeeees!«

Ich weiß, dass ich getroffen habe, noch ehe ich sie höre. Ein zweifacher Schmerzenslaut erklingt. Tja. Das erzwungene Basketballtraining mit Dad damals war also doch nicht für die Katz. Auch wenn er bestimmt nicht geahnt hat, dass ich meine bei ihm erlernten Fähigkeiten so einsetzen würde. Wir haben eben alle unsere Ziele, Dad.

Meine Lippen verziehen sich ganz automatisch zu einem Grinsen, und ich lasse die Tür so laut hinter mir ins Schloss fallen, dass Trisha zusammenzuckt. Besorgt sieht sie mir ins Gesicht.

»Miss Parker, geht es Ihnen gut? War die junge Dame etwa …«, Trisha wird blass, »keine Klientin?« Ich lache sie unter Tränen an.

»Nein, war sie nicht. Und ja, mir geht es jetzt wieder gut. Alles ist besser, als mit so einem Mistkerl wie Mr. Kalla zusammen zu sein, merken Sie sich das. Hier!«, ich werfe einen Geldschein vor ihr auf den Tisch. »Kaufen Sie sich etwas Schönes und feiern Sie das blaue Auge ihres Chefs und dieser … *Frau*, wenn Sie die beiden zu sehen kriegen.«

Mit diesen Worten öffne ich schwungvoll die Tür und verlasse die Kanzlei und das schicke Gebäude. Barfuß, auf den eiskalten Straßen New Yorks ist das allerdings keine kluge Idee. Schon nach wenigen Sekunden glaube ich, mir heftige Erfrierungen zuzuziehen, und laufe auf den Fersen. Mein Auto steht ein paar Straßen weiter. Wie soll ich es dorthin schaffen? Außerdem, Autofahren ohne Schuhe gehört nicht unbedingt zu meinen Alltagsbeschäftigungen, aber immerhin bin ich draußen. Zwar mit wehem Herzen, einer Menge Probleme und ohne einen Freund, aber dafür dennoch sehr, sehr zufrieden mit meiner Leistung.

»Das hast du nicht gemacht? Du hast ihnen die High Heels an den Kopf geworfen? Über deine Schulter und ohne hinzusehen?«

Wahrscheinlich sollte ich mich als Antidepressivum patentieren lassen. Bei meiner Freundin scheine ich heute zumindest diese Wirkung zu haben. Nina kann gar nicht mehr aufhören zu lachen, während mir viel mehr nach Weinen zumute ist. Mein Hochgefühl hat sich gemeinsam mit meinem Selbstbewusstsein in die hinterste Ecke meines Verstandes verzogen.

Nachdem ich vor einer Viertelstunde barfuß und mit den Nerven völlig am Ende nach meinem Zusammentreffen mit dem New Yorker Straßenverkehr bei Nina angekommen bin, und sie mir erst Mal ein Paar Schuhe geliehen hat, habe ich ihr alles erzählt. Der Schock über Peters Betrug sitzt unglaublich tief, und auch wenn ich vorhin eine Welle der Erleichterung empfunden habe, fühle ich mich in diesem Augenblick doch unglaublich allein.

»Doch Nina, genau das habe ich gemacht, und in dem Moment kam es mir auch absolut richtig vor. Aber jetzt? Ich dachte wirklich, er liebt mich! Wir wollten doch heiraten und nun …«

»Aber Mary«, Nina streicht mir sanft über den Rücken, und ich bin tief in meinem Innern wieder einmal so froh, dass Nina und ich seit Jahren miteinander durch Dick und Dünn gehen. Wann immer etwas ist, sind wir füreinander da. »Bist du sicher, dass du ihm nicht noch einmal verzeihen kannst?«

»Ganz sicher!«, gebe ich mit fester Stimme zurück. »Das kann ich einfach nicht tolerieren.«

Ich seufze tief und fahre mir mit der Hand durch die Haare. »Überleg doch mal. Er hat schon eine Neue am Start, und ich steh allein vor den Trümmern meiner Hochzeit und meiner Beziehung.« Ich stocke, weil mir siedendheiß etwas einfällt. »Ach du Schande, was wird mit meinem Erbe, wenn die Frist an Heiligabend abläuft und ich nicht mal in einer Beziehung bin?«

Erschrocken schlage ich mir die Hand vor den Mund. »Jetzt habe ich wie eine geldgierige Tussi geklungen oder?« Meine Stimme ist ganz schrill. Seit wann bin ich die Frau, der die Trennung von ihrem Verlobten weniger ausmacht als der Verlust von hunderttausend Dollar?

»Mary«, Ninas Stimme klingt beruhigend, und sie streicht mir sanft über den Arm. »Jetzt komm mal wieder runter und atme tief durch.«

Ich befolge ihren Ratschlag und hänge meinen Kopf zwischen die Beine, bis mein Atem wieder einigermaßen ruhig und regelmäßig geht. Als es so weit ist, hat Nina mir schon einen Beruhigungstee gekocht, den ich gierig austrinke, bevor sie mich nach Hause schickt. Runterkommen, ausschlafen, nachdenken. Bis zu mir nach Hause dauert es eigentlich nur fünf Minuten, aber mir ist noch nicht danach, meine kleine Wohnung zu betreten. Wenige Minuten später sitze ich also im Auto – dieses Mal zum Glück mit vernünftigen Schuhen – und bin auf dem Weg zum nächsten Highway. Der Tag war einfach zu viel für mich, und dabei ist es gerade erst früher Nachmittag. In meinem Innern hat sich ein riesiger Druck aufgebaut, und deswegen habe ich beschlossen, einen Umweg über den Highway zu machen, um ein wenig Dampf abzulassen. Das ist doch mal was anderes als das nervenaufreibende Gewusel auf den Straßen der Stadt. Ich drehe das Radio auf und trete das Gaspedal durch. Die Geschwindigkeit tut mir gut, und ich vergesse alles um mich herum, bis ich auf einmal eine Sirene hinter mir höre.

Oh Mist, die Cops! Ich werfe einen Blick in den Rückspiegel und sehe einen Polizeiwagen mit eingeschaltetem Lichtbalken. Ein Blick auf den Tacho zeigt mir, dass die definitiv mich meinen. Knappe hundertzwanzig Meilen pro Stunde verkündet mir die Tachonadel, und hier sind gerade mal achtzig erlaubt. Von wegen Beruhigungstee. Sofort nehme ich den Fuß vom Gas und haue stattdessen auf die Bremse. Dann fahre ich rechts ran und warte mit heftig klopfendem Herzen darauf, dass die Polizei mich einholt. *Was bin ich froh, dass ich die Schuhe habe*, denke ich noch, bevor es losgeht.

Mit quietschenden Reifen hält der Polizeiwagen hinter mir, und beide Türen gehen auf. Ein älterer und ein jüngerer Polizist steigen aus. Der jüngere trägt eine Sonnenbrille, vermutlich blendet ihn die Wintersonne, und er ist es auch, der mir jetzt das Zeichen gibt, mein Fenster herunterzukurbeln.

»Madam«, sagt er, und sein Blick ist hart.

»Guten Tag Officer«, stottere ich.

»Junge Lady«, mischt sich sein Kollege ein und sieht mich streng an. »Haben Sie schon mal etwas von Geschwindigkeitsbegrenzungen gehört?«

»Ich … also … doch, natürlich.«

Nach diesem Tag bin ich auf diese Situation einfach nicht vorbereitet, und als der jüngere Polizist jetzt seine Sonnenbrille abnimmt, steigt mir zu allem Überfluss auch noch die Hitze in die Wangen. Der ist aber wirklich süß. Dunkles – beinahe schwarzes – wuscheliges Haar, groß, breite Schultern, männliche Gesichtszüge mit hohen Wangenknochen und grünblaue Augen, die beim Lächeln bestimmt strahlen wie Sterne. Dazu die Uniform und der Dreitagebart … Höchst attraktiv, auch wenn er jetzt gerade nicht lächelt, sondern mich noch immer äußerst grimmig ansieht.

»Ihren vollen Namen bitte, Madame«, verlangt er.

Das klingt aber gar nicht gut. Eher nach: Sie haben das Recht auf einen Anwalt. Erschrocken sehe ich ihn an.

»Was? Oh, natürlich. Mary Christmas Parker.«

Die Stirn des attraktiven Polizisten legt sich in Falten.

»Erstens Lady, ist Weihnachten erst in vier Wochen, und zweitens wüsste ich zu gern, woher Sie meinen Namen kennen.«

Jetzt bin ich verwirrt, zögere, und als ich nach einigen Sekunden mit einem Mal begreife, was er da gerade gesagt hat, schlage ich mir verzweifelt die Hände vors Gesicht. Oh bitte nicht! So grausam kann das Schicksal nicht sein. Der einzige Polizist, der mich in den letzten zwei Jahren angehalten und nach meinem *vollen* Namen gefragt hat, darf einfach nicht Parker heißen.

So schnell wie es mir in meiner Verlegenheit möglich ist, nehme ich die Hände von meinen heißen Wangen. Schließlich muss ich das sofort aufklären. Die beiden Polizisten sehen mich nämlich mehr als irritiert an.

»Nein, nein, nein. Sie haben mich völlig missverstanden. Mein voller Name ist *Mary Christmas Parker*. Ohne Bindestrich zwischen Mary und Christmas. Meine Eltern haben gerne ihren Spaß.«

Die Reaktionen der Männer könnten unterschiedlicher nicht ausfallen. Der ältere lächelt mit einem Mal ein wenig verständnisvoll und definitiv amüsiert, während der jüngere mit einem Ausdruck spöttischen Unglaubens eine Augenbraue hebt.

»Rauchen Sie vielleicht Gras, Miss *Parker*?«

Fassungslos und zugegebenermaßen auch ein bisschen empört schnappe ich nach Luft.

»Natürlich nicht!« Was ist denn das für ein aufgeblasener Idiot. »Ich werde es beweisen«, blaffe ich.

Ich habe die Nase gestrichen voll von seiner arroganten Visage und krame kurz in meiner Tasche. Mit einer übertriebenen Geste ziehe ich meinen Ausweis heraus. Den drücke ich dem verblüfften Parker in die Hand. Als ich meine Hand in die Tasche gesteckt habe, sah er einen kurzen Augenblick lang so aus, als wollte er mich packen.

Klar, ich könnte ja auch eine Waffe hervorziehen. Wie das bei Verkehrsrowdys nun mal so üblich ist. Wahrscheinlich hat ihn nur die Tatsache, dass ich eine Frau bin, davon abgehalten, gleich auf mich zu schießen. Ich schnaufe wütend.

Jetzt runzelt er die Stirn, liest und schaut mir dann direkt ins Gesicht. In seinen Augen kann ich Überraschung erkennen. Ich kann es nicht verhindern. Mein Mundwerk geht wieder einmal mit mir durch.

»Tja, es kann halt nicht jeder Smith oder Miller heißen, nicht wahr, Officer *Parker*?« Ich betone den Namen genauso, wie er es eben noch getan hat. »Aber wissen Sie was? Ich hatte heute einen richtig schlechten Tag. Mein Verlobter hat vier Wochen vor der Hochzeit eine andere angeschleppt, die viel blonder und größer als ich ist, und ich wollte einfach nur ein bisschen ausspannen. Wenn Sie das stört, dann nehmen Sie mich eben fest.«

Habe ich das jetzt wirklich gesagt? Bin ich verrückt geworden? Hat mich der Schock bereits in den Wahnsinn getrieben? Ich sehe mich schon gemeinsam mit einigen Schwerkriminellen wegen Beamtenbeleidigung in einer kalten, dunklen Zelle sitzen und darauf warten, dass jemand meine Kaution bezahlt, als sich plötzlich der ältere Polizist einmischt. Bei meinem Ausbruch hat er tatsächlich angefangen zu schmunzeln. Er schaut seinen Kollegen einen Moment lang kopfschüttelnd an. Dann wendet er sich mir zu.

»Mein Name ist Bond, Miss Parker. Ich bekleide den Posten des Deputy Chiefs beim New Yorker Police Department.« Wieder folgt ein amüsiert-strenger Blick zu seinem Kollegen. »Wirklich James, lass gut sein. Die junge Lady hat dir nichts getan. Also Miss Parker«, er atmet tief ein, »Sie sollten in Zukunft die Geschwindigkeitsbegrenzungen beachten, und wir belassen es ausnahmsweise bei einer Verwarnung.«

In diesem Moment bin ich froh, dass ich mir mein Kichern (»Mein Name ist Bond. James Bond …« Hihi! Kommt schon, das ist witzig.) verkniffen habe, und schenke ihm ein dankbares Lächeln. In Amerika ist eine solche Entscheidung äußerst ungewöhnlich, und wahrscheinlich liegt es nur daran, dass er ein bisschen Mitleid mit mir hat.

»Das ist sehr, sehr lieb von Ihnen, danke!«, sage ich, schnappe dem verdutzten Parker meinen Ausweis aus der Hand und lächele ihn süffisant an.

»Und Ihnen, *James Parker,* wünsche ich einen schönen Feierabend und einige erfolgreiche Fortbildungen im Bereich Höflichkeit an der Akademie für Cops. So von Parker zu Parker.«

Ich beobachte, wie ihm das arrogante Grinsen noch ein bisschen mehr verrutscht, nicke seinem Kollegen zu, kurbele das Fenster wieder hoch, lasse den Motor an und gebe Gas. Sehr dezent selbstverständlich. Bei der nächstmöglichen Gelegenheit wende ich, und eine halbe Stunde später stehe ich vor meiner Wohnungstür und öffne.

Peter und ich haben bereits eine eigene Wohnung gemietet,

die deutlich komfortabler ist als meine Souterrain-Bude, aber zu meinem Glück haben wir mit dem Umzug noch nicht begonnen. Das war der Plan für die kommende Woche, aber das hat sich jetzt ja wohl erledigt.

Ich schmeiße meine Tasche auf den Tisch und meine Jacke in eine Ecke. Dann lasse ich mich neben meinen Kater Pillow auf die Couch fallen. Pillow schläft tief und fest. Nicht mal ein Auge öffnet mein Kuscheltiger. Es ist doch der blanke Wahnsinn, was an einem halben Tag alles passieren kann. Müde schließe ich die Augen.

Kapitel 2

Wenn man die Frauen verstehen könnte,
ginge viel von ihrem Zauber verloren.

Sascha Guitry

Das laute Klingeln an der Tür sorgt dafür, dass ich aus meinem Dämmerschlaf hochschrecke. Mein Blick fällt auf die Uhr an der Wand. Es ist später Nachmittag, und ich habe offensichtlich eine ganze Weile geschlafen. Wieder klingelt es. Dieses Mal länger. Pillow neben mir hebt, empört über die Störung, sein Köpfchen, und ich stehe langsam vom Sofa auf. Eigentlich erwarte ich heute niemanden mehr, aber vielleicht will Nina ja nachsehen, wie es mir geht?

Als ich die Tür öffne, stockt mir einen Augenblick lang der Atem. Vor mir steht Peter und sieht mich an wie ein Häufchen Elend.

»Was willst du denn hier?« Meine Stimme zittert.

Peter kann mir offensichtlich nicht in die Augen sehen. Er mustert seine Schuhe, als wären sie aus purem Gold. »Ich will mit dir reden. Darf ich reinkommen?«

Eigentlich schreit jede Faser meines Körpers danach NEIN zu brüllen, aber hier draußen ist es ziemlich kalt, und ich will nicht, dass irgendwelche neugierigen Nachbarn mitbekommen, was wir gleich besprechen werden. Ich nicke zögernd und öffne die Tür ein Stück weiter. »Okay.«

Peter folgt mir ins Wohnzimmer. Er war bisher nur äußerst selten bei mir. Meine Wohnung ist ihm viel zu klein, und mit meinem Kater konnte er sich bisher auch nicht wirklich anfreunden. Ich bedeute ihm, sich zu setzen. Er nimmt auf meinem Lesesessel Platz, und ich setze mich mit verschränkten Armen ihm gegenüber auf das Sofa.

»Also, Peter, was willst du hier?«, erkundige ich mich möglichst neutral, als ich die unangenehme Stille im Raum kaum noch aushalte. Er hat die Hände gefaltet, stützt sich mit den Ellenbogen auf seinen Oberschenkeln ab, und seine Stirn ruht auf den gefalteten Händen. Nun hebt er langsam den Kopf und sieht mich an.

»Ich will mich bei dir entschuldigen«, antwortet er leise, und in seinen Augen liegt echte Trauer.

»Warum hast du es getan?«

Ich will es wissen, auch wenn es nichts ändern wird.

»Ich …« Peter fährt sich mit der Hand über das Gesicht. »Ich liebe dich, Mary! Das weißt du doch.«

Ich kann mir ein kleines, trauriges Lachen nicht verkneifen. »So, weiß ich das?«

»Mary!«, Peters Stimme wird eine Nuance lauter, und nun sieht er mich direkt an. »Ich trage dich seit einem Jahr auf Händen. Ich würde alles für dich tun.«

Seine Worte treffen mich mitten ins Herz. Was mir vor einigen Stunden noch unglaublich süß vorgekommen wäre, klingt nun wie Hohn in meinen Ohren.

»Würdest du mir dann auch erklären, warum ein großes, blondes Busenwunder nach dir aus deinem Waschraum kommt und dich *Schatz* nennt?«

»Es ist nichts Ernstes!«, sagt er leise und sieht wieder zu Boden.

Nichts Ernstes? Das kann doch wohl nicht wahr sein.

»Peter!«

»Du weißt doch, wie das läuft, Mary«, sagt er leise, und seine Stimme klingt müde.

»Ich weiß, wie was läuft?«, frage ich scharf und sehe, wie sein Adamsapfel sich bewegt.

»In meinem Business braucht man manchmal einfach Abwechslung. Es ist doch nichts dabei. Ich liebe schließlich dich.«

»Es ist nichts dabei?« Ich bin erschüttert, und man hört es mir sicher auch an. »Es ist also nichts dabei, wenn du mich betrügst?«

»Ich wollte einfach gut dastehen vor meinen Kollegen, und dafür ist Clara einfach …«, beginnt er, aber ich unterbreche ihn sofort. Wie er ihren Namen ausspricht, kann ich nicht ertragen.

»Bitte lass das«, sage ich fest und sehe ihn an. »Danke für deine Entschuldigung, Peter, aber ich denke, du solltest jetzt gehen.«

»Also … du verzeihst mir?«, hakt er nach.

Ich schüttle traurig den Kopf. »Nein«, flüstere ich und sehe ihn dabei nicht an. »Nein.«

Peter steht auf. »Du sagst wirklich die Hochzeit ab?«

Als ich nicke und ihm dann in die Augen sehe, erkenne ich Schmerz, Verzweiflung und so etwas wie Angst in seinem Blick, und es bricht mir beinahe das Herz. Ich weiß aber, dass es die richtige Entscheidung ist. Erst als die Tür hinter Peter ins Schloss fällt, kommen mir die Tränen. Ich weine um die Liebe, an die ich geglaubt habe. Ich weine um das, was hätte sein können. Aber ich weine nicht um das, was ich soeben aufgegeben habe.

Pillow streicht mir schnurrend um die Beine, und ich kraule ihn am Kopf. »Ich bin froh, dass ich dich habe, mein Kleiner.« Dann gehe ich in die Küche, um mir etwas zu essen zu machen. Der Tag hat mich geschafft, und wie ich mich kenne, werden die nächsten Tage nicht viel besser werden. Ich sollte mir wohl etwas überlegen.

Als ich am nächsten Morgen aufwache, dauert es einen Augenblick, bis ich mich wieder an die Ereignisse des vergangenen Tages erinnere. Als sich der Schleier dann lüftet und die Erinnerung mit einem Schlag zurückkommt, wird mir ein bisschen schlecht.

Ich habe gestern meinen Verlobten mit einer Anderen ertappt, bin nur knapp einer Verhaftung entgangen, habe einen attraktiven Polizisten angezickt und meine Verlobung gelöst. Ein ganz normaler Tag im Leben einer Frau mit einem einzigartig verrückten Namen. Ihr habt es vielleicht schon bemerkt: Ich liebe das Melodrama.

Mein Handy klingelt, und auf dem Display erkenne ich das Gesicht meiner Mutter. »Hey Mom«, begrüße ich sie betont fröhlich, denn ich weiß, dass sie mich sonst löchern würde wie einen Schweizer Käse.

»Hallo mein geliebtes, weil einziges Kind«, gellt mir ihre fröhliche Stimme ins Ohr. »Wie laufen die Hochzeitsvorbereitungen? Dein Dad und ich freuen uns schon so darauf, deinen Verlobten endlich kennenzulernen. Ich verzeihe dir nie, dass du uns nicht einmal ein Foto zeigen willst.«

Der Schreck fährt mir in die Glieder. Gleich nachdem ich einmal genervt die Augen verdreht habe. »Danke, Mom. Ich liebe dich auch. Ich kann ihr jetzt nicht sagen, was gestern passiert ist. Sie würde mir einen Vortrag à la ›Habe ich es nicht gleich gesagt?!‹ halten, und darauf kann ich gerade gut verzichten.«

Meine Eltern haben Peter bisher noch nicht kennengelernt. Ich bin schließlich erst seit einem Jahr mit ihm zusammen, und sie touren sorglos in der Weltgeschichte rum und schauen sich die sieben Weltwunder an. Oder so was. Ihre Postkarten sehen jedenfalls immer sehr nach … nun ja … Spaß aus. Mein Blick wandert in Richtung Kühlschrank und bleibt an einigen Fotos hängen.

Dad, wie er einer Miniaturausgabe der Sphinx Hasenohren macht, und Mom, wie sie im Madame Tussauds Johnny Depp küsst. Es ist einfach so unfassbar peinlich.

Meine Eltern sind also auch nicht wirklich normal. Wie könnten sie auch? Schließlich haben sie meinen Namen ausgesucht. Allerdings waren sie nicht sonderlich begeistert, als ich ihnen erzählt habe, dass mein Freund mir nach einem halben Jahr einen Antrag gemacht hat. DAS ist dann natürlich zu verrückt. Deshalb haben sie auch bis jetzt kein Foto. Wie ihr bemerkt habt, kann ich manchmal ganz schön zickig sein.

Inzwischen scheinen sie sich aber irgendwie damit abgefunden zu haben. Ich will ihnen ja nichts unterstellen, aber ich habe das vage Gefühl, das Erbe könnte etwas damit zutun haben.

»Alles super, Mom. Wir freuen uns schon auf euch«, lüge ich, als mir klar wird, dass sie immer noch auf eine Antwort von mir wartet.

Am liebsten würde ich mich wieder im Bett verkriechen und mich mit der Decke ersticken. Wie bescheuert bin ich eigentlich? Ich habe keinen Verlobten mehr, das Erbe kann ich vermutlich vergessen, und jetzt verkompliziere ich auch noch alles.

»Du Mom, ich muss auflegen. Wir reden später, okay?«, verabschiede ich mich und lege auf. Dann knalle ich das Handy auf den Tisch und atme scharf ein.

»Großartig Mary, du hast es geschafft, die ganze Situation noch viel schlimmer zu machen«, schimpfe ich leise vor mich hin.

Ich stapfe ins Badezimmer und schaue in den Spiegel. Ach du Schande! Da im Spiegel ist ein Monster und starrt mich an. Das Haar hängt ihm in wirren Zotteln ins Gesicht, und es sieht ein kleines bisschen wahnsinnig aus. Ich bilde mir sogar ein, einen rötlichen Schimmer in seinen Augen zu erkennen. In Anbetracht dieser Umstände beschließe ich spontan, dass das Monster im Spiegel sich eine Wellnessbehandlung mehr als verdient hat, damit wieder ein Mensch aus ihm wird.

Nachdem ich den Blick von meinem Spiegelbild losgerissen habe, gehe ich in der Küche auf die Suche nach einer Gurke. Als ich am Küchentisch vorbei zum Kühlschrank laufe, fällt mein Blick auf den Kalender. Es ist Sonntag, der erste Advent. Der heutige Tag ist zusätzlich mit einem roten Ausrufezeichen versehen. *Den Pastor treffen.*

»Ach du Sch…« Im Zeitraffer fliegen meine Augen zur Uhr an der Wand. Ich habe noch genau zehn Minuten Zeit, wenn ich pünktlich sein will. Das Pfarrhaus liegt in New Jersey, und ich brauche eine gute Stunde bis dorthin. Wobei … Ich könnte auch anrufen. Schnell greife ich nach dem Telefonhörer und wähle. Als nach kurzem Tuten der Anrufbeantworter anspringt, wird mir klar, dass das keinen Zweck hat. Ist wohl nix mit Wellness. Ich werde zwar nicht heiraten, aber ich kann den armen Pastor ja auch nicht ohne Erklärung sitzenlassen. Außerdem habe ich das Gefühl, mir würde etwas Seelsorge gerade gar nicht schaden. Schnell streife ich mir meinen Lieblingspulli über. Auf der Vorderseite steht *TODAY HAS BEEN CANCELED*, und auf der Rückseite steht das, was perfekt zu meiner momentanen Laune passt, *GO BACK TO BED*.

Dazu meine enge schwarze Jeans, ein Pferdeschwanz und ein kleines bisschen Rouge. Ich finde, das reicht für eine Frau, die nicht heiraten wird.

Auf der Straße sind heute eindeutig nur Irre und Idioten unterwegs. Ein schwarzes Cabrio fährt mir beinahe hintendrauf, und ein Auto, in dem definitiv eine Oma sitzt, treibt mich in den Wahnsinn. Anders kann ich es mir nicht erklären, dass sie auf offener und meilenweit freier Strecke mit fünfundzwanzig Meilen pro Stunde entlangschleicht. Selbstverständlich ist die Gegenfahrbahn völlig überfüllt, und ich habe keine Chance zu Überholen. Ich hupe wie wahnsinnig, aber das macht mich nur noch aggressiver.

Als ich endlich am Pfarrhaus ankomme, bin ich schon knapp zehn Minuten zu spät, und dennoch bleibe ich wie angewurzelt stehen. Ich war noch nie an diesem Pfarrhaus. Die Trauung sollte in einer romantischen Kirche stattfinden, und das heute wäre unser erstes Treffen mit dem Pfarrer gewesen. Natürlich kenne ich Haus und Kirche aus Bildern, aber kein Bild könnte das traumhaft schöne Haus, das dort oben neben der Kirche steht, erfassen. Die Gegend hier ist eher ländlich geprägt, und dieses Haus passt so perfekt hinein, als sähe man auf ein Gemälde.

Es ist ein Fachwerkhaus mit roten Holzbalken, und etwas an ihm zieht mich unwiderstehlich an. Die Dachziegel sind ebenfalls rot, und sogar die beiden Schornsteine tragen ein kleines Dach. Es sieht einfach entzückend aus.

Ein Kiesweg führt nach oben zur Kirche und zur Vordertür des Hauses. Ich drücke auf den Klingelknopf. *M. Neilson – Ev. Pfarrei,* steht auf dem Messingschild daneben. Wenige Augenblicke später tut sich etwas hinter der Tür, und als sie sich öffnet, bin ich, gelinde gesagt, überrascht. Da steht ein Dienstmädchen.

Mit Schürze und Kleidchen. Ich komme mir vor, als wäre ich direkt auf Pemberley – ihr werdet doch wohl Stolz und Vorurteil kennen?! – gelandet.

»Guten Tag, wen darf ich dem Herrn melden?«, fragt sie mit einer klaren, hellen Stimme, und ich fühle mich mit einem Mal wie eine Bäuerin in meinem Schlabberpulli und den immer noch leicht verquollenen Augen, reiße mich aber zusammen.

»Mary Parker bitte.«

Sie führt mich durch einen langen und geräumigen Flur zur einer Art Warteraum und verschwindet dann hinter einer großen Tür. Liebe Güte. Das ist doch kein normales Pfarrhaus, oder sehen die alle innen so aus?

Schon geht die Tür wieder auf, und das Hausmädchen winkt mich ins Zimmer. Die Tür fällt mit einem hallenden Ton hinter mir ins Schloss, und ich schaue mich im Zimmer um. Meine Augen werden groß und bleiben schließlich an einem riesigen Sekretär hängen, hinter dem ein junger Mann sitzt, der mir irgendwie vage bekannt vorkommt. Ob wir uns schon einmal begegnet sind? Blondes Haar, blaue, leicht wässrige Augen und ein jungenhaftes, etwas unsicheres Lächeln auf den Lippen, als er jetzt aufsteht und mir die Hand entgegenstreckt.

»Guten Tag. Sie sind also Miss Parker. Ich bin Pfarrer Michael Neilson. Wo haben Sie Ihren Verlobten gelassen?«

Ich schlucke schwer.

»Guten Tag Mr. Neilson. Die Sache ist so, dass …« Ich kann nicht weitersprechen. Mir schießen die Tränen mit unglaublicher Macht in die Augen. *Ich weine nicht in der Öffentlichkeit.* Ich wiederhole es im Stillen immer wieder, aber es hilft nicht. Die Tränen laufen unaufhaltsam. Mit drei Schritten ist Michael Neilson neben mir. Sein Gesichtsausdruck ist besorgt.

»Was ist denn mit Ihnen, Miss Parker?« Er angelt nach einem Taschentuch und drückt es mir in die Hand. Dann steht er relativ hilflos neben mir und scheint nicht genau zu wissen, was er jetzt tun soll. Anscheinend ist er noch nicht lange Pfarrer, dafür ist er auch viel zu jung. Unbeholfen legt er seine Hand auf meine

Schulter und schaut mir zu, wie ich schniefend und schluckend vor ihm stehe. Es tut mit einem Mal so unglaublich weh. Wie konnte Peter das nur tun? Ich meine, was für ein Mistkerl macht seiner Freundin nach einem halben Jahr einen Antrag und hat wahrscheinlich die ganze Zeit eine Andere? »Es ist doch nichts dabei …«, höre ich seine Stimme, und damit liegt die Antwort leider ziemlich eindeutig auf der Hand. So was macht nur ein exorbitanter Riesenidiot.

Ich habe mich mal wieder in einem Mann getäuscht. Wieso finde ich eigentlich nie den Richtigen? Ich bin jetzt vierundzwanzig Jahre alt, und jeder Kerl, der mir bisher begegnet ist, war ein menschlicher Totalausfall. Mal abgesehen von meinem besten Freund, der leider fünfhundert Kilometer weit entfernt wohnt und den ich deswegen nur zweimal im Jahr sehe. Aber selbst zu ihm habe ich kaum noch Kontakt. Ich hasse Veränderungen. Warum muss man sich geliebten Menschen entfremden?

»Miss Parker, bitte. Sagen Sie mir doch, was Sie bedrückt.« Neilson klingt jetzt wirklich verzweifelt.

Ich schniefe noch einmal, hebe dann den Blick und sehe ihn an. »Tut mir wirklich leid, Pfarrer Neilson. Das war alles nicht so geplant, aber ich bin seit gestern von meinem Verlobten getrennt.«

Okay. Das hat ganz offensichtlich eingeschlagen, denn mit einem Mal überwiegt der Seelsorger in Neilson. Er führt mich zu seinem Schreibtisch, und als ich sicher in einem Sessel davorsitze, setzt er sich in den Schreibtischstuhl hinter seinem Tisch.

»Also Miss Parker, jetzt erzählen Sie mir doch mal genau, was passiert ist.« Vorsorglich schiebt er mir eine Packung Taschentücher hin, aber ich habe nicht vor, weitere Tränen an diesen Obertrottel zu verschwenden.

Trotzdem muss ich immer wieder schluchzen. Dazwischen schildere ich dem Pfarrer, was passiert ist. Ich erzähle von meiner verrückten Tante Gertrud, die mir eine ganze Stange Geld vererbt, wenn ich bis zu meinem fünfundzwanzigsten Geburtstag entweder in einer festen Beziehung oder aber verheiratet bin, und von meinem Erlebnis gestern in der Kanzlei. Während ich erzähle, schaue ich mir den jungen Pfarrer genauer an.

Er kommt mir immer noch irgendwie bekannt vor, und ich muss zugeben, dass mir das, was ich sehe, nicht unbedingt missfällt. Wie er so vor mir sitzt und aufmerksam zuhört, tut mir irgendwie gut. Ich fühle mich ernstgenommen. Als ich bei dem Teil mit den High Heels ankomme, fällt mir mit einem Mal auf, dass sich seine Haltung und sein Gesichtsausdruck verändern.

Er setzt sich gerader hin, und seine Geschichtszüge wirken plötzlich verkrampft. Seine Mundwinkel zucken und mir wird mit einem Mal die Komik der geschilderten Situation bewusst. Ich halte inne und schaue ihn an. Einige Sekunden lang sitzen wir uns schweigend gegenüber und versuchen beide, unsere Mimik unter Kontrolle zu halten.

Aber mit einem Mal möchte ich nur noch eins. Dem drohenden Lachanfall nachgeben, und ganz offensichtlich ist in diesem Fall der Gedanke der Vater der Tat. Ich breche in haltloses Kichern aus, und jetzt kann sich auch Pfarrer Neilson nicht länger zusammenreißen. Ganz unpfarrermäßig fängt er ebenfalls an zu lachen.

Wir lachen, bis mir die Tränen über die Wangen laufen und meine Bauchmuskeln schmerzen. Nur langsam kann ich mich wieder beruhigen.

»Ich kann es nicht glauben, dass Sie das wirklich getan haben!« Neilson klingt abgehackt und er erholt sich ebenfalls nur langsam von dem Lachanfall. Dann zögert er einen Moment.

»Übrigens glaube ich, dass ich Sie schon einmal gesehen habe.«

Überrascht sehe ich ihn an. Ihm geht es also genauso?

»Ja, dieses Gefühl hatte ich auch. Aber woher …?«

Er beißt sich auf die Unterlippe und zögert.

»Ich war gestern bei meinem Anwalt und bin dabei in eine hübsche, junge Frau hineingerannt«, erklärt er, und sein Blick sucht meinen.

Ich schnappe nach Luft. »Kalla & Stone?«

»Stone. Genau«, erklärt er und lächelt. Mir allerdings vergeht das Lächeln. Peters Partner ist der Anwalt des Pfarrers, der uns trauen sollte. Die Welt ist wirklich ein Dorf. Gerade überlege ich, wie ich mich am besten verabschieden könnte, als er etwas sagt, das mich zusammenzucken lässt.

»Wissen Sie, ich würde Sie gerne wiedersehen.«

Ich starre Michael Neilson mit offenem Mund an. Hat er mich gerade wirklich gefragt, ob wir uns wiedersehen können? Mich, die Frau mit dem gebrochenen Herzen? Ist das nicht ein bisschen seltsam? Ich meine, er weiß, dass ich gerade seit nicht einmal vierundzwanzig Stunden von meinem Verlobten getrennt bin. Wahrscheinlich ist es keine gute Idee, ihn wiederzusehen. Aber andererseits finde ich ihn doch recht niedlich. Trotzdem werfe ich ihm einen skeptischen Blick zu. »Eine seltsame Bitte für den Pfarrer, der mich eigentlich trauen sollte, oder?«

Ich sehe, dass es ihm peinlich ist, und spreche deswegen schnell weiter. »Aber ich denke, wenn Sie mir noch eine oder zwei Wochen Zeit geben, dann können Sie mich gerne anrufen.«

Eine oder zwei Wochen sind überaus positiv gedacht, aber egal. Ich schnappe mir einen Stift aus meiner Handtasche und greife nach einem Kleenex. Darauf kritzele ich schnell meine Handynummer und schiebe sie dann zu ihm hinüber. Kurz erhellt ein Lächeln sein Gesicht. Dann setzt er wieder einen professionelleren Ausdruck auf.

»Also, dann ... hören wir uns?«

»Ja.«

Die Verabschiedung ist unsicher, und mir ist nicht klar, ob dieser Besuch nun gut war oder nicht. Aber immerhin bin ich nicht mehr so traurig.

Auf der Rückfahrt beschließe ich, diesen Erfolg zu feiern, indem ich mir bei Starbucks noch eine heiße Schokolade gönne. Kaum betrete ich mein Lieblingscafé, als mich auch schon der herrliche Geruch von Schokolade, Kaffee und Kuchen umfängt, untermalt von weihnachtlicher Musik. Aber statt *We wish you a merry Christmas* oder *Last Christmas* ist es dieses Mal ein Lied, das ich mag. *All I want for Christmas is you.* Ich atme tief ein. Ich bin hier Stammkundin. Wann immer ich an einer meiner Ideen für einen Artikel oder einen Roman arbeite oder mir Karteikärtchen fürs Studium schreiben muss, lege ich hier Nachtschichten ein. Gerade für meine Romanideen ist das hier der perfekte Ort. Bisher ist zwar noch nichts von dem, was ich geschrieben habe, also abgesehen von einigen Artikeln, veröffentlicht worden, aber ich liebe einfach das Gefühl, etwas zu erschaffen. Meine eigene kleine Welt, in der ich das Sagen habe.

Ich bestelle meine Schokolade mit viel Sahne und einen Schokomuffin. Dann lasse ich mich in einen der weichen Sessel fallen und beobachte die Vorübergehenden. So viele Menschen, und jeder hat seine eigene Geschichte. Es ist der erste Advent, und jetzt geht es ganz offiziell los mit dem Weihnachtsrummel. Wie viele dieser Menschen sich wohl auf Weihnachten freuen, und wie viele wohl ungefähr so viel Angst davor haben wie ich?

In meinem Kopf fliegen die Gedanken hin und her. Wie soll ich meinen Eltern bloß erklären, dass ich meinem Verlobten High Heels an den Kopf geworfen und damit nicht nur die ziemlich teure Hochzeit, sondern auch das ziemlich hohe Erbe in den Wind geschossen habe? Wenn ich jetzt genauer darüber nachdenke, dann habe ich eigentlich eine Lose-lose-Situation geschaffen. Teure Hochzeit zu zahlen und kein Erbe. Yay! Weihnachten allein ist das Sahnehäubchen obendrauf.

Nachdem ich eine Weile so meinen Gedanken nachgehangen und meine Schokolade ausgetrunken habe, beschließe ich, mich auf den Heimweg zu machen. Draußen schneit es noch immer. Die Kälte durchdringt meine Finger und meine Nase, und ich kuschele mich fester in meinen Wintermantel. Ich wende mein Gesicht zum Himmel und spüre die kleinen, kalten Flocken auf meiner warmen Haut schmelzen. Auch wenn Weihnachten für mich immer unheimliche familiäre Anstrengung bedeutet, liebe ich den Winter. Das war einfach schon immer so. Aber wie könnte ich auch nicht? Ich bin schließlich ein Winterkind, und es ist einfach die gemütlichste Jahreszeit.

Mit einem Mal fühle ich mich seltsam beschwingt und hüpfe

durch den Schnee zu meinem Auto. Zu Hause angekommen werde ich von einem lauten »Maaaaaau!« begrüßt. Pillow macht mich empört darauf aufmerksam, dass ich ihn heute Morgen nicht gefüttert habe, bevor ich so überstürzt abgehauen bin. Ich beuge mich herunter, um den Plüschtiger zu streicheln, und er schmiegt sich an mein Bein. Sein Zeichen dafür, dass er mir verzeiht.

Nach unserer Versöhnung gehen wir in die Küche, um etwas zu essen zu suchen. Ich habe schon lange nicht mehr richtig gut für mich gekocht.

Peter isst lieber im Restaurant, auch wenn ich ihn so gern mit einem guten, selbstgekochten Essen verwöhnt habe. Okay, vielleicht bin ich nicht unbedingt die geschickteste Köchin. Mein Essen schmeckt zwar immer ziemlich gut, aber als ich das letzte Mal groß für uns gekocht habe, habe ich eventuell die Küche ein wenig angesengt. Doch es ist schließlich nicht meine Schuld, dass Peters Küche absolut nicht feuerfest ist.

Jetzt entscheide ich also, dass es angebracht ist, endlich mal wieder richtig auf den Putz zu hauen. Also nehme ich mir zwei Stunden Zeit, in denen ich meine Küche so richtig auf den Kopf stelle. Und ganz ehrlich? Das Ergebnis kann sich so was von sehen lassen. Es gibt Spargelquiche und zum Nachtisch Schokotarte. Yummy!

Auch Pillow genießt sein Festmahl sichtlich. Zur Feier des Tages habe ich ihm eine Packung Nassfutter geöffnet, die er jetzt mit hastigem Schlecken und Schlucken verputzt. Anstatt nach dem Essen die Küche aufzuräumen, kuscheln wir uns auf unser riesiges Sofa und schauen unsere gemeinsame Lieblingsserie.

When calls the Heart lieben wir alle beide. Ich liebe Jack, und Pillow steht auf Elizabeth. Wir warten immer noch darauf, dass die beiden Schauspieler auch im echten Leben ein Paar werden.

Auch heute komme ich aus dem Lachen nicht heraus, und Pillow streckt sich auf meinem Bauch lang und gemütlich aus und schnurrt, was das Zeug hält. Während der Sendung schweifen meine Gedanken ab. Mir kommen Ninas Worte von gestern in den Sinn. »Du solltest darüber schreiben …«

Die Geschichte hätte vielleicht wirklich etwas sein können, aber jetzt ist ja ohnehin alles kaputt. Was soll ich denn bloß machen, wenn ich das Erbe nicht bekomme und mir vielleicht auch noch die Ideen für Artikel ausgehen? Dann sitze ich innerhalb kürzester Zeit auf dem Trockenen, und dann kann ich mein Studium komplett vergessen.

Mein Telefon klingelt, und auf dem Display erscheint das Gesicht von Gertrud. Sie ist besagte Erbtante und das, was man in Filmen als verrückte Katzenlady kennt. Nur ohne Katzen. Sie ist absolut irre, und trotzdem habe ich sie lieb. Allerdings habe ich nie verstanden, warum sie mir diese doofe Einschränkung auferlegt hat. Aber jetzt ist nicht der Zeitpunkt, um darüber nachzugrübeln. Also hebe ich schnell ab, bevor sie wieder auflegt.

»Tante Gerti?«

»Mary, Liebes. Du bist ein schreckliches Mädchen. Pillow meldet sich öfter bei mir als du.«

»Aber Tantchen. Du weißt doch, dass du mit Pillow nicht telefonieren darfst. Er hat Telefonverbot seit der letzten überteuerten Rechnung, die auf eure Kappe geht«, erkläre ich möglichst ernst. Das liebe Lachen meiner Tante zaubert mir ein Lächeln auf die Lippen.

»Ach meine Süße. Ich bin ja so froh, dass ich in weniger als vier Wochen auf deiner Hochzeit sein werde. Meine geliebte Erbnichte heiratet. Und dein Peter muss ja wirklich ein Traum sein.«

Ach ja, ein wahrgewordener Albtraum. Immer wieder dieses leidige Thema. Eigentlich würde ich jetzt gerade sogar wirklich gern mit Tante Gertrud darüber reden. Sie war in meiner Kindheit so etwas wie meine Mutter und beste Freundin. Aber ausgerechnet mit ihr kann ich überhaupt nicht sprechen. Also mache ich, wie so oft in den vergangenen achtundvierzig Stunden, gute Miene zum bösen Spiel. »Ich freue mich schon so darauf, dich zu sehen, Tante! Du fehlst mir sehr.«

Über Peter sage ich nichts. Wie soll ich bloß erklären, dass ich keinen Verlobten mehr habe, und selbst, wenn ich auf die Schnelle einen auftreiben könnte, hieße er mit Sicherheit nicht Peter. Ich beende das Telefonat so schnell und so unauffällig ich kann, weil es mir so unangenehm ist, meine Tante anzulügen. Dann greife ich nach meinem Notizblock. Während des Gesprächs mit meiner Tante ist mir eine Idee gekommen. Ich muss eine Liste erstellen und einen Plan machen.

Vielleicht schreibe ich ja einen Artikel zu dem Thema? Oben auf das Blatt schreibe ich *How to find a new Husband in three weeks* – Wie finde ich einen neuen Ehemann in drei Wochen.

Ja, das ist genau die Frage. Brauche ich eigentlich einen neuen Ehemann? Ist ein bisschen – na gut, ziemlich viel – Geld das wert? Aber vielleicht schaffe ich es ja, mich innerhalb von zwei Wochen neu und unsterblich zu verlieben? Es sollen schon seltsamere Dinge passiert sein, oder? Und »ohne Liebe keine Hochzeit«, ist definitiv mein Motto. Also notiere ich schnell einige Punkte auf meiner Liste:

- Süßen Mann finden bzw. kennenlernen
- Unsterblich verlieben
- Heiraten
- Erbe kassieren »and they all lived happily ever after ...«

Über meinen letzten Punkt muss ich grinsen. Ich liebe Märchen, und schreiben hat mir schon immer dabei geholfen, meine Gedanken in eine vernünftige Struktur zu bringen. Daher auch meine Vorliebe für Listen.

Ich begutachte den ersten Punkt auf meiner Liste genauer. *Süßen Mann finden bzw. kennenlernen.* Meine Gedanken machen sich selbstständig, und vor meinem inneren Auge taucht mit einem Mal ein Gesicht auf. Blondes Wuschelhaar, Augen wie das glasklare Wasser eines der Plitvitcer Seen, in denen sich der Himmel spiegelt, und ein schüchternes Lächeln. Pfarrer Neilson. Hmm ... Vielleicht würde es sich lohnen, mich schneller bei ihm zu melden? Ich habe ja seine Nummer, und er wird sich nach meiner leichten Abfuhr bestimmt nicht so schnell bei mir melden. Aber natürlich kann ich ihn nicht sofort anrufen. Es wird am besten sein, wenn ich ein oder zwei Tage verstreichen lasse, bevor ich mich melde.

Also beschließe ich, in den nächsten beiden Tagen intensiv nach einer Idee für ein neues Manuskript zu suchen. Seit einiger Zeit habe ich einfach keinerlei Inspiration mehr. Ideen schweben an mir vorbei, aber ich kann sie einfach nicht einfangen, und dabei habe mir extra ein Semester freigenommen, um an einem Roman zu arbeiten. Das hätte ich vielleicht lieber lassen sollen. Aber nachdem ich beschlossen hatte, mit meiner neusten Idee endlich den Durchbruch zu landen, war ich ziemlich motiviert.

Ich verbringe die nächsten beiden Tage also im Versuch, irgendetwas auf die Reihe zu bekommen. Mit eher mittelmäßigem Erfolg. Ich muss zugeben, dass ich eigentlich die meiste Zeit über auch eher mit den Gedanken bei Michael Neilson bin als bei potenziellen Romanideen. Irgendwie freue ich mich sehr darauf, mich bei ihm zu melden. Also wähle ich am dritten Tag mit klopfendem Herzen die Nummer der Pfarrei.

»Pfarrer Michael Nelson, wer spricht da bitte?«

»Mary Parker.« Meine Stimme zittert, als ich mich melde. Einen Augenblick lang herrscht Schweigen in der Leitung. Dann räuspert Michael sich.

»Mary. Wie … schön. Ich hatte nicht damit gerechnet, so schnell von Ihnen zu hören.«

»Ja, ich weiß.« Ich zwinge mir ein Lächeln ins Gesicht, denn ich habe mal gehört, dass man ein Lächeln hören kann. »Es kommt Ihnen wahrscheinlich komisch vor, dass ich mich bei Ihnen melde, nachdem ich gesagt habe, ich bräuchte Zeit. Aber ich habe es genossen, mich mit Ihnen zu unterhalten, und wenn Sie nichts dagegen haben, würde ich das gern wiederholen.« Ich atme zittrig aus. Bin ich zu weit gegangen?

»Sehr gern.« An seinem Tonfall erkenne ich, dass er sich freut. »Haben Sie heute Nachmittag Zeit?«

»Heute Nachmittag passt mir gut.« Ich habe ja sonst nichts zu tun und seit zwei Tagen auf dieses potenzielle Treffen gewartet.

»Dann kommen Sie doch einfach gegen sechzehn Uhr zu mir.«

Ich lächele. »Abgemacht. Dann bis später.«

»Ich freue mich.«

»Ich mich auch«, antworte ich ehrlich und verabschiede mich von ihm, nachdem er mir noch rasch seine Handynummer durchgegeben hat.

Nachdem ich aufgelegt habe, liegt ein echtes Lächeln auf meinen Lippen. Ich freue mich sehr auf den Nachmittag.

Kapitel 3

Manchmal begegnen sich zwei Seelen und verabreden sich stillschweigend für später, um ihren Menschen die Zeit zu lassen, die sie brauchen

Verfasser unbekannt

Kurz vor vier stehe ich wieder vor dem Pfarrhaus. Heute ist der erste Tag in dieser Woche, an dem es nicht schneit. Trotzdem ist es bitterkalt, und der Himmel erstrahlt in einem hellen und klaren Blau. Es ist herrliches Wetter. Der Schnee knirscht unter meinen Füßen, als ich die Stufen nach oben steige. Im Gegensatz zum letzten Mal, als ich hier war, sehe ich heute ziemlich schick aus. Eine enge schwarze Hose, ein langes weißes Blusenhemd, Pferdeschwanz und hellbraune Overknee-Lederstiefel. Dazu habe ich mich dezent, aber hübsch geschminkt. Ich versuche mir einzureden, dass ich mir nur selbst gefallen will, aber tief in meinem Innern weiß ich ganz genau, dass ich lüge. Ich will Eindruck auf Michael machen. Einen guten Eindruck, wenn möglich.

Ich habe noch nicht einmal den Klingelknopf bedient, als die Tür auch schon aufgeht. Aber dieses Mal steht kein snobistisch aussehendes Dienstmädchen mit einer freakigen Vorliebe für *Stolz und Vorurteil* in der Tür, sondern Michael höchstpersönlich. Weniger snobistisch sollte man meinen, und dennoch bekomme ich prompt eine Gänsehaut. Keine dieser positiven, kribbeligen, sondern vielmehr eine von der Sorte, bei der einem ein kalter Schauer über den Rücken läuft. Er schaut mich an, und ein Lächeln breitet sich auf seinem Gesicht aus. Schon ist der Gänsehautmoment vorbei, und ich spüre, dass mir warm wird. Er lächelt aber auch wirklich nett.

»Wie schön, dass Sie da sind.«

»Ich freue mich auch.« Ich lächele sanft und verziehe dann fragend einen Mundwinkel. »Was haben Sie denn mit mir vor?«

Ein sanftes Glitzern tritt in seine Augen. Ich kann es nicht ganz deuten, aber es gefällt mir. Irgendwie.

»Wir werden einen Schneespaziergang machen und danach mit heißem Tee und Weihnachtsplätzchen vor den Kamin sitzen.«

Knisterndes Kaminfeuer, heißer Tee, warme Decken und … Michael. Bei dem Gedanken werden meine Knie unverhofft weich, und ich habe das Gefühl, dass der Sauerstoff mit heftigem Druck aus meiner Lunge gepresst wird. Zumindest kriege ich jetzt deutlich weniger Luft. Also lächle ich nur stumm und folge ihm die Treppe hinunter.

Unten angekommen reicht er mir seinen Arm, und wir spazieren langsam durch den verschneiten Ort. Eine Weile ist es einfach still zwischen uns. Es ist aber keine unangenehme Stille, sondern eher ein ruhiges, gelassenes, einvernehmliches Schweigen, das mich beruhigt und mir die Nervosität nimmt. Nach einiger Zeit ergreift Michael das Wort, und wir beginnen, uns zu unterhalten. Jetzt, wo einmal der Anfang gemacht ist, kommt es mir so vor, als könnten wir nicht mehr aufhören zu reden. Wir sprechen über alles. Über meinen ersten Roman, der inzwischen in der Tonne liegt, über Michaels Arbeit als Pfarrer und über alles und jeden. Ganz selbstverständlich gehen wir irgendwann vom förmlichen Sie zum vertrauten Du über. Es kommt mir vor, als würde ich Michael schon ewig kennen, und ich fühle mich unglaublich wohl in seiner Gegenwart.

Wir schlendern durch die Fußgängerzone und bleiben immer wieder stehen. Es ist ein wunderbarer Nachmittag, und in den Schaufenstern entdecke ich den schönsten weihnachtlichen

Krimskrams. Vor allem bei einer Bäckerei mit niedlichen, Lebkuchenhäuschen im Schaufenster stehe ich in einem Anfall akuter Verzückung gefühlt mehr als zehn Minuten.

Allerdings fällt mir auch immer wieder ein großer, schwarzer Geländewagen auf, der auffällig oft in unserer Nähe auftaucht. Unwillkürlich greife ich Michaels Arm ein wenig fester. Er schaut mich von der Seite an. Ein wenig überrascht, aber dann tut er etwas, das ich definitiv nicht erwartet hätte. Er zieht seinen Arm aus meinem und legt ihn stattdessen locker um meine Taille.

Kurz zucke ich leicht zurück, und von der Stelle, an der sein Arm mich berührt, breitet sich eine leichte Gänsehaut auf meinem Körper aus. Ist das jetzt eine von der guten Sorte? Doch dann lächle ich. Was soll daran schon schlimm sein? Man muss jemanden nicht lange kennen, um sich in seiner Gesellschaft wohlzufühlen. Das steht doch nirgends. Also schmiege ich mich ein wenig enger an ihn und vergesse auch den seltsamen Geländewagen. Als uns langsam wirklich kalt wird, machen wir uns auf den Weg zurück zum Pfarrhaus. Dort angekommen gehen wir ins Wohnzimmer, wo bereits ein helles Feuer im Kamin brennt und eine angenehme Wärme ausstrahlt.

»Setz dich doch schon mal.« Michael lächelt mich an. »Ich gehe kurz in die Küche hole uns Tee und Plätzchen.«

»Oh ja, das klingt hervorragend.« Ich lasse mich auf das weiche Sofa fallen und betrachte eine Weile das knisternde Feuer. Meine kalten Glieder brauchen eine Weile, um sich an die plötzliche Wärme zu gewöhnen.

Ein paar Minuten später kommt Michael wieder ins Zimmer. In den Händen trägt er ein großes Tablett, auf dem zwei dampfende Tassen und ein riesiger Teller mit Weihnachtsgebäck stehen. Ich schnuppere und nicke dann anerkennend.

»Das riecht wirklich hervorragend.«

»Danke.« Michael stellt das Tablett auf den Wohnzimmertisch und setzt sich zu mir auf die Couch. Dann reicht er mir eine der Tassen. Ja, an so einen Tag und solch einen liebevollen Service könnte ich mich wirklich gewöhnen. Ich kann mich nicht erinnern, von Peter einmal so umsorgt worden zu sein. Umsorgen war in unserer Beziehung immer mein Part. Peter war für das Bezahlen von Rechnungen zuständig. Vielleicht erfahre ich jetzt, wie es eigentlich laufen sollte?

Ich probiere einen Schluck und schließe genüsslich die Augen. »Das ist der beste Tee, den ich in meinem ganzen Leben getrunken habe.«

»Nun übertreib mal nicht!« Michaels Lachen klingt warm und freundlich. »Wenn du zu uns beiden ehrlich bist, dann ist es der beste Tee, den irgendjemand jemals getrunken haben kann.«

Wir schauen uns einen Augenblick lang an und brechen dann in Gelächter aus.

»Na gut.« Ich kichere. »Von mir aus auch das!«

Dann trinken wir, essen und lassen den Abend bei angenehmen Gesprächen ausklingen. Als ich irgendwann einen Blick auf die Uhr werfe, zucke ich vor Schreck zusammen, und ein wenig von meinem Tee schwappt auf mein Oberteil. Es ist schon nach sieben, und ich sollte eigentlich längst nach Hause. Außerdem ist das so peinlich. Ich bin der größte Schussel überhaupt. »Oh nein! So ein Mist! Und es ist schon so spät.« Hektisch versuche ich, den Fleck von meiner weißen Hemdbluse zu entfernen, und spüre, wie mein Gesicht rot anläuft. Ich bin ja so ein Schussel.

»Ich muss los. Danke für den tollen Abend.«

»Halt, halt, halt!« Michael hält mich am Arm fest. »Es gibt keinen Grund, einfach so abzuhauen.«

Wirklich nicht? Ich hatte fast den Eindruck. Ich lächele Michael verlegen an.

»Tut mir leid«, entschuldige ich mich, und ein warmes Lächeln zupft an seinen Mundwinkeln.

»Mach dir keinen Kopf. Komm, ich begleite dich zur Tür.«

Ich bin sehr froh, dass unser Date nicht in meiner überstürzten Flucht endet, sondern einen würdigen Abschluss bekommt. Michael umarmt mich und gibt mir zum Abschied einen Kuss auf die Wange. Die Stelle kribbelt, als ich mich von ihm verabschiede.

Ich laufe gerade zu meinem Auto, als ich plötzlich von hinten gepackt werde. Eine große Hand presst sich hart und fest auf meinen Mund und erstickt den Schrei, der sich mir entringt. Panik durchschießt meine Adern. Was passiert hier?

Wie wild beginne ich, um mich zu schlagen, und versuche, meinen Angreifer zu erwischen, aber er ist stark. Ich habe keine Chance gegen seinen harten und schmerzhaften Griff.

»Hör sofort auf, du kleines Biest!«, raunt mir eine heisere Stimme ins Ohr. »Wenn du weiter Theater machst, geht's dir schlecht.«

Bei diesen Worten wird mir ganz flau im Magen. Vielleicht hat der Kerl aber auch genau das gemeint und hat eine Art skurrilen Humor? Jedenfalls wird mir schwindelig, und ich fange heftig an zu würgen. Gerade, als meine leckeren Plätzchen wieder einen Weg nach draußen finden, höre ich einen lauten Ruf.

»Lass sie sofort los, du Penner!«

Ich höre – abgesehen von meinen Würgelauten – ein lautes Knacken, einen unterdrückten Schmerzensschrei, ein heftiges Fluchen, schlagende Wagentüren und dann einen Motor, der angelassen wird. Noch immer krampft mein Magen sich schmerzhaft zusammen, entleert sich in heftigen Schüben, und inzwischen laufen dicke Tränen über meine Wangen. Dann legt sich mit einem Mal eine warme Hand auf meine Schulter, während mir sanft die Haare aus dem Gesicht gestrichen und zu einem Zopf zusammengehalten werden.

»Ganz ruhig, Mary. Bitte beruhige dich. Wer war denn bloß der Kerl, dem ich gerade die Nase brechen musste?«

»Ich weiß es nicht«, keuche ich.

Die Krämpfe lassen nur langsam nach, und als ich mich umdrehe, sehe ich in Michaels Augen. In ihnen lese ich pure Besorgnis und keinen Ekel, der der Situation durchaus angemessen wäre. Zitternd stehe ich auf, und bevor mir die Beine wegklappen können, schlingt Michael seine Arme und mich. Ich lasse meinen Kopf an seine Schulter sinken. Mit einem Mal wird mir klar, dass ich gerade von einem Unbekannten angegriffen wurde. Mir hätte sonst was passieren, ja, ich hätte tot sein können.

Ich fange an, hemmungslos zu schluchzen, während Michael mich festhält und sanft meinen Rücken streichelt.

»Schhhh, alles wird wieder gut. Ich bin ja bei dir«, murmelt er beruhigend und krault sanft meine Haare, bis das Schluchzen nachlässt. Ich weiß nicht, wie genau er es gemacht hat, aber als ich mich wieder beruhigt habe, hat er mich in sein Wohnzimmer bugsiert, mir eine Box Taschentücher hingestellt und telefoniert nun leise, während ich darauf warte, dass das Zittern nachlässt. Einige Zeit später klingelt es an der Tür, und ich zucke vor Schreck zusammen. Michael macht mir ein Zeichen, dass alles in Ordnung ist, und setzt sich dicht neben mich auf das Sofa. Einen Augenblick später erscheint das Hausmädchen im Türrahmen.

»Der Police Lieutenant Parker, Mr. Neilson.«

Michael nickt, und mein Kopf schießt erschrocken in die Höhe. Das kann doch nicht *der* Parker sein? Unsere Antworten kommen ungefähr zeitgleich. Ein hysterisches gekreischtes »POLICE LIEUTENANT PARKER?« von mir und ein »Bitten Sie ihn herein!« von Michael.

Er schaut mich an und legt beruhigend seine Hand auf meine. »Was hast du?«, flüstert er, und ich schüttle den Kopf. Ich will ihm das jetzt nicht erklären. Es ist nicht der richtige Augenblick. Zögernd schlingen sich unsere Finger umeinander, und mir schießt ein Gedanke durch den Kopf. Vor kaum einem halben Tag dachte ich noch, dass ich ihn nie wiedersehen würde, diesen blonden, blauäugigen Pfarrer, und jetzt sitzt er neben mir, und die Berührung seiner Hand jagt sanfte Schauer durch meinen Körper. Sie beruhigt mich und macht mich gleichzeitig nervös.

Gerade als ich mich wieder halbwegs unter Kontrolle habe, öffnet sich die Tür ein weiteres Mal, und mein Herz bleibt stehen. Nein, bitte, bitte nein! Er ist es wirklich, und das ist ätzend. Es sollte nicht *er* sein. Nicht jetzt, hier, heute und in diesem Universum! Police Lieutenant James Parker also known as Schnuckel Mr. Grummelpolizist kommt ins Zimmer und schaut mich mit einer hochgezogenen Augenbraue an. Natürlich erkennt er mich sofort, was ich ihm wirklich zugutehalten muss. Immerhin habe ich gerade einen Überfall hinter mir und sehe vermutlich ziemlich derangiert aus. Aber er ist nicht erfreut über meinen Anblick, das ist klar.

»Officer«, grüßt Michael höflich, wird von diesem aber völlig ignoriert. Parker und ich starren uns böse an und schnauben, seltsam synchron.

»Sie schon wieder!«, knurrt er, und seine Stimme jagt mir einen Schauer über den Rücken.

»James Parker, ich hatte gehofft, dass ich Ihnen nie wieder begegne«, halte ich dagegen.

Wow, ich hätte nicht gedacht, dass es möglich ist noch, abschätziger Schrägstrich arroganter auszusehen. Aber der Herr Polizist liefert mir gerade einen eindeutigen Beweis dafür, dass es eben doch möglich ist.

»Der Tag läuft für uns beide nicht gut, Miss Christmas«, erklärt er mit einem süffisanten Tonfall. »Ich hätte mir auch Schöneres vorstellen können, als eine verrückte Raserin mit einer Tendenz zu Beleidigungen wiederzusehen.«

Mir fällt die Kinnlade herunter. Was für ein arroganter Mistkerl. Niedlich zwar, aber ein Mistkerl. Neben mir schaut Michael so verwirrt zwischen Police Lieutenant Parker und mir hin und her, als würde er gerade einem Tennismatch folgen und den Überblick über den Punktestand verlieren. Ich spüre, dass er meine Hand ein wenig fester hält, und drücke seine kurz. Dann setze ich meinen giftigsten Blick auf.

»Weil Sie sich also durch gutes Benehmen ausgezeichnet haben bei unserem ersten Treffen? Wenn Sie das wirklich glauben, dann will ich Sie nicht erleben, wenn Sie glauben, dass Sie unhöflich sind. Außerdem heiße ich Parker. Christmas ist nur mein grausiger zweiter Vorname, klar?«

Er schaut mich an, und plötzlich ändert sich sein Gesichtsausdruck. Er … lächelt. Sein Lächeln ist eine Offenbarung. In einem Mundwinkel zeigt sich ein niedliches Grübchen. Ich hatte recht. Seine Augen funkeln, wenn er lächelt. Dann ändert sich sein Grinsen mit einem Mal von süß zu hinterhältig.

»Sie können richtig fies sein! Ich habe keine Ahnung, wer Sie entführen wollen könnte. Sie bringt doch jeder Entführer nach fünf Minuten zurück.«

»Ich bin ja auch noch hier!« Ich muss unwillkürlich lachen. Ich spüre, dass Michael neben mir unruhig hin und her rutscht. Er wirkt angespannt.

»Ihr kennt euch?« Seine Stimme klingt mit einem Mal seltsam gepresst, und sein Blick huscht von James zu mir und wieder zurück.

»Flüchtig.« Ich gebe meiner Stimme einen möglichst eisigen Klang, was nach dem lustigen Schlagabtausch von eben nicht unbedingt einfach ist.

»Eigentlich habe ich sie dabei erwischt, wie sie versucht hat, ihrem Leben mit hundertzwanzig Meilen pro Stunde auf dem Highway ein Ende zu setzen. Ich wollte sie nur retten, aber dann hat sie mir erst frohe Weihnachten gewünscht und mich danach angeschrien«, erklärt James Parker und zwinkert mir, immer noch hinterhältig lächelnd, zu.

Wie kann er es wagen? Ich schnappe empört nach Luft, und ganz offensichtlich geht es Michael nicht anders.

»Sagen Sie mal, sind Sie sicher, dass Sie nicht den Beruf verfehlt haben? Diese Frau hier wurde angegriffen und nur durch mein Eingreifen nicht verletzt. Sie sollten jetzt also lieber Ihren Job machen und hier nicht den Macker markieren.«

Ich muss lächeln. So energisch hätte ich den ruhigen und eher schüchternen Michael nicht eingeschätzt. Jetzt aber blitzen seine Augen, und die Hand, in der meine nicht steckt, ballt sich zur Faust. Wenn ich allerdings ganz ehrlich bin, dann habe ich seine Verteidigung nicht verdient. Immerhin habe ich selbst das Hin und Her zwischen dem Officer und mir forciert.

Ganz offensichtlich ist er ziemlich enttäuscht von dem Enthusiasmus, den der Officer dem Geschehen eben nicht entgegenbringt. Wobei ich zu seiner Verteidigung sagen muss, dass sich Parkers Augen während Michaels flammendem Plädoyer erschrocken geweitet haben. Jetzt sieht er mich besorgt an und setzt sich ohne zu fragen in den Sessel uns gegenüber.

»Was ist passiert?«

Ganz der seriöse Polizist hört er sich ernst meine und Michaels Schilderungen an. Ein paar Mal verzieht er das Gesicht und macht sich einige Notizen. Jetzt erfahre ich auch, was Michael beobachtet hat. Ein schwarzer Geländewagen, vermutlich der, den ich heute mehrfach gesehen habe, stand auf der Straße, als er von der Tür aus beobachtete, wie ein schwarz gekleideter, maskierter Mann mich von hinten angriff. Er beschreibt ihn als etwas größer, als ich es bin, und sonst nicht weiter auffällig.

»Ich bin sicher, dass er eigentlich vorhatte, sie ins Auto zu verfrachten«, erklärt Michael und rutscht ein Stück näher an mich heran. »Am Steuer des Wagens saß eine Frau. Ich konnte sie leider nicht genau erkennen.«

»Beschreiben Sie die Frau bitte so genau wie möglich.« Parker mustert ihn aufmerksam.

»Ich war so besorgt um Mary, dass ich sie wie gesagt nicht so genau erkennen konnte. Ich kann sagen, dass sie braune Locken hatte, ein recht hübsches Gesicht glaube ich, aber mehr kann ich leider nicht sagen.«

Ich runzle die Stirn. Das ist wirklich nicht besonders viel. Das scheint Parker genauso zu sehen, denn er nickt nur kurz und wendet sich mir zu.

»Kennen Sie jemanden, der auf diese vage Beschreibung passen könnte, und haben Sie einen Verdacht, ob dieser Überfall auf Sie gezielt geplant war?«

»Ja und nein«, antworte ich mit einem leichten Achselzucken. »Mir fallen auf Anhieb vier Frauen mit braunen Locken ein, die nicht gerade hässlich sind. Aber keine davon käme infrage, mir etwas antun zu wollen.«

Ich überlege noch einmal und schüttle dann den Kopf. Nein, ich kann mir einfach nicht vorstellen, dass jemand aus meiner

Bekanntschaft irgendeinen Grund haben könnte, mir etwas anzutun.

»Aha, also kein Verdacht auf einen Täter mit möglichem Motiv.« Stirnrunzelnd macht sich Parker eine weitere Notiz und schaut mir dann mit einem Mal direkt ins Gesicht.

»Also wir werden das im Auge behalten, und *Sie*«, seine Stimme hat einen seltsam rauen Klang als er weiterspricht, »Sie werde ich jetzt erst einmal nach Hause bringen.«

»Das wird nicht nötig sein. Ich bringe sie nach Hause«, erklärt Michael mit Nachdruck und einer gewissen Schärfe in der Stimme. Die Luft um mich herum wird mit einem Schlag um circa zwanzig Grad kühler, als Michael und der Officer sich von oben bis unten mustern.

»Ich bringe Miss Parker nach Hause.« Parkers Stimme lässt keinen Widerspruch zu, und auch wenn mir klar ist, dass mein Pfarrer nichts lieber tun würde, als zu widersprechen, und ich nicht sicher bin, ob es eine gute Idee ist, mit Mr. Grummel nach Hause zu fahren, geben wir uns beide geschlagen.

An der Tür verabschieden wir uns. Ich umarme Michael, und er legt in einer besitzergreifenden Geste seine Hand auf meinen Rücken.

»Ich rufe dich an, Mary! Passen Sie auf sie auf.« Der zweite Satz ist ganz offensichtlich eine Warnung an meinen Begleiter, der an der Tür auf mich wartet.

»Worauf Sie sich verlassen können.« James Parker reicht mir übertrieben galant seinen Arm und zwinkert mir so lustig zu, dass ich kichern muss.

»Darf ich Sie zu Ihrer Kutsche begleiten, Cinderella?«

»Aber selbstverständlich, mein Prinz.«

Oh shit. Das ist mir jetzt einfach so ohne Nachdenken herausgerutscht, und ich hoffe nur, dass Michael es nicht mehr gehört hat. Ich kann es nicht beurteilen, denn er steht noch immer an der Tür, und ich weiß nicht, wie laut ich genau gesprochen habe.

Ich gehe einfach mal davon aus, dass meine Portion an Pech für heute aufgebraucht ist. Also hake ich mich bei Parker ein und lasse mich zu meinem Auto bringen. Zumindest ist es das, was ich denke, bis er mich charmant von der Seite anblinzelt.

»Ihren Schlüssel bitte.«

»Was?« Ich bin total verwirrt.

»Na was wohl?«Er sieht mich entrüstet an. »Ich fahre Sie nach Hause, Ich kann ja keine nächtliche Raserei riskieren, wegen der ich Sie schlussendlich verhaften müsste.«

Ich muss lächeln. Er ist wirklich schnuckelig, wie er so versucht, mich zu ärgern. »Sehr aufmerksam!«

Ich werfe ihm meinen Schlüssel zu. Dann steigen wir ein, und ich spüre ein Kribbeln in meinem Bauch, als ich das erste Mal meinen Wagen jemandem anvertraue, den ich noch gar nicht lange kenne. Nicht dass man bei meiner Klapperkiste viel kaputtmachen könnte, aber es ist doch etwas Besonderes. Ich nenne ihm meine Adresse, und er tippt sie ins Navi ein. Dann startet er den Motor und steuert den Wagen aus der Parklücke. Eine Weile ist es still im Auto, aber dann ergreift Parker mit einem Mal das Wort. Das ist auch gut so, denn wir haben immerhin noch eine Stunde miteinander im Auto vor uns.

»Ich möchte mich bei Ihnen entschuldigen, Mary. Mein Verhalten vorhin war unangemessen, und gerade in meiner Position als diensthabender Polizist war es absolut nicht in Ordnung.«

Ich werfe ihm einen überraschten Blick zu. Das sind ja ganz neue Töne. Es rührt mich, diese andere Seite von ihm zu sehen. »Danke«, antworte ich schlicht.

»Wissen Sie«, fährt er zögernd fort, »was Ihnen heute passiert ist, ist kein Pappenstiel.« Er sieht wirklich besorgt aus, soweit ich es im Dunkeln erkennen kann, und umklammert das Lenkrad so fest, dass seine Fingerknöchel weiß hervortreten. »Heute Abend ist vielleicht nicht der richtige Zeitpunkt. Sie sind noch zu aufgewühlt, aber in den nächsten Tagen werden wir Sie noch einmal befragen und sehen, ob wir eventuell doch Anhaltspunkte finden können.«

Mit einem Mal wird mit kalt. Etwas an der Art, wie er das sagt, verursacht ein ungutes Gefühl in meiner Magengegend. Ich atme zittrig ein und schlinge meine Arme um mich selbst.

»Entschuldigen Sie.« Parker sieht erschrocken aus. »Ich wollte Ihnen keine Angst machen.«

Ich schlucke bei dem Versuch, den Kloß in meinem Hals loszuwerden, »Keine Sorge. Es war nur alles ein bisschen viel heute.«

»Das kann ich gut nachvollziehen.« Er klingt ehrlich. »Wir werden unser Bestes tun, damit Ihnen nichts mehr passiert.« Wie er das so sagt, tut mir irgendwie gut. Es vermittelt mir ein Gefühl der Sicherheit, wie er so in seiner Uniform am Steuer meines Wagens sitzt und konzentriert auf die Straße blickt. Ich spüre, wie meine Augenlider schwer werden. Die Fahrt verläuft für mich in einem Zustand bleierner Müdigkeit und einer tiefen Ruhe.

Als wir vor meiner Haustür ankommen, stellt James Parker den Motor ab und dreht sich zu mir. Mit einem Mal stutze ich. »Sagen Sie, wie kommen Sie eigentlich nach Hause?«

»Mein Kollege wird mich abholen. Er hat sich die Reifenspuren draußen angesehen und ist mit dem Dienstwagen zurückgefahren.«

»Ach so, gut. Danke«, sage ich verlegen und lächele ihn an. Wir steigen aus und bleiben ein wenig unschlüssig stehen. Es ist bereits dunkel und ziemlich kalt.

»Also am besten wäre es, wenn Sie morgen einmal bei uns auf der Wache vorbeikommen würden.« James Parker lächelt. »Ich hoffe, Sie können heute Nacht dennoch gut schlafen.«

»Ach, ich denke, das wird schon. Pillow wird auf mich aufpassen und dafür sorgen, dass ich mich sicher fühle.«

»Pillow?«, hakt er nach und sieht mich ein wenig skeptisch an. »Ist das Ihr Hund?«

»Das ist mein Kater!«, erkläre ich so selbstverständlich, als müsste er das wissen. »Er wird nicht gerne hören, dass Sie ihn für einen Hund gehalten haben.«

Parker grinst. »Ach so. Vielleicht legen Sie ja ein gutes Wort für mich ein. Also ich wünsche Ihnen und Pillow eine Gute Nacht.« Er streckt mir die Hand hin, und ich ergreife sie, um sie zu drücken. Dabei merke ich, dass er mir ein Stück Papier in die Hand schiebt.

»Meine Karte, falls etwas passiert. Gute Nacht, Mary.«

Verwirrt nicke ich und suche dann in meinen Taschen nach meinem Schlüssel. Es dauert einen Moment, bis ich begreife, dass der Herr Polizist ihn mir gerade entgegenhält. Mit einer fahrigen Bewegung greife ich danach und gehe dann mit wackligen Knien die Treppe hoch. Ich schließe auf und drehe mich noch einmal um. Im fahlen Licht einer Straßenlaterne steht James und hebt kurz die Hand zum Gruß. Mein Herz macht einen seltsamen Satz.

Ich winke zurück und schließe die Tür hinter mir. Dann gehe ich die Treppe hinunter zu meiner Wohnung.

Kaum habe ich die Tür aufgeschlossen, höre ich schon Pillows empörtes Maunzen, das mich darauf hinweist, dass ich viel zu lange weg war.

»Hey Puschelkater«, begrüße ich ihn zärtlich und bücke mich, um ihn auf den Arm zu nehmen. Sofort fängt er zu schnurren an und schmiegt sein Köpfchen gegen meine Wange. Wie immer spüre ich, dass es mir gleich besser geht. Es ist wahr. Katzen und ihr Schnurren haben eine heilsame Wirkung. Einvernehmlich tingeln wir in die Küche, wo ich erst seinen Napf auffülle und mir danach ein Glas selbstgemachten Früchtepunsch eingieße. Ich liebe Früchtepunsch. Er schmeckt wie Weihnachten im Becher, und ich trinke in langen, genüsslichen Zügen. Hastig knurpsend leert Pillow seinen Napf und schaut mich dann auffordernd an.

»Weißt du, Puschelkater, mir ist gerade gar nicht nach fernsehen zumute.« Ich ziehe meine Schuhe und meine Jacke aus und räume sie an ihren Platz. Dann lasse ich mich ächzend auf das Sofa fallen und warte, bis Pillow sich auf der Decke neben mir eingerollt hat. Danach greife ich nach dem Telefon und wähle Ninas Nummer. Es dauert nur einige Augenblicke, bis sie abnimmt.

»Hey Süße«, begrüßt sie mich fröhlich, und ich atme tief durch.

»Hey Nina«, antworte ich und versuche, nicht bedrückt zu klingen.

»Okay, was ist los?«, erkundigt sie sich nachdrücklich.

Meine beste Freundin hat ein unglaublich feines Gespür für Stimmungen. Ich schlucke, aber ich weiß, dass es am besten ist, wenn ich mit ihr darüber rede. Also beginne ich zu erzählen.

»Weißt du, ich hatte heute ein Date«, sage ich langsam.

»Was?«, fällt sie mir schrill ins Wort. »Und das erzählst du mir erst jetzt? Mit wem?«

Ich versuche gelassen zu klingen. »Ich war mit dem Pfarrer unterwegs, und eigentlich war es auch gar kein richtiges Date.«

»Hat er deine Hand gehalten?«, unterbricht Nina mich, und ihre Stimme hüpft noch eine Oktave nach oben. Ich zögere einen Augenblick. »Ja, schon … aber …«

»Dann *war* es ein Date.« Jetzt klingt Nina sehr entschieden. »Du musst mir alles darüber erzählen!«

Okay, ich glaube, das ist der richtige Augenblick um ihr zu berichten, dass das nicht das Einzige ist, was mir heute passiert ist.

»Nina, Süße … ich muss dir was sagen.« In diesem Moment spüre ich einen festen Kloß in meinem Hals, und die Tränen drücken hinter meinen Augenlidern. »Weißt du, als ich nach Hause fahren wollte …« Meine Stimme bricht mit einem Quietschen weg, und dann fange ich haltlos an zu schluchzen.

»Ich bin gleich da.« Schon piept es in der Leitung, und keine fünf Minuten später klingelt es an der Haustür. Bei dem gellenden Ton zucke ich wieder erschrocken zusammen. Anscheinend hat der Überfall tiefere Spuren bei mir hinterlassen, als ich dachte. Dann schleiche ich zur Tür und beschließe gleichzeitig, morgen den Vermieter anzurufen um mir die Erlaubnis zu holen, einen Türspion einbauen zu dürfen.

»Wer ist da?« Meine Stimme zittert.

»Mary? Ich bin es, Nina«, höre ich die dumpfe Stimme meiner Freundin. Schnell öffne ich, ziehe sie ins Haus und die Treppe herunter. Dann werfe ich die Wohnungstür knallend ins Schloss und warte mit heftig klopfendem Herzen, bis Nina neben Pillow und mir auf dem Sofa sitzt. Besorgt schaut meine beste Freundin mich an. »Jetzt erzählst du mir, was mit dir los ist. Du wirkst wie ein verschrecktes Häschen, und so kenne ich dich gar nicht.«

Ich nicke, wobei mir schon wieder die Tränen in die Augen schießen. Dann erzähle ich Nina schluchzend und stammelnd von den Ereignissen des heutigen Abends. Meine beste Freundin fällt beinahe vom Stuhl. Allerdings ist es schwer zu sagen, ob mein Date, der attraktive Polizist oder meine Beinahe-Entführung ihre Fassungslosigkeit hervorrufen. Wahrscheinlich von allem ein bisschen.

Jedenfalls nimmt sie mich ganz fest in den Arm und lässt mich so lange weinen, bis es mir besser geht. Dann steht sie auf und kocht mir einen heißen Tee mit viel Honig. Ihr Rezept für jemanden, der verstört ist. Ein bisschen wie bei Sheldon aus TBBT. Pillow springt auf meinen Schoß, brummt wie ein kleiner, weicher Heizofen, gräbt rhythmisch seine spitzen Krallen in meinen Arm, und während der heiße Tee nach und nach sowohl meine kalten Hände als auch mein Inneres wärmt, fällt die lähmende Angst langsam von mir ab.

»Weißt du, ich habe erst verstanden, was passiert ist, als ich allein in meiner Wohnung war.« Ich sehe Nina an und zucke hilflos die Schultern.

»Das ist ganz normal Mary. Du warst in einem Schockzustand.« Ein freches Grinsen huscht kurzzeitig über ihr Gesicht. »Außerdem warst du vorher in der schützenden Begleitung eines attraktiven Polizisten, der dich unbedingt nach Hause bringen wollte.«

Ich knuffe sie in die Seite, und Pillow hebt protestierend den Kopf. »Du bist unmöglich, Nina! Das ist doch völliger Quatsch.«

»So, so.« In ihren Augen liegt ein wissender Glanz. »Du hast dich also nicht sicher gefühlt, nachdem dich dein Date an den süßen Cop weitergereicht hat?«

Jetzt muss ich sie korrigieren und kann gleichzeitig eine direkte Antwort umgehen.

»Eigentlich war Michael gar nicht begeistert davon, dass Parker mich nach Hause gebracht hat. Und ehrlich gesagt bin ich auch gar nicht sicher, ob das alles gut ist.«

Es tut gut, es auszusprechen, aber Nina sieht mich verständnislos an. »Was genau meinst du?«

»Na ja, ich meine, ich hatte Michael erst einmal gesehen, und dennoch hatte ich ein Date mit ihm. Und dieser Polizist … Ich weiß nicht, ob das alles so richtig ist …«

Nina seufzt und nickt dann langsam. »Ich glaube, ich verstehe, was du meinst. Aber Mary, das ist gar nicht so schwer. Eigentlich ist es nach Peters miesem Verhalten ganz normal, dass du dich beim absoluten Gegenteil geborgen fühlst. Der Pfarrer scheint stabil, freundlich und um dich besorgt zu sein. Daran ist nichts Falsches. Aber wenn es dir zu schnell geht, dann kannst du doch einen Gang zurückschalten.«

»Hä?« Ich bin gerade nicht die Schnellste.

»Na, mit dem Pfarrer«, setzt sie erklärend hinzu. »Ihr kennt euch erst so kurz, dass er kein Problem damit haben dürfte, wenn du das Tempo rausnehmen willst. Und um den Polizisten würde ich mir keine Sorgen machen. Den siehst du morgen oder übermorgen bestimmt zum letzten Mal.«

»Mhm.« Irgendwie verheißt mir mein Bauchgefühl etwas Anderes, aber gut. Wir werden sehen. Allerdings habe ich noch eine Bitte, die ich Nina stellen will.

»Nina, meinst du, du könntest heute Nacht hierbleiben? Ich habe Angst, allein zu sein.«

»Also heute könnte ich bleiben.« Nina zögert einen Moment. »Aber morgen muss ich unbedingt wieder zu Hause sein. Meine Mutter und meine Schwester kommen mich besuchen.« Sie rollt mit den Augen, und ich muss grinsen. Ninas und meine Mutter haben etwas gemeinsam. Sie haben nur ein Ziel. Ihre Töchter zu verkuppeln und zu demütigen – ein weiterer Grund, warum ich meinen Eltern Peter verheimlicht habe. Wir haben sogar schon vermutet, dass die beiden darin Kurse geben, um anderen Müttern zu helfen.

»Ach du Arme. Wenn sie dich zu sehr nerven, kannst du auch

länger bei mir unterkriechen«, lächele ich sie an, und sie nickt dankbar.

»Ich fürchte, das funktioniert nicht. Tressa und Milan haben sich verlobt, und wir werden gemeinsam die Hochzeit planen. Die beiden übernachten im Hotel, aber Mutter wird bis Weihnachten bei mir sein.«

Das ist bitter, und ich habe tiefes Mitgefühl mit meiner armen Freundin. Ich würde nie so gefühllos sein, sie zu fragen, warum sie nicht bei William, ihrem aktuellen Freund schläft. Ich habe nämlich seit einer Weile das Gefühl, dass es bei den beiden nicht mehr rund läuft, und das macht mir Sorgen. Nina hatte bisher kein Glück mit Männern. Sie versucht es immer wieder, und der Gedanke, sie könnte wieder enttäuscht werden, tut mir weh.

»Danke, dass du deine letzte ruhige Nacht für mich opferst.« Ich umarme sie ganz fest.

»Das ist doch selbstverständlich. Du bist meine allerbeste Freundin.«

Ich schubse den beleidigten Pillow sanft, aber bestimmt von meinem Schoß, und suche einen Pyjama und eine Gästezahnbürste für Nina heraus. Dann schmeißen wir uns in mein geräumiges Doppelbett und quatschen noch eine Weile, bis mir irgendwann die Augen vor Müdigkeit zufallen.

Kapitel 4

Manchmal ist das Leben wie ein Kinderzimmer – Ein komplettes Chaos

Regine Schlude

Lautes Gebrüll weckt mich am nächsten Morgen aus dem Schlaf. »Nein, nein, nein! Lass mich sofort zur Toilette, du frecher Kater!«

Schlaftrunken blinzelnd richte ich mich auf. Woher kommt dieses Geschrei? Die Antwort ist: aus meinem Flur. Ich stehe auf, kämpfe gegen ein heftiges Schwindelgefühl an und taumele unsicher dorthin. Der Anblick, der mich erwartet, lässt mich augenblicklich hellwach werden.

Eine aufgebracht schimpfende Nina steht im hellblauen Pyjama auf den kalten Fliesen und versucht, an meinem Kater vorbeizukommen, der fauchend vor ihr steht. Ja, das klingt jetzt vielleicht etwas befremdlich, aber mein kuscheliger Kater bietet gerade einen wirklich furchteinflößenden Anblick. Sein Fell ist so aufgeplustert, dass er fast die doppelte Breite hat. Der hohe Katzenbuckel und das heftige Fauchen tun ein Übriges, und ich kapiere sofort, warum Nina sich nicht an ihm vorbeitraut. Allerdings verstehe ich nicht, was in meinen friedfertigen Kater gefahren ist.

»Guten Morgen«, unterbreche ich die malerische Szenerie und schaue zwischen den beiden hin und her. Nina fährt zu mir herum und funkelt mich bitterböse an.

»Nichts an diesem Morgen ist gut. Ich muss dringend auf die Toilette, dein Kater ist plötzlich verrückt geworden und versperrt mir den Weg, und zu allem Überfluss kommt meine Mutter heute zu Besuch!«

Okay. Ein klarer Fall. Hier muss eindeutig deeskaliert werden, und wer könnte das besser als eine junge Literaturstudentin, die gerade erst aufgewacht ist?

»Hey mein Kleiner. Was ist denn los mit dir?« Ich gehe vor Pillow in die Knie und blinzele ihn an. Ich habe gehört, dass man Katzen durch das Zusammenkneifen der Augen beruhigen kann. Es scheint zu funktionieren, denn er plustert sich gleich ein bisschen weniger auf. Als Nina aber einen Schritt an ihm vorbeimachen will, springt er ihr pfeilschnell in den Weg.

Ich überlege einen Moment. Dieses Verhalten ist nicht normal für meinen Kater. Vielleicht will er uns etwas sagen? Deshalb strecke ich sanft die Hand nach ihm aus und versuche, ihn zu streicheln. Er lässt es zu und schmiegt sogar seinen kleinen, runden Kopf an meine Knie. Sanft hebe ich ihn auf meinen Arm und sehe Nina dann auffordernd an.

»Jetzt geh mal durch. Aber sei vorsichtig.«

Als Nina an uns vorbeigeht, dreht Pillow mir den Kopf zu und sieht mich vorwurfsvoll an.

»Tut mir leid, Dicker. Ich weiß nicht, warum du nicht willst, dass wir durch den Flur gehen, aber …«

»AHHHHHHHHHHHHHHHHHH! DAS KANN DOCH NICHT WAHR SEIN!« Erschrocken fahre ich zusammen. Pillow hingegen sieht mich an, als wolle er sagen »Hättest du mal auf mich gehört!«. Schnell laufe ich um die Ecke, und will gerade an die Toilettentür klopfen, als mein Blick schräg gegenüber auf die geöffnete Küchentür fällt. Ich schnappe nach Luft und lehne mich gegen die Wand.

Die Fensterscheibe ist zerbrochen, eiskalte Luft umweht mich und lässt mich frösteln. Der Boden ist mit Glasscherben übersät.

»Mary!« Erst jetzt fällt mir auf, dass Nina schreckensbleich am

Türrahmen lehnt und mit großen, fassungslosen Augen auf das Chaos vor unseren Augen starrt.

»Wir brauchen Schuhe«, stammle ich. Gut, das war jetzt nicht der intelligenteste Satz, der jemals gesagt wurde, aber es war das Erste was mir in diesem Moment durch den Kopf schoss. Ansonsten ähnelt mein Großhirn gerade nämlich eher einem Vakuum.

»Guter Plan.« Wir holen unsere Schuhe, während Pilllow sich – zufrieden darüber, dass er uns gerettet hat – auf meinem Bett zusammenrollt und leise zu schnarchen beginnt. Dann betrete ich auf wackligen Knien meine verunstaltete Küche.

»Was ist hier bloß passiert?«, hauche ich und schüttele wieder und wieder den Kopf.

Nina legt mir eine Hand auf die Schulter. Mit sanftem Druck reibt sie mir über den Rücken. Dann werden ihre Augen groß.

»Schau mal da!« Sie macht einen großen Schritt in Richtung Fenster und hebt etwas vom Boden auf. Dann hält sie es mir hin. In ihrer Hand liegt ein tennisballgroßer und nicht gerade leichter Stein. Um den Stein ist ein Zettel gewickelt. Ich löse den Zettel und lese.

Besorgen Sie heute noch 100.000 Dollar in einem Umschlag und rufen Sie diese Nummer an. 001 116 5133657. *Lassen Sie die Polizei aus dem Spiel, wenn Ihnen Ihr Leben lieb ist.*

Wieder und wieder lese ich die Zeilen und kann ihren Inhalt doch nicht erfassen. Meine Knie zittern, und ich beiße mir heftig auf die Lippen.

»Mary?«, höre ich Ninas Stimme. »Was steht auf dem Zettel?«

Meine Bewegungen fühlen sich unsicher und wacklig an, als ich ihr den Zettel übergebe. Ihre Augen weiten sich beim Lesen, und als sie ihn mir zurückgibt, ist sie ganz blass.

»Was willst du jetzt machen?«

Ich beiße mir auf die Lippen und sehe mich wieder im Raum um. »Ich werde die Polizei rufen, was denn sonst?«

Nina runzelt die Stirn. »Das halte ich für keine gute Idee …«, beginnt sie. Ich ignoriere sie und laufe durch den Flur zu meinem Telefon. Mich zitternden Fingern wähle ich die Nummer des New Yorker Police Departments. Es tutet ein paarmal in der Leitung, und dann werde ich von einer Frauenstimme begrüßt.

»New Yorker Police Department, wer spricht da bitte?«

Meine Stimmbänder versagen beinahe ihren Dienst, als ich der Frau in kurzen Worten erkläre, was vorgefallen ist. Sie bleibt ruhig, fragt nach meiner Adresse und erklärt, dass so schnell wie möglich jemand bei mir vorbeikommen werde. Als ich auflege, spüre ich ein kleines Gefühl der Erleichterung, das sich aber sofort wieder verflüchtigt, als ich in Ninas panisches Gesicht sehe.

»Das war ein Riesenfehler, Mary, ist dir das eigentlich klar?« Nina greift nach meinem Arm und drückt ihn so fest, dass es wehtut. Ihre Stimme bebt, in ihren Augen lese ich Angst und auch etwas wie Nervosität oder Wut. »Süße, dein Leben ist jetzt in Gefahr! Checkst du das?«

Ich starre Nina mit großen Augen an. Ihre Worte dringen nur langsam in mein Bewusstsein. Das Zittern in meinen Knien wird immer stärker, ich will etwas sagen, aber meine Lippen sind wie eingefroren. Ich möchte schreien, aber der Kloß in meinem Hals schwillt auf die dreifache Größe an, und ich kann nicht einmal mehr atmen. Meine Umgebung beginnt sich zu drehen, ich spüre, wie ich falle, und dann wird es schwarz um mich herum.

Autsch. Mein Schädel dröhnt, und ich fühle etwas Warmes, Feuchtes an meinem Hinterkopf. Bin ich in der Badewanne? Nein, das kann nicht sein, denn mir ist kalt. Ich versuche, meine Augen zu öffnen, aber es gelingt mir nicht. Stattdessen wird mir schlecht, der dröhnende Schmerz in meinem Kopf weitet sich aus, und ich lasse mich wieder in die stille Dunkelheit treiben, in der ich den Schmerz nicht spüre. Das Nächste, was ich wahrnehme, sind leise Stimmen, die an mein Ohr dringen, und die Tatsache, dass ich auf einem weichen Untergrund liege.

»Sie muss doch endlich aufwachen.«

»Beruhigen Sie sich!«

»Ach du Sch… ! Hier ist es ja saukalt!«

»Sehr nett, Parker!«

Es sind drei Stimmen, und sie alle kommen mir vage bekannt vor. Wieder versuche ich, die Augen zu öffnen, und dieses Mal gelingt es mir. Blinzelnd schaue ich in Ninas Gesicht, das mit einem besorgten Ausdruck über mir schwebt.

»Mary, du bist wach!« Sie dreht sich um und ruft über die Schulter. »Sie kommt zu sich!« Dann nimmt sie mein Gesicht in ihre Hände. »Schatz, was machst du denn für Sachen?«

Ich räuspere mich umständlich und teste meine Stimmbänder. »Bitte sag mir, dass ich geträumt habe.«

»Leider nein. Das war alles echt.« Ninas Gesicht wirkt unfassbar besorgt, und ich erkenne einige hässliche, dunkelrote Flecken auf ihrem Oberteil.

»Du blutest!«, rufe ich entsetzt, und sie wirft einen kurzen Blick auf ihren Pulli, bevor sie den Kopf schüttelt. »Mary, das ist dein Blut.«

Mein Blut? Das ist gar nicht gut. Ich kann doch kein Blut sehen, riechen oder schmecken, und mein eigenes ist am schlimmsten. Übrigens Gründe, die dafür gesorgt haben, dass ich Vegetarierin geworden bin.

»Mein Blut ...« Jetzt muss ich aufpassen, sonst werde ich zum Papagei. »Warum blute ich denn?«

»Weil Sie umgefallen sind und sich den Kopf ziemlich heftig angeschlagen haben.« Es ist nicht Nina, die antwortet. Es ist jemand, den ich kenne. Deputy Chief Bond, der mit James Parker Dienst hatte, als wir uns das erste Mal begegnet sind.

»Es tut mir leid, dass wir uns unter diesen Umständen wiederbegegnen, Miss Parker. Das ist wirklich bitter, nicht wahr James?«

»Ehrlich gesagt«, ertönt eine Stimme aus dem Flur, »hatte ich es nicht anders erwartet.«

Ich fahre hoch und lasse mich gleich wieder zurücksinken, als ein stechender Schmerz von meinem Hinterkopf durch meine Wirbelsäule fährt. Ich beiße die Zähne zusammen und kämpfe gegen das aufsteigende Gefühl von Übelkeit und Schwindel an.

»Bleib doch gefälligst liegen, du dumme Nuss!« Nina schaut mich strafend an.

»Stur wie ein Esel«, kommentiert die Stimme aus dem Hintergrund, und da ist er schon. Tadaaa ... Den roten Teppich bitte. James Parker streckt seinen Kopf zur Tür herein. »Ich hatte Ihnen gestern doch gesagt, dass Sie vorsichtig sein sollen Mary. Das hier«, er wirft einen Rundumblick durchs Zimmer, »hatte ich damit eigentlich nicht gemeint.«

Ich kann es einfach nicht fassen. Hat dieser, dieser ... Polizist gerade mir die Schuld für das Ganze hier gegeben?

»Stellen Sie sich mal vor, das war nun wirklich keine Absicht!« Ich stöhne und fasse mir an den Kopf. »Überhaupt: Was machen Sie eigentlich schon wieder hier? Können die keinen Ihrer kompetenteren und einfühlsameren Kollegen vorbeischicken?«

Überrascht nehme ich wahr, wie Parker die Gesichtszüge entgleisen. Einen Augenblick lang verschwindet der harte und arrogante Polizist und macht dem Parker Platz, der auch gestern Abend schon durchgeschimmert ist. Es sieht beinahe so aus, als hätten ihn meine Worte verletzt, und ich erkenne eine tiefe Besorgnis in seinem Blick. Aber so schnell wie er gekommen ist, verschwindet dieser Ausdruck auch schon wieder.

»Nun seien Sie mal nicht so.« Er hebt eine seiner berüchtigten Augenbrauen. »Sie müssen doch auch zugeben, dass wir uns nie unter den besten Bedingungen begegnen.«

Gut, das ist ein Argument. Ich versuche mich an einem Lächeln. »Das heißt, wir beide sollten uns am besten voneinander fernhalten?«

Ich lasse es mit Absicht wie eine Frage klingen. Möchte seine Reaktion testen, und die folgt auch postwendend.

»Nein!«, ruft er heftiger als erwartet. Nicht nur ich runzle überrascht die Stirn. Auch Nina und der schnurrbärtige Polizist sehen Parker erstaunt an. Er merkt auch schnell, dass er sich irgendwie ein bisschen auffällig verhält.

»Na, wer soll Sie denn sonst vor Gefahr beschützen?«, relativiert er und lächelt arrogant. Dieses Mal nehme ich es ihm aber nicht ab. Ich habe seine andere Seite gesehen, die er ganz offensichtlich vor der Welt verstecken will.

»Da haben Sie recht«, antworte ich freundlich. »Obwohl gestern ja ein starker Mann zur Stelle war …«

»Nun ist es aber gut«, fällt Nina mir ins Wort. »Ich glaube, du solltest wirklich ins Krankenhaus, Mary. Aber«, sie zögert und wirft einen Blick auf die Uhr, »meine Mutter kommt in einer halben Stunde an, und ich sollte dann zu Hause sein.«

»Ach Nina, das kommt überhaupt nicht infrage, dass du mich ins Krankenhaus fährst. Ich nehme mir ein Taxi.«

»Machen Sie keinen Blödsinn.« Jetzt ist es Bond, der mich unterbricht. »James wird Sie ins Krankenhaus fahren.«

»Selbstverständlich.« Der junge Polizist nickt und schickt ein halbes Lächeln zu mir herüber. Nina drückt mir einen Kuss auf die Wange. »Pass auf dich auf, mein Schatz, und sieh zu, dass du schnell wieder gesund wirst.«

Dann verabschiedet sie sich von den Polizisten und verlässt meine Wohnung. Ich sehe ihr nach und zucke dann mit den Achseln. Dann bleibe ich halt allein mit zwei Cops. Schon klar. Ich komm zurecht. Nur keine Sorge.

»Nun, Miss Parker«, Deputy Chief Bond runzelt die Stirn, »wir sollten Sie zuerst untersuchen lassen, und wenn alles in Ordnung ist, müssen wir dringend reden.«

»Ehrlich gesagt macht mir das Ganze inzwischen große Angst«, gestehe ich, und eine Gänsehaut überzieht meinen gesamten Körper. Mit einem Mal sehen die beiden Männer sehr mitleidig aus. Deputy Chief Bond kommt zu mir und legt mir beinahe väterlich eine Hand auf den Arm.

»Ich kann Sie gut verstehen Miss. Aber ich verspreche Ihnen, dass wir alles tun werden, um Sie vor weiteren *Vorfällen* zu schützen.«

Dankbar sehe ich ihn an. »Das bedeutet mir sehr viel.«

Jetzt kommt auch James zu mir herüber und sieht seinen Vorgesetzten an. »Deputy Chief, ich habe den Tatort gesichert. Wir können die Kollegen von der Spurensicherung herbeordern.«

»Sehr gut. Dann solltest du die junge Dame jetzt am besten in die Notfallaufnahme bringen, und dort treffen wir uns «, erklärt

Bond an ihn gewandt. Dann holt er sein Handy heraus und verschwindet im Wohnzimmer.

»Können Sie laufen Mary?«, wendet sich James nun an mich. Ich nicke und setze mich auf. Aber kaum stehe ich auf dem festen Boden, da klappen mir auch schon die Beine unterm Körper weg. Bevor ich jedoch ein zweites Mal an diesem Tag hart auf dem Boden aufschlagen kann, ist James mit einem Schritt bei mir und fängt mich auf.

»Immer langsam. Ich glaube, das machen wir anders.« Mit diesen Worten schiebt er mir seinen starken Arm unter die Knie und hebt mich hoch. Mir entfährt ein überraschtes Quieken und ich schlinge unwillkürlich die Arme um seinen Hals, um mich festzuhalten. Okay. Das ist seltsam.

Sein Körper fühlt sich warm an und vermittelt mir wieder dieses Gefühl der Sicherheit und Stärke. Fest ruht seine Hand auf meinem Rücken, und in seinem Nacken spüre ich den weichen Flaum des Haaransatzes. Ohne nachzudenken hebe ich meine Augen und begegne seinem intensiven Blick.

Mein Herz macht einen ungelenken Hüpfer, und ich frage mich ernsthaft, was eigentlich nicht mit mir stimmt. Innerhalb von einer Woche bekomme ich Herzklopfen bei zwei Männern. Was ist bloß los mit mir? Ich hatte noch nie ein solches Gefühl in meinem Bauch wie in diesem Moment.

Noch immer starre ich wie hypnotisiert in das Gesicht meines Retters. James' Augen ruhen auf mir, beziehungsweise auf meinem Mund, wie ich halb erschrocken, halb gespannt feststelle. Ohne dass ich darüber nachdenke, schmiege ich mich ein wenig enger an ihn, und auch er zieht mich fester an sich heran. Langsam neigt er den Kopf zu mir herunter. Ich kann nicht mehr atmen. Mein Herz klopft so hart, dass ich fast das Gefühl habe, es würde aus meiner Brust springen.

Er wird mich küssen. James Parker wird mich tatsächlich küssen. Ein Teil von mir, und ich muss zugeben, dass es ein ziemlich großer Teil ist, dreht freudig Pirouetten bei dem Gedanken daran, was gleich passieren wird. Aber da ist auch eine kleine Stimme, die mir zuflüstert, dass das überhaupt keine gute Idee ist. Ich sollte die Reißleine ziehen, aber ich kann es nicht. Schon spüre ich James' Atem auf meiner Oberlippe.

Don't talk about what we've done, don't talk about what we've been. Whats done, is done. I don't wanna talk about it.

Überrascht fahren wir auseinander und starren uns an. Es dauert einen Moment, bis mir klar wird, was die Musik soll. Es ist mein Klingelton. *I don't wanna talk about it* von Marit Larson. Mein Handy. Ich räuspere mich.

»Ich glaube, ich sollte rangehen.«

»Ja ...« James Stimme klingt heiser. Dann greift er nach meinem Handy und reicht es mir. Noch immer hält er mich im Arm. Umständlich nehme ich den Anruf an.

»Ja? Hallo?«, stoße ich gepresst hervor.

»Hey Mary, wie geht es dir?«

Das kann jetzt doch wirklich nicht wahr sein. Nicht er. Nicht jetzt. Ich spüre, wie mir die Hitze in die Wangen schießt. James sieht mich fragend an. »Alles okay?«, formt er mit den Lippen. Ich nicke mit hochrotem Kopf und wende mich dann meinem Gegenüber am Telefon zu.

»Michael. Ja, hallo ... Wie ... ähm, schön ...«

Ich beobachte aus den Augenwinkeln, wie sich James' Brauen zusammenziehen. Gleichzeitig verstärkt sich sein Griff um meinen Körper.

»Mary? Ist alles in Ordnung?«, fragt Michael freundlich und besorgt.

»Ja, natürlich«, versichere ich schnell und versuche das Kribbeln in meinem Bauch zu ignorieren.

»Wo bist du denn?«, hakt er nach, und ich zögere.

Auf den Armen eines attraktiven Polizisten ist wahrscheinlich nicht die richtige Antwort, und genau das ist der Grund, aus dem ich hektisch anfange zu stottern.

»Also, ich bin ... es ist ... etwas ... na ja ... passiert.«

Jetzt nimmt mir mit einem Mal James das Telefon aus der Hand. Mit der anderen Hand hält er mich noch immer.

»Sind Sie es, Herr Pfarrer? Dann seien Sie beruhigt. Mary ist unter polizeilicher Aufsicht und wird sich später bei Ihnen melden.« Er legt auf und drückt meinem verdutzten Ich das Handy in die klammen Finger. Dann zwinkert er mir verschmitzt zu.

»Was denn?« Er lächelt unschuldig, als ich ihn sprachlos und mit großen Augen anstarre, und seine Stimme nimmt einen betörenden Klang an. »Wo waren wir stehengeblieben?«

Noch vor einer Minute wäre ich ihm beinahe verfallen, und auch jetzt schlägt mein Herz wie verrückt. Aber gerade als James' Gesicht sich wieder meinem nähert, schlägt Pillow Alarm. Ganz offensichtlich ist ihm das hier viel zu harmonisch in Anbetracht des Chaos um uns herum. Mein Kater beginnt laut und anhaltend zu miauen.

»Halt den Schnabel!«, James verzieht das Gesicht. Als Antwort wird der Lärm noch lauter. Seufzend löse ich mich von James. »Am besten sehen wir zu, dass ich ins Krankenhaus komme. Er wird ohnehin keine Ruhe geben.«

James zögert. Dann seufzt er tief und nickt. »Blöder Kater.«

»Mhmm …«, murmle ich und stimme ihm in Gedanken aus vollem Herzen zu. Vorsichtig setzt James mich auf dem Bett ab und sieht mich nachdenklich an.

»Dann sollte ich dich jetzt ins Krankenhaus bringen.«

Ich zögere. Dann grinse ich ein bisschen. »Ja, das solltest *du* wohl.« Ich ziehe das »du« ein wenig in die Länge. Wenn ich geglaubt habe, dass ich ihn aus der Fassung bringen könnte, habe ich mich geirrt.

»Ich hoffe, es ist in Ordnung, wenn wir zu einer weniger formellen Anrede übergehen. Es scheint mir die einzig logische Konsequenz zu sein. Also, ich bin James.« Er spricht nicht weiter, aber ich spüre, wie mein Nacken heiß wird. Ich weiß genau, was er meint. Und warum eigentlich nicht? In Gedanken habe ich ihn ja schon länger nicht mehr gesiezt. Also lächele ich ihn an. »Angenehm, James. Ich bin Mary.«

»Ich bringe dich ins Krankenhaus«, erklärt er wieder.

»Miau!«

»Was in aller Welt ist denn jetzt?«, brummt James vor sich hin. Offensichtlich nimmt er es Pillow deutlich übel, dass er uns eben gestört hat. Ich kichere.

»Er hat Hunger.«

James knurrt. »Er kann später was kriegen, erst mal bist du dran.«

Ich habe das Gefühl, dass ich ihm jetzt lieber nicht wiedersprechen sollte. Außerdem kann meinem Kater ein bisschen Diät nicht schaden. »Tut mir leid Pummelfee. Ich glaube, ich muss jetzt wirklich langsam zum Arzt. Mir ist irgendwie schlecht.«

James nestelt umständlich seinen Schlüssel aus der Tasche. Dann greift er sich noch meinen Hausschlüssel aus der Schlüsselschale auf dem Schränkchen an der Wand. Ganz selbstverständlich. Als würde er hier wohnen. Ich muss zugeben, dass mir das gefällt.

»Ich habe noch meinen Schlafanzug an«, fällt mir plötzlich ein.

»Das stört mich ganz und gar nicht.« Wieder zwinkert er mir zu. »Und den Arzt stört es sicher auch nicht. Du ziehst jetzt erst mal einen langen Mantel drüber. Dann juckt das keinen.«

Eigentlich hat er recht.

»Da drüben hängt ein Mantel. Kannst du ihn mir geben?« Er bringt ihn sofort zu mir, hilft mir auf die Beine und stützt mich, während ich den Mantel anziehe. Kaum hat er mich allerdings losgelassen, als mir auch schon wieder schrecklich schlecht wird und ich auf dem Bett in mich zusammensinke. Es ist bestimmt nicht nur der Schlag auf meinen Kopf, der mich in heftiges Schluchzen ausbrechen lässt. Mein Herz fühlt sich zentnerschwer an, wie schon so oft in den letzten Tagen. Hilflos schluchze ich vor mich hin und nehme nur am Rande wahr, wie James seinen Arm um meine zitternden Schultern schlingt und mich sanft streichelt. Meine Brust fühlt sich so eng an wie mein Hals, und mein Herz klopft schmerzhaft.

Okay, so tief kann meine Liebe zu Peter nicht gewesen sein, sonst hätte ich gerade eben wohl kaum beinahe James geküsst, aber es tut doch weh, von dem Menschen, in den ich auf jeden

Fall heftig verliebt war, betrogen worden zu sein. Und jetzt muss ich auch noch mit diesen rätselhaften Angriffen allein fertig werden. Es dauert eine ganze Weile, bis der heftige Schmerz in meiner Brust langsam nachlässt und ich James schniefend anschauen kann. »Bitte bring mich jetzt zum Arzt.«

Er schaut mich prüfend an und nickt dann. Wieder hebt er mich auf seine Arme, und einige Minuten später sitze ich auch schon sicher, aber mit einem schweren Herzen, in meinem Auto auf dem Beifahrersitz. Am Steuer sitzt James Parker. Ich schüttle den Kopf bei dem Gedanken daran, wie schnell gerade alles in meinem Leben passiert. Er fährt bereits zum zweiten Mal meinen Wagen.

Das geht alles wirklich schnell, und ich bin gar nicht sicher, ob ich das so will. Es macht mir Angst. Ich bin eigentlich kein Mensch für schnelle Veränderungen. Hilfe! Ich muss definitiv die Bremse ziehen. In jeglicher Hinsicht.

Aber erst einmal sollte ich tatsächlich ins Krankenhaus. Ich ziehe mein Handy aus der Tasche und schicke eine kurze SMS an Nina.

[8:34] Mary: *Muss ins KH. Ich ruf dich an.*

Dann schließe ich die Augen und lausche dem monotonen Geräusch des Motors.

Kapitel 5

Man kann nicht immer ein Held sein,
aber man kann immer ein Mann sein.

Johann Wolfgang von Goethe

Als der Wagen hält, schrecke ich aus einem leichten Schlaf hoch und schaue mich um. Vor meinen Augen erhebt sich das stattliche Krankenhausgebäude in seiner – sogar äußerlichen – Sterilität. Auf der Fahrerseite springt James aus dem Wagen und kommt zu mir herüber, um mir die Tür zu öffnen und mich zu stützen, nachdem ich ausgestiegen bin. Ich lächle müde und erschöpft. Mein Kopf tut jetzt viel mehr weh als vorhin, und hinter meinen Augen klopft es heftig. Auch das flaue Gefühl in meinem Magen macht keine Anstalten abzuebben. Weil mir das Laufen immer noch schwerfällt, trägt James mich wieder auf seinen Armen in das Krankenhausgebäude. Drinnen angekommen setzt er mich ab, und ich schnappe nach Luft.

Anscheinend bin ich nicht die Einzige, die den Morgen mit einer hübschen kleinen Verletzung begonnen hat. Im Wartebereich des Krankenhauses ist es gerappelt voll. Ein kleiner Junge sitzt weinend auf dem Schoß seiner Mutter und hält sich den Arm. Eine junge Frau mit einem dicken Schwangerschaftsbauch steht neben ihrem Mann vor der Glaskammer über der *Aufnahme* steht, und redet heftig auf eine stoisch aussehende Frau in weißer Kleidung ein. James drückt mich auf einen Stuhl und spricht dann einen Mann in weißen Hosen und grüner Jacke an, der gerade an uns vorbeiläuft. Er ist offensichtlich kein Arzt, sondern Pfleger, und in der Hand hält er eine Kaffeetasse.

»Guten Tag, könnten Sie uns bitte kurz …?«

»Entschuldigen Sie«, der Mann schaut James arrogant an und schüttelt den Kopf. »Melden Sie sich doch bitte an der Anmeldung. Wir haben hier alle Hände voll zu tun.«

Ja klar, so sieht er aber nicht gerade aus. Die haben hier offenbar absolut die Ruhe weg. Das denke anscheinend nicht nur ich, sondern auch James. Sein Gesicht wird mit einem Mal hart.

»Hören Sie. Es wäre wirklich gut, wenn sich ein Arzt unverzüglich um meine … Miss Parker kümmern würde.« Er zieht seinen Polizeiausweis aus der Tasche und hält ihn dem Pfleger unter die Nase. Der wirkt allerdings eher semibeeindruckt. »Alle Ärzte sind momentan beschäftigt. Ihre Miss Parker wird also warten müssen wie jeder andere auch, Officer.«

Ein weiterer, stechender Schmerz fährt durch meinen Kopf. Alles tut mir weh, mir ist immer noch schlecht, und ich will eigentlich nur liegen. Aber wie es aussieht, kann ich darauf noch eine ganze Weile warten. Nicht einmal ein Sitzplatz ist mehr frei, und ich muss mich auf James' Arm stützen, weil vor meinen Augen alles seltsam verschwimmt. Ergeben blicke ich zur Tür und will gerade meine Augen schließen, als auf einmal alles ganz schnell geht.

Ein älteres Ehepaar kommt durch die Tür herein. Der Mann trägt einen schlechtsitzenden, blutigen Verband über einer Wunde am Kopf, und auch über seine Wangen ziehen sich lange und unappetitliche Blutspuren. Bei diesem Anblick wird mir endgültig richtig schlecht. Mein Magen rumort, und mir ist klar, dass ich dringend zur Toilette muss, bevor hier ein Unglück passiert.

Ich presse mir die Hand vor den Mund und komme ins Schwanken. Aus den Augenwinkeln nehme ich wahr, wie die Tür noch einmal auffliegt und zwei Männer hereingestürmt kommen. Ich achte nicht auf sie, sondern stürze mich notgedrungen auf den nächstbesten Mülleimer und beginne heftig zu würgen.

Mein Magen zieht sich in schmerzhaften Krämpfen zusammen, ich zittere und schluchze wie von Sinnen. Um mich herum werden Stimmen laut. Jemand greift nach meinem Haar und hält es mir aus dem Gesicht. Eine warme Stimme redet beruhigend auf mich ein. Nach einer gefühlten Ewigkeit lassen die Krämpfe endlich nach, und ich richte mich unsicher auf. Der Geschmack von Galle lässt mich erneut würgen. Jemand drückt mir einen Becher in die Hand, und ich spüle meinen Mund aus. Dann sehe ich mich um. Fünf besorgte Augenpaare starren mich an. James, Bond, der Pfleger, ein Weißkittel und Michael Neilson. Was macht der denn hier? Ich will mich aufrichten und merke sofort, dass das ein Fehler war. Ich schwanke, wieder einmal wird mir schwarz vor Augen, und ich lasse mich von einer tiefen, schweren Dunkelheit davontragen.

»Das kann doch jetzt nicht dein Ernst sein?«

Erschrocken zucke ich zusammen und schlage die Augen auf, die ich kurz geschlossen hatte. Ich liege in einem Krankenhausbett, an meinem Handgelenk ist ein Infusionskatheter gelegt, der zu einem Tropf führt, durch den eine Flüssigkeit in meine Venen tropft, und ich fühle mich viel besser. Ich bin schon seit einer ganzen Weile wieder bei klarem Bewusstsein und wurde bereits von einem wirklich netten Weißkittel namens Doktor Miller untersucht, der jetzt gerade kurz das Zimmer verlassen hat. Außer mir befinden sich noch drei weitere Personen im Raum. Deputy Chief Bond, Michael Neilson und James Parker. Letzterer hat übrigens auch gerade die Frage gestellt. Oder besser, er hat sie seinem Kollegen ins Gesicht gebrüllt. Ich denke mir wieder einmal, dass die beiden wirklich gut befreundet sein müssen, wenn er so mit einem Vorgesetzten reden darf.

James starrt den Deputy Chief in einer Mischung aus Fassungslosigkeit und Wut an. »Du hast Mary bei diesem *Pfaffen* einquartiert?«

Der *Pfaffe* runzelt bei James' Worten die Stirn. Ich frage mich immer noch, wie er eigentlich hierherkommt, bin aber viel zu schwach, um nachzufragen.

Gut, auch ich muss zugeben, dass mir das jetzt gerade wirklich unangenehm ist. Während ich zuerst ohnmächtig war, dann untersucht wurde und James die ganze Zeit bei mir geblieben ist, haben Deputy Chief Bond und Michael beschlossen, dass ich unter den gegebenen Umständen erst mal nicht allein in meiner Wohnung sein sollte. Also hat Michael kurzerhand angeboten, mir bei sich Kost und Logis zu gewähren, so lange es nötig ist. Ja, mir ist auch klar, dass meine Wohnung momentan bestimmt nicht der sicherste Ort ist, aber die nächsten Tage im Pfarrhaus zu verbringen, scheint mir auch keine allzu kluge Idee zu sein.

»Na ja«, Bond wirkt irritiert, »sie hatte doch gesagt, dass ihre Freundin sie nicht aufnehmen kann, und der Pfarrer war so freundlich, sich anzubieten.« Er kratzt sich etwas verlegen am Kopf.

An James' Hals beginnt eine Ader zu pochen. »Das kann ich mir lebhaft vorstellen. Wirklich die reine Freundlichkeit, der Typ.« Er schnaubt und dreht sich zu mir um. »Du wohnst bei mir.«

Bitte *was*?

»Kommt ja überhaupt nicht in Frage!«, mischt sich jetzt Michael ein. »Mary wohnt selbstverständlich bei mir. Ich kann immer ein Auge auf sie haben.«

»Ich glaube, Sie träumen!«, James' Gesicht hat einen wirklich ungesunden Rotton angenommen. Meine Blicke fliegen zwischen den beiden Männern hin und her, als würde ich versuchen, einem Pingpong-Match zu folgen. Es dauert einen Moment, bis ich überhaupt einen klaren und logischen Gedanken fassen kann, aber dann gehe ich dazwischen.

»Meine Herren. Die Sache, die Sie hier ohne meine Meinung zu erfragen besprechen, lässt sich ganz einfach klären.« Drei Augenpaare sehen mich fragend an. Ich hole tief Luft. »Egal wo ich die nächsten Wochen wohnen werde, ich muss Pillow mitnehmen können.«

»Pillow?«, Michael sieht mich fragend an und runzelt die Stirn.

»Ihren Kater.« James lächelt leicht überheblich. Na klasse.

Hirschkampfalarm. Mit einem Mal sieht Michael ziemlich geknickt aus. »Ich bin allergisch gegen Katzenhaare«, murmelt er, und ich muss James nicht einmal ansehen, um zu wissen, was in ihm vorgeht. Ich könnte aber wetten, dass ein zufriedenes Grinsen sein Gesicht überzieht.

»Damit wäre das Ganze ja wohl geklärt. Mary bleibt bei mir.«

»Und was ist mit ihr, wenn Sie arbeiten sind?« Michael hat sich wieder gefangen und steht jetzt mit verschränkten Armen vor James. Ich habe das Gefühl, dass ich mitten in einem Kindergarten zwischen zwei kleinen Jungen stehe, die sich um das niedliche rote Spielzeugauto streiten, und um ehrlich zu sein, macht mich das gerade unglaublich wütend.

»Entschuldigt mal bitte, ihr beiden. Dürfte ich mich vielleicht noch einmal in euren konspirativen Austausch einmischen?« Ich widerstehe dem Drang, mit den Füßen heftig auf den Boden zu stampfen – gut, ich liege im Bett also geht das wohl schlecht, aber das tut ja jetzt nichts zur Sache –, und starre die beiden Männer wütend Schrägstrich angriffslustig an.

Schon wieder sehen sie aus wie kleine Jungen. Dieses Mal allerdings wie kleine Jungen, die gerade vor ihrer Lehrerin stehen und auf ihre Strafe warten. Eigentlich ganz süß, und wie ich sie so schuldbewusst vor meinem Bett stehen sehe, muss ich mir ein Schmunzeln verkneifen. Aber es gelingt mir, ernst zu bleiben. Ich gebe meiner Stimme einen möglichst strengen Klang.

»Also ihr beiden. Ihr scheint eindeutig gerade zu vergessen, dass ich immer noch ein denkender Mensch bin, der seine eigenen Entscheidungen treffen kann. Ich würde gern einen Vorschlag machen.«

Bei meinen Worten straffen James und Michael die Schultern, und ich würde mich nicht wundern, wenn sie gleich in Militärhaltung die Hacken zusammenschlagen und energisch salutieren würden. Gespannt warten sie, während ich tief Luft hole.

»Also, ich wäre dafür, dass Pillow und ich zumindest die Nächte bei James, also ich meine bei Mr. Parker verbringen.« Ich stocke, als mir klar wird, was ich da gerade gesagt habe und wie falsch man das verstehen kann. Ich spüre, wie mir die Hitze in die Wangen steigt.

»Ich, ich meine, es wäre das Beste, in seinem Gästezimmer zu schlafen, weil man normalerweise keine Tiere mit ins Hotel nehmen kann. Und schon gar nicht auf unbegrenzte Zeit. Also wäre es wirklich am besten, wenn ich mit James, also ich meine natürlich bei James, also in Mr. Parkers Wohnung übernachte.«

Oh, ist das peinlich. Ich rede mich gerade ganz offensichtlich um Kopf und Kragen. Ein schneller Blick auf die beiden Männer lässt mich stutzen. Ihre Reaktionen könnten unterschiedlicher nicht sein. James versucht vergeblich, ein Grinsen zu verbergen, während Michael mit einem bitteren Zug um den Mund die Lippen zusammenpresst. Er sieht absolut nicht begeistert aus, und ich kann ihn wirklich verstehen. Ich mache schnell weiter und hoffe, dass ihn mein nächster Vorschlag friedlicher stimmen wird.

»Aber Michael hat ja ganz richtig gesagt, dass James – Also Mr. Parker – als Polizist viel auf der Arbeit zu tun hat, und deswegen würde ich vorschlagen, dass ich tagsüber zu Michael fahre. Pillow kann dann den Tag in James' Wohnung verbringen. Das wird ihm gut gefallen solange er genug zu fressen hat.« Ich sehe die beiden Männer an, um ihre Reaktion zu überprüfen. Beide scheinen nicht sonderlich begeistert zu sein, aber Michael sieht zumindest nicht mehr ganz so giftig aus. »Was haltet ihr von dem Vorschlag?«, erkundige ich mich freundlich. Ein Weilchen sehen wir uns schweigend an. Dann atmet James mit einem Mal tief durch und nickt mir zu.

»Das klingt soweit ganz vernünftig. Ich kenne einen Kollegen bei der New Jersey State Police, der in meiner Gegend wohnt. Er kann dich morgens mitnehmen, und abends fahre ich gern los, um dich abzuholen. Den Weg ist es mir wert.« Er grinst ein wenig anzüglich und zwinkert einmal kurz. »Vor allem das Schlafarrangement finde ich übrigens ausgesprochen annehmbar.«

Wieder werden meine Wangen heiß, und ich sehe aus dem Augenwinkel, wie Michael die Fäuste ballt. Schnell setze ich einen leicht amüsierten Gesichtsausdruck auf und sehe James direkt ins Gesicht.

»Das kann ich mir vorstellen, Freundchen. Eine Frau im Haus ist bestimmt eine ganz neue Erfahrung nicht wahr? Selbst wenn sie auf der Couch schläft.«

Einen Augenblick lang entgleisen James die Gesichtszüge, während Michael von einem Ohr zum anderen grinst. Die reinste Achterbahn der Mimik ist das hier! Es ist wirklich kaum mit anzusehen. Diese beiden Kerle machen mich wahnsinnig, und wenn ich mir vorstelle, dass ich in der nächsten Zeit immer von einem von ihnen umgeben sein werde, dann weiß ich nicht so ganz, ob ich mich darüber freuen soll. Das riecht nämlich ziemlich nach Problemen. Und Testosteron. Ich setze mich im Bett auf.

»Ich sollte jetzt wirklich in meine Wohnung. Ein paar Sachen einpacken, Pillow schnappen und uns dann erst mal bei James einrichten.« Ich habe es aufgegeben, ihn vor den anderen zu siezen. Das funktioniert doch sowieso nicht.

»Das ist eine sehr gute Idee«, mischt sich jetzt Bond ein. »Jem, ich würde sagen, für heute machst du Schluss und bringst deinen Gast nach Hause. Morgen kannst du sie dann zu Mr. Neilson bringen lassen, wenn du zum Dienst musst.«

Ah, endlich ein Mann mit einem vernünftigen Plan. Ist ja was Neues hier an meinem Krankenlager. Ich lächele und nicke ihm dankbar zu. Auch die beiden Männer scheinen mit dem Vorschlag klarzukommen. Zumindest nicken beide, und James kommt zu mir herüber. »Dann wollen wir mal, meine lädierte Schönheit.« Er grinst mich an.

»Einen Moment!«

Verdutzt sehe ich mich um. Zwei Worte, zwei Mal, exakt zur selben Zeit, von zwei verschiedenen Menschen. Der Arzt, der nun schon seit einigen Minuten geschwiegen hat, und Michael sehen sich überrascht an. Dann ergreift Doktor Miller wieder das Wort.

»Nicht so hastig, junger Mann. Die Patientin hat immerhin einen heftigen Schlag auf den Kopf erhalten und hängt zudem noch am Tropf. Wir haben den Verdacht auf eine Gehirnerschütterung. Deswegen sollte ich jetzt noch einmal ihren Zustand überprüfen und den Zugang entfernen, bevor ich Ihnen eventuell erlaube, sie mitzunehmen.«

Er entfernt die Nadel aus meiner Hand und klebt ein Pflaster über die Einstichstelle. Routiniert greift er dann nach dem kleinen Gerät, mit dem er mir auch schon vorher in die Augen geleuchtet hat. Ich folge dem Licht mit den Augen. Dann schaltet er die Lampe aus und greift nach dem Blutdruckmessgerät. Kurz darauf sieht er mich ernst an.

»Ganz offensichtlich haben die letzten Minuten einen deutlich höheren Stressfaktor für Sie gehabt als die Aufregung durch Ihren Sturz.« Nun wirft er einen missbilligenden Blick auf die beiden Männer und dann einen eindringlichen auf mich. »Sie müssen sich jetzt schonen. Keinen Stress.«

»Natürlich, Doktor.«

Ich lächele beruhigend. Er hat sicherlich recht, und dennoch habe ich jetzt die Nase voll. Ich will nur noch nach Hause. Bei diesem Wunsch macht mir der Arzt allerdings einen Strich durch die Rechnung.

»Ich würde sie gerne übers Wochenende zur Beobachtung hierbehalten. Am Sonntag können Sie sie abholen.«

Ich beiße die Zähne zusammen und ignoriere, dass ich mich gleich wie ein kleines Mädchen aufführen werde. Ich will die Nacht nicht im Krankenhaus verbringen. Außerdem: Wer soll denn meinen Kater füttern? Genau das erkläre ich jetzt. James springt sofort auf und will den Arzt überzeugen. Der allerdings bleibt hart und schlägt vor, dass James sich ja um meinen Kater kümmern und mich am Sonntag in seiner Funktion als Polizist abholen könnte. Dieser Vorschlag wird von allen Anwesenden angenommen, und ich bin froh, dass James nach meinem Kater sehen wird.

Bond fordert ihn und Michael auf, mit ihm zu kommen. James lächelt mich kurz an, und ich glaube schon, dass sie jetzt alle gehen, aber da tritt Michael an mein Bett und lächelt mich schüchtern an.

»Ich will dir einfach noch kurz eine gute Besserung wünschen. Ich freue mich, dass du Montag zu mir kommst«, sagt er leise.

»Ich freue mich auch.« Ich lächle ihn an, und jetzt verschwindet auch er aus der Tür. Erschöpft schließe ich die Augen. Vielleicht war das doch eine gute Idee, noch ein paar Tage hier zu verbringen. Der Rest des Tages und auch die Nacht vergehen in einer Mischung aus Schlafen und Panikzuständen. Als die Schwester am nächsten Morgen eine Art Diätfrühstück an mein Bett bringt, fühle ich mich aber schon deutlich besser und kann sogar allein zur Toilette laufen. Am Sonntag fühle ich mich schon wieder fast wie neu.

Am späten Vormittag ist Visite, der Arzt untersucht mich gründlich und erklärt, dass ich heute problemlos nach Hause kann. Allerdings soll ich es langsam angehen lassen. Das erzähle ich auch James, als er gegen Nachmittag den Raum betritt und sich sofort besorgt nach mir erkundigt. Als er hört, dass es mich besser geht, ist er ganz offensichtlich erleichtert. Nachdem ich mich von der diensthabenden Schwester verabschiedet habe, verlassen wir das Krankenhaus. James öffnet mir die Autotür. Dann steigt auch er in den Wagen und lächelt zu mir herüber.

»Also Mylady. Packen wir den Kater und den restlichen Krempel ein, und dann ab nach Hause.«

Kapitel 6

Willkommen zu Hause Mr. Kater,
oder wie der gute Goethe sagen würde:
»Schönheit ist überall ein gar willkommener Gast.«

Als James die Tür zu meiner Wohnung aufschließt und sie dann mit Schwung aufstößt, sitzt Pillow schon mit einem strengen Gesicht im Flur und wartet offensichtlich auf mich. Er springt sofort auf, als er mich sieht, und schmiegt sich schmeichelnd an meine Beine.

»Hallo Pummelfee«, sage ich zärtlich und beuge mich zu ihm herunter. »Hat James dich gut gefüttert? Wir müssen jetzt unsere Sachen packen. Wir ziehen für eine Weile um.«

Pillow legt den Kopf schief. Er scheint zu überlegen, ob sein Frauchen Schrägstrich seine Dienstbotin darüber auch gründlich genug nachgedacht hat. Immerhin haben wir hier genug zu fressen, es ist warm und das Bett ist sehr kuschelig. Ich überlasse meinen Kater seinen tiefgründigen Gedanken, und James folgt mir in mein Schlafzimmer, wo er mir einen großen Koffer vom Schrank holen darf, während ich damit beginne, Kleidungsstücke zusammenzupacken und auf mein Bett zu legen. Unterwäsche, T-Shirts, Hosen und sogar zwei schicke Kleider wandern schlussendlich in den Koffer, der am Ende so voll ist, dass ich mich daraufsetzen muss, während James den Reißverschluss zuzieht. Dann trägt er den Koffer in den Flur, und ich packe noch eine zweite – kleinere – Reisetasche mit Schuhen und einigen Sachen für Pillow.

Futter, Schlafkissen und seine geliebte Kuschel- und Spielmaus kommen mit. Dann hole ich die Katzentransportbox und angele mir meinen Kater. Pillow reist gar nicht gern und faucht mich böse an, als ich ihn schnappe und in die Box stecke. Leider kann ich darauf jetzt aber keine Rücksicht nehmen. Ich kann ihn ja schließlich nicht hierlassen.

Dann schaue ich mich noch einmal um und checke gedanklich meine Liste. Ach du Schande! Beinahe hätte ich meine Badutensilien vergessen. Schnell hole ich Zahnbürste und was Frau halt alles so braucht, und dann bin auch ich bereit zu gehen.

Ich trage die Transportbox, während James die schweren Taschen nimmt und wir gemeinsam die Wohnung verlassen. Als ich den Schlüssel im Schloss drehe, beschleicht mich ein seltsames Gefühl. Irgendwas sagt mir, dass sich von heute an vieles ändern wird in meinem Leben.

»Bitteschön ihr beiden. Kommt doch rein.«

James lächelt und hält übertrieben höflich die Tür für mich und die Transportbox auf. Schnell schlüpfe ich an ihm vorbei und betrete seine Wohnung, nur um dann wie angewurzelt stehen zu bleiben. Ich habe viel erwartet, aber definitiv nicht das, was ich jetzt sehe. Die Wohnung sieht aus wie einer Zeitschrift für Innenarchitektur entsprungen. Modern und gleichzeitig urgemütlich. Der Flur, in dem ich gerade stehe, besteht nur aus einer kleinen Ecke. Dann führt eine Tür direkt in einen sehr großen Raum, der offensichtlich sowohl Wohn- als auch Esszimmer darstellt. Auf einer Seite befindet sich die moderne Küchenzeile und rechts der geräumige Wohnbereich mit einer dunklen Eck-Couch und einem kleinen Wohnzimmertisch, auf dem eine echte Grünpflanze steht. Ein Ficus, wenn ich mich nicht irre. Ich trete in den Raum, und mit einem Mal werden meine Augen groß. An der Wand entdecke ich ein wirklich schönes Klavier. Sofort beginnt es, in meinen Fingern zu jucken. Ich habe seit einer gefühlten Ewigkeit nicht mehr gespielt, weil man sich als Studentin mit Teilzeitjob einfach kein Instrument leisten kann. Es hat mir so gefehlt, und am liebsten würde ich gleich loslegen.

»Gefällt dir mein Schätzchen?«

James ist neben mich getreten und lächelt. »Leider spiele ich selbst eher mittelmäßig. Kannst du spielen?«

Ich nicke stumm. Noch immer kribbeln meine Finger voller Vorfreude, und ich werde richtig hibbelig.

»Maaaaau!«

Ganz offensichtlich hat Pillow die Schnauze voll davon, in der Transportbox zu sitzen, und macht jetzt lautstark auf sich aufmerksam. Schnell setze ich die Box ab, und James öffnet das Türchen. Hoheitsvoll stolziert mein Kater in die Wohnung und schaut sich um. Er tippelt elegant über den Boden und springt nach einem Augenblick des Zögerns leichtfüßig auf das Sofa und rollt sich in der Ecke zusammen. Schon einen Moment später tönt sein gemütliches Schnurren durch den Raum. James schaut mich von der Seite an, und ich kann spüren, dass er grinst.

»Na, der fühlt sich wohl. Herzlich willkommen zu Hause Mr. Kater.«

Er nimmt mir die Jacke ab und stützt mich, als ich meine Schuhe ausziehe. Das ist gut, denn ich bin immer noch recht wacklig auf den Beinen.

»Danke!«, sage ich und meine es vollkommen ernst. Ohne jede Vorwarnung nimmt James mich kurz in den Arm und flüstert mir etwas ins Ohr. Ich bekomme spontan eine Gänsehaut. Warm streicht sein Atem über mein Ohr, und ich erschauere. »Willkommen zu Hause, Mary Parker.«

Als ich am nächsten Morgen die Augen aufschlage, muss ich einen Augenblick lang mit meinem Orientierungssinn kämpfen, aber es geht mir definitiv wieder gut. Ich liege in einem riesigen Bett mit einer Matratze, die so weich ist, als würde ich auf Wolken ruhen. Es ist jedenfalls nicht mein Bett, auch wenn es definitiv mein Kater ist, der gerade auf meinem Bauch herumtapst und mich auffordernd anstarrt. Den Lärm, den er veranstaltet, nicht zu vergessen. Jetzt fällt es mir auch wieder ein. Wir sind ja zu Gast bei James.

»Morgen Schatz«, begrüße ich Pillow und setze mich auf.

»Ah, guten Morgen, meine Schöne«, höre ich, und mir bleibt kurzzeitig die Luft weg. Das war jetzt definitiv nicht mein Kater, der mir mit samtweicher, dunkler Stimme geantwortet hat. Im Zeitraffer fliegt mein Blick zur Tür, und mir klappt die Kinnlade herunter. Im Türrahmen steht James Parker im Morgenlook. Und mein lieber Scholli, der Mann ist umwerfend. Sein dunkles Haar ist noch nass und kräuselt sich in seiner Stirn. Bekleidet ist er nur mit einem Handtuch um die Hüfte. Diese Tatsache lenkt meinen Blick auf seine muskulösen Waden und den leicht definierten Bauch. Ziemlich lecker. Ich beiße mir schmerzhaft auf die Lippen. *Nicht starren,* befehle ich mir und reiße meine Augen von ihm los.

»Ich habe mich mit meinem Kater unterhalten, du Charmeur«, gebe ich mich möglichst locker, obwohl mein Puls immer noch rast. »Was machst du überhaupt hier?«

James zieht eine Augenbraue hoch. »Das ist meine Wohnung, und ich wollte dich wecken. Wir müssen nämlich in einer halben Stunde los.«

»Was? Schon?«

Ich springe erschrocken aus dem Bett und scheuche Pillow und meinen Weckdienst mit einer Handbewegung aus dem Zimmer. Gefolgt von James stolziert mein Kater grazil davon. Als ich gestern das Gästezimmer betreten hatte, habe ich mich auf den ersten Blick verliebt. Auch jetzt schaue ich mich wieder mit leuchtenden Augen um. Schwer vorstellbar, dass diese Wohnung von einem Mann eingerichtet wurde.

Hell und freundlich ist das Zimmer, und über einem kleinen Hocker in der Ecke liegen ein großes Duschtuch und ein Waschlappen. Ich lächle. Jetzt fühle ich mich nach einer heißen Dusche.

Auch das Badezimmer ist eine Wucht. Alles ist in hübschen Grün- und Cremetönen gehalten. Die Duschkabine ist direkt auf dem Boden, und nach der heißen Dusche fühle ich mich wie neugeboren. Der pochende Schmerz in meinem Kopf ist nun vollständig verschwunden, und ich schlüpfe schnell in frische Kleider. Noch ein bisschen Schminke, und ich sehe wieder aus wie ich selbst. Oder vielleicht sogar besser.

Als ich frisch geduscht und gestylt in die Küche komme, fällt mein Blick als Erstes auf meinen Kater. Er hockt vor einem Napf in einer Ecke und knuspert fröhlich vor sich hin. Wie lieb, dass James ihn gefüttert hat. Auch auf mich wartet bereits ein leckeres Frühstück. Eine Tasse mit dampfendem Kakao, ein Korb mit Brötchen, Butter und Marmelade. Ich schnuppere genießerisch und lächele James zu, der sich inzwischen ebenfalls angezogen hat und schon seine Uniform trägt. Dunkelblaue Polizeijeans mit riesigen Taschen an den Seiten und ein kurzärmliges, ebenfalls dunkelblaues Hemd. Auf der Schulter erkenne ich das Wappen des New York City Police Department. Ja, doch … so eine Uniform, die hat schon was! Meine Freundinnen hatten schon immer den Verdacht, dass ich eine Uniformenfetischistin bin, und offensichtlich haben sie recht. Egal ob Feuerwehr, Sanitäter, Handwerker oder eben auch Polizei, diese Uniformen machen einfach attraktiv. Ich muss allerdings betonen, dass James einen solchen Attraktivitätsschub überhaupt nicht nötig hat. Auch in Alltagskleidung sieht er umwerfend aus. Wirklich umwerfend …

»Guten Appetit!«

»Äh, was?« Ich zucke ertappt zusammen. Hat er etwa meinen genießerischen Blick bemerkt? Peinlich!

»Danke.«

Ich lasse mir meine Haare ins Gesicht fallen, um die aufsteigende Röte zu verbergen, und schiebe mir ein Brötchen in den Mund. Wie lecker. Nach den Strapazen der letzten beiden Tage schmeckt das unglaublich gut. Ich genieße jeden einzelnen Bissen. Die Mischung aus Brötchen, Butter und Marmelade sorgt für eine regelrechte Explosion meiner Geschmacksnerven. Eigentlich schade, dass ich nicht den Tag in dieser wunderbaren Wohnung mit einem gefüllten Brötchenkorb und einem Klavier verbringen kann. Aber was sein muss, muss sein. Deshalb sehe ich zu, dass ich fertig werde. Es ist eine Schande, dieses Frühstück nicht ausgiebiger zu genießen, aber wir müssen ja los. Ich stehe auf und sehe James auffordernd an. »Ich bin so weit.«

»Na, dann mal los.« James schaut mich einen Augenblick lang an und lächelt. »Wir müssen uns beeilen.«

Schnell streichle ich Pillow über dem Kopf und folge James aus der Wohnung. Dann steige ich auf der Beifahrerseite ein, und es geht los. Wir reden nicht besonders viel während der Fahrt, aber es ist ein tolles Schweigen. Ich genieße es, neben James zu sitzen, immer wieder kurz zu ihm hinüberzuschielen und sofort wieder wegzusehen. Es ist ein aufregendes und kribbeliges Gefühl. Fast fühle ich mich wieder wie auf der High School. Viel zu schnell hält der Wagen, und James schaut mich einen Moment lang ganz still an. Seine Augen lächeln. Ja, das ist genauso schön, wie es klingt.

»Ich hole dich nach der Arbeit wieder ab, und dann essen wir zusammen zu Abend, okay?«

Meine Wangen werden heiß. Schon wieder. *Mary Christmas Parker. Du bist ein Mädchen, und kein Ofen*, schimpfe ich mit mir selbst. »Ja gern!«

James bringt mich noch an die Tür und stellt mich seinem Kollegen vor, der mich zu Michael bringen wird. Dann verabschiedet er mich mit einer Umarmung und geht zurück zu seinem Auto. Sein Kollege ist ganz nett, aber trotzdem verbringen wir die Fahrt zu großen Teilen schweigend. Als er vor dem Pfarrhaus anhält, bedanke ich mich höflich.

Ich öffne die Tür und steige aus dem Wagen. Dann werfe ich die Tür wieder zu, drehe mich um und steige den kleinen Hang zum Pfarrhaus hoch. Ja, doch. Es ist wirklich wunderschön. Ich liebe Fachwerkhäuser, und gerade jetzt, wo der Schnee um mich herum glitzert, habe ich mit einem Mal das untrügliche Gefühl, dass sich hinter diesem Gemäuer viele Geschichten verbergen. Vielleicht wird das ja doch kein allzu peinlicher, sondern eher ein interessanter Tag? Ich wundere mich, wie schnell meine Gefühle sich ändern können. James' Wohnung, Michaels Haus, und eine Mary, die beides liebt. Himmelhochjauchzend, zu Tode betrübt ist wirklich nichts gegen mich.

Schnell klingle ich an der Tür, und nicht einmal einen Atemzug später stehe ich auch schon wieder vor dem Dienstmädchen.

»Guten Tag, gnädiges Fräulein. Der Herr Pfarrer erwartet Sie schon. Folgen Sie mir bitte.«

Es wird doch peinlich. Ich spüre es schon. Ich will nicht gnädiges Fräulein genannt werden. Außerdem will ich unbedingt wissen, warum ein evangelischer Pfarrer in so einem Haus wohnt und ein Dienstmädchen hat. Wie schon die ersten beiden Male laufe ich mit tellergroßen Augen durch das Haus.

»Guten Morgen, meine Liebe, geht es dir besser?« Michaels Stimme reißt mich aus meiner stummen Bewunderung. Lächelnd kommt er aus einem der Zimmer und bleibt vor mir stehen.

»Guten Morgen. Ja, danke!« Ebenfalls lächelnd nehme ich ihn in den Arm. Es ist nett. Freundschaftlich. Von der ansatzweise romantischen Stimmung bei unserem Date ist allerdings nichts mehr zu spüren. Also gar nichts. Dass sich ein Leben in so kurzer Zeit so verändern kann. Die Situation hat so etwas Persönliches, und dabei kenne ich ihn kaum. Aber gut, ich wohne bei einem Polizisten, der mir vor gar nicht allzu langer Zeit ein Bußgeld verpassen wollte, und auch bei ihm kann ich eine gewisse Vertrautheit nicht mehr leugnen. Normal gibt es in meinem Leben wohl nur begrenzt. Michael lächelt. Ihm ist nicht aufgefallen, dass meine Gedanken einen kurzen Ausflug in den Grand Canyon gemacht haben. *»Oh wie du mich frustrierst, Lennard Hoffstetter!«* Ich muss mir ein Grinsen verkneifen. Dann winkt er das Dienstmädchen weg und lässt sich mit mir auf dem Sofa nieder. Als ich das letzte Mal hier saß, hatte ich ein Date mit ihm. Ein komischer Gedanke. Ich finde seine Gesellschaft angenehm, aber irgendwie ist das jetzt alles ziemlich anders. Mir geht der Blick in James' Augen nicht mehr aus dem Kopf. Außerdem weiß ich gar nicht genau, wie das hier eigentlich ablaufen soll. Etwas verunsichert sehe ich mich um und beiße mir auf die Unterlippe, als ich mich dabei erwische, dass ich mich nach James' Wohnung und meinem Kater zurücksehne.

»Also«, Michael lächelt wieder, »was würdest du gerne machen?«

»Was hattest du denn heute vor?«, erkundige ich mich.

In diesem Moment klingelt das Telefon, und einen Augenblick später kommt das Dienstmädchen zur Tür herein und sieht Michael entschuldigend an.

»Entschuldigen Sie, Reverend Neilson. Mr. Bernhard ist am Telefon.«

»Dringend?«, fragt Michael, und sie nickt. Mit einem Seufzer steht Michael auf und lächelt mich entschuldigend an. Ich lehne mich zurück und schließe die Augen. Hoffentlich passiert hier bald mal etwas, das die Situation entkrampft.

Wie sagt man so schön? *Sei vorsichtig mit dem, was du dir wünschst* (Sagt man das so? Wenn nicht, dann finde ich, man sollte. Das ist wichtig!) Als Michael zurückkommt, sehe ich sofort, dass irgendetwas nicht stimmt. Er presst die Lippen zusammen und sieht ernst aus.

»Mary, es tut mir leid, aber ich muss los.«

»Wohin?«, platze ich heraus. Gut, wenn ich allein bin, ist die Situation vielleicht nicht mehr so verkrampft, aber so war das doch nicht gedacht.

»Mrs. Bernhard ist gestorben.«

Fast wäre mir ein »Und jetzt?« herausgerutscht, aber ich verkneife es mir zum Glück gerade noch. Das wäre nun wirklich nicht einfühlsam. Stattdessen nicke ich möglichst verständnisvoll obwohl mir der Gedanke, allein zu sein, wirklich Angst macht.

»Das tut mir leid. Geh nur.«

Er sieht erleichtert aus. »Ich wusste, du würdest das verstehen in deiner Situation.«

Ich halte inne und runzle die Stirn. Verstehen? In meiner Situation? Was soll das denn? Ich wurde verlassen und nicht zur Witwe. Was für ein seltsamer Vergleich. Eine Woge von Ungeduld wallt in mir auf.

»Du hast natürlich recht. Ich verstehe das. In meiner Situation.« Meine Stimme hat einen scharfen Unterton angenommen, aber Michael bemerkt es nicht.

»Da bin ich froh. Das Mädchen wird den ganzen Tag im Haus sein. Du bist also nicht allein, und spätestens um zwei bin ich zurück. Fühl dich wie zu Hause.«

Damit verschwindet er aus dem Zimmer. Ich sitze einen Moment lang ganz ruhig da und starre ins Leere. Nicht allein. Das hat er gesagt. Aber wie kommt es dann, dass ich mich mit einem Mal so furchtbar allein fühle? Ich weiß wirklich nicht, wie lange ich so sitze und Trübsal blase, aber irgendwann beginnen meine Gedanken langsam eine andere Richtung einzuschlagen. Ich sehe mich um. Das Haus ist so riesig, da kann es doch nun wirklich nicht schaden, es ein bisschen zu erkunden. Vor allem weil Michael so schnell wegmusste, dass er mir nicht mal die grundlegend wichtigen Räume wie das Bad zeigen konnte. Natürlich könnte ich das Dienstmädchen fragen, ob sie mir alles zeigt, aber ehrlich, wie langweilig wäre das. Nein, nein. Das mache ich lieber selbst. Ich stehe langsam auf und dehne mich kurz.

Wo fange ich am besten an? Eigentlich ist es doch logisch, wenn man ein Haus entweder von unten nach oben oder von oben nach unten erkundet. Aber da mich keine zehn Pferde in einen Keller kriegen, in dem bestimmt all die Spinnen leben, die vor dem putzwütigen Hauspersonal geflohen sind, begebe ich mich lieber auf den Dachboden. Oder vielmehr: Ich schaue nach, ob es einen Dachboden gibt. Ja, ich schaffe es erfolgreich, mir einzureden, dass so eine Spinne auf der Flucht mit Sicherheit lieber die Treppen hinunterkugelt als sie hochzuklettern. Ergo muss der Dachboden ungefährliches Terrain sein. Hoffe ich. Ich beginne also, nach allen möglichen Treppen Ausschau zu halten. Es gibt die Haupttreppe, aber meine Neugier sagt mir, dass die großen Geheimnisse nicht am Ende einer großen Treppe lauern. Also stecke ich meine Nasen in jeden einzelnen Raum. Dabei entdecke ich ein Bad, die Küche, ein Schuhzimmer (Was in aller Welt soll das in einem Männerhaushalt?) und das Büro, das ich ja bereits kenne. Ansonsten finde ich erst einmal nichts. Aber ich wäre nicht Mary Christmas Parker, wenn ich einfach so aufgeben würde. Vielmehr stecke ich meinen Kopf auch durch die letzte unverschlossene Tür und habe Glück. Es ist ganz offensichtlich ein Dienstbotenzimmer, und wer – so wie ich – viele alte Romane gelesen hat, der weiß natürlich, dass sich im Zimmer eines Dienstmädchens häufig auch ein Zugang zu einer sogenannten Dienstbotentreppe befindet. Einen kurzen Augenblick zögere ich. Ich meine, hallo? Das hier ist ein privater Wohnraum. Aber dann rufe ich mir Michaels Worte zurück ins Gedächtnis. »Fühl dich wie zu Hause«, hat er gesagt. Mit diesem Gedanken überwinde ich meine Scheu und ziehe die Tür leise hinter mir ins Schloss. Dann sehe ich mich in dem – für die Verhältnisse dieses Hauses wirklich kleinen, für Normalsterbliche aber immer noch sehr großen – Zimmer um.

Es sieht nett und sauber aus, aber bis auf eine Kommode, einen kleinen Schrank, den Tisch und das Bett ist es beinahe leer. Ich trete näher an die Wand heran und staune nicht schlecht, als ich die Umrisse einer Tapetentür erkennen kann. Ein bisschen Glück braucht der Mensch. Schnell versuche ich die Tür zu öffnen und werde auch hier vom Erfolg verwöhnt. Ich finde eine Art Zug-Hebel-Mechanismus, und die Tür schwingt lautlos in den Angeln zurück.

Mein Herz macht einen Satz, und ich halte kurz den Atem an. Irre. Ich bin hier entweder bei *Downton Abbey* oder direkt in *Stolz und Vorurteil*. Vor mir liegt eine Dienstbotentreppe, die aussieht, als wäre sie direkt der Vergangenheit entsprungen. Klein, dunkel und sehr geheimnisvoll. Ich mache einen Schritt nach vorn und höre, wie die Tür hinter mir mit einem leisen Klicken ins Schloss fällt. Einen Moment lang habe ich Angst, so finster ist es plötzlich um mich herum, aber dann gewöhnen sich meine Augen an die Dunkelheit. Mit klopfendem Herzen steige ich die Treppe hinauf. Manche der Stufen knarzen verräterisch. Bestimmt werden sie heute nicht mehr genutzt. Wie alt das Haus wohl sein mag? Es sind viele Stufen, und ich bin so in meine Gedanken versunken, dass ich beinahe vor Schreck aufschreie, als es plötzlich nicht mehr weitergeht.

Wieder stehe ich vor einer Tür. Ob sie der Dienstbotentür gleicht, kann ich nicht sagen. Schließlich habe ich die nur von außen gesehen. Ich drücke gegen die Tür. Nichts. Hm. Ich kämpfe gegen eine aufsteigende Panik an. Das hier ist kein Geheimgang. Auch wenn es mir gerade so vorkommt. Es ist kein Geheimgang. Also ist es doch nur logisch, dass hier derselbe Mechanismus in Kraft tritt wie bei der anderen Tür. Ich versuche es, und siehe da: Es klappt. Ich unterdrücke ein Jubeln und öffne die Tür vorsichtig. Immerhin weiß ich nicht, was sich dahinter verbirgt. Ein leises Quietschen ist zu hören, als die Tür in den Angeln herumschwingt. Ich mache einen Schritt nach vorn und traue meinen Augen kaum.

Kapitel 7

Kein Mann sollte ein Geheimnis vor seiner Frau haben.
Sie wird es in jedem Fall herausfinden.

Oscar Wilde

Vor mir liegt der größte Dachboden in der Geschichte der Dachböden. Aber eigentlich reicht das gar nicht aus, um ihn zu beschreiben, und es trifft ihn auch nicht wirklich. Der große Raum sieht aus wie ein Antiquitätenladen. Unglaublich viele alte, und soweit ich es überblicken kann, wunderschöne Möbel stehen hier dicht an dicht gedrängt. Wie verzaubert trete ich weiter in den Raum. Meine Blicke wandern über jedes einzelne Möbelstück. Zart streiche ich über eine Kommode mit Ebenholzleisten, für die ein Liebhaber bestimmt einiges hinblättern würde. Schnörkel zieren die Türen und Schubladen. Es ist schade, dass der Dachboden nur spärlich beleuchtet ist. Einzig durch ein Fenster in der Dachschräge fallen ein paar Sonnenstrahlen in den Raum. In ihrem Licht tanzen Staubpigmente durch die Luft wie kleine Schneeflocken. Zauberhaft. Trotzdem bewege ich mich unbeirrt vorwärts. Ich schiebe mich an den Möbeln vorbei, stoße immer wieder ein entzücktes »Oh« oder »Ah« aus, und bleibe mit einem Mal ruckartig stehen.

Direkt vor meinen Füßen steht eine fast hüfthohe Truhe, die sich von den restlichen Möbelstücken abhebt. Sie ist nicht so schön und verziert, sondern vielmehr ganz einfach aus schlichtem, schnörkelfreiem Holz. Nichts Besonderes, aber ich würde sie gerne meiner besten Freundin zeigen. Sie liebt solchen Krempel und würde bestimmt ein Geheimnis wittern. Vielleicht komme ich ja mal dazu, sie ihr zu vorzuführen. In diesem Moment beginnt mein Handy zu klingeln, und ich ziehe es mit zitternden Händen aus der Hosentasche. Ich habe mich ziemlich erschreckt, was wohl an der besonderen Stimmung hier oben auf dem Dachboden liegt. Es ist meine Mutter, wie ein Blick auf das Display verrät. Wahrscheinlich ist das auch gut so. Ich sollte hier nicht so herumschnüffeln, und als ich abnehme, mache ich mich schon wieder auf den Weg nach unten.

»Hey Mom«, begrüße ich sie und versuche, das Zittern in meiner Stimme zu unterdrücken.

»Hallo Liebes! Ich habe ganz tolle Nachrichten.«

Tolle Nachrichten für sie. Ob das wohl auch für mich gilt? Ich zögere. »Okay?«, frage ich langsam und harre der Dinge, die da kommen.

»Wir kommen dich besuchen!«, jubelt sie, und ich lasse mich auf eine Treppenstufe plumpsen. »Ihr kommt, bitte was?«

Das kann doch nur ein Witz sein. Oder ein spontaner Hörfehler vielleicht?

»Na, dich besuchen.« Meine Mutter lacht übermütig. »Wir sind gerade gelandet.«

»Wir?« Ich kann nicht verhindern, dass meine Stimme leicht hysterisch wird. »Wer ist wir?«

»Dein Vater, Gerti und ich.«

Ich traue meinen Ohren nicht. Meine Gedanken fahren Achterbahn. Wie, sie wollen herkommen? Wo sollen sie schlafen? Sie wollen bestimmt Peter kennenlernen. Ich schnappe nach Luft. Es gibt keinen Peter mehr in meinem Leben. Ich wohne nicht zu Hause. Jemand bedroht mich, und mein Leben ist in Gefahr. Mir wird erst klar, dass meine Mutter auf eine Antwort wartet, als sie plötzlich »Mary, bist du noch dran?« in mein Ohr zwitschert.

»Wo wollt ihr schlafen?«, platze ich mit der erstbesten Frage heraus, die in meinem Kopf aufpoppt.

»Na, in einem Hotel. Wir wollen dir ja nicht zur Last fallen so kurz vor der Hochzeit.« Ihr Lachen klingt nun affektiert. »Aber wir würden dich natürlich gern besuchen kommen, sobald wir da sind.«

Ich dreh durch. Ich dreh gleich durch wie ein Brummkreisel. Sie können nicht, nein, sie dürfen nicht zu meiner Wohnung fahren. Wer auch immer es auf mich abgesehen hat, er könnte sie sehen. Ihnen folgen. Sie bedrohen. Ich muss sie schützen. Das Ganovenpärchen hat ja unter Garantie mitbekommen, dass sein Plan nicht funktioniert hat, und ganz bestimmt ist es darüber nicht erfreut. Der Gedanke jagt mir Angst ein.

»Mama, warte einen Moment«, sage ich ruhig.

Es wird still in der Leitung, und meine Mutter atmet tief ein. »Was denn, Schatz?«

»Mama, ich wohne momentan nicht in meiner Wohnung.«

Etwas Besseres fällt mir ehrlich gesagt nicht ein, und es ist ja auch wahr. Nur wie ich auf die gleich folgenden Fragen reagieren werde, weiß ich noch nicht.

»Nicht?«, kommt es überrascht zurück. »Wo wohnst du dann?«

Und da ist sie. Die Frage … Wo wohne ich eigentlich? Gerade jetzt ja irgendwie bei Michael. Es durchzuckt mich. Fühl dich wie zu Hause. Wie zu Hause … zu Hause … echot es in meinem Kopf. Schnell werfe ich einen Blick auf die Uhr. Es ist noch nicht einmal eine Stunde vergangen. Michael wird noch eine ganze Weile weg sein. Das ist doch die Gelegenheit.

»Ich bin bei Peters bestem Freund, Mama.«

Bei Peters bestem Freund? Ich könnte mich ohrfeigen. Wie soll ich das nun wieder erklären? Genau diese Frage scheint auch meine Mutter zu beschäftigen. Was das nun wieder zu bedeuten hat.

»Oh?«, fragt sie. Ihre Stimme klingt ungläubig, fragend, und ich ringe verzweifelt um eine Antwort.

»Na ja, Peter ist gerade auf einer Geschäftsreise, und ich bin doch so ungern allein.«

»Und Pillow?«, kommt es prompt zurück, und ich beiße mir auf die Zunge. Lügen liegt mir einfach nicht.

»Pillow ist in der Katzenpension.«

Ja, als ob. Als würde ich das meinem Kater antun. Er würde sich niemals in einer Umgebung mit so vielen anderen Katzen wohlfühlen. Komischerweise schluckt meine Mutter diese Aussage aber sofort. Manchmal sind die Menschen doch seltsam.

»Dann gib uns doch mal die Adresse von Peters Freund, damit wir gleich dorthinfahren können«, befiehlt sie mir. Zähneknirschend und zitternd nenne ich Michaels Adresse. Wenn das mal gut geht.

Pünktlich zwei Stunden später klingelt es an der Tür. Ich habe in der Zeit natürlich nicht faul herumgesessen. Vielmehr habe ich dem Mädchen gesagt, dass meine Eltern spontan zu Besuch kommen und ich keine Hilfe brauchen werde. Einzig um ein wenig Tee und Gebäck habe ich gebeten. Gut, das klingt jetzt vielleicht alles fast ein bisschen unverschämt, und ich meinte auch ein gewisses Maß an Erstaunen in ihren Augen sehen zu können, aber dann hat sie ohne weitere Nachfragen das Gewünschte bereitgestellt und sich auf ihr Zimmer verzogen. Zumindest glaube ich das. Vielleicht ist sie aber auch nur auf Schmutzjagd gegangen. Wer weiß das schon?

Es klingelt ein weiteres Mal, und ich beeile mich zur Tür zu kommen. Was bin ich froh, dass ich heute etwas Schickeres angezogen habe. Schnell ordne ich meine Haare und öffne die Tür.

»Herzlich …« Ich verstumme und blicke staunend auf das Bild, das sich vor meinen Augen entfaltet. Meine Familie sieht aus, als wären sie direkt dem Nordpol entsprungen. Meine Mutter und Tante Gerti tragen leuchtend rote Zipfelmützen mit grünen Bommeln, und mein Vater trägt einen weißen Weihnachtsmannbart. Ich schnappe kurz nach Luft.

»Wie seht ihr denn aus?« Mindestens drei Fragezeichen begleiten meinen Satz.

»Na, das ist aber eine nette Begrüßung!« Meine Mutter sieht

mich vorwurfsvoll an. »Wir wissen doch, dass du so mit Hochzeitsvorbereitungen beschäftigt bist, dass bei dir garantiert noch keine vorweihnachtliche Stimmung aufgekommen ist. Also dachten wir, dass wir dir eine kleine Freude machen könnten.«

In Gedanken seufze ich leise. Das ist so typisch für meine Mutter. Sie, die Weihnachtsfanatikerin, kann den Gedanken nicht ertragen, dass ihre Tochter keine vorweihnachtlichen Gefühle hat. Aber gut. In Anbetracht der Tatsache, dass Weihnachten für mich aus offensichtlichen Gründen von jeher mit einem gewissen Stressfaktor verbunden war, hat meine Familie mit ihrem Auftritt tatsächlich eine Art vorweihnachtliche Stimmung in mir hervorgerufen.

»Das ist aber lieb von euch.« Ich bemühe mich um ein möglichst ehrliches Lächeln.

»Nicht wahr?« Tante Gerti strahlt und kommt jetzt auf mich zu, um mich in den Arm zu nehmen. »Ach meine Süße, ich freue mich so, dass deine Eltern mir angeboten haben mitzukommen, wenn sie dich besuchen.«

Sie erstickt mich beinahe mit ihrer Umarmung.

»Ich freu mich auch, Tante«, bringe ich röchelnd hervor und löse mich sanft aus ihren Armen. »Jetzt kommt aber erst mal rein.«

Dann winke ich meine ganze Chaosfamilie mit einer generösen Handbewegung in Michaels Flur. Meiner Mutter bleibt der Mund offenstehen, als sie sich umschaut. I feel you Mom! Mir ging es ja genauso, als ich das erste Mal dieses Haus betreten habe.

»Das hier ist ein Pfarrhaus?«, bringt sie schließlich schnappend hervor, und Tante Gerti kommentiert trocken.

»Nein Mara. Das ist eine Undercoverdrogenhöhle.«

Ich muss kichern. Meine Tante. Sie ist schon etwas ganz Besonderes. Mom scheint das Ganze allerdings weniger witzig zu finden. Allgemein ist sie nicht besonders gut auf Papas Schwester zu sprechen. Ich glaube sie akzeptiert sie nur wegen der Aussicht auf mein Erbe. Jedenfalls kneift sie ihre Lippen jetzt zu einem dünnen Strich zusammen. »Also wirklich, Gerti.«

Gerti blinzelt mir verschmitzt zu. Sie nimmt das Verhalten meiner Mutter nicht allzu ernst. »Jetzt zeig uns mal das Haus von deinem Schatz, meine kleine Erbnichte.«

»Gerti, das ist nicht das Haus von Peter. Das weißt du doch.« Bilde ich mir das nur ein, oder klingt meine Mutter gerade irgendwie bedauernd?

»Aber wo ist denn der junge Mann, bei dem du untergeschlüpft bist, Mary?«

Hoffentlich noch ganz lange bei dem trauernden Witwer, denke ich im Stillen während ich meine Mutter anstrahle wie eine dieser Frauen aus der Zahnpastawerbung.

»Oh, Michael ist leider gerade nicht da. Er musste zu einem dringenden Hausbesuch. Aber ich darf euch ins Wohnzimmer einladen. Es gibt Tee und Weihnachtsplätzchen.«

Der Blick meiner Mutter sagt: *Seht ihr, und schon kommt Weihnachtsstimmung auf in ihrer kleinen, dunklen Welt.* Na, wenn es sie glücklich macht, dann darf sie das gerne glauben.

Gemeinsam setzen wir uns ins Wohnzimmer, und Tante Gerti sucht meinen Blick. »Süße, ist der Mann, der hier wohnt, noch zu haben?«

Sie hat geflüstert, aber sofort steigt mir die Hitze in die Wangen. Michael. Ist er noch zu haben? Müsste er, oder? Immerhin hatten wir schon ein Date. »Ja.« Ich schlucke schwer.

»Er gefällt dir also«, flüstert Gerti verschwörerisch und zwinkert mir zu.

»Tante Gerti! Er ist der beste Freund meines Verlobten!« Ich versuche, möglichst überzeugend zu klingen.

»Das heißt gar nichts, Kleines.«, mit einem Mal sieht sie seltsam traurig aus. Was ist denn los mit ihr? Schnell nehme ich sie in den Arm, und sie lächelt wieder. Dennoch habe ich das Gefühl, dass ein trauriger Funke in ihren Augen zurückbleibt, die sonst immer so lebenslustig funkeln. Besorgt behalte ich sie im Auge und versuche, sie so gut wie möglich zu unterhalten. Wir knabbern ein paar Kekse, aber das Gespräch kommt einfach nicht richtig in Gang. Schließlich mache ich den Vorschlag, einen Schneespaziergang zu machen, und meine Eltern – typisch Wintermenschen – flippen fast aus. Zum Glück habe ich mich am Morgen warm angezogen, denn draußen ist nun endgültig tiefster Winter. Überall um uns herum spürt man die Vorfreude auf Weihnachten, und trotz der verfahrenen Situation und ohne es zu wollen, lasse ich mich davon anstecken. Ich glaube nicht, dass es bisher deutlich wurde, aber eigentlich liebe ich die Weihnachtszeit, und nur die anstrengende Euphorie meiner Familie und die momentane Lage zwischen Bedrohung und Lügengerüst sind mir ein wenig zu viel.

Was mir an New Jersey gefällt, und als New Yorkerin sollte ich das eigentlich nicht sagen, ist die Natur, die einen wie ein freundlicher Mantel an einem kalten Tag umgibt. Im Sommer kann man hier überall die verschiedensten Grüntöne bewundern. Um diese Jahreszeit allerdings ist nur wenig von dem Grün zu sehen. Eine weiche, weiße Schneedecke überzieht Boden, Bäume und Häuser, und die ganze Welt scheint in tiefem Winterschlaf zu ruhen. Während wir durch die ruhigen Straßen schlendern, lasse ich meine Blicke über die weihnachtlich geschmückten Vorgärten schweifen. Rentiere, Weihnachtsmänner und sogar eine Krippe entdecke ich neben vielen Lichterketten, Lametta und sonstigem Schmuck. In einem Fenster erkenne ich, obwohl es noch nicht dunkel ist, den flackernden Schein von Kerzen. Es ist wunderschön, das muss ich zugeben. Eine tiefe Ruhe breitet sich in meinem Innern aus, und ich ziehe meinen Mantel etwas fester um mich.

Wir spazieren in den nahegelegenen, verschneiten Wald. Ein Eichhörnchen huscht einen Stamm hinauf und keckert ungeduldig. Wahrscheinlich haben wir es gerade von seinem Vorrat an Nüssen für den Winter vertrieben. Wir reden nicht viel, was bei meiner Mutter einem Wunder gleichkommt, und ich genieße den Spaziergang mehr, als ich es für möglich gehalten hätte. Genieße und verdränge den Gedanken, was James wohl sagen würde, wenn er wüsste, dass ich anstatt brav in der Sicherheit von Michaels Haus zu sitzen, hier draußen völlig frei herumspaziere.

Immerhin im Schutz meiner Eltern und meiner Tante. Das sollte eigentlich reichen.

James muss das aber auch gar nicht erfahren. Der Schnee schluckt das Geräusch unserer Schritte, die Schatten werden länger, und nach einer Weile beginnt es in dicken Flocken zu schneien. Schließlich kommen wir wieder am Pfarrhaus an und schälen uns aus Jacken und Schuhen.

»Ach, war das schön«, seufzt meine Mutter glücklich, als wir wieder im warmen Wohnzimmer sitzen. »Aber weißt du, Mary, eigentlich würde ich den jungen Mann, bei dem du momentan wohnst, gern kennenlernen.«

Schon ist es vorbei mit meiner winterlich-weihnachtlichen Stimmung, und die Angst liegt mir wie ein Stein im Magen. »Oh?«, ist alles, was mir einfällt.

»Wir könnten doch morgen zum Frühstück kommen«, schlägt meine Mutter vor. Es soll wie ein Vorschlag klingen, aber eigentlich setzt sie mich einfach nur unter Druck. »Frühstück geht nicht«, platze ich heraus. Irritierte Blicke sind die Folge. Aber es geht einfach nicht. Die Gefahr, dass sie zu früh auftauchen und sehen, wie James' Kollege mich hier abliefert, ist zu groß.

»Ich bin immer so müde«, erkläre ich lahm. »Vielleicht wollt ihr ja zum Brunch kommen?«

Warum Brunch besser ist als Frühstück? Na ja, zumindest werde ich dann hier sein. Was ich mit Michael mache, kann ich mir bis dahin ja noch überlegen. Vielleicht sollte ich ihn einfach einweihen und ihn bitten, Peters Freund zu spielen.

»Dann zum Brunch um elf?« Meine Mutter strahlt.

»Abgemacht.« Ich seufze tief. Kurze Zeit später macht sich meine Familie dann zum Aufbruch bereit. Schnell umarme ich sie alle und schiebe sie aus der Tür. Als das schwere Klicken des Schlosses ertönt, atme ich erleichtert auf. Das war vielleicht ein Nachmittag. Ein Blick auf die Uhr verrät mir, dass es inzwischen fast fünf ist. So viel dazu, dass Michael nicht lange wegbleiben wollte. Gerade, als ich mich im Wohnzimmer wieder auf das Sofa fallen gelassen habe, höre ich, wie ein Schlüssel im Schloss herumgedreht wird, und einen Augenblick später kommt Michael durch die Tür. Er sieht müde und erschöpft aus. Ein trauriger Ausdruck liegt um seinen Mund, und eine Welle von Mitgefühl überkommt mich.

»Mary, es tut mir furchtbar leid, dass es so lange gedauert hat.«

»Ach, kein Problem«, sage ich ehrlich und stehe auf, um ihn zu umarmen. »Geht es dir gut?«

»Ich bin nur schlapp, danke.«, antwortet er und lächelt.

Jetzt, da der ganze Stress mit meiner Familie und allem von mir abfällt, fühle ich mich mit einem Mal sehr müde. Auch das Gespräch mit Michael läuft nicht richtig an. Das Dienstmädchen ist wieder aus den Tiefen seines Zimmers aufgetaucht, und Michael bittet sie, doch das Abendessen zuzubereiten.

»Das kann ich doch machen«, sage ich leise, und er sieht mich überrascht an. »Dafür ist sie doch da!«

Ich spüre, wie sich mein Körper verspannt. Dieses Dienstmädchending. Das ist so seltsam. Ich meine, was ist denn schlimm daran, sein Abendessen selbst zu richten? Wir sitzen im Wohnzimmer, und ich ertappe mich dabei, dass ich auf die Uhr spähe. Schließlich fasse ich mir ein Herz. Stotternd beginne ich, Michael in die Geschichte mit meiner Familie einzuweihen. »Und morgen kommen sie also her«, beende ich meine Erzählung mit einem tiefen Aufseufzen.

»Hm«, ist die erste Reaktion meines Gegenübers. Ich sehe Michael an und versuche zu ergründen, was er gerade denkt. Sein fein geschnittenes Gesicht wirkt nachdenklich. Dann lächelt er mit einem Mal. »Ich werde Peters Freund spielen, wenn du das möchtest.«

Ich strahle, vergesse das hochherrschaftliche Ambiente und falle ihm kurz um den Hals. »Ich danke dir! Ich danke dir tausend Mal!«

Nie hätte ich gewagt, ihn darum zu bitten. Ich bin so froh, dass er selbst den Vorschlag gemacht hat.

Er lacht fröhlich, und der traurige und müde Ausdruck verschwindet von seinem Gesicht. »Aber gerne! Allerdings sollten wir die Eckdaten noch ein wenig genauer abstecken.«

»Klar«, stimme ich zu und nicke.

»Vielleicht beim Abendessen?« Michael hat den Satz kaum beendet, als er auch schon vom lauten und durchdringenden Ton der Türklingel unterbrochen wird.

Mit einem Mal macht mein Herz einen ungelenken Hüpfer, während Michaels Lächeln ein bisschen blasser wird. Einen Moment später betritt das Dienstmädchen den Raum, und hinter ihr sehe ich James. Sofort fällt mir auf, wie müde auch er aussieht. Als sein Blick auf mich fällt, huscht ein Lächeln über sein Gesicht. Eilig stehe ich auf und drücke Michael kurz an mich.

»Ich ziehe mir nur schnell die Schuhe an, und dann können wir los. Tut mir leid wegen des Abendessens. Die Details besprechen wir einfach morgen früh.«

Michaels Enttäuschung ist unverhohlen, aber er lächelt mich trotzdem verkrampft an.

»Es war schön, dich hier zu haben Mary. Ich freue mich schon auf morgen!«

Überrascht drehe ich mich noch einmal zu ihm um und fühle einen Stich der Scham. Es ist nicht wirklich nett, dass ich mich so offensichtlich auf James freue, obwohl der arme Kerl gerade zugestimmt hat, mir das Leben zu retten. Schnell gehe ich noch einmal zu ihm und drücke ihn ein weiteres Mal an mich.

»Danke, dass ich bei dir sein durfte. Dein Haus ist spannend. Auf den Speicher muss ich unbedingt noch mal rauf.«

»Du warst auf dem Speicher?«, fragt er überrascht. Seine Lippen pressen sich mit einem Mal heftig zusammen. Ich stutze. Was ist denn jetzt los? Er kämpft offensichtlich mit sich. Schluckt schwer, ein Nerv an seinem Kinn zuckt. Aber dann strafft er sich und schaut mich an. Jetzt wirkt sein Lächeln wieder echter.

»Jederzeit.«

»Auf geht's Mar«, ertönt James' Stimme hinter mir, und ich blicke mich überrascht um beim Klang des Spitznamens in meinem Ohr. Ich bin eigentlich echt kein Freund von Spitznamen, und mir ist klar, dass er Michael damit ärgern will.

»Alles klar, Jam.« Was du kannst, kann ich auch. Ätsch. Marmeladenbubi. Ich kichere in Gedanken.

Was ich allerdings nicht bedacht habe, ist, wie sich das für Michael anhören muss. Er sieht mich an und wirkt ein wenig verwirrt. Offensichtlich gefällt es ihm nicht, wie vertraut James und ich miteinander umgehen. Mein Plan ist nach hinten losgegangen. Diese ganze Situation ist aber auch wirklich verfahren. Eigentlich kenne ich keinen dieser beiden Männer genau, und beide benehmen sich irgendwie, als wäre ich ihr ganz persönliches Eigentum. Puuh. Ist doch so. Eigentlich kenne ich keinen der beiden, und deswegen hat auch keiner von ihnen ein Recht darauf, irgendein Verhalten meinerseits zu beurteilen. Entschlossen lächele ich Michael zu und folge dann James durch die Tür. Kaum sind wir draußen und die Tür hinter uns geschlossen, als ich auch schon tief durchatme und aus tiefstem Herzen mit einem »Meine Güte! Ist das snobby!« herausplatze.

Überrascht sieht James zu mir herüber. »Kein guter Tag?«

»Kann man so nicht sagen. Ich habe mir das Haus angesehen, und Michael ist auch wirklich nett, aber irgendwie ist das hier alles total seltsam.«

»Du findest es also snobistisch?«, erkundigt sich James, und in seinen Augen glimmt ein seltsamer Funke auf, den ich nicht zu deuten vermag.

»Schon ein bisschen«, erkläre ich und erröte. »Ich meine, er hat ein Dienstmädchen.«

Jetzt grinst James mit einem Mal. »Also das geht wirklich gar nicht.«

»Soll ich fahren?«, biete ich an, als ich sehe, dass James nicht mit dem Polizeiwagen gekommen ist. »Du siehst so müde aus.«

»Nein, danke«, sagt er, und sein Lächeln wärmt mein Inneres. »Ich fahre gern.«

Wir steigen ins Auto, und ich lasse mich erleichtert auf meinen Sitz fallen. »Pillow freut sich garantiert schon sehr auf uns«, erkläre ich und lächele zu James hinüber.

Er verzieht den Mund zu einem halben Grinsen. »Ja, meine Wohnung gefällt ihm offensichtlich sehr.«

Ich werfe ihm aus den Augenwinkeln einen Blick zu. Er wirkt wirklich nicht mehr so müde wie vorher, und wir haben viel Spaß auf der Fahrt. Wir stellen uns Fragen, ich wähle einen Musiksender aus, und wir lassen die Lieder auf die Fragen antworten. Das macht wirklich Spaß, und die Fahrt vergeht wie im Flug. Als wir schließlich an der Wohnung ankommen, springt James aus dem Wagen und hält mir die Tür auf.

»Wer hätte gedacht, wie charmant dieser Cop sein kann, der mich wegen zu schnellen Fahrens angepampt hat.«

Unfassbar, es kommt mir vor, als seien seitdem Monate vergangen, und dabei sind es eigentlich nur wenige Tage.

Zwischen seinen Augenbrauen bildet sich eine kleine Falte, und seine Stimme klingt rau. »Nein, das hätte ich tatsächlich nie gedacht.«

Was meint er denn jetzt damit wieder? Ich antworte nicht, sondern schlüpfe an ihm vorbei und zur Haustür.

»Ach, das habe ich ganz vergessen«, höre ich James' Stimme hinter mir und ich drehe mich überrascht zu ihm um. Er hält mir einen Schlüssel entgegen und lächelt. »Dein Wohnungsschlüssel.«

»Oh!« Mehr fällt mir nicht ein. Das ist eine wirklich süße Geste. Mein Schlüssel zu seiner Wohnung. Nach nur einem Tag. Süß oder naiv? Das ist hier die Frage … Ich entscheide mich für süß, greife nach dem Schlüssel und einen Augenblick berühren sich unsere Finger. Mein Herz macht einen kurzen, ungelenken Satz in meiner Brust, und ich beiße nervös auf meiner Unterlippe herum, während ich einen Moment lang nicht wage, James direkt anzusehen.

Schließlich wandert mein Blick doch nach oben zu seinem Gesicht und bleibt an seinen Lippen hängen. Sie sehen perfekt aus. Weich und voll. Meine Gedanken machen sich selbstständig, und ich stelle mir vor, dass er mich küsst. Das, ich kann es nicht leugnen, ist absolut keine unangenehme Vorstellung. Jetzt nicht durchdrehen, befehle ich mir im Stillen. Beinahe gewaltsam wende ich meinen Blick von ihm ab und atme tief durch, bevor meine Gedanken plötzlich zu Taten werden können und ich James an den Hals springe. Stattdessen nehme ich den Schlüssel, den er mir hinhält, und schließe die Haustür auf.

Allerdings kann ich nicht verhindern, dass meine Hände ein wenig zittern. Drinnen vor der Tür erwartet uns bereits ein hungriger Pillow, der mir schnurrend um die Beine streicht.

»Hey Fetti«, ich kraule sein Köpfchen, und James wirft uns einen amüsierten Blick zu.

»Gib du dem armen Tier sein Futter. Ich schaue, dass ich uns was zum Essen fabriziere.«

»Armes Tier?« Ich lache. »Ich sehe schon, ihr beiden Männer werdet euch gegen mich verbünden.«

»Das würden wir doch nie tun.«

Immer noch lachend gehe ich in die Küche, gefolgt von meinem hungrigen Kater. Wenige Minuten später knuspert Pillow genüsslich an seinem Trockenfutter, und mir steigt ein Geruch in die Nase, bei dem mir das Wasser im Mund zusammenläuft. Neugierig stelle ich mich auf die Zehenspitzen und luge über James' Schulter in die Pfanne.

»Omelett! Lecker.«

Er blickt schmunzelnd über seine Schulter zu mir. »Ich dachte mir schon, dass das nach deinem Geschmack sein könnte.«

»Absolut. Kann ich dir bei etwas helfen?«, frage ich nach. James überlegt einen Augenblick. »Du könntest den Salat waschen und die Soße machen.«

»Gute Wahl.« Ich grinse schelmisch. »Ich mache die beste Salatsoße der Welt.«

»Na dann.«

Ab jetzt arbeiten wir Hand in Hand und kommen schnell voran. Es ist ein schönes Gefühl, mit ihm gemeinsam zu kochen. Wie ein Team. Ich summe die Melodie von *Holly Jolly Christmas* vor mich hin und schüttle den Salat unter dem Wasserhahn im Takt der Musik. James sieht mir lachend dabei zu.

»Was ist das für ein Lied?«, erkundigt er sich plötzlich, und ich starre ihn perplex an.

»*Holly Jolly Christmas*. Sag bloß, das kennst du nicht?«

»Leider nein. Weihnachten war bei uns nie so wirklich das Familienfest«, sagt er und verzieht ein wenig den Mund.

Eine Welle von Mitleid überschwemmt mich, als ich die Verletzlichkeit in seinem Blick wahrnehme. Ich würde gern mehr erfahren, will ihm aber auch nicht zu nahetreten. Dafür fasse ich einen Plan. Ich werde James die weihnachtlichen Freuden zeigen. Mit geschickten Händen bereite ich den Salat zu, während er den Tisch deckt.

Die Szenerie hat etwas Familiäres, und in meinem Bauch breitet sich ein warmes, gemütliches Gefühl aus. Schon nach zwanzig Minuten setzen wir uns an einen gedeckten Tisch. Schnell senke ich den Blick und spreche ein Dankgebet für das Essen. Dann lächle ich und lade erst James und dann mir eine Portion Salat auf den Teller. Gespannt beobachte ich seine Reaktion.

Er schiebt sich eine riesige Gabel in den Mund, schließt genüsslich die Augen, kaut, schluckt und grinst mich an. »Du hast nicht übertrieben, meine Liebe. Wirklich nicht übertrieben«, lobt er, und ich kann nicht anders als zu strahlen. Ich freue mich einfach so sehr, dass es ihm schmeckt. Dann probiere ich selbst und grinse zufrieden.

»Du hast recht. Das ist mir gelungen.«

»Eingebildete Frau!«

»Das sagst ausgerechnet du, Mr. Großkotz?«

Wir starren uns an uns grinsen dann plötzlich.

»Touché!« James seufzt theatralisch, und dann widmen wir uns dem Essen. Verstohlen schaue ich mich im Zimmer um. In der Ecke schleckt und schmatzt mein Kater an seinem Futter, während ich hier sitze und mit James zu Abend esse. Das seltsame daran ist: Es fühlt sich so an, als hätte ich nie etwas anderes getan. Das Omelett schmeckt geradezu phänomenal gut, und nach dem Essen mache ich uns eine Tasse heißen Kakao Spezial.

Das bedeutet, ich gebe ein Zimt-Mandel-Aroma in die Schokolade und garniere das Ganze mit einem Berg Sahne.

»Hier! Weihnachtzeit im Becher für dich«, erkläre ich, und wir wechseln auf die Couch. James reicht mir eine kuschelig weiche Decke. Als ich sie um mich herumgeschlungen habe, springt Pillow mit einem leichtfüßigen Satz auf meinen Schoß und dreht sich so lange, bis er in einer gemütlichen Rolle zum Liegen kommt. Mir wird warm, und ich spüre wie sich ein Kloß in meinem Hals bildet. Das hier fühlt sich unglaublich an.

»Hast du Weihnachtsplätzchen da?«

»Leider nein.« James zuckt die Schultern, und ich sehe ihn ungläubig an. »Zu Weihnachten braucht man doch Plätzchen«, rufe ich aus und beginne sofort, meinen Plan in die Tat umzusetzen. »Lass uns doch zusammen backen.«

»Das klingt gut«, antwortet James. »Ich habe noch nie Weihnachtskekse gebacken.«

»Wo hattet ihr eure dann her?«, erkundige ich mich, und er zuckt die Achseln. Das Backen ist für mich das Schönste an Weihnachten, und ich freue mich darauf, es mit ihm zu machen. »Wann könnten wir das denn machen?«

Auch James lächelt. Er scheint sich mitzufreuen. »Am Wochenende?«

Ich liebe die Idee. Vor meinem inneren Auge baut sich ein Bild auf. James und ich. Mehlbestäubt in der Küche. Um uns herum der Geruch von geschmolzener Schokolade, Karamell und Zimt. Genießerisch schließe ich die Augen.

Mit einem Mal spüre ich eine sanfte Berührung an meiner Wange. Ich reiße die Augen auf und sehe, dass James mir plötzlich viel näher ist als zuvor. Er beugt sich zu mir herüber, seine eine Hand streichelt sanft meine Wange, während er sich mit der anderen hinter mir am Sofa abstützt. Ich halte den Atem einige endlose Sekunden lang an, bevor ich ihn zittrig wieder ausstoße. Mir ist heiß, und ich wage kaum, in James' Augen zu sehen, aus Furcht oder wegen der gespannten Erwartung dessen, was gleich geschehen könnte.

Jetzt spüre ich seine Hand an meinem Kinn. Spüre wie er mich mit sanftem Druck zwingt, den Kopf zu heben und ihn anzusehen. Als ich es schließlich wage, sind seine Augen so sanft und zärtlich auf mich gerichtet, dass mir schon wieder der Atem stockt. Er spürt es und lächelt. Dann kommt er mir noch ein Stückchen näher, und ich rutschte ihm unwillkürlich entgegen, was Pillow auf meinem Schoß ein murriges Knurren entlockt. Aber dieses Mal lässt James sich nicht von meinem Kater aufhalten. Während ich noch nervös überlege, wie es sich wohl anfühlen wird, spüre ich seine weichen Lippen auf meinen. Es ist ein kleiner, sanfter Kuss, und er dauert nicht viel länger als der Flügelschlag eines Schmetterlings, aber als James sich zurückzieht und wieder auf seine Seite rutscht, rast mein Herz, meine Hände zittern, und ich kann nicht verhindern, dass meine Lippen sich zu einem Lächeln verziehen. Er hat mich geküsst. Wirklich geküsst.

James' zauberhaftes Grübchen erscheint neben seinem Mundwinkel. Dann greift er nach der Fernbedienung und schaltet den Fernseher ohne ein weiteres Wort an. Ich beobachte, wie eine bekannte Musik-Castingshow über den Bildschirm flimmert, und lächele einfach weiter gedankenverloren vor mich hin. Das gerade eben war ein so unschuldiger und gleichzeitig so tiefer Moment, dass ich ihn einfach nicht loslassen möchte. Pillow bewegt sich leicht auf meinem Schoß. Langsam dreht er sein Köpfchen und blinzelt zu mir hoch. Alles in Ordnung? scheint sein Blick zu fragen. »Mehr als in Ordnung!«, flüstere ich und streiche sanft über sein weiches Fell. Am liebsten würde ich diesen Moment festhalten, nie wieder loslassen. Denn wer weiß, was morgen kommt?

Kapitel 8

Das schwache Geschlecht ist stark genug,
das starke Geschlecht schwach zu machen.

Verfasser unbekannt

Eigentlich hätte ich mir die Frage selbst beantworten können. Am nächsten Morgen kommt mir der wunderschöne Abend schon so vor, als wäre er Lichtjahre entfernt. Ich wache auf, und das Erste, was ich denke, ist: *Heute muss ich lügen wie gedruckt.* Das ist kein schönes Gefühl. Ich bin ein Mensch, der die Wahrheit liebt, und lügen geht mir sehr nahe. Ich setze mich auf, und in diesem Moment klopft es an meiner Tür. Schnell fahre ich mir einmal hektisch durch die Haare in der Hoffnung, dass sie dadurch etwas weniger nach Struwwelpeter aussehen.

»Herein?«, rufe ich leise, und meine Stimme kiekst.

»Zeit zum Aufstehen.« Es ist James, und mit einem Mal bin ich unglaublich nervös. Was erwartet er wohl von mir? Wie soll ich mich verhalten? Hat ihm gestern Abend etwas bedeutet? Darf gestern Abend mir etwas bedeuten? So viele Fragen, auf die ich keine Antwort habe. Ich wage kaum, ihm in die Augen zu sehen, als er seinen Kopf zur Tür hereinstreckt.

»Ich komme«, rufe ich und hoffe, dass meine Stimme nicht zittert. Kaum hat er die Tür wieder geschlossen, als ich auch schon aus dem Bett springe. Schnell schlüpfe ich ins Bad und mache mich für den heutigen Tag fertig.

Ein hübsches blaues Häkelkleid, dazu eine blickdichte Strumpfhose plus schwarzer Schal und einen hohen Pferdeschwanz. Rasch tusche ich mir noch die Wimpern, tupfe ein wenig Rouge auf meine Wangen und putze mir die Zähne. Ja, vor dem Frühstück. Irgendwie halte ich das für nötig … Falls jemand … ach ich weiß auch nicht.

Wieder schlägt mir aus der Küche der Duft von Frühstück entgegen. Ach, das ist so schön und heimelig. Auch Pillow scheint der Meinung zu sein. Immerhin sitzt er bereits fröhlich knurpsend vor seinem Napf.

»Guten Morgen«, grüße ich in die Runde. James sitzt am Tisch, und jetzt kann ich nicht anders, als ihm in die Augen zu sehen. Die Welt scheint stillzustehen. Ich bewege mich nicht. Schaue ihn einfach nur an. Mein Herz schlägt mir bis zum Hals, und ich spüre, wie meine Handflächen feucht werden. Diese funkelnden grün-blauen Augen, dieses wunderschöne Lächeln und … diese Augen!

»Schläfst du seit neustem wie ein Pferd im Stehen?«

»Wie bitte?« Verwirrt runzle ich die Stirn.

»Du hast ausgesehen, als würdest du schlafen.« James grinst. »Wir müssen allerdings gleich los. Also setz dich hin und iss, kleines Pferdchen.«

So eine Frechheit. Von wegen wie ein Pferd im Stehen schlafen. Er weiß doch ganz genau, dass ich ihn angestarrt habe. Es fällt mir einfach schwer, nach gestern Abend so zu tun, als wäre nichts passiert. Aber gut, wenn er es so will?

»Es war mir, als hättest du etwas gesagt«, gebe ich leicht spitz zurück. »Aber es heißt nicht ›Guten Morgen liebste Mary‹, sondern vielmehr ›Seid gegrüßt Eure Hoheit!‹« Irgendwie bin ich sauer. Wieso sagt er nichts zu gestern Abend? Warum macht er einfach weiter, als wäre nichts zwischen uns passiert? Als hätte sein Kuss nicht unglaublich viel in mir bewirkt? Meine Welt nicht völlig auf den Kopf gestellt? Die einzig logische Antwort, die mir einfällt, tut unglaublich weh. Es hat ihm schlicht und ergreifend nichts bedeutet. Gestern Abend war für ihn nur ein Spiel. Vermutlich liegt ihm jede Frau nach so kurzer Zeit zu Füßen. Ein heftiger Stich fährt mir ins Herz. Ich schlucke heftig und merke, wie mir die Tränen kommen. So ein Blödmann. Aber kein Wunder, ich kenne ihn ja erst so kurz, und was weiß ich eigentlich genau über ihn?

Ab jetzt, beschließe ich, werde ich nicht mehr auf seine Spielchen eingehen. Er kann mich mal gernhaben.

»Ich brauche übrigens nichts zum Essen! Ich frühstücke mit Michael«, schiebe ich hinterher und kann mir ein triumphierendes Lächeln kaum verkneifen, als ich sehe, wie James' Augen sich verdunkeln. Er ist eindeutig nicht erfreut über meine Ankündigung, aber er nickt nur und steht auf.

»Dann können wir ja los.«

Es ist alles ganz anders als gestern. Dieses Mal ist das Schweigen im Auto nicht angenehm, sondern eisig. So eisig, dass ich das Gefühl habe, im nächsten Moment zu erfrieren. Mir ist schon klar, dass das meine Schuld ist. Wahrscheinlich hat James nicht mal die geringste Ahnung, warum ich sauer bin. Gerne würde ich die Situation mit einem Witz auflockern, aber mir fällt nichts ein.

Ohne ein Wort des Abschieds steige ich aus dem Auto und gehe auf den Wagen zu, in dem sein Kollege schon abfahrbereit auf mich wartet. Nur langsam vergeht mir die Zeit, bis wir beim Pfarrhaus anhalten.

Mit möglichst starken Schritten gehe ich den Weg zum Pfarrhaus hinauf. Heute öffnet mir nicht das Dienstmädchen, sondern Michael. Herzlich schließt er mich in die Arme und freut sich so offensichtlich, mich zu sehen, dass ich nicht anders kann, als mich zu fragen, warum ich eigentlich so blöd bin. Ich meine, hallo? Michael mag mich ganz offensichtlich. Er hat schnell klargemacht, dass er mich näher kennenlernen möchte und nicht nur als Freundin. Ein Leben an seiner Seite wäre bestimmt angenehm, und um mein Erbe müsste ich mir dann keine Gedanken mehr machen. Michael hat offensichtlich genug Geld. Trotzdem habe ich mich gestern Abend von James küssen lassen, der nur ein einfacher Polizist ist. Und auch jetzt, da ich so sauer bin, kann ich nicht behaupten, dass der Kuss nicht unglaublich schön gewesen wäre.

Verlegen lächle ich Michael an und folge ihm dann ins Esszimmer. Dort angekommen klappt mir die Kinnlade herunter. Mich erwartet die reinste Brunch-Orgie.

Der große Holztisch ist geradezu überladen. Auf den ersten Blick entdecke ich einen großen Korb Brötchen, eine Pfanne mit Rührei und etwas, das aussieht wie Pizzagebäck. Auf den zweiten Blick folgen Schokomuffins und verschiedenste Sorten Käse und Marmelade. Auf einem Teller am Rande des Tisches baut sich ein Berg aus Weihnachtsplätzchen vor mir, auf und aus zwei großen, dampfenden Kannen duftet es verführerisch nach Punsch.

»Bist du wahnsinnig?« Ich sehe Michael mit aufgerissenen Augen an. Ein verlegenes Lächeln huscht über sein Gesicht, und er wendet den Kopf ein wenig zur Seite.

»Na ja, ich wollte einfach, dass deine Familie sich bei mir wohlfühlt. Vor allem falls, na ja ...«

Seine Stimme verklingt. Ich glaube aber dennoch zu wissen, was er gerade sagen wollte. »... falls sie mich irgendwann unter anderen Umständen wiedersehen«. Der Gedanke an diese Möglichkeit treibt mir die Röte ins Gesicht. Ich bin wirklich ein schlechter Mensch.

»Oh, sie werden sich wohlfühlen.« Ich lache leicht gekünstelt. »Vor allem mein Vater wird sich beim Anblick dieses ...«, ich umfasse den ganzen Tisch mit einer Handbewegung »... Festmahls sofort in dich verlieben.«

Mit einem Mal höre ich auf zu lachen. Verlieben. Das ist ein starkes Wort. Auch Michael scheint es so zu sehen. Er schluckt und kommt einen Schritt auf mich zu. Instinktiv weiche ich zurück und stoße mit dem Rücken gegen die Wand. Einerseits finde ich es spannend, wie Michael mich mit einem Mal ansieht, aber andererseits kann ich nicht anders, als an James zu denken. Mir wird klar: Ich will nicht, dass Michael mich jetzt küsst. Noch nicht.

»Michael«, stottere ich unsicher. »Ich glaube ...«

In diesem Moment klingelt es an der Haustür, und Michael macht einen regelrechten Satz zurück. Keine Sekunde zu früh, denn schon kommt das Dienstmädchen mit meiner Familie im Schlepptau herein. Ich atme tief ein und versuche, meinen zitternden Atem zu beruhigen, bevor ich zu ihnen gehe.

»Guten Morgen, ihr Lieben«, begrüße ich sie betont fröhlich. Dann drehe ich mich um. »Das ist Michael, Peters bester Freund.« Meine Stimme zittert leicht bei der Lüge, aber ich halte mich eigentlich ganz gut, finde ich. »Michael, das hier sind meine Eltern Bernhard und Mara, und das ist meine Tante Gertrud.«

Ein freundliches Begrüßen ist die Folge, und ich kann sehen, dass zumindest meine Tante ganz und gar hingerissen von Michael ist. Meine Mutter scheint zu schwanken, ob er oder das Buffet mehr hermacht, und mein Vater kann seine Augen schon jetzt nicht mehr von dem vielen Essen losreißen. Da sage noch mal einer, Liebe gehe nicht durch den Magen.

»Ihr seid zu früh«, erkläre ich mit einem Blick auf die Uhr. Und das nicht nur ein bisschen. Vielmehr sind sie fast eine Stunde zu früh, aber eigentlich hatte ich es ja nicht anders erwartet.

»Ach, ich dachte, wir könnten noch ein bisschen bei den Vorbereitungen helfen.« Mama strahlt Michael verzückt an. Offenbar hat er gegen das Essen gewonnen. »Aber, wenn ich mich so umschaue, glaube ich, dass unsere Hilfe völlig überflüssig ist.«

Okay, vielleicht hat er doch nur mithilfe des Essens gewonnen? Ich weiß es nicht.

»In dem Fall«, Michael lächelt charmant, »würde ich vorschlagen, dass wir mit essen beginnen können.«

»Eine großartige Idee.« Mein Vater strahlt ihn an.

»Ja, wirklich.« Tante Gerti seufzt, und ich muss an mich halten, um nicht laut loszuprusten. Offenbar hat Michael die Herzen meiner Familie im Sturm erobert. Was wirklich gut wäre, wenn er nicht nur Peters angeblicher Freund, sondern wirklich mein Verlobter wäre. Aber vielleicht haben meine Eltern und Gerti dann ja mehr Verständnis, wenn ich mich von Peter trennen muss und mich ganz zufällig in … seinen besten Freund verliebe?

Wir setzen uns an den Tisch und beginnen zu essen. Weil ich vorhin kein Frühstück hatte, habe ich inzwischen richtig Hunger, und ich sehe Michaels Lächeln, als ich ordentlich zulange. Mir fällt aber auch etwas anderes auf. Michael sieht gut aus, keine Frage, aber etwas ist heute anders an ihm als gestern. Irgendwie wirkt er erschöpft. Unter seinen Augen entdecke ich leichte dunkle Schatten. Was wohl mit ihm ist? Ob er Sorgen hat?

Eine Weile essen wir alle in Ruhe von uns hin, aber ich kenne meine Familie. Es ist nur die Ruhe vor dem Sturm.

»Michael«, beginnt meine Mutter just in diesem Augenblick, »Sie sind also der beste Freund von Marys Verlobtem?«

Ich sehe Michael an, dass er nicht gern lügt, und bin ihm gleich noch einmal so dankbar dafür, dass er es dennoch für mich tut. »Ja, das bin ich«, sagt er mit leicht gepresster Stimme.

»Und wo genau, sagten Sie, befindet Peter sich momentan?«, schaltet sich Tante Gertrud ein, und ihre Stimme klingt samtweich. Ich sehe, wie Michael ins Straucheln gerät. Kein Wunder. Anstatt einen Plan auszutüfteln, hätte unsere Unterhaltung vorhin ja beinahe in einer Knutscherei geendet.

»Er sagte gar nichts, Tante«, erkläre ich und sehe ihr dabei fest in die Augen. »Das war ich. Ich habe euch erzählt, dass Peter momentan …«

In diesem Moment werde ich von einem schrillen Klingeln unterbrochen. Es ist nicht der melodische Dreiklang der Türklingel, sondern wohl eher das Telefon.

»Da ist ein Herr am Telefon, der Miss Parker sprechen möchte«, meldet das Dienstmädchen, das einen Augenblick später den Kopf zur Tür hereinstreckt. Du liebe Zeit. Ich hasse dieses Wort. Dienstmädchen. Hausmädchen. Grauenvoll! Ich muss sie unbedingt mal nach ihrem Namen fragen.

»Oh.« Ich springe hektisch auf, froh, der Situation zu entkommen. »Das wird wohl Peter sein.«

Ich trällere ein fröhliches »Hallo mein Schatz« ins Telefon und verlasse den Raum. Bereit, den armen Mann am anderen Ende der Leitung gleich durch eine vernünftige Erklärung zu erfreuen.

»Was für eine nette Begrüßung.«

Vor Schreck stolpere ich über einen der Läufer im Flur und schlage um ein Haar der Länge nach hin. Gerade noch kann ich mich an der Wand abstützen und so das Schlimmste verhindern. Wobei, eigentlich ist das Schlimmste schon geschehen.

»James?«, frage ich vorsichtig in der irrigen Hoffnung, jemand anders habe nur eine ähnliche Stimme.

»Ja Schatz, du hast es erfasst.« Seine Stimme klingt irgendwie seltsam, und ich muss mich auf eine Treppenstufe setzen.

»Was willst du, James?«, frage ich schwach.

»Oh, wollen tue ich gar nichts. Aber ich werde dich gleich abholen«, höre ich seine Antwort wie durch Watte in meinem Ohr.

»WAS?« Ich schreie es fast, und meine Gedanken beginnen wieder zu rasen. Wieso sollte er mich abholen? So früh? Hat sich irgendetwas geändert?

»Gar nichts wirst du!«, bringe ich mühsam und nach Luft schnappend heraus.

»Ich glaube aber schon, mein Schatz.« Seine Stimme klingt süffisant und gleichzeitig unglaublich verärgert.

»Wir brauchen deine Fingerabdrücke, damit wir sie von den anderen unterscheiden können. Außerdem möchte mein lieber Kollege dir noch einige Fragen stellen.«

Oh nein. Das passt mir jetzt absolut nicht. Ich schlucke. Habe ich denn eine Wahl? Kann ich es mir leisten, die Polizei warten zu lassen?

»Muss es denn unbedingt jetzt sein? Meine Eltern sind gerade hier.«

In der Leitung bleibt es einen Augenblick lang still. Dann höre ich James tief durchatmen.

»Ja, es muss jetzt sein. Ich meine, eigentlich ist es doch die perfekte Gelegenheit für mich, deine Eltern endlich kennenzulernen.«

Dieser elende Mistkerl. »Du weißt ganz genau, dass ich dich nicht gemeint habe.«

»Du hast es aber gesagt.«

»Du heißt nicht Peter, du Blödmann.« Ich kann das Kreischen einfach nicht verhindern. Wieso macht er das?

»Ich bin übrigens schon längst unterwegs. In zehn Minuten bin ich da. Ich wollte dir nur Bescheid sagen.« Klick. Er hat aufgelegt. Einfach so. Ich sinke in mich zusammen und lege den Kopf auf die Knie. Hört denn keiner mehr auf mich? Und was soll ich jetzt bloß tun?

»Mary? Alles in Ordnung?« Von mir unbemerkt ist die Tür aufgegangen, und Michael steht vor mir. Er runzelt besorgt die Stirn.

Ich schüttle den Kopf. »Nichts ist okay. In etwa zehn Minuten steht James hier auf der Matte, um mich abzuholen.«

»Warum?« Michael wirkt verwirrt.

»Irgendwas mit Fingerabdrücken und Fragen.«

»Okay.« Er schluckt schwer. »Da musst du wohl hin. Weißt du was, ich werde mir für deine Familie etwas überlegen. Peter muss doch nicht unbedingt auf Geschäftsreise bleiben. Vielleicht finde ich einen anderen Grund, aus dem du bei seinem besten Freund wohnst.«

Ich höre zwar, was er sagt, kann die Worte aber dennoch nicht vollständig erfassen. Also nicke ich nur. Er wird schon das Richtige tun.

Als es an der Tür klingelt, bin ich schon fertig und stehe im Flur. Ich öffne und versuche gleichzeitig, James' Blick auszuweichen. Leider begegne ich ihm direkt, und er trifft mich einfach so mitten ins Herz.

»Hallo Schatz«, raunt er mir leise zu und bedeutet mir dann, ihm zu folgen. Oh wie ich dieses arrogante Polizistengehabe hasse. Bockig folge ich ihm zum Auto und steige, anstatt auf dem Beifahrersitz, einfach hinten ein. Der Blick, den James mir zuwirft, ist irgendwie amüsiert. Lacht er mich jetzt aus? Ich bin versucht, ihm die Zunge herauszustrecken aber das würde ja auch nichts besser machen.

Stur schaue ich während der gesamten Fahrt aus dem Fenster,

und als wir am Polizeirevier von New Jersey ankommen, warte ich nicht, bis James mir die Tür öffnet, sondern stoße sie selbst auf. Moment. Wobei, das stimmt so nicht ganz. Ich versuche, die Tür aufzustoßen, und versage dabei kläglich. Sie bewegt sich nicht mal ein winzig kleines bisschen. Was soll das? Ich werfe James einen so bitterbösen Blick zu, dass er eigentlich auf der Stelle tot umfallen müsste. Aber Fehlanzeige. Stattdessen erscheint wieder dieses Grübchen an seinem Mundwinkel. Er geht um das Auto herum und öffnet die Tür von außen mühelos.

»Kindersicherung« ist das Einzige, was er sagt.

Fassungslos starre ich ihn an. Der Blödmann hat die KINDERSICHERUNG aktiviert? Wenn wir nicht direkt vor dem Polizeirevier stünden, würde ich ihn wohl auf der Stelle ermorden.

Stattdessen steige ich aus und rausche auf die Eingangstür zu. Dabei kann ich es mir aber nicht verkneifen, gegen einen Stein zu treten, der mir im Weg liegt. Auuuuuuua! Der war so viel härter als erwartet, und ich spüre, wie mir die Tränen in die Augen schießen. Mit einem Satz ist James bei mir und stützt mich.

»Mary? Was soll denn das?«

»Lass mich los!«, motze ich und drehe mich einfach um. Dann gehe ich weiter und versuche, nicht zu humpeln.

Kaum sind wir drinnen, geht James wie selbstverständlich neben mir her. Er führt mich zu einem Raum, in dem ein Mann auf uns wartet.

Der Mann weist mich an, an dem einzelnen Tisch im Raum Platz zu nehmen. Dann legt er mir ein Stempelkissen vor die Nase und ein Ding, das er Zehnfingerbogen nennt. Nacheinander drückt er jeden meiner Finger einzeln mit dem ersten Glied auf die Farbe und weist mich an, ihn leicht hin und her zu rollen. Dann wird jeder Finger auf eine bestimmte Fläche des Zehnfingerbogens gelegt und leicht abgerollt. James steht die ganze Zeit dicht hinter mir. Fast so als wolle er sichergehen, dass es mir gut geht.

Aber warum sollte es ihn interessieren? Er war doch heute Morgen so blöd. Ich ignoriere ihn weiterhin geflissentlich und das, obwohl mein verräterisches Herz jedes Mal schneller schlägt, wenn er sich bewegt.

Nachdem meine Fingerabdrücke genommen wurden, gehen wir weiter in den nächsten Raum, in dem Deputy Chief Bond auf uns wartet.

»Ah, Miss Parker«, begrüßt er mich mit einem breiten Lächeln. Ich habe das Gefühl, sogar sein Schnauzer scheint mitzulächeln.

»Guten Tag, Deputy Chief Bond.« Auch ich ringe mir ein Lächeln ab. »Sind Sie extra meinetwegen nach New Jersey gekommen?«

Er nickt lächelnd und deutet auf den Stuhl, der ihm gegenübersteht.

»Ja, aber nun nehmen Sie doch erst einmal Platz.«

Ich setze mich, und er streicht sich mit einer nachdenklichen Geste über den Schnauzer, bevor er Luft holt.

»Hat James Ihnen schon gesagt, wie weit wir mit unseren Ermittlungen sind?«

Ich verkneife mir ein kleines Schnauben. Als ob. Der hat mich nur geküsst und hatte den Kopf voll mit anderen Dingen.

»Leider nein.« Ich drehe mich zu James um und sehe ihn mit einem – hoffentlich – unschuldigen Augenaufschlag an.

»Er war zu …«, ich mache eine möglichst beredte Pause, »beschäftigt.«

Ich höre, wie James scharf einatmet. Seine Augen verengen sich zu kleinen Schlitzen. Er sieht mich direkt an, und sein Blick scheint mir etwas zu versprechen. Ich weiß nicht, was, und ich weiß ebenfalls nicht, ob ich es wirklich wissen will. Jetzt wendet James seine Augen von mir ab und sieht seinen Kollegen an.

»Wir sind tatsächlich noch nicht zu großen Erklärungen gekommen. Aber das können wir jetzt ja nachholen.«

Bond wirft James einen Blick zu, den ich mal eben als »Ich durchschaue dich, Freundchen« deuten würde. Aber er sagt nichts, sondern wendet sich wieder an mich.

»Leider sind die Nachrichten nicht unbedingt die besten.«

Ich schlucke, lasse mir aber nicht anmerken, wie mir zumute

ist. Nur keine Schwäche zeigen vor diesen routinierten Polizeibeamten.

»Es ist so, Miss Parker, dass wir bis heute noch keine brauchbaren Spuren in Ihrer Wohnung sicherstellen konnten. Wir hoffen allerdings, dass die Fingerabdrücke uns eine neue Möglichkeit und neue Spuren eröffnen werden«, erklärt Bond nun mit ruhiger Stimme. »In New York haben wir auch bereits die Fingerabdrücke Ihrer Freundin genommen.«

Hm. Okay, das könnte eigentlich schlimmer sein, oder nicht? Wobei Nina mir ein bisschen leidtut. Für sie was das bestimmt auch nicht schön.

»Was bedeutet das jetzt genau?«, erkundige ich mich möglichst beiläufig und hänge dann ein schnelles »Ab wann kann ich eigentlich wieder zurück in meine Wohnung?« an.

»Das kannst du aber ganz schnell wieder vergessen. Da draußen sind Leute, die dein Leben bedrohen!«

Ich fahre herum und starre James an. Er sieht aufgebracht aus. Seine Lippen presst er fest aufeinander, als würde er bereuen, etwas gesagt zu haben, und er fixiert mich, ohne zu blinzeln.

»Was wird das denn jetzt, Freundchen?«, erkundige ich mich und knirsche vor Wut beinahe mit den Zähnen.

Sein Kiefer mahlt, als würde er etwas sehr Zähes kauen. Dann wirft er seinem Vorgesetzten einen Blick zu.

»Bond? Ich übernehme den Rest. Würdest du?«

Sein Kollege – und darüber bin ich wirklich verwirrt – nickt und verschwindet durch die Tür, die er offen lässt. Bevor er allerdings den Raum verlässt, dreht er sich noch einmal um und blinzelt mir zu.

Jetzt ist es ganz still. Die Tür steht zwar offen, aber ich bin mit James allein und bekomme fast keine Luft mehr. Was wird jetzt passieren? Ich sehe mich nervös im Raum um. James bewegt sich keinen Millimeter. Er sieht mich nur an. Ich schlucke schwer und fahre mir mit der Zungenspitze über meine trockenen Lippen. Dann geht auf einmal alles ganz schnell. James ist mit einem Schritt bei mir und drückt mich gegen die Wand. Sein Gesicht ist nur Millimeter von meinem entfernt, und ich spüre, wie meine Knie weich werden. Unwillkürlich halte ich mich an der nächstbesten Möglichkeit fest, die – wie sich herausstellt – James' Oberarme sind. Wenn ich ehrlich sein soll, dann trägt das Gefühl der starken Muskeln unter meinen Fingern nicht gerade dazu bei, mich zu beruhigen.

Ich kann nicht verhindern, dass meine Hände langsam über die muskulösen Arme wandern und sich auf James' breite Schultern legen.

»Beschäftigt also, ja?« Seine Stimme klingt heiser und rau, und wenn ich könnte, dann würde ich wahrscheinlich weglaufen. Oder vielleicht auch nicht? Darüber nachzudenken, lohnt sich aber auch gar nicht und fällt mir gerade außerdem ziemlich schwer, weil sein warmer Körper meinen beinahe völlig abdeckt, und natürlich immer noch gegen die Wand drückt.

Trotzdem wage ich einen mehr als halbherzigen und eher semierfolgreichen Versuch, ihn wegzuschubsen, indem ich meine Hände zwischen uns schiebe und gegen seine Brust stemme. Fehlanzeige. Statt loszukommen, mache ich eine Feststellung: Der Kerl hat nicht nur an den Armen Muskeln. »Ja, beschäftigt.« Ich beiße die Zähne zusammen und versuche, mich zu konzentrieren. »Und jetzt lass mich los, du Blödmann.«

Ich habe das Gefühl, dass er eher noch ein Stück näher an mich heranrückt. »Ich werde dich nicht loslassen, Mary!«

Ich gebe es nur ungern zu, aber bei diesen Worten macht mein Herz einen erleichterten Satz. Dabei hat es doch überhaupt keinen Grund dazu.

»Und warum?« Meine Stimme zittert leicht, und ich lege meine Hände wieder auf seine Schultern, um mich zu stabilisieren. Allein aus diesem Grund. Ehrlich!

Jetzt wird seine Stimme noch eine Nuance rauer. »Weil ich es nicht will.«

Unwillkürlich beiße ich mir bei seinen Worten auf die Unterlippe. Mein Herz rast. Er will mich nicht loslassen! »Keine Angst. Ich schlafe nicht wie ein Pferd im Stehen ein«, platze ich heraus.

James zögert und tritt langsam zurück. Sofort sehnt sich mein dummer Körper nach seiner Berührung, und ich könnte mich ohrfeigen, weil ich so blöd rumgeplappert habe. Ich warte darauf, dass er etwas sagt, und einen Augenblick lang sieht es auch wirklich so aus, als würde er es tun. Aber dann dreht er sich wortlos um und lässt mich stehen. Einfach so. Ich lehne mich gegen die Wand. Irgendetwas sagt mir, dass ich es dieses Mal selbst komplett verbockt habe.

Kapitel 9

Ein langer Streit beweist, dass beide Seiten Unrecht haben.

Voltaire

(Oder vielleicht ist eine Seite einfach stur?)

Den heutigen Tag als rabenschwarz zu beschreiben, wäre eigentlich eine deutliche Untertreibung. James wurde gleich nach unserem Gespräch zu einem Telefonat wegen eines anderen Falls gerufen, und ich von einem der örtlichen Kollegen zurück zu Michael gefahren. Ich war und bin immer noch am Boden zerstört über meine verpasste Chance. Meine Eltern und Tante Gerti sind noch da und scheinen Michael mit jeder Sekunde lieber zu haben. Das ist ja wirklich schön für sie. Aber ich? Was soll ich sagen? Ich weiß inzwischen, dass ich Michael nicht auf diese Weise will. Ich vermisse James. Ich wünschte, ich hätte heute meine vorlaute Klappe gehalten und einfach abgewartet, was passiert. Er wollte mich küssen. Ganz bestimmt, und ich habe es verbockt.

»Mary? Warum hast du uns denn nicht erzählt, dass Peter wieder in der Stadt ist?« Meine Mutter unterbricht meinen Gedankenstrom, und ich zucke erschrocken zusammen.

»Das kann ich Ihnen erklären«, schaltet sich Michael schnell ein, und ich sehe ihn verwirrt an. Worum geht es hier eigentlich?

»Wie Sie ja bereits wissen, verbringt Mary momentan die Tage bei mir. Hier kann sie einfach besser arbeiten und ist nicht den ganzen Tag allein.« Ich starre Michael an und versuche, meine Kinnlade am Herunterklappen zu hindern. Was tut er da bitte?

»Jedenfalls hatte Mary Angst, dass Sie einen falschen Eindruck von der Situation bekommen könnten, wenn sie Ihnen erzählt, dass sie den Tag beim besten Freund ihres Verlobten verbringt.«

Jetzt halte ich es aber im Kopf nicht mehr aus. Warum bei allen drei kleinen Schweinchen tut er das?

»Okay?« Meine Mutter scheint ganz ähnliche Gedanken zu haben wie ich. Ich kann sie verstehen. Diese Geschichte ergibt überhaupt keinen Sinn.

»Mama, meine Wohnung wird renoviert!« Es ist das Einzige, was mir einfällt und der Wahrheit ansatzweise nahekommt. Ich hasse dieses Gelüge wirklich. Wenn es hart auf hart kommt, dann habe ich am Ende eine Pinocchionase!

»Ach?«, das Gesicht meiner Mutter hellt sich auf. »Wie schön! Aber ausgerechnet zur Weihnachtszeit? So kurz vor der Hochzeit? War das wirklich nötig?«

Jetzt habe ich einen guten Aufhänger, und der ist keine Lüge.

»Mama, du würdest es verstehen, wenn du die Wohnung gesehen hättest. Sie sieht aus wie nach einem Überfall.« Zumindest in der Küche, füge ich in Gedanken hinzu.

In diesem Moment klingelt es an der Tür, und ich halte kurz die Luft an. Das kann noch gar nicht James sein. Es ist viel zu früh für seinen Feierabend. Außerdem habe ich keine Ahnung, ob er mich überhaupt abholt, nach der Sache von vorhin. Wobei, ich kann mir einfach nicht vorstellen, dass er mich wirklich hängenlassen würde. Egal was war. Er könnte allerdings seinen Kollegen gebeten haben, mich abzuholen. Aber jetzt muss ich schnell handeln, anstatt zu grübeln.

»Ich geh kurz an die Tür!« Ich springe auf und überhöre Michaels überraschtes »Bist du sicher?« geflissentlich.

An der Tür angekommen, reiße ich sie so schnell auf, dass ich stolpere und mit Schwung in James' Armen lande. Immerhin hält er mich fest und lässt mich nicht fallen. Nach den Ereignissen des heutigen Tages ist das auch wirklich zu würdigen. Seine starken Arme um meinen Körper zu fühlen, ist das wahrscheinlich schönste Geborgenheitsgefühl überhaupt. Es dauert ein paar Sekunden, bis ich mein Gleichgewicht wiedergefunden habe, und als ich mich gerade widerwillig aus James' Armen lösen will, da ist es auch schon zu spät. Meine Knie fühlen sich weich an, und das Unheil nimmt unbarmherzig seinen Lauf.

Hinter mir fliegt die Tür auf, und meine Mutter, mein Vater und Tante Gerti stehen mit weit aufgerissenen Augen im Türrahmen. Einen Augenblick lang scheint die Zeit stillzustehen. Sprach- und hilflos sehe ich von einem forschenden Gesichtsausdruck zum anderen. Meine Mutter strahlt mit einem Mal auf.

»Sie müssen Peter sein! Marys Verlobter und Michaels bester Freund. Wie schön, Sie kennenzulernen!«

Ich möchte schreien, die Zeit anhalten oder vielmehr zurückdrehen und am liebsten einfach nur tot sein. Jetzt wird alles auffliegen. »Verlobter?« wird James fragen und mich ansehen, als wäre ich das Allerletzte. Was ich ja, genau genommen, auch irgendwie bin.

»Dann sind Sie bestimmt Marys Mutter.« Ich schaue auf und traue meinen Augen kaum. James macht keine Anstalten, mich auffliegen zu lassen. Vielmehr ist er plötzlich die Freundlichkeit in Person. Er lächelt, nein strahlt meine Eltern an und hält ihnen die Hand entgegen.

»Ich bin Marys Tante Gertrud«, schaltet sich Gerti in diesem Moment ein. »Und das sind Bernhard und Mara, ihre Eltern.«

»Wirklich Gerti! Das weiß er doch.« Meine Mutter schiebt sich nach vorn und lächelt gewinnend.

»Sie können sich gar nicht vorstellen wie sehr ich mich freue, Sie endlich kennenzulernen, Peter. Mary hat uns so viel von Ihnen erzählt.« Dann runzelt sie die Stirn. »Aber dass Sie Polizist sind … ich meine mich zu erinnern, dass …«

»Bitte nennen Sie mich James.« Ich zucke zusammen. Jetzt. Jetzt ist es so weit. Aber ich liege falsch. Als meine Mutter ihn verwirrt ansieht, lächelt Peter – also known as James – gewinnend.«

»Mein Name ist James Peter Kalla.« Ich schlage eine Hand

vor meinen Mund, um mir ein Kichern zu verkneifen. Was tut er da?

»Ich freue mich wirklich sehr, Sie kennenzulernen, aber leider muss ich meine bezaubernde Verlobte nun entführen«, fährt James fort und ignoriert unsere staunenden Gesichter. Ich schätze, ich sehe am erstauntesten von allen aus. Ich verstehe nicht, warum er das tut. Die langen Gesichter meiner Tante und Mutter machen mir klar, dass sie auf deutlich mehr Zeit mit meinem plötzlich aufgetauchten Verlobten gehofft hatten.

»Oh wie schade, aber wollt ihr beiden nicht morgen Abend mit uns essen?« Meine Mutter scheint Michael völlig vergessen zu haben. Wie hypnotisiert mustert sie James, den sie aber – zu ihrer Verteidigung – für meinen großen Fang hält.

Morgen ... Ich kann mir vorstellen, dass sich mein angeblicher Verlobter etwas Schöneres vorstellen kann, als mit meiner Familie zu essen. Jetzt legt er mir den Arm um die Schultern und schaut mich lächelnd an. »Das würde mich wirklich sehr freuen. Wenn meine zauberhafte Verlobte nichts dagegenhat, würde ich sagen, ist das beschlossene Sache. Außerdem passt uns morgen sehr gut. Wir haben nämlich am Wochenende schon ganz besondere Pläne.«

Mit diesen Worten zieht er mich an sich und gibt mir einen flüchtigen Kuss auf die Stirn. Ich höre ein Keuchen und zucke zusammen. Michael ist hinter meinen Eltern aufgetaucht und scheint seinen Augen nicht zu trauen. Er sieht sogar ziemlich schockiert aus. Ich kann ihn verstehen. Ich persönlich traue nämlich keinem meiner Sinnesorgane mehr. Um überhaupt irgendetwas an dieser Situation zu verstehen, muss ich dringend mit James reden. Also lächle ich krampfhaft und wende mich an unser teils verzücktes und teils schockiertes Publikum.

»Ja, ihr Lieben. Dann müssen wir wohl los. Michael, wir sehen uns dann morgen früh. Und euch sehen wir morgen Abend.« Wo wollen wir uns treffen?«

»Am Carlton?«, schlägt meine Mutter vor, und ich spüre, wie sich meine Augenbrauen heben. Das Carlton ist eine ziemlich noble Adresse. Offensichtlich möchte meine Mutter ein kleines bisschen angeben. Ich nicke kurz, aber in meinem Kopf herrscht eine gähnende Leere. Dann spüre ich, wie James mich langsam aber bestimmt nach draußen schiebt. Die Tür schließt sich hinter uns, und mir klappen mit einem Mal die Beine weg. Ich glaube, James fängt mich im letzten Moment auf. Auf jeden Fall lande ich nicht schmerzhaft auf dem Boden, sondern in seinen starken Armen. Bevor ich etwas sagen kann, hebt er mich kurzerhand hoch und trägt mich zum Auto. Meine Arme liegen um seinen Hals, und ich schmiege mich an ihn.

Als ich auf dem Beifahrersitz sitze, bin ich immer noch zu verwirrt, um einen klaren Gedanken zu fassen. Ich brabbele wirres Zeug, das ungefähr so klingt: »Aber … nein, nein, nein … Verlobt! … Peter, James, Eltern! … Nein, nein, nein!«

Währenddessen hocke ich wie ein Häufchen Elend auf meinem Platz. Vielleicht schaukele ich dabei sogar ein bisschen vor und zurück. Ich bekomme gar nicht mit, wie James uns durch den Feierabendverkehr schleust, und fahre erschrocken zusammen, als er mit einem Mal die Tür aufreißt und ein Schwall kalter Luft ins Auto zieht. Noch immer wie in Trance folge ich ihm in die Wohnung und taumle dann in mein Zimmer.

Dort angekommen falle ich aufs Bett und breche in hemmungsloses Schluchzen aus. Nicht, weil ich ganz plötzlich traurig wäre, sondern vielmehr, weil ich von der Situation so überfordert bin. Seltsamerweise ist es gerade dieses Schluchzen, das wieder etwas Klarheit in meine Gedanken bringt. Als es an der Tür klopft, weiß ich nicht, wie viel Zeit vergangen ist. Ich sage nicht Herein, sondern drehe mich einfach nur auf den Rücken. Mit tränenverhangenen Augen beobachte ich, wie die Tür auffliegt und James seinen Kopf hereinsteckt. »Mary? Alles in Ordnung?«

So eine dumme Frage, denke ich und schüttele den Kopf. »Sehe ich so aus?«

Er schüttelt den Kopf und lässt Pillow ins Zimmer. Mein Kater läuft nicht etwa schnurstracks zu mir, sondern setzt sich in eine Ecke. »Was ist denn los?«

»Was los ist?« Ich fasse es nicht, dass er das fragt. So ein … Argh! Will er wirklich …? Na gut. Dann werde ich …!

»Wie kannst du das fragen?«, platze ich heraus. »Wie kannst du dich als Peter ausgeben? Woher weißt du überhaupt, wer Peter ist? Außerdem bist du so unverschämt du, du …« Ich ringe um Atem.

»Bist du fertig?« Seine Stimme klingt mit einem Mal ganz sanft und beinahe zärtlich.

»Nein!« Ich höre mich so quengelig an wie ein kleines Kind. »Ich könnte noch so viel über dich sagen. Du bist so arrogant, launisch, kompliziert …«

»… charmant, liebenswert und attraktiv«, vollendet James und vergisst dabei, ein Fragezeichen am Ende mitschwingen zu lassen.

»Eingebildet!« Ich schniefe und rutsche ein Stück zur Seite. Er fasst das als Aufforderung auf und lässt sich neben mich aufs Bett fallen. Ich rücke ein Stück an ihn heran und lege meinen Kopf an seine Schulter was er zum Anlass nimmt, seinen Arm um mich zu schlingen. Sofort fühle ich mich besser, lehne mich zurück und sehe zu ihm nach oben.

»Woher weißt du, wer Peter ist?«, stelle ich ihn zur Rede.

Er zieht mich etwas enger an sich. »Mary, ich kann dir das erklären. Wer Peter ist, weiß ich einerseits von deiner Mutter und andererseits aus deiner Wohnung. Wir haben doch die Spuren gesichert, und dort waren überall Bilder von euch.«

Ach so, das erklärt natürlich einiges. An die Bilder habe ich gar nicht mehr gedacht. Nachdem ich von Peters Betrug erfahren habe, hatte ich nicht die Kraft oder die Nerven, sie alle zu entsorgen. Eigentlich kommt es mir auch vor, als sei das alles nun schon eine Ewigkeit her, und nicht erst ein paar Tage. Ich schaue zu Pillow, der sich ausgiebig putzt.

»Und warum hast du meiner Mutter nicht widersprochen, als sie dich für Peter hielt?«

Mit einem Mal wirkt James beinahe verlegen. Aber das kann natürlich nicht sein. Der Herr Polizist würde sich doch nie in Verlegenheit bringen lassen.

»Eigentlich kann ich dir das gar nicht so genau erklären. Ich hatte das Gefühl, es könnte dir irgendwie helfen.«

Hm. Das klingt ehrlich, und er hatte ja auch gar nicht so unrecht mit seinem Gefühl.

»Danke«, murmle ich und weiche seinem Blick aus, indem ich mich wieder an seine Schulter schmiege.

»Aber jetzt wüsste ich doch gern, warum du bei mir, hm, wohnst, während du mit einem Typ namens Peter verlobt bist?« Er spuckt den Namen beinahe und mir wird klar, dass auch ich ihm etwas erklären muss.

»Ich bin nicht verlobt.« Er runzelt die Stirn und will widersprechen, aber ich hebe abwehrend die Hand.

»Ich war es. Aber ich bin es nicht mehr. Eigentlich seit dem Tag unseres ersten Treffens.« Ich stocke und überlege. »Eigentlich müsstest du das doch wissen, oder nicht? Habe ich dir das an dem Tag nicht entgegengebrüllt?«

Bei James scheint es klick zu machen. »Du meinst am Tag deiner Suizidfahrt?«

Ich stoße ihn möglichst heftig in die Seite. »Blödmann!«

Er zuckt nicht mal aus Mitleid mit der Wimper, sondern mustert mich stattdessen ziemlich intensiv. Ich schlucke und fange an, nervös mit meinen Händen zu spielen.

»Du bist also nicht verlobt?«, fragt er sanft und streicht vorsichtig mit seiner Hand meinen Arm hoch und runter.

»Nein.« Ich senke den Blick. Und dann erzähle ich ihm alles. Erzähle ihm von meinen Eltern, Peter, Tante Gerti, der geplanten Hochzeit und von den Ereignissen am Tag unseres Kennenlernens. Nur den Teil mit Michael lasse ich geflissentlich unter den Tisch fallen. Ich habe da nämlich so ein ungutes Gefühl. James hört mir bis zum Schluss zu und kann sich bei der Geschichte mit den High Heels nur mühsam das Lachen verkneifen. »Oha, das ist ja ein denkwürdiger Volltreffer.«

Ich nicke. Er hat ja so recht. Das war spektakulär. »Und jetzt denken meine Eltern also, du seist mein Verlobter«, schließe ich seufzend und schaue ihn verlegen an. »Ich finde, das ist der

Augenblick, in dem ich ihnen die Wahrheit sagen muss. Dann kann ich vielleicht zu ihnen ziehen, und du hast wieder deine Ruhe.«

»Hm.« So begeistert, wie ich halb erwartet hatte, wirkt er nicht. »Aber was ist dann mit deinem Erbe?«

Ich zögere und überdenke noch einmal kurz meine Möglichkeiten. Viele sind es nicht. Michael scheidet für mich momentan definitiv aus. Ich glaube einfach, dass das keine gute, sondern vielmehr eine grausame Idee wäre. Ich bin nicht in ihn verliebt und will auch nicht, dass er das denkt. Ich sehe auf und merke, dass ich abgedriftet bin. »Oh, das Erbe ... ich weiß nicht. Es wird schon irgendeinen Weg geben.«

»Oder ich könnte es machen«, sagt er unvermittelt.

»Was?«, frage ich verblüfft und hebe meinen Kopf von seiner Schulter, um ihm direkt ins Gesicht zu sehen.

»Ich könnte deinen Verlobten spielen, solange deine Eltern hier sind und bis du eine andere Lösung hast.« Er zwinkert mir zu.

Zack. Jetzt bin ich baff und lasse meinen Kopf wieder an seine Schulter sinken. Auf diese Idee wäre ich gar nicht gekommen. Und ob das wirklich so viel klüger ist als die Sache mit Michael? Aber warum eigentlich nicht? Ich könnte jederzeit eine Trennung vorgeben und einen neuen Kerl – sofern ich ihn denn habe – vorstellen. Glücklich wären meine Eltern und Gerti darüber bestimmt nicht, aber sie können mir mein Liebesleben ja nicht vorschreiben. Außerdem habe ich das unbestimmte Gefühl, dass ich es in James' Armen deutlich länger aushalten könnte. Also, wer weiß ...

»Mary?« James sieht mich an, und in seinen Augen spiegelt sich ein neckischer Glanz. »Verlobt oder nicht verlobt, das ist hier die Frage.«

»Ich weiß nicht ...« Es klingt sehr unsicher, beinahe schüchtern, und ich schaue ihn nicht an, während ich spreche.

»Mary. Bin ich so unausstehlich, dass du dir nicht einmal vorstellen kannst, mich als deinen Scheinverlobten auszugeben?«, fragt er, und ein unbändiges Kichern gluckst aus meinem Bauch in meine Kehle und aus mir heraus. »Ehrlich gesagt, ja! Du bist ein Kotzbrocken!«

Er reißt die Augen gespielt empört auf und zwickt mich sanft in die Nase. »Das war Beamtenbeleidigung. Pfui, Miss Parker, schämen Sie sich. Aber«, und jetzt wird er mit einem Mal ernst, »ich verspreche feierlich, für den Zeitraum unserer vorgetäuschten Verlobung so erträglich wie nur möglich zu sein.«

»Wenn das so ist.« Ich grinse ihn an. »Ich nehme Ihr Angebot gern an Mr. Parker. Aber wir sollten noch ein paar Details klären.«

»Da hast du absolut recht. Dann erzähl mir doch mal unsere Geschichte.«

»Unsere Geschichte?«, frage ich verwirrt, und er schüttelt nachsichtig lächelnd den Kopf.

»Na, die von dir und *Peter*!«

»Ach so.« Ich zögere kurz und überlege. Dann lehne ich mich wieder an ihn und beginne zu erzählen. »Also, das war so. Ich habe Peter vor etwas mehr als einem Jahr auf der Weihnachtsfeier seiner Kanzlei kennengelernt. Ich war dort, um einen Artikel darüber zu schreiben. Ich war natürlich nicht wirklich begeistert. Es war ja schließlich kein Leitartikel, und ich mochte meinen Job zu diesem Zeitpunkt überhaupt nicht. Ich stand also, wie es sich für eine gute Journalistin gehört, am Buffet und versperrte Peter offensichtlich den Weg. Jedenfalls spürte ich mit einem Mal eine Hand auf meiner Schulter, und eine warme Stimme sagte: ›Entschuldigen Sie, die Plätzchen rufen so laut.‹ Ich drehte mich um und sah ihn an. Er sah einfach genauso aus, wie ich ihn mir vorgestellt hatte, und er war so witzig …«

»Witzig?« James starrt mich an, als sei ich komplett verrückt. »Der Typ ist doch nicht witzig! Wann immer du jemandem die Geschichte erzählst, verschweigst du diesen Teil bitte.«

Ich schaue ihn böse an.

»Willst du jetzt hören, wie es weitergeht, oder nicht? Also es war so. Wir kamen ins Gespräch, und er brachte mich am Abend nach Hause. Ich war total beeindruckt von seiner eloquenten Art und allem anderen, was er ausstrahlte. Jedenfalls ging dann alles recht schnell. Wir gingen ein paarmal aus, er küsste mich, wir wurden ein Paar, und zu unserem sechsmonatigen Jubiläum führte er mich fein zum Essen aus. Es war so romantisch. Er nahm meine Hand, sagte, ich sei die wundervollste Frau, die er je getroffen habe, und er wolle nie wieder ohne mich sein. Dann gab er mir den Ring.«

»Nein!«

»Wie – nein?« Ich sehe James verwirrt an. Er sieht aus, als könne er nicht fassen, was er gerade gehört hat. Fast ein bisschen angewidert. »Das klingt ja grauenvoll!«

»Wie bitte, was?« Ich kann nicht verhindern, dass meine Stimme verärgert klingt. Was meint er bloß?

»Das ist so absolut stillos! Die totale Weicheinummer! So ein Antrag, den kann man sich doch eigentlich fast schenken, oder?«

Hm … Ich höre das nicht gern, aber vielleicht hat er ja recht. Es war tatsächlich nicht gerade der Antrag meiner Träume, aber immerhin kam er von dem Mann, der mich und den ich liebte.

»Was hättest du denn anders gemacht?«

»Alles.« Er zwinkert mir zu. »Also ist es wirklich gut, dass du jetzt mit mir verlobt bist. So lernst du mal, wie das richtig geht.«

Er nimmt den Mund ganz schön voll, und das nervt mich ein kleines bisschen. Vor allem, weil es in meinem Bauch verräterisch zu kribbeln beginnt. Ich rücke etwas von ihm ab. »Diesem aufgeplusterten Ego wirst du doch nie gerecht.«

»Du wirst schon sehen.« Er zwinkert ein weiteres Mal, bevor er aufsteht und sich streckt. Dabei rutscht sein T-Shirt nach oben und gibt den Blick auf seinen muskulösen Bauch und den kleinen, dunklen Haarstreifen frei. Ich starre und brauche einen Augenblick, bis seine Worte zu mir durchdringen.

Er wiederholt sie. »Möchtest du noch was essen?«

Ich schüttele den Kopf. »Ich muss jetzt einfach schlafen.«

»Na gut.« Er kommt zurück zum Bett und schaut mir tief in die Augen, während er sich über mich beugt. Die Härchen an meinen Armen stellen sich auf, weil er mir plötzlich wieder so ganz anders nah ist.

»Wenn man verlobt ist …«, beginnt er, als plötzlich mein Handy läutet. *Peter* verkündet das Display, und ich zucke zusammen. Er ist so ziemlich der Letzte, den ich erwartet hätte. Ich habe ihn seit seiner Entschuldigung nicht mehr gesehen. Warum ruft er wohl an, und warum ausgerechnet jetzt? Ich will nicht mit ihm sprechen. Auf keinen Fall jetzt, und am besten nie wieder.

»Was ist los? Wer ist das?« James sieht besorgt aus und weicht ein Stück zurück.

»Niemand.« Meine Stimme klingt leise und ich reiße mich zusammen. »Ich bin einfach nur müde und sollte schlafen.«

Ich drücke den Anruf weg und werfe mein Handy neben mich auf das Bett.

»Okay. Dann sehen wir uns morgen früh.« Der Moment ist vorbei, James zieht die Tür hinter sich zu, und ich stehe auf und beginne, mich für die Nacht fertig zu machen. Ich bin enttäuscht vom Ende dieses Abends. In meinem Kopf jagen die Gedanken hin und her während ich ins Bad schlurfe, mir wie in Trance die Zähne putze und in meinen Shorty-Schlafanzug schlüpfe. Auf dem Weg in mein Zimmer streicht mir Pillow um die Beine. Mit einem eleganten Satz hüpft er aufs Bett und wartet geduldig, bis ich unter die Decke geschlüpft bin. Dann dreht er sich eine Weile umständlich im Kreis, bis er sich schließlich mit einem tiefen Seufzer neben mich fallen lässt. Gemütlich rollt er sich zusammen und beginnt zu schnurren. Ich streichle sein Fell und merke, wie ich mich langsam entspanne. Gerade, als ich am eindösen bin, vibriert mein Handy erneut. Es sind zwei Nachrichten von Nina angekommen.

[21:34] Ninamaus: *Wie geht es dir? Was ist mit J. und M.? Erzähl mir alles. Meine Mutter macht mich fertig.*
[21:35] Ninamaus: *Was hat die Polizei eigentlich gesagt? Haben meine Fingerabdrücke genommen -.-! Möchte aus dem Fenster springen. Hoffentlich hast du einen besseren Tag.*

Ich schmunzle und tippe zurück.

[21:38] Mary: *Spring nicht! Tag könnte kaum besser sein. Du hast viel verpasst. Das mit der Familie … du glaubst nicht, wie gut ich dich verstehe! Tut mir leid wegen den Abdrücken! Bin jetzt übrigens verlobt. Mit Mr.-Ich-bin-ja-so-ein-Schnuckel-Grummel-Polizist. G. n8. Lys xoxoxo.*

Ich weiß, dass das fies ist, und garantiert steht sie morgen irgendwie bei mir auf der Matte, aber gerade macht es mir Spaß, sie ein bisschen zappeln zu lassen. Außerdem bin ich viel zu müde, um noch irgendwie lang etwas zu schreiben. Das Handy vibriert erneut. Ich stöhne. *Peter.* Was will der bloß von mir? Langsam und bedächtig klicke ich seine Nachricht an.

[21:40] Peter: *Mary, bitte. Warum antwortest du mir denn nicht? Habe ich nach unserer gemeinsamen Zeit nicht mehr verdient als das? Ich wünschte, du würdest mir zuhören. Schreib mir, wenn du bereit bist, mich zu treffen. P.*

Ich fasse es nicht. Nach unserer gemeinsamen Zeit? Verdient? Ich glaube, der hat den Schuss nicht gehört. Ich könnte ihm ja sagen, was er alles auf jeden Fall verdient hätte, bin aber viel zu müde dafür. Also lege ich das Handy beiseite, strecke mich lang aus, kuschle mich in die Decke und wache erst wieder auf, als es morgens an meine Tür klopft.

Kapitel 10

Wenn du etwas liebst, lass es los. Wenn es
zu dir zurückkommt, gehört es dir.
Wenn es nicht zurückkommt, hat es dir nie gehört.

Verfasser unbekannt

Mein Handy vibriert schon zum gefühlt hundertsten Mal, als ich bei Michael vor der Haustür stehe. Sobald ich drin bin, muss ich wohl dringend meine Nachrichten checken. Aber hier draußen ist es so kalt, dass mir beinahe die Nase abfriert. Ich könnte das Mobiltelefon wahrscheinlich kaum halten, geschweige denn bedienen. Also hüpfe ich vor dem Pfarrhaus auf und ab, um nicht festzufrieren. Gut, vielleicht bin ich auch ein kleines bisschen nervös. Schließlich habe ich keine Ahnung, wie ich Michael das alles erklären soll. Ich meine, wir hatten Dates, mir ist klar, dass er mich mag, und plötzlich … bin ich mit einem anderen verlobt. Na gut, es ist nur eine Fake-Verlobung, aber trotzdem kann ich nicht leugnen, dass meine Gefühle zurzeit verrückt spielen. Wenn ich Michael wäre, würde ich mir jetzt ziemlich bescheuert vorkommen. Ich muss mich dringend bei ihm entschuldigen und ihm sagen, dass das mit James nicht, na ja, dass es eben nichts zu bedeuten hat. So ist es doch? Oder? ODER?

Wie sich herausstellt, bekomme ich aber gar keine Gelegenheit, Michael irgendetwas zu erklären. Weil er nämlich gar nicht da ist. Stattdessen öffnet mir das Dienstmädchen und erklärt mir beflissen, Mr. Neilson sei leider nicht im Haus, aber er ließe mir ausrichten, mich doch bitte wie zu Hause zu fühlen. Patsch. Das sitzt. Wie eine treffsichere Ohrfeige, oder ein treffsicherer Schuhwurf. Ich schlucke. Offensichtlich ist er richtig, richtig, richtig sauer auf mich, und wer kann es ihm verdenken?

Langsam ziehe ich mein Handy aus der Tasche und überlege, ob ich ihm vielleicht eine Nachricht schicken sollte. Während ich nachdenke, bleiben meine Augen jedoch an den ganzen eingegangenen WhatsApp-Nachrichten hängen, die noch auf mich warten. Es sind insgesamt elf Nachrichten eingegangen. Neun ungelesene Nachrichten allein in meinem Chat mit Nina. Die beiden anderen Nachrichten sind von Peter. Genervt archiviere ich den Chat und klicke auf den Chat mit dem Titel *Ninamaus*.

[07:10] Ninamaus: *Nein! Einfach nein!*
[07:11] Ninamaus: *Oder doch?*
[07:11] Ninamaus: *Nicht dein Ernst?!*
[07:20] Ninamaus: *Mary, wenn du nicht gleich antwortest, schreie ich!*
[07:21] Ninamaus: *Ich meins ernst!*
[07:22] Ninamaus: **Aaaaaaaaaahhhhhhhhhhhhhhhhhhhhh**
[07:23] Ninamaus: **Aaaaaahhhhhhhhhhhhhhhhhhhhhhhhh*!*
[07:30] Ninamaus: *Gut, ich schreie nicht weiter. Aber ich bin nicht mehr deine Freundin.*
[07:55] Ninamaus: *Mary ich flehe dich an! Ich MUSS alles wissen! Ruf mich an! Melde dich! Schick mir eine Brieftaube oder Rauchzeichen!*

Mit einem Schlag fühle ich mich deutlich besser als noch einen Augenblick vorher. Aber dafür ist eine beste Freundin doch eigentlich da, oder? Manchmal – okay meistens – bin ich ihr Antidepressivum, und manchmal – so wie jetzt – ist sie meins. Ich schaue auf die Uhr. Es ist erst kurz nach neun. Heute Morgen musste ich definitiv zu früh raus.

[9:17] Mary: *Mach doch keinen Stress ;-)! Bin allein bei Michael. Hast du Lust vorbeizukommen und den Tag mit mir zu verbringen oder musst du arbeiten?*

Ich weiß, dass mein *Mach doch keinen Stress* sie furchtbar auf die Palme bringen wird, aber ich muss zu meiner Verteidigung sagen, dass das einfach Spaß macht. Es dauert nicht mal zwei Minuten, bis mein Handy klingelt.

»Nina?«

»Wie konntest du mich nur so grausam quälen? Ich wusste gar nicht, dass du so sadistisch sein kannst«, sprudelt meine Freundin am anderen Ende der Leitung los. Ich lasse sie einfach reden, denn ich weiß, dass sie gleich auf den Punkt kommen wird. »Wann soll ich da sein?«

»Musst du also nicht arbeiten?«, frotzle ich.

»Es ist Freitag, Herzchen. Keine Arbeit für mich in der Anwaltskanzlei. Du müsstest doch wissen, dass Anwälte gern schicke Arbeitszeiten haben, und die eine Vorlesung kann ich heute mal sausen lassen. Also wo genau bist du?«

Ich gebe ihr Michaels Adresse und weiß, dass ich jetzt innerhalb von zwei Stunden mit ihr rechnen kann. Ich warte einfach auf sie und vertreibe mir die Zeit mit einem guten Buch aus Michaels Bücherregel. Als es dann an der Tür klingelt, sprinte ich los und reiße sie auf. Wie erwartet ist es Nina, aber irgendetwas stimmt nicht. Kalkweiß sieht sie aus. Wie der Tod auf Latschen. Ihre Finger zittern.

»Nina?« Ich mache mir plötzlich wirkliche Sorgen.

»Mary.« Ihre Stimme zittert, und sie zeigt auf einen Zettel, der mir vorher gar nicht aufgefallen ist und an Michaels Briefkasten klebt. Auf dem Papier befinden sich seltsame rote Flecken, und ich nehme ihn mit spitzen Fingern an mich.

DIE POLIZEI ZU RUFEN WAR EIN GROSSER FEHLER. DAS KANN DICH VIEL KOSTEN.

Ich starre den Zettel an, und mein Herz setzt einige Schläge lang aus. Was soll das? Geht das schon wieder los?

»Mary?«, dringt Ninas Stimme an mein Ohr. »Ich habe dir doch gesagt, dass du nicht die Polizei hättest rufen sollen. Jetzt bist du wirklich in Gefahr!«

Ihre Stimme klingt scharf und irritiert mich. Es klingt fast, als wäre sie wütend auf mich. Als ob sie … nein! Meine beste Freundin kann nichts mit der Sache zutun haben! Eine innere Stimme warnt mich dennoch, weiter auf das Thema einzugehen, und so zucke ich möglichst uninteressiert mit den Schultern. »Ich zeige es James heute Abend. Vielleicht kann er mir helfen.«

Mit einem Schlag ist Nina plötzlich wieder ganz normal. Ich wundere mich manchmal, wie schnell sie zwischen zwei Themen hin und her wechseln kann. Aber vielleicht habe ich mir das gerade eben auch nur eingebildet? »Lass mich jetzt mal rein!« Sie hebt ihre Hand, und erst jetzt sehe ich, dass sie eine Tüte am Arm hängen hat, auf der das Logo meines liebsten Cafés prangt.

»Oh, was Süßes, wie lieb!«

Wir huschen durch den großen Flur und lassen uns auf das Sofa plumpsen. Es ist seltsam. Kaum, dass Nina da ist, fühlt sich das Haus plötzlich anders an. Nicht mehr so leer, majestätisch und furchteinflößend snobistisch.

»Das nenne ich mal ein Pfarrhaus.« Staunend sieht sie sich um. »Es ist einfach wunderschön! Allein die Lage und diese Zimmer. Dieses Haus ist ein totaler Traum! So malerisch …«

Ja, das war anfangs auch mein Eindruck gewesen. Aber ich spüre mittlerweile eine deutliche Distanz zu dieser Romantik.

»Aber jetzt erzähl mir doch bitte mal, was vorgefallen ist. Du bist verlobt? Mit dem schnuckeligen Polizisten?«, unterbricht Nina meine Gedanken, und ich hole tief Luft.

»Na ja, eigentlich ist es eine Fake-Verlobung.« Und dann erzähle ich Nina alles, was passiert ist. Mir fällt erst jetzt auf, wie viel sie verpasst hat. Es tut gut, das alles mit der besten Freundin teilen zu können, die ich habe. Sie hängt an meinen Lippen. Als ich bei dem Kuss ankomme, kreischt sie und packt mich an den Schultern.

»Geküsst? Ehrlich?«

Ich nicke grinsend und erzähle weiter. Wie sauer ich auf James war, von meinen Eltern und schlussendlich von unserem Gespräch gestern Abend.

»Mensch, Mary.« Nina seufzt. »Du hast echt so ein Theater gestartet wegen seinem Spruch mit dem Pferd? Manchmal bist du einfach zu empfindlich.«

Ich schnappe nach Luft, aber dann grüble ich kurz. Nina ist meine beste Freundin, und ich weiß, dass sie mich unheimlich liebhat. Ist da also vielleicht etwas dran?

»Du meinst …«

»Ja, Mensch! Du hast echt Glück, dass er dir trotz allem diesen Gefallen mit deinen Eltern tut.«

Ich schaue sie stirnrunzelnd an. »Ja, warum macht er das eigentlich? Es war ja quasi seine Idee.«

Nina mustert mich mit einem nachsichtigen Lächeln. »Also, wenn du das nicht weißt, Herzchen, dann ist dir wohl einfach nicht zu helfen.«

Ich sehe sie verblüfft an, aber sie geht nicht weiter darauf ein, sondern wechselt gekonnt das Thema. »Übrigens wollte ich dir noch sagen, dass William Geschichte ist.«

»Was?«, stoße ich hervor und starre meine Freundin fassungslos an. »Was ist passiert, Süße? Und warum erzählst du mir das erst jetzt?«

Nina war knapp drei Monate mit William, dem gut gebauten Footballspieler mit dem kleinen Hirn zusammen, und obwohl ich nie sein größter Fan war, schockiert es mich doch, wie abrupt das Ende dieser Beziehung kommt. Meine Freundin sucht schon lange nach dem *Einen* und stolpert von einer unglücklichen Beziehung in die nächste.

»Deine Neuigkeiten waren größer«, sagt sie leise, und ich erkenne sofort, dass ihr die Trennung nähergeht, als sie es zugeben will. Ich rufe nach dem Dienstmädchen und erkläre ihr, dass sie uns doch bitte einen heißen Punsch bringen soll, und schlinge dann meine Arme um Nina, um sie fest an mich zu ziehen.

»Süße, du kannst mir immer erzählen, wenn dich etwas bedrückt«, flüstere ich ihr ins Ohr und spüre, wie ein Zittern durch ihren Körper geht.

»Warum immer ich?«, wispert sie, und ich weiß, dass sie weint. Sanft streiche ich ihr über die Haare und halte sie ganz fest, bis sie anfängt zu erzählen.

Nina ist der Ansicht, dass die ganze Sache mit James gar nicht so schlimm ist, wie ich denke, und ich bin der Ansicht, dass der Verlust von William kein allzu großer sein wird. Nach zwei Stunden mit heißem Punsch, Kuchen aus meinem Lieblingscafé und jeder Menge Quatschen, haben wir uns sogar beinahe gegenseitig überzeugt.

Schweren Herzens lasse ich Nina am frühen Nachmittag gehen. Bis James mich abholt, dauert es wohl noch eine ganze Weile, und es graut mir ein bisschen vor den einsamen Stunden in dem großen Pfarrhaus. Ninas Meinung nach wird das Essen mit meiner Familie heute Abend die schwierigste Hürde. Sehr beruhigend, wirklich.

Wieder allein setze ich mich aufs Sofa und grübele. Heute sind schon wieder zwei neue Probleme zu dem hübschen Päckchen an Dingen hinzugekommen, die mein Leben in den vergangenen Tagen komplett auf den Kopf gestellt haben.

Ich schnappe mir mein Handy und öffne ein neues Memo. Es ist mal wieder an der Zeit für eine Liste. *Wer will mir an den Kragen und warum?* schreibe ich darüber und versinke dann in Grübeleien. Als ich fertig bin, sieht die Liste so aus:

Wer will mir an den Kragen und warum?

1. *Woher soll ich das wissen? Die ganze Sache ist doch völlig absurd.*
2. *Nein, mir fällt auch jetzt nichts ein.*

3. *Die Idee mit Nina war ja wohl völlig bekloppt. Irgendwas stimmt nicht mit mir.*
4. *Die sinnfreiste Liste, die ich je geschrieben habe, meine sehr verehrten Damen und Herren.*

Nicht ein Stückchen klüger lasse ich mich zurücksinken, als mein Handy wieder vibriert. Peter. Schon wieder. Und eine Nachricht von einer Nummer, die ich nicht kenne. Ich kenne aber Peter, und weil ich weiß, dass er nicht aufgeben wird, bis ich ihm wenigstens geantwortet habe, öffne ich seufzend seine Nachrichten.

Gestern:
[22:31] Peter: *Mary, ich habe das Gefühl, es geht dir nicht gut. Brauchst du meine Hilfe?*
[22:55] Peter: *Mary, das ist doch kindisch!*

Heute:
[14:04] Peter: *Du kannst immer zu mir kommen. Ich werde warten.*

Ich glaube, ich war selten so wütend. Der Typ hat sie doch wirklich nicht mehr alle, oder? Er hat mich betrogen, und jetzt kommt er mir so? Außerdem, wie soll er mir bitte helfen können? Ach Mann, wieso lässt er mich nicht einfach in Ruhe? Seufzend öffne ich die Nachricht von der unbekannten Nummer.

[14:00] 001 518 969992 *Bereit für das Essen? Ich mache früher Schluss, okay? Bin in einer Stunde da.*

James! Die Nachricht ist von James. Ich merke, wie sich ein Lächeln auf mein Gesicht schleicht. Ich bin zwar alles andere als bereit, aber ich freue mich, dass er heute früher Schluss macht. Gerade in diesem Moment höre ich, wie ein Schlüssel im Schloss herumgedreht wird, und erstarre. Kurz darauf stehe ich dem Hausherrn gegenüber, der mich mit ernsten Augen mustert.

»Michael!« Meine Stimme klingt so überrascht, wie ich mich fühle, und mir sackt das Herz in die Hose. Ich sehe ihm deutlich an, dass nicht alles gut ist, sondern dass nun ein ziemlich ernstes Gespräch auf mich wartet.

»Mary. Schön zu sehen, dass du noch da bist.«

»Nicht mehr lange«, gebe ich mit einem leichten Zittern in der Stimme zurück. »Aber ich wollte unbedingt noch da sein, wenn du zurückkommst.«

»Das ist lieb«, sagt er ruhig, und seine Stimme klingt fest. Ich warte, bis Michael sich mir gegenüber in einem Sessel niedergelassen hat, und muss mich auf meine Hände setzen, um nicht entweder an meinen Nägeln zu kauen oder meine Nagelhaut kaputtzureißen.

»Was ist zwischen dir und dem Polizisten?«

Er nimmt offensichtlich kein Blatt mehr vor den Mund, und wenn ich ehrlich bin, ist das vielleicht auch ganz gut so. Leider kann ich ihm aber trotzdem keine wirkliche Antwort geben. »Ich weiß es nicht«, sage ich leise und vermeide es, ihm in die Augen zu sehen.

»Aber ich glaube, dass ich es weiß, und tief in deinem Innern weißt du es auch«, sagt er und wird dabei ganz ernst. »Du magst ihn, Mary und weil ich dich mag, glaube ich nicht, dass das hier momentan so eine gute Idee ist.«

Meine Unterlippe beginnt zu zittern. »Was meinst du?«

»Ich glaube, du solltest nicht mehr bei mir wohnen. Du musst wissen, dass ich in meiner Vergangenheit bereits eine Frau verloren habe, die ich sehr geliebt habe. Ich kann das nicht noch einmal durchleben.«

Ich schlucke, und meine Stimme zittert. »Du hast recht. Ich mag James sehr, und es ist nicht fair dir gegenüber.«

Und das stimmt. Ich weiß, dass es richtig ist, es ihm gegenüber einzugestehen, aber es tut tatsächlich weh. Ich schlucke und versuche, die Tränen zurückzudrängen. Michael gar nicht mehr zu sehen, scheint mir mit einem Mal ganz furchtbar traurig.

»Du wirst mir fehlen«, flüstere ich und lächele ihn an, während mir eine Träne über das Gesicht rinnt.

»Du mir auch«, sagt Michael leise. »Mehr als du ahnst.«

In diesem Moment klingelt es an der Tür.

Kapitel 11

Man kann ohne Liebe Holz hacken, Ziegel formen, Eisen schmieden. Aber man kann nicht ohne Liebe mit Menschen umgehen.

Lew Tolstoi

»Mary, wie siehst du denn aus? Was ist passiert?«

James sieht mich bestürzt an, als ich ihm aus dem Haus entgegenkomme. Über mein Gesicht laufen immer noch Tränen, die ich nicht zurückhalten kann. Ich kann nicht anders, als ihn zu umarmen. Ich drücke mich an ihn, und er legt die Arme um mich. Es dauert eine kleine Ewigkeit, bis meine Tränen versiegen. Dann steige ich wortlos ins Auto. Ich will erst mal nur noch weg hier. Aus dem Auto schicke ich Nina eine Nachricht.

[15:03] Mary: *Bin nicht mehr bei Michael. Lys.*

Dann stecke ich das Handy wieder in die Hosentasche und schlucke schwer. Die ganze Sache ist nicht einfach.

»Willst du mir nicht erzählen, was passiert ist?« James wirft mir einen kurzen Seitenblick zu, und ich schlucke.

»Meinst du, es wäre möglich, dass ich erst mal ganz bei dir wohne? Also auch tagsüber?« Ich beiße mir auf die Lippe, und James bremst jäh und lenkt das Auto an den Straßenrand. »Sag jetzt nicht, der Pfarrer hat dich rausgeschmissen.«

»Nein, nein«, beeile ich mich zu erklären, denn auf seiner Stirn entsteht eine hohe Falte. »Nein, die Sache ist anders. Es ist das Beste so.«

»Das Beste … soso … Dann wolltest du also lieber bei mir wohnen, hmm? Da haben wir aber Glück, dass ich ab dem Wochenende Urlaub habe.«

»Natürlich Monsieur! Es gäbe keinen Ort, an dem ich momentan lieber wäre.« Es soll scherzhaft klingen, aber mir wird klar, dass es eigentlich ganz genau die Wahrheit ist.

»Das hört man doch gerne!« James grinst. Er fährt das letzte Stück zu seinem Haus und parkt den Wagen. In der Wohnung kommt uns gleich Pillow entgegen, und ich nehme ihn auf den Arm. Er reibt sein kleines Köpfchen an mir und gibt dieses typische Katzengeräusch von sich, das wie ein »Prrrrit« klingt. Nachdem er genug geschmust hat, verlangt er zappelnd seine Freiheit und streicht nun James um die Beine. Der geht in die Knie und streichelt meinen Kater, der sich glücklich auf den Rücken fallen lässt und James auffordernd sein Bäuchlein entgegenreckt. Es ist irgendwie rührend zu sehen, wie der starke Polizist meinen kleinen Kater streichelt. Dann schaut er mich an.

»Wir haben noch ein bisschen Zeit, bevor wir uns für das Essen mit deiner Familie fertigmachen müssen. Hast du Lust auf einen Film?«

An dieser Stelle ploppt in meinem Kopf eine Liste meiner persönlichen Weihnachtsfavoriten auf und mein Versprechen, dass ich James die Freuden der Weihnachtszeit nahebringen will. Ich sprudele gleich los: »Hast du *Sissi*? *Drei Haselnüsse für Aschenbrödel*, *Der Kleine Lord*?«

James schaut mich ein wenig irritiert an.

»Solche Filme, ernsthaft?«

Ich klimpere mit den Wimpern und lächele ihn unschuldig an. »Das sind Weihnachtsklassiker, du Grinch! Ich zeige dir, was du verpasst hast!« Ich grinse ihn an, und um seine Mundwinkel zuckt es verräterisch.

»Sagtest du gerade ›Grinch‹?«

»Nein, wie kommst du darauf? Grinch«, kichere ich und warte gespannt ab. Mit langsamen, beinahe raubtierhaften Schritten kommt James auf mich zu. In seinen Augen blitzt es. Ich weiche ebenso langsam zurück und sehe ihm fest in die Augen. Mit einem Mal stoße ich mit den Kniekehlen gegen das Sofa, und James bleibt etwa zwanzig Zentimeter von mir entfernt stehen.

»Nimmst du das zurück?«, fragt er mit tiefer Stimme, und ich weiß genau, was jetzt klug wäre. Ein klares und eindeutiges JA. Aber da mein Herz wegen seiner Nähe gerade bis zum Hals schlägt und meine Finger nichts anderes wollen, als durch sein weiches, dunkles Haar zu fahren, lache ich leise und atemlos und tue genau das Gegenteil von dem, was klug wäre.

»Absolut … Grinch!«

Ich weiß, was jetzt kommt, und trotzdem schnappe ich nach Luft, als James mich mit einem verwegenen Glitzern in den Augen packt und anfängt zu kitzeln. Ich bin keine der Frauen, die in lautes Gekreische ausbrechen, wenn sie gekitzelt werden, aber dennoch kann ich mir eindeutig Schöneres vorstellen, auch wenn mir seine Nähe Schauer über den Rücken jagt. Ich wehre mich, kämpfe meine Arme unter seinem Körper hervor und kitzele ihn unter atemlosem Lachen ebenfalls. Es entbrennt ein minutenlanger Kampf, in dem ich aus dem Lachen nicht mehr herauskomme und in dem mal er und mal ich am Zug sind. Aber dann passiert das Unvermeidliche. James schnappt sich meine Handgelenke, drückt sie über meinen Kopf und kitzelt mich so lange, bis ich quietsche.

Ich habe keine Chance, und das wissen wir beide. »Halt! Gnade«, flehe ich lachend, und er hält inne. Kurz werden wir still und atmen schwer. James schaut mich an, und seine Augen blitzen. »Gibst du auf?« Seine Stimme klingt heiser.

Ich schnappe immer noch nach Luft, und meine Augen verschmelzen mit seinen. »Niemals«, wispere ich, und mit einem Mal verändert sich etwas an der Situation. Das Lachen verschwindet und weicht einer ernsten Intensität. Es ist, als könne ich die Spannung beinahe greifen, und ich beiße mir auf die Unterlippe.

»Du wirst also niemals aufgeben?«, fragt James noch einmal, und sein Gesicht nähert sich meinem.

»Nein! Nie«, antworte ich, noch bevor unsere Lippen aufeinandertreffen. Ich glaube, wenn ich diesen Kuss beschreiben müsste, dann hätte ich ein Problem. Weil es für so etwas Wunderschönes keine Worte gibt. Seine Lippen erforschen meine. Sanft, weich und unendlich liebevoll. Ich kann nicht anders, als ihn ebenfalls zu küssen und seine Wärme zu genießen. Endlich fahren meine Finger in sein Haar, und ich staune, wie weich und seidig es sich anfühlt. Es ist wie im Märchen. Meine Gefühle fahren Achterbahn, als ich mit einem Seufzen den Kuss vertiefe, und mein Gehirn will sich gerade endgültig auf Wolke sieben verabschieden, als James sich langsam zurückzieht. Er rollt sich von mir herunter und kniet einige Sekunden lang heftig atmend vor dem Sofa. »*Drei Haselnüsse für Aschenbrödel*?«, fragt er plötzlich, und ich schüttele schwer atmend den Kopf.

»Darüber willst du jetzt reden? Ehrlich?«

James grinst. »Eigentlich hatte ich geplant, nicht viel zu reden, den Film zu starten und mich wieder zu dir aufs Sofa zu gesellen.«

Oh. Na gut, damit komme ich auch zurecht. »Dann *Drei Haselnüsse für Aschenbrödel*«, bestätige ich.

Mit einem frechen Grinsen auf den Lippen sucht James den Film heraus, lässt sich neben mich fallen und drückt auf Play.

Schon beginnt der Vorspann dieses wunderschönen Klassikers, und man sieht den Hof, auf dem die Diener herumwuseln, um alles für die Ankunft des Königspaares vorzubereiten. Es dauert keine zwei Minuten, und schon bin ich vollkommen in der Geschichte gefangen. Ich verabscheue die böse Stiefmutter und das doofe Dorchen, freue mich mit der Katze über die Milch und warte gespannt auf die Ankunft des Königspaares. Als Aschenbrödel dann endlich durch den Wald reitet, ist mir mit einem Mal so wohlig zumute, dass ich zu James herüberrutsche und mich ein bisschen an ihn lehne. Er schaut mich kurz an, schmunzelt und legt dann einen Arm um mich, sodass ich meinen Hinterkopf an seine Brust lehnen kann. Ganz ehrlich, bequemer geht nicht.

Leise summe ich das Lied mit. »*Na na nanana Nanana nana. Na na na naaa nanana.*« Irgendwann bin ich im Internet mal auf einen deutschen Text dazu gestoßen, der mir gerade so unglaublich passend vorkommt. »*Küss mich, halt mich, lieb mich … Für immer küss mich, halt mich, lieb mich.*«

Ich seufze und spüre, wie James mir sanft über den Arm streicht. Plötzlich miaut es neben mir, und mit einem fröhlichen Hops springt mir Pillow auf den Schoß, wo er sich nach einer umständlichen Dreherei zufrieden einnistet. Ich kraule sanft sein Fell und konzentriere mich wieder auf die Geschichte. Der Prinz ist ja so ein Kindskopf, und dennoch liebe ich ihn und seine zwei Freunde. Sie sind für mich wie die drei Musketiere.

»Oder wie meine Erbtante sagt: Dieser Bock ist nicht zu melken!«, brüllt der eine Freund des Prinzen, und unter mir erbebt James vor unterdrücktem Lachen. Auch ich muss grinsen, bevor mir meine eigene Erbtante einfällt, die leider ganz ähnliche Töne von sich gibt. Also zumindest, wenn ich ihr keinen potenziellen Ehemann präsentieren kann. Ich verdränge diesen Gedanken, verliebe mich mit Aschenbrödel in das wundervolle Kleid aus der Nuss und wundere mich, wie dämlich der Prinz sein kann. Als dann endlich das verdiente und längst überfällige Happy End über den Bildschirm flimmert, bin ich ganz verwundert, wie schnell die Zeit vergehen kann.

»Also der Typ war doch wirklich selten dämlich«, schimpft James hinter mir. »Das war doch nur ein hauchdünner Schleier. Selbst ein Blinder hätte sie erkennen müssen!«

»Ja, ja Herr Polizist«, spotte ich lachend. »Das war eben nur ein kleiner Prinz und kein ausgebildeter Kriminalbeamter. Außerdem ist das ein Märchen, und der Prinz ist total goldig.«

Insgeheim stimme ich James ja zu. Ganz ehrlich, die Geschichte ist ein bisschen absurd, aber wen interessiert das bei einem Märchen schon? Da geht es nicht um realistisch, sondern um schön. Punkt!

»Apropos dämlich«, fällt es mir plötzlich siedend heiß ein. Ich schiebe Pillow neben mich und ziehe den Brief aus der Tasche, den Nina heute Morgen am Briefkasten entdeckt hat. »Da war wieder so eine dämliche Aktion …«

James schnappt mir den Brief aus der Hand, und ich spüre, wie er sich mit einem Mal versteift. »Warum hast du mir das nicht gleich gegeben?«

Seine Stimme klingt grollend, wütend, und ich stehe auf, um in die Verteidigungshaltung zu gehen. »Erinnere dich bitte. Mir ging es vorhin nicht gut, und danach war ich … abgelenkt.«

»Wo hast du das her?« Er geht kein bisschen auf meine Neckereien ein, und mir wird mit einem Schlag klar, wie ernst er das nimmt.

»Das hing an Michaels Briefkasten.« Meine Stimme klingt kläglich. »Nina hat es dort gefunden.«

»Warum um alles in der Welt rufst du mich dann nicht sofort an? Warum nehmt ihr den Brief an euch? Das kann wichtige Spuren verwischen!« James klingt jetzt stinksauer. »Ich muss mit dem Pfarrer sprechen. Hast du seine Nummer?«

Ich nicke stumm und reiche ihm mein Handy. Er wählt, wartet und spricht dann schnell und herrisch in den Hörer. »Mr. Neilson? Nein, ich bin natürlich nicht Ms Parker, ich bitte Sie. Stopp. Jetzt halten Sie mal einen Moment die Luft an. Also ich bitte Sie nur um eins. Sorgen Sie dafür, dass niemand Ihren Briefkasten anfasst, bevor die Polizei bei Ihnen war.«

Er rollt genervt die Augen. »Das werden wir sehen. Nein, Mann, ich kann Ihnen das jetzt nicht erklären. Aber in der nächsten Stunde kommt jemand bei Ihnen vorbei.« Er zögert, lauscht einen Moment und stutzt.

»Ja … genau … Ach, Sie haben Besuch? So. Na das passt doch wunderbar, auch wenn es … aber gut. Das ist nicht meine Sache. Also sehen Sie zu, dass der Briefkasten nicht mehr angefasst wird! Nun hören Sie doch endlich auf zu fragen. Ja! Wiederhören!«

Ich habe das Gespräch – also den Teil, den ich hören konnte – mit offenem Mund verfolgt, und starre James nun mit großen Augen an. »Was war da denn los?«

Sein Mund bildet einen schmalen Strich, und ich weiß, dass

er immer noch böse auf mich ist. »Ich weiß es ehrlich gesagt auch nicht so genau. Aber das erfährst du bestimmt alles noch. Jetzt muss ich Bond anrufen.«

Er steht auf, greift nach seinem Telefon und verlässt den Raum. Ich kann nur noch hören wie er seinen Vorgesetzten begrüßt. Pillow, der sich nur widerwillig hat zur Seite schieben lassen, spielt sich jetzt auf, wie die Prinzessin auf der Erbse und schaut mich empört miauend an. Entschuldigend zucke ich mit den Schultern.

»Sorry, Maus. Der gemütliche Teil des Abends ist wohl rum.«

Ich werfe einen Blick auf die Uhr und sehe, dass es höchste Zeit für mich wird, mich fertigzumachen. Mit schlappen Schritten begebe ich mich in mein Gästezimmer und überlege, was das richtige Outfit für einen solchen Abend ist.

Elegant muss es sein, aber nicht overdressed. Hmm ... ich bin nicht so der Typ für Minikleider und lasse meine Augen durch den Schrank wandern, bis sie an einem dunkelblauen Kleid hängenbleiben. Es ist ein Kleid, das knapp über meinem Knie endet und sich an meinem Körper entlangschmiegt, ohne zu eng anzuliegen.

Ich nicke zufrieden. »Du bist es!«, erkläre ich und ziehe es aus dem Schrank. Schnell gehe ich ins Bad und springe unter die Dusche. Das kostet nicht viel Zeit. Weil heute aber immerhin ein besonderer Abend ist, massiere ich eine Spülung in mein langes Haar. Es ist recht dick, und daher ist das notwendig, damit es seinen honigblonden Glanz behält. Nach der Dusche beginne ich mit einem Komplett-Pflegeprogramm. Rasieren, meine liebste Bodylotion mit Kakaoextrakt, Feuchtigkeitscreme, Haaröl. Dann ziehe ich eine dieser fantastischen blickdichten schwarzen Strumpfhosen an und schlüpfe in das Kleid. Rasch föhne ich meine Haare leicht an und flechte mir einen lockeren, dicken Seitenzopf. Jetzt noch ein bisschen Mascara, und dann bin ich soweit. Ich schminke mich und frage mich wieder einmal, warum eigentlich jede Frau beim Schminken ihrer Wimpern den Mund aufsperrt. Das ist ein seltsames Phänomen, das man aber immer und immer wieder beobachten kann. Frauen sehen beim Schminken einfach total bekloppt aus, und ich bilde da keine Ausnahme.

Ich werfe einen letzten Blick in den Spiegel und nicke zufrieden. Der After-Mund-Aufsperr-Look sieht dafür umso besser aus, und so kann ich mich sehen lassen. Meine braunen Augen haben einen schimmernden Glanz, das Kleid spielt freundlich mit meiner Figur, und mein Teint ist endlich wieder einmal rosig und klar. »Fertig.«

Ich verlasse das Bad und stoße im Flur mit James zusammen, der offensichtlich auf mich gewartet hat. Er will etwas sagen, schaut mich an, öffnet den Mund und bleibt doch stumm. Erst mit Verzögerung breitet sich ein kleines Lächeln auf seinem ernsten Gesicht aus.

»Du siehst sehr hübsch aus, Mary.«

»Dankeschön!«, sage ich schüchtern. Ich freue mich sehr über dieses schlichte Kompliment und lächele. »Hast du deine Kollegen erreicht?«

Schon wird er wieder ernst und nickt. »Ja, das habe ich. Sie werden sich das alles noch einmal ansehen. Aber Mary? Du musst mir wirklich sofort Bescheid sagen, wenn so etwas passiert, okay? Es kann sonst wirklich gefährlich für dich werden, und es sieht gerade nicht gut aus.«

Ich schlucke und nicke. »Es tut mir leid, dass ich es vergessen habe und dass ich deswegen alles noch schwieriger für dich mache.«

Seine Miene wird weich. Er macht einen Schritt und überbrückt so den Abstand zwischen uns. Dann nimmt er mein Gesicht in seine Hände.

»Du machst es nicht schwerer für mich, Mary! Du machst mein Leben so viel interessanter.« Er beugt sich zu mir und gibt mir einen zarten Kuss auf die Wange.

»Aber jetzt muss ich mich umziehen, damit ich vor den Augen deiner Eltern bestehe.« Er zwinkert mir zu und verschwindet in seinem Bad. Wenige Augenblicke später höre ich die Dusche rauschen. Ich selbst stehe immer noch wie angewurzelt vor der Tür und lächele wie ein verliebtes Schaf. Moment …! Verliebt? Ist es das, was ich empfinde?

Es fühlt sich so komplett anders an als alles, was ich je für Peter empfand, und ich liebte Peter doch. Oder? Wie kann es dann sein, dass ich James' Kuss noch jetzt warm und zart auf meiner Wange spüre und dass mir dieser kurze, unschuldige Moment schöner vorkommt als die verschiedenen Küsse, die wir bereits geteilt haben?

Ich atme tief ein, schlendere zum Sofa und versuche, meine Gedanken zu sammeln. Das ist überhaupt nicht leicht und wird noch deutlich schwerer, als die Tür zum Badezimmer wieder auffliegt und James, nur mit einem Handtuch bekleidet, in seinem Zimmer verschwindet. Okay, er sieht wirklich gut aus … Man kann es einfach nicht leugnen, aber heißt dieses Ziehen in meinem Magen gleich, dass ich verliebt bin? Müsste sich das nicht gut anfühlen? Leicht, freudig, glücklich? Tja, oder die Romane lügen alle wie gedruckt.

Knappe fünf Minuten starre ich – genau wie mein Kater neben mir – wie gebannt auf die geschlossene Zimmertür, und als sie sich schließlich öffnet, wird mir eindeutig klar, worauf ich die ganze Zeit gewartet habe. James kommt heraus. Er trägt eine dunkle Jeans, ein elegantes Hemd und ein Sakko. Seine Haare sind noch feucht von der Dusche, und er sieht jung und beinahe verletzlich aus. »Nimmst du mich so mit?«

Er dreht sich einmal um sich selbst und hält dabei sein Sakko auf wie ein Malemodel. Ich kichere.

»Ich glaube, ich nehme dich mit!«

»Wie lieb.« Er lacht, und ich suche in meinem Koffer nach passenden Schuhen. Ich liebe ja meine schlichten Pumps. Sie tragen sich viel angenehmer als diese fiesen High Heels. Aber zu diesem Kleid passen keine Pumps. Also greife ich zu meinen kniehohen, eleganten Lieblingsstiefeln. Gemeinsam mit meiner geliebten silbernen Clutch vervollständigen sie mein Outfit für den Abend.

»Und, du? Nimmst du mich so mit?« In einem Anfall von Wahnsinn versuche auch ich mich an einer eleganten Drehung, und falle prompt beinahe auf die Nase. Mit einem Arm fängt James mich auf. »Jetzt reicht es aber langsam, Mäuschen! Wir müssen los.«

»Mäuschen?« Ich starre ihn entgeistert an.

»Na ja, irgendeinen Spitznamen brauche ich doch für meine Verlobte heute Abend, nicht wahr?«

»Aber nicht Mäuschen, Häschen, Vögelchen oder Purzelchen«, sage ich energisch und schüttele heftig den Kopf. »Wie wäre es mit Schatz?«

»Aber das ist so … normal«, beschwert er sich, und ich muss über seinen quengeligen Tonfall schmunzeln. »Als hätte ich keinerlei Fantasie!«

»Ich glaube, wir sollten langsam los«, wechsle ich ziemlich ungeschickt und abrupt das Thema. Es ist nicht so, dass ich mega froh über die Zeit mit meinen Eltern wäre, aber gerade wäre mir doch beinahe ein »Das ist doch eh alles nicht echt« herausgerutscht, und das macht mich traurig. Auch wenn es die Wahrheit ist, möchte ich sie nun doch nicht gerade jetzt in den Raum werfen.

»Na dann mal los, Miss Parker.« James hält mir galant die Tür auf, und ich grinse ihn an.

»Wenn jemand hört, wie ein Mr. Parker die Frau an seiner Seite Miss Parker nennt, ist das dann seltsam?«

»Ach«, macht James und lässt den Schlüsselbund einmal um seinen Zeigefinger wirbeln. »Was ist heute schon nicht seltsam?«

Weil er damit nun auch wieder recht hat, halte ich den Mund und steige einfach in seinen Wagen. Es ist das erste Mal, dass ich nicht in seinem Dienstwagen sitze, und wenn ich ganz ehrlich bin, dann knicken mir beim Anblick der vier Ringe auf der Motorhaube beinahe die Beine ein.

Ich bin kein fanatisches Automädchen, aber ich stimme völlig mit der Ansicht überein, dass eine Frau schlussendlich insgesamt fünf Ringe braucht.

Ein Mann mit so einem Auto. Das wäre doch die ideale Szene für einen Roman. Es regnet, die Heldin hat ihren Schirm vergessen, ihr ist kalt, es ist dunkel und sie ist verzweifelt. Plötzlich hört sie das Heulen eines Motors, das Quietschen der Bremsen neben sich, und sie sieht im hellen Licht der Scheinwerfer einen

Mann. Den Mann, von dem sie einfach schon immer geträumt hat. Er lässt das Fenster herunter, streckt den Kopf in ihre Richtung und ruft: »Darf ich Sie mitnehmen?« Errötend nickt die Heldin, ignoriert die Tatsache, dass das im wirklichen Leben – und in jedem Thriller – eine sehr dumme Idee wäre, und steigt in das Auto. Es entspinnt sich ein Gespräch, die Ideen und Meinungen der beiden stimmen auf geradezu unheimliche Weise überein. Spätestens vor ihrer Haustür ist klar: Sie werden sich wiedersehen. Sie müssen sich wiedersehen, denn schon jetzt kann keiner der beiden mehr ohne den anderen leben …

»Mary?«, unterbricht James' Stimme meine Träumerei.

»Ja?« Ich spüre, wie mir die Hitze über den Nacken kriecht und sich auf mein Gesicht ergießt.

»Wo warst du denn gerade mit deinen Gedanken?«

»Ich … na ja … das würdest du nicht verstehen«, erkläre ich ausweichend, aber er lässt nicht locker.

»Versuch es doch einfach.«

»Ich habe über einen Roman nachgedacht«, sage ich leise, und er wirft mir einen kurzen Seitenblick zu.

»Über einen, den du gerade gelesen hast? Welchen?«

»Das ist es ja. Er existiert noch gar nicht. Es ist ein Roman, den ich vielleicht irgendwann mal schreibe.«

Jetzt sieht er wirklich überrascht aus. »Du schreibst Romane? Ich dachte, du bist Journalistin?«

»Na ja, ich habe ehrlich gesagt noch keinen Roman geschrieben, der veröffentlicht wurde«, erkläre ich verlegen. »Es ist schwer, einen ersten Roman unterzubringen.«

James nickt verstehend. »Ich finde es toll, dass du schreibst. Mir würde dafür wirklich die Kreativität fehlen.«

Wie lieb von ihm. Ich weiß gar nicht, was ich sagen soll, und ehrlich gesagt bin ich mir, was meine Kreativität angeht, momentan auch gar nicht so sicher. Bevor das Schweigen aber unangenehm werden kann, halten wir auch schon vor dem Restaurant.

Kapitel 12

Das Schönste aber hier auf Erden ist lieben
und geliebt zu werden.

Wilhelm Busch

Ein Orkan. Wenn ich meine Mutter charakterlich beschreiben müsste, dann würde ich sagen, sie ist ein Orkan. Gerade jetzt, als ich aus dem Auto aussteige und die hell erleuchteten Fenster des Restaurants betrachte, beschleicht mich wieder einmal die Angst vor der berühmten Ruhe vor dem Sturm.

Als James nach meiner Hand greift, zucke ich unmerklich zurück, bevor ich meine Finger mit seinen verhake. Es fühlt sich einfach alles andere als normal an, meine Haut kribbelt intensiv, dort wo er sie berührt, und dabei haben wir uns ja bereits mehrfach geküsst. Aber dieses Kribbeln, das sich bei jeder Berührung noch zu verstärken scheint, ist einfach unbeschreiblich. Sanft streiche ich mit dem Daumen über seine Hand und spüre den sanften Druck seiner Finger.

Gemeinsam betreten wir das Restaurant, und sofort weiß ich, wo sie sind. Aber nicht etwa, weil ich irgendein unheimliches Familienradar hätte, nein! Es ist viel schlimmer. Kaum betreten wir das Restaurant, schon kann ich sie hören.

»Da sind ja unsere Kinder!« – Mom.

»Marykind, dein Schnuckel sieht in diesem Outfit ja noch viel besser aus!« – Gerti.

»Nun lasst sie doch erst mal ankommen!« – Dad (deutlich leiser als die beiden anderen).

»Hallo Familie.« Ich lächele verkrampft und lasse James' Hand los, um sie einzeln zu umarmen. Sofort fehlt mir seine Nähe, und das ist mir ein bisschen unheimlich. Ich knibbele nervös an meinen Fingernägeln herum und hole dann tief Luft. »Meinen Verlobten kennt ihr ja bereits.«

»Allerdings.« Meine Tante strahlt und zieht James stürmisch an ihre Brust. »James Peter Kalla. Erst war ich ja ein wenig verwundert, aber James ist ja ein so viel hübscherer Name als Peter. Ich freue mich, dass ihr beiden heute Abend mit uns esst.«

»So wie wir alle.« Meine Mutter lächelt betont freundlich und zieht erst mich und dann James in ihre Arme. Ich versteife mich unwillkürlich, als mir der aufdringliche Geruch ihres Parfüms in die Nase steigt. »Marys Vater und ich freuen uns so sehr. Aber nun setzt euch doch.«

Das tun wir, und ich atme erst einmal tief durch. Der Abend ist noch gar nicht richtig losgegangen, und schon würde ich am liebsten unter den Tisch krabbeln und mir die Ohren zuhalten. Ich weiß, dass das jetzt vielleicht etwas übertrieben klingt, aber meine Nerven sind zurzeit so dünn wie Zwirnfäden. Immerhin ist James neben mir, und das gibt mir ein gewisses Gefühl der Sicherheit.

»Nun James«, beginnt meine Mutter einen Augenblick später, und ich halte die Luft an. Vorbei ist es mit meiner gewissen Sicherheit. Zum Glück wird sie vom Kellner unterbrochen, der uns die Speisekarten bringt. Ich vergrabe meine Nase darin und überlege, welches Essen ich wohl am schnellsten herunterschlingen kann. Einige Minuten herrscht ein Schweigen, das mich aber nicht wirklich erleichtert, weil ich immerzu an die Ruhe vor dem Sturm denken muss.

Ich bestelle einen alkoholfreien Cocktail mit dem interessanten Namen »Winterexot«, passend zu meiner exotischen Familie, und lächele, weil James ein alkoholfreies Bier bestellt.

»Trinkst du nie?«, flüstert er mir leise zu, und ich schüttle den Kopf. »Nein. Die Gefahr ist zu hoch, dass ich Alkoholikerin werde, bei meiner Familie.«

James schmunzelt, und meine Mutter wirft mir über die Speisekarte hinweg einen strengen Blick zu. »Kind, am Tisch flüstern ist unhöflich!«

»Entschuldige Mom«, murmle ich, und meine Tante zieht eine Augenbraue hoch. »Nun lass ihnen doch das bisschen Privatsphäre Mara, ich bitte dich. Du willst doch wirklich nicht alles hören, was sich so ein junges Paar zu sagen hat.«

»Gerti!« Die Stimme meiner Mutter klingt schrill, und ich merke, dass ich wieder die Luft anhalte. So etwas kann Gerti doch nicht sagen. Wie peinlich ist das bitte? James hustet in seine Serviette, aber ich kann sehen, dass seine Schultern vor Lachen beben. Unter dem Tisch versetze ich ihm einen Tritt. Ohne Erfolg, er lacht noch mehr!

Zu meiner unendlichen Erleichterung kommt in diesem Moment der Kellner an unseren Tisch und fragt nach der Bestellung. Ich bestelle einen gemischten Salat als Vor- und eine Romanesco-Curryquiche als Hauptspeise.

»Schatz, hast du Angst, dick zu werden, oder warum verzichtest du auf Fleisch?«, fragt meine Mutter, nachdem auch alle anderen bestellt haben und der Kellner wieder verschwunden ist. Ich beiße die Zähne zusammen und will gerade antworten, als James mir zuvorkommt.

»Wissen Sie Mara, ich lebe ebenfalls seit mehr als fünf Jahren vegetarisch und empfinde es nur als positiv. Man ist stärker, seltener krank, und was das *dick* angeht«, er betont das Wort ganz besonders, »ich glaube, darüber muss sich meine Verlobte nun wirklich keine Sorgen machen. Immerhin hat sie doch gute Gene mitbekommen, oder?«

Mir klappt die Kinnlade herunter, und in meinem Bauch breitet sich ein warmes Gefühl aus. Ich glaube, ich werde diesen Augenblick nie vergessen, als meiner Mutter mit solch einem Charme der Wind aus den Segeln genommen wurde.

»Danke«, forme ich mit den Lippen, und James fasst unter

dem Tisch nach meiner Hand. Ich drücke seine und schließe einen Moment die Augen. Er hat offenbar sofort verstanden, wie man mit meiner Mutter umgehen muss. Er hat mich verteidigt und ihr gleichzeitig ein Kompliment gemacht. Das muss man erst mal schaffen.

»Also James«, meine Mutter hat sich von ihrer Überraschung erholt und wirft ihm nun ein einnehmendes Lächeln zu. »Sie trugen gestern diese nette Uniform. Mary hat uns aber erzählt, dass Sie Anwalt sind.«

»Mara, überleg doch mal«, schaltet sich meine Tante ungefragt erneut ein. »Wenn ich einen solchen Mann hätte, müsste er sich bestimmt auch öfter als Polizist verkleiden.«

Ich kann es einfach nicht fassen. Meine Familie ist … unmöglich! »Tante Gerti!«, zische ich und schaue sie entsetzt an. »Was soll denn das?«

Ich habe das Gefühl, sie würde es geradezu darauf anlegen mich heute Abend zu blamieren. Will sie testen, ob James feuerfest ist, oder was?

»Eine berechtigte Frage«, erklärt James und lächelt liebenswürdig. Mir kommt sein Lächeln allerdings etwas aufgesetzt vor. »Ich habe eine Ausbildung als Polizist und bin dann in die Kanzlei eines Freundes miteingestiegen, als Helfer im kriminalistischen Bereich.«

Das ist perfekt. Absolut fantastisch! Wie kommt er bloß auf solche Geschichten? Ich bin beeindruckt und beiße mir auf die Lippen, um nicht zu schmunzeln. Er hat allerdings Glück, dass meine Eltern sich nicht besonders gut auskennen und sich bestimmt noch nicht mit dem Thema beschäftigt haben, denn sonst würden sie das garantiert nicht so schlucken. So jedoch lächelt mein Vater James wohlwollend an. »Sehr beeindruckend, junger Mann! So können Sie sicher eine Familie ernähren!«

»Natürlich, Sir!«

Ich bin überzeugt, dass James gerade sehr an sich halten muss, um nicht vor Lachen zu platzen. Aber bevor es dazu kommt, bringt der Kellner das Essen.

»Genießen sie ihre Vorspeisen«, sagt er galant und lächelt mich an. Überrascht lächele ich zurück.

»Hey«, flüstert James und tastet unter dem Tisch nach meinem Knie. »Denk dran, dass du mit mir verlobt bist!«

Ist er etwa eifersüchtig? Wie süß ... Ich lehne mich zu ihm und drücke mein Gesicht an seine Wange. »Wie könnte ich das vergessen?«, flüstere ich, und er zuckt unmerklich.

»Dann ist es ja gut«, antwortet er im selben Flüsterton und widmet sich seinem Essen. Einige Minuten lang herrscht ein einvernehmliches Schweigen, und ich genieße jede einzelne Sekunde davon. Was soll ich sagen? Solche Augenblicke gibt es in meiner Familie nur höchst selten, und meistens sind sie nicht von Dauer.

Na, wer sagt es denn? Kaum habe ich den Gedanken vollendet, als Gerti James auch schon von der Seite anlächelt. »Nun, mein Junge, du wirst also meine liebe Nichte heiraten.«

»Sieht fast so aus«, stimmt James ihr zu, und um seine Mundwinkel zuckt es nun heftiger. Ob er morgen wohl Muskelkater vom unterdrückten Lachen haben wird? Es sieht aber so unglaublich gewinnend aus, wenn er das tut. Mein Herz klopft schneller.

»Dann weißt du doch bestimmt von Ihrem Erbe« Meine Tante lächelt, und es sieht für mich irgendwie hinterhältig aus.

»Natürlich!«, versichert James, ohne eine Miene zu verziehen, und ich presse meine Lippen aufeinander, um nicht zu kichern. Dieser elende Schauspieler. Keinen Schimmer hat der Kerl. Er hat definitiv den falschen Beruf und sollte zum Film.

»Und das Erbe hat doch sicher nichts mit deinen Hochzeitsplänen zutun, nicht wahr?«, bohrt meine Tante. Meine Mom und ich schnappen hörbar nach Luft.

»Gertrud! Ich bitte dich, hör auf damit«, fleht meine Mutter, und schon zum zweiten Mal an diesem Abend bin ich voll und ganz ihrer Meinung. Ich finde es einfach absolut verrückt ... Wie kann meine Tante, meine süße Tante, mich und meinen Verlobten einfach so bloßstellen? Sie kennt ihn doch gar nicht.

»Na ja«, verteidigt sich meine Tante beleidigt. »Nach so kurzer Zeit ... Da wird man doch wohl fragen dürfen.«

Wenn du wüsstest, wie kurz die Zeit wirklich ist, Tante ... Ich kaue auf meiner Lippe und schaue James an. Ich habe genug von meiner Familie oder vielmehr: Ich möchte unbedingt mit James allein sein und herausfinden, ob er mich nach diesem Abend jemals wiedersehen will. Ich will aber auf keinen Fall unhöflich sein, also warte ich, bis wir alle mit dem Essen fertig sind, meine Eltern noch ein wenig mit James geplaudert haben und der Kellner zum Kassieren kommt. Nur mit meiner Tante spreche ich kein weiteres Wort mehr. Ich kann einfach nicht verstehen, warum sie sich so verhält.

Nachdem mein Vater gezahlt hat, stehe ich vom Tisch auf und sehe meine Familie an.

»Danke für den Abend, Mama und Papa. Ich denke es wäre gut, wenn James und ich uns langsam auf den Weg machen. Außerdem habe ich plötzlich ganz schrecklich stechende Kopfschmerzen.«

Und das stimmt. Hinter meinen Schläfen pocht es schmerzhaft, und ich reibe unwillkürlich mit den Fingerspitzen darüber. James steht ebenfalls auf und legt mir eine Hand auf den Rücken. Meine Mutter wirft uns einen enttäuschten Blick zu. »Ihr wollt wirklich schon gehen? Ich dachte, wir trinken noch etwas zusammen.«

Ich sehe sie stumm an und schüttele dann erschöpft den Kopf. »Es tut mir leid Mama. Ich bin wirklich ziemlich müde.« Langsam drehe ich mich um, gebe meinem Vater einen flüchtigen Kuss und versuche, die stille Trauer in seinen Augen zu ignorieren. Er weiß ganz genau, dass Gerti mich heute Abend verletzt hat. Offensichtlich weiß sie es auch.

»Mary, Kind, es tut mir leid«, setzt sie in diesem Augenblick an, aber ich kann gerade einfach nicht mehr. Will nach Hause und meine Ruhe haben. Ich werfe auch ihr einen stummen Blick zu, während James meinen Eltern freundlich auf Wiedersehen sagt. Irgendetwas an Gertis Blick lässt mich stocken. Ist es Schuld? Trauer? Verzweiflung? Ich kann es nicht sagen, aber es trifft mich.

James reicht mir meinen Mantel und legt mir dann einen Arm

um die Schultern. »Einen schönen Abend noch«, wünscht er meiner Familie mit einem absoluten Zahnpasta-Lächeln. »Und danke für einen wirklich interessanten Abend.«

Wir verlassen gerade gemeinsam das Restaurant, als ein Mann es betreten will und wir quasi in der Tür steckenbleiben. »Passen Sie doch auf«, blafft er mich an, bleibt dann aber wie angewurzelt stehen. »Mary?«

Mein Herz bleibt stehen, als ich ihn genauer ansehe. Es ist Peter. Er starrt mich an. Seine Augen mustern mich, und ich meine beinahe etwas wie Sehnsucht darin erkennen zu können. Dann wandert sein Blick weiter zu James und bleibt bei dem Arm hängen, den er um meine Schulter gelegt hat. Der sehnsüchtige Ausdruck verschwindet und weicht einem glimmenden Funken, der mir nicht gefällt.

»Wie schön, dich zu sehen.« Seine Stimme klingt plötzlich nicht mehr schockiert, sondern ölig und jagt mir einen kalten Schauer über den Rücken.

»Kann ich nicht zurückgeben«, knurre ich, und er lächelt mit schmalen Lippen bevor seine Augen erneut zu James huschen. »Möchtest du mir nicht deinen Bekannten vorstellen?«

Es dauert einen Augenblick, bis ich glaube, meine Stimme unter Kontrolle zu haben. »Du hast kein Recht, meinen Bekannten vorgestellt zu werden«, sage ich leise, und es klingt brüchig. Es ist nicht leicht, ihn wiederzusehen.

»Ich glaube aber doch.« Peter geht einen Schritt auf James zu, der ihn um einige Zentimeter überragt. Ich stutze. Peter kam mir immer so groß vor, und gegen James wirkt er eher wie ein kleiner, aggressiver Chihuahua neben einem Schäferhund. »Peter Kalla«, stellt er sich vor und streckt die Hand aus.

James wirft mir einen kurzen Blick zu, und seine Miene wird undurchsichtig. »Ich habe schon viel von dir gehört.«

»So.« Peter grinst süffisant. »Ich von dir bisher kein Sterbenswort.« Was soll das? Wohin ist der reumütige Peter verschwunden? Wo der Peter, der mich zurückwill? Dieser Peter hier wirkt einfach wie ein arroganter Schnösel. Schnell gehe ich dazwischen.

»Weil ich hoffe, dass wir nie wieder miteinander reden«, erkläre ich, während ich Peter fest in die Augen sehe. Ich fühle mich sicher in James' Arm und habe mit einem Mal wieder eine ungeheure Wut auf Peter. »Also lass uns jetzt bitte durch.«

Einen Moment lang sieht Peter verdutzt aus. Dann verhärten sich seine Züge. »Du machst einen Fehler«, murmelt er gepresst. »Du wirst mich brauchen.«

Ich? Ihn brauchen? Jetzt schlägt es aber gleich dreizehn! Ich habe das Gefühl, diesen boshaften Kerl vor mir nicht zu kennen. »Davon träumst du wohl«, blaffe ich wütend, und mit diesen Worten verlasse ich mit James das Restaurant.

»Das war also Peter?«, fragt James und klingt ziemlich ungläubig. »Das ist doch ein totaler Idiot!«

»Glaub mir, er ist nicht immer so.« Ich lächle müde und unterdrücke den Schmerz in meiner Brust, der immer dann aufkommt, wenn ich an all die schönen Momente denke, die ich in der Vergangenheit mit Peter geteilt habe. »Aber die Situation war auch neu für ihn. Er ist es nicht gewohnt, dass man ihm Jemanden vorzieht.«

James bleibt stehen und dreht sich zu mir um, sodass wir uns gegenüberstehen. »Und du tust das?«, fragt er in einem scherzhaften Tonfall, während seine Augen mich um eine ernsthafte Antwort bitten.

Ich schaue ihn an, trete ein Stück auf ihn zu und greife nach seiner Jacke. Er legt seine Arme um mich, und ich stelle mich auf die Zehenspitzen, um nun meine Arme um seinen Hals zu legen. Ich kann James' Augen in der Dunkelheit nicht erkennen, aber ich spüre deutlich seinen warmen Körper, als er mich an sich zieht. Zart streifen meine Lippen die seinen, bevor ich meinen Kopf zurückziehe. Um uns herum ist es dunkel bis auf die Lichter der Straßenlaternen. Erst als eine Schneeflocke auf meine Nase fällt, merke ich, dass es wieder schneit. Es ist so romantisch, dass es fast zu viel wäre, wäre es nicht so wunderschön. Jetzt sehe ich James fest an.

»Aber hallo«, flüstere ich, und dann küsst er mich richtig.

Unsere Lippen sind kalt, der Kuss verursacht mir eine Gänsehaut, und trotzdem ist mir warm. Unsere Lippen harmonieren perfekt miteinander. Sanft knabbert er an meiner Unterlippe, und ich seufze glücklich. Es ist ein Moment, von dem man seinen Enkeln noch erzählen will. Nach einer gefühlten Ewigkeit beenden wir den Kuss, und ich schmiege mich so eng an James, dass kein Blatt Papier mehr zwischen uns passen würde. Mein Kopf passt perfekt in die Kuhle unter seinem Kinn, und ich schnuppere an seinem Hals. Er riecht so gut. Ich sollte mir etwas von seinem Aftershave schnappen und mein Kissen damit einbalsamieren. Aber ich fürchte, gegen das Original käme das einfach nicht an.

Eine ganze Weile stehen wir einfach nur da, um uns herum das lustige Schneetreiben von New York und eine – für diese Stadt, die niemals schläft – ganz untypische Stille.

»Deine Familie ist wirklich … besonders«, durchbricht James nach einer Weile die herrliche Ruhe.

»Da sagst du was.« Ich seufze und schmiege mich noch fester an ihn. Ich will jetzt nicht an meine Familie denken. Dafür ist der Moment einfach viel zu magisch. Wieder stehen wir eine Weile schweigend in der Kälte, bis ich anfange zu zittern.

»Du frierst.« James lässt mich los, und mit einem Mal wird mir noch viel kälter. Ich vermisse seine Nähe, und mir wird klar: Ich will, dass er mich viel, viel länger festhält. »Komm, lass uns nach Hause fahren«, sagt er leise.

»Ich will aber nicht nach Hause«, quengle ich und küsse ihn noch einmal. Es dauert einen Moment, aber dann schiebt er mich von sich und grinst.

»Am Wochenende wollen wir doch backen. Dafür müssen wir nach Hause fahren, oder?«

Ich lache und mache einen spielerischen Satz. »Juhuuu, backen. Damit hast du mich!«, rufe ich wie ein kleines Kind und als wäre das mit dem Backen nicht meine Idee gewesen.

»Du bist so süß«, schmunzelt er und gibt mir einen letzten kleinen Schmatzer auf die Lippen. Später im Auto sehe ich ihn von der Seite an.

»Du hast das also wirklich ernst gemeint, dass du noch nie gebacken hast?«

James atmet tief ein und schüttelt den Kopf. »Mein Vater hielt das für überflüssig.«

»Überflüssig?«, frage ich fassungslos, und er zuckt ein bisschen mit den Achseln. »Ja, Kekse hatten wir aber trotzdem. Sie kamen … ach, egal! Sie waren wirklich lecker. Was gibt es leckereres als Weihnachtskekse? Wobei …«, unterbricht er sich und wirft mir einen kleinen, schelmischen Seitenblick zu. »Etwas würde mir da schon einfallen.«

»Du Charmeur!« Ich knuffe ihn in die Seite, und er schreit gespielt empört auf. »Hey, keine Gewalt gegenüber dem Fahrer.«

»Vor allem nicht, wenn der Fahrer ein Charmeur ist, stimmt's?«

In diesem Moment kommt *All I want for Christmas is You* im Radio, und ich beginne zu zappeln. »Ich liebe dieses Lied!«

James dreht die Lautstärke hoch, und ich singe auf vollem Hals mit. James wirft mir immer wieder belustigte Seitenblicke zu, aber so schlimm kann es nicht sein, denn er wirft mich nicht raus.

In seiner Wohnung angekommen sagen wir uns nur noch schnell gute Nacht. Dann schlüpfe ich in mein Zimmer und lasse mich rücklings auf das Bett fallen. Es war ein seltsamer Tag. Angefüllt mich Tränen, Lachen und Liebe. Halt. Stopp. Moment mal!

Liebe … das Wort hallt in meinem Kopf nach. Ist es das? Ist es wirklich Liebe, die ich für diesen Mann empfinde?

Dass da etwas ist, kann ich auf keinen Fall bestreiten, aber ist es das wirklich? Das größte und wundervollste Gefühl der Welt?

Ein Zitat aus *Hamlet* schießt mir durch den Kopf, und ich seufze.

Zweifle an der Sonne Klarheit,
Zweifle an der Sterne Licht,
Zweifle, ob lügen kann die Wahrheit,
Nur an meiner Liebe nicht.

Das sind so starke Worte, und mir treten die Tränen in die Augen. Ich will es wissen. Ich werde es herausfinden. Aber egal ob es Liebe ist oder nicht, ich weiß, dass ich mich geradezu unbändig auf morgen freue. Ich schalte mein Handy wieder an, und schon vibriert es einmal, zweimal, dreimal. Die erste Nachricht, die ich öffne, kommt von meiner Mutter.

> [20:30] Mama: *Mary, wirklich. Ich bin entzückt. James ist ein absoluter Traum.*

Ich drücke die Nachricht weg. Meine Mutter kann einfach nicht aus ihrer Haut und wird es auch nie können. In diesem Fall hat sie allerdings recht.

Die nächste Nachricht stammt von Nina, und ich bin mehr als überrascht, als ich sie öffne.

> [18:16] Ninamaus: *Ich habe heute deinen Pfarrer kennengelernt. Süßer Typ, nur etwas langweilig. Sicher, dass du den nicht willst? Würde doch passen! Viel Glück beim Abendessen. Gibt es eigentlich schon Spuren von deinen charmanten Angreifern?*

Nina hat Michael kennengelernt? Ich weiß nicht so ganz, wie ich das finde. Wo haben sie sich wohl getroffen, und wie hat sie ihn erkannt? Und sie findet ihn langweilig? Wahrscheinlich liegt das daran, dass sie immer noch Liebeskummer hat. Der Teil mit den Angreifern lässt mich die Stirn runzeln. Den Witz finde ich nun wirklich nicht so gut. Aber egal. Ich tippe meine Antwort.

> [21:47] Mary: *Wie das denn? Ach weißt du, man soll doch niemals nie sagen :P! Beim Abendessen hat der Orkan Mara Parker zugeschlagen. Kräftig unterstützt von Aufwind Tante Gerti. PS: Die Polizei kriegt die Typen schon.*

> [21:50] Ninamaus: … *Wenn du das sagst*

[21:51] Mary: *Was soll das jetzt heißen?*
[21:55] Mary: *Nina, ernsthaft?*

Ich sehe, dass sie online ist, aber sie antwortet nicht mehr. Was soll ich denn jetzt machen? Ich bin so beschäftigt, dass ich mir gar keine Gedanken darüber gemacht habe, dass sich meine Freundin immer seltsamer verhält. Es ist mir schon an dem Tag aufgefallen, als der Stein in meine Wohnung geworfen wurde. Aber wahrscheinlich werde ich paranoid. Nina ist vermutlich einfach nur im Stress.

Ich öffne die nächste Chatnachricht und seufze wieder. Kann Peter mich denn nicht endlich in Ruhe lassen? Die Nachricht wurde wohl unmittelbar nach unserem Verlassen des Restaurants verschickt.

[20:02] Peter: *Mary, glaub mir. Du bist in Gefahr. Er kann dich nicht beschützen.*

Ich beiße mir die Lippen blutig und versuche, die Gänsehaut zu verjagen, die meinen Rücken entlangkriecht. Woher weiß er davon? Was weiß er? Ist das eine Drohung?

[21:58] Mary: *Was soll das? Kannst du mich nicht in Ruhe lassen? Ich bin mit James zusammen.*

Prompt kommt eine Antwort.

[21:59] Peter: *Aber er sagt dir nicht die Wahrheit.*

Ich lache heiser auf. James soll mir nicht die Wahrheit sagen? Peter ist ja wirklich dreist.

[22:00] Mary: *Aber du, ja? Verzieh dich bloß und lass mich in Ruhe.*

[22:03] Peter: *Bei diesem Spiel hat er keine Chance.*
[22:04] Peter: *Dein Herz steht auf dem Spiel. Pass bitte auf dich auf.*

Mein Herz setzt einen Schlag lang aus. Ist das alles hier ein schlechter Scherz? Eine leise, innere Stimme flüstert mir zu, dass Peter vielleicht wirklich mehr weiß. Dass er tatsächlich etwas herausgefunden hat und mich beschützen will. Aber ich bringe sie zum Schweigen. Will ihr nicht glauben. Kann es einfach nicht.

Ich schließe die Augen und versuche zu schlafen. Pillow ist heute Abend nicht zu mir gekommen. Bestimmt schläft das treulose Tier bei James. Dabei wäre ich gerade jetzt so froh über seine Gesellschaft. *Du machst einen großen Fehler. Das kann dich viel kosten.* Die Worte von dem Zettel stehen mit einem Mal vor mir wie eine Art Denkmal. Sie scheinen immer größer zu werden. Ich glaube fast, das Blut auf dem Zettel riechen zu können. Wer will mir etwas tun? Wer? Wer? Wer? Wer kann mich nur so sehr hassen?

Mit einem Mal laufen mir Tränen über die Wangen. Ich habe Angst. Was ist, wenn Peter wirklich etwas weiß und James durch mich in Gefahr gerät? Vielleicht sollte ich mich wirklich mit Peter treffen. Nur einmal, um herauszufinden, was eigentlich vor sich geht.

Aber nicht morgen. Ich reiße die Augen auf, setze mich aufrecht hin und fasse einen Entschluss. Ich werde mir dieses Wochenende von niemandem kaputtmachen lassen. Wieder schließe ich die Augen und versinke dieses Mal in einem Schlaf ganz ohne Albträume.

Kapitel 13

Wo ist das Rezept geblieben
von den Plätzchen, die wir lieben?
Wer hat das Rezept
verschleppt?

Rolf Zuckowski

Es ist warm um mich herum, als ich am Samstagmorgen langsam erwache. Ich fühle mich entspannt bis in die letzte Faser meines Körpers. Wohlig räkele ich mich in meiner Bettdecke und drehe mich auf die andere Seite. Herrlich so ein ruhiger Morgen. Langsam spüre ich, wie auch die letzten Schatten der Müdigkeit verschwinden und meine Gedanken klarer werden. Die häuslichen Momente mit James waren immer sehr schön, und heute ist endlich unser großer Backtag gekommen.

Nachdem ich noch ein Weilchen einfach so im Bett gelegen und mich gut gefühlt habe, setze ich mich auf und strecke mich. Dann steige ich aus dem Bett. Es fühlt sich gut an zu wissen, dass heute der erste Tag ist, an dem James und ich nicht frühmorgens aufbrechen müssen und ich nicht den ganzen Tag im Pfarrhaus festsitzen werde. Vor meiner Tür trete ich beinahe auf meinen Kater, der mich empört anfaucht.

»Guten Morgen, Stinker. Hat James dich etwa rausgeschmissen?«, erkundige ich mich in Babysprache.

»Das kannst du aber glauben«, höre ich eine tiefe Stimme hinter mir und fahre herum. James steht vor mir und lächelt mich einfach nur an. Am liebsten würde ich ihm jetzt einen Kuss geben, aber ich habe mir die Zähne noch nicht geputzt und ganz sicher fürchterlichen Mundgeruch.

»Bin gleich wieder da«, murmle ich und sprinte schnell ins Bad. Dort angekommen fällt mir auch auf, dass ich ja gar keinen BH und stattdessen meinen Schlafanzug trage. Den Schlafanzug kann ich noch verantworten. Der ist süß. Aber ohne BH? Ein No-Go. Zum Glück liegt er oben auf dem Wäscheberg im Bad, und ich ziehe ihn schnell an. Rasch putze ich mir noch die Zähne, aber dann wird mir klar, dass ich ja jetzt nicht einfach so da rausspazieren und ihn küssen kann. Wenn ich das mache, riecht er doch die Zahnpasta, und dann weiß er sofort, dass ich nur deswegen im Bad verschwunden bin. Also drücke ich schnell die Klospülung und verlasse das Bad wieder. Weder James noch mein Kater haben sich in der kurzen Zeit bewegt. Aber statt mich anzusehen, starren sie einander nun bewegungslos in die Augen. Es ist, als würden sie versuchen, sich in bester Sheldon-Cooper-Manier gegenseitig zum Explodieren zu bringen. Bevor hier also gleich ein Kater oder aber ein Polizist in die Luft fliegt, werfe ich mich mutig wie eine Löwin zwischen die Fronten.

»Was ist denn los, Jungs? Wer hat hier wem ans Bein gepinkelt?« Streng sehe ich von einen zum anderen.

»Nah dran«, knurrt James und wirft Pillow einen absolut grinchigen Blick zu. »Morgens um fünf hat er angefangen, auf mir herumzutrampeln und zu miauen, als stünde er kurz vor dem Tod.« Sehr leise, aber doch hörbar schiebt er ein »Hätte auch passieren können. Durch mich« hinterher, und ich sehe ihn strafend an.

»So etwas sagt man nicht mal im Spaß«, erkläre ich mit gespielter Strenge. »Aber ich verstehe natürlich, dass du müde bist, weil mein Katerchen dich um deinen Schönheitsschlaf gebracht hat.«

Ich schaue James an und weiß genau, dass dieser Mann überhaupt keinen Schönheitsschlaf nötig hat. Er ist einfach unglaublich.

»Du hast mir gar nicht guten Morgen gesagt«, kommt es ganz

plötzlich, und ich muss grinsen. Langsam gehe ich auf ihn zu und gebe ihm einen Kuss auf die Wange.

»Guten Morgen.«

Schon will ich mich wieder umdrehen, als er mit einem Arm meine Taille umfasst und mich zu sich zurückzieht. »Das war aber nicht richtig.« Er dreht mich zu sich hin und gibt mir einen leichten Kuss auf die Lippen.

»Guten Morgen«, flüstere ich und ziehe mich zurück. Er lächelt, überlegt und grinst dann plötzlich.

»Sag mal, hast du dir die Zähne geputzt?«

Okay, an dieser Stelle ist das Gespräch dann auch vorbei. Ich mache mich ganz von ihm los, hüpfe zurück in mein Zimmer und schließe die Tür hinter mir. Pillow, der, nachdem James sich als solch schlechter Sklave erwiesen hat, hoheitsvoll in mein Zimmer getappt ist, erwartet mich bereits. Ich streichle ihn und erkenne an seinem Blick, dass ich doch die einzig wahre Sklavin für ihn bin. Man sagt doch so schön: *Hunde haben Besitzer, und Katzen Personal.*

Ich ziehe mich an. Also wenn ich an einem Tag wie heute anziehen meine, dann bedeutet das: Boyfriendjeans, Hoodie und ein lässiger Dutt im Nacken. Das perfekte Outfit für einen Tag zum Chillen. Pfeifend verlasse ich mein Zimmer und gehe in die Küche. Dort steht James doch tatsächlich schon am Herd, und es duftet verheißungsvoll nach Pancakes. Mir läuft das Wasser im Mund zusammen. Ich schlinge kurzentschlossen von hinten meine Arme um ihn, lege mein Kinn auf seine Schultern und schnuppere an seinem Hals. »Hier riecht es ja fantastisch! Wo hast du bloß so kochen gelernt?«

Er dreht sich in meinen Armen und schaut lächelnd auf mich herunter. »Meine Mutter meinte, so könnte man Mädchen beeindrucken, und so war ich schneller in der Küche, als sie bis drei zählen konnte.«

Ich lache. »Sag ihr vielen Dank von mir!«

»Das werde ich bei Gelegenheit machen«, schmunzelt er.

Wenig später sitzen wir am Frühstückstisch und essen Pancakes. Dazu habe ich uns Orangen ausgepresst, um einen leckeren frischen Orangensaft servieren zu können. Wenn James so auffährt, kann ich mich ja nicht lumpen lassen.

»Also, was für Kekse wollen wir backen?«, frage ich aufgeregt, als wir gemeinsam den Tisch ab- und die Küche aufräumen.

»Also, ich liebe Zimtsterne! Und ich will Kekse, die ich verzieren kann! Und Lebkuchen!« James grinst wie ein kleiner Junge, und ich schmunzle. Ich glaube, er freut sich richtig auf seine erste Backstunde.

»Na, da haben wir ja viel vor uns. Hast du denn alles im Haus, was man dafür braucht?«

»Ähm«, macht er, und ich seufze theatralisch.

»Überlass das ruhig der Frau.«

Schnell checke ich James' Vorräte und stelle fest, dass wir definitiv noch einkaufen müssen. Ganz Gentleman verbietet James mir mitzukommen. Ich darf aber immerhin den Einkaufszettel schreiben. Als er aus der Tür verschwindet, kribbelt es in meinem Bauch, und ich freue mich einfach nur auf das Backen. Wenn ich ganz ehrlich bin, dann hätte ich James sowieso allein losgeschickt. Es gibt nichts Besseres als den Trubel in den Läden, um in Weihnachtsstimmung zu kommen.

Weil ich jetzt ja ein bisschen Zeit habe, schnappe ich mir mein Handy und checke meine Nachrichten. Nichts von Nina. Dafür schreibt meine Mutter, dass sie nicht weiß, wie ich mein unmögliches Verhalten Gerti gegenüber wiedergutmachen könnte. Ha, dito Mom! Mein unmögliches Verhalten? Weil ich meine Tante ignoriert habe, die mich bloßgestellt hat? Nee, ist klar! Kann es sein, dass meine Familie absolut unreflektiert ist? Meine Mutter findet Gerti doch hauptsächlich anstrengend, und plötzlich ist sie ihre Verteidigerin? Ich schnaufe und will das Handy gerade wieder weglegen, als es zu vibrieren anfängt. Ein eingehender Anruf von einer unterdrückten Nummer. Entgegen meinem unguten Gefühl nehme ich ab. »Hallo?«

»Du spielst ein gefährliches Spiel!«, raunt es, und mein Herz beginnt zu rasen.

»Wer sind Sie?« Diese kratzige und tiefe Stimme habe ich noch nie gehört, und sie jagt mir einen Schauer über den Rücken. »Was wollen Sie von mir?«

Die Stimme am anderen Ende der Leitung lacht heiser. Obwohl sie seltsam verzerrt klingt, glaube ich, dass es ein Mann ist. Ob da vielleicht so ein Stimmenverzerrer im Spiel ist?

»Glaub mir Mädchen, wenn du den Cop nicht aus der Sache raushältst, dann geschieht ihm ein Unglück.«

Solche Aussagen kenne ich nur aus schlechten Filmen.

»Aber … Wer sind Sie denn?«, stottere ich, weil mir nichts Besseres einfällt. Was denke ich denn bitte? Dass der jetzt freundlich lacht und sagt: »Verzeihung Miss Parker. Mein Name ist John Williams, und Sie haben gerade eine Waschmaschine gewonnen«, oder so? Wenn ja, dann werde ich enttäuscht. Natürlich.

»Das tut nichts zur Sache! Finde bis Mittwoch einen anderen Wohnort und halte dich von ihm fern! Hast du verstanden?«

Ich muss schlucken und merke mit einem Mal, dass ich zittere. Ich zittere am ganzen Körper, sodass ich kaum noch das Handy halten kann. Meine Zähne beginnen zu klappern. Mir ist eiskalt.

»Ich … hahabe … vvverstanden«, bringe ich stotternd hervor und höre sofort das Tuten in der Leitung. Der Anrufer hat aufgelegt. Krank. Das Ganze ist doch wirklich völlig krank! Gestern Abend habe ich mir vorgenommen, dass ich die Zeit mit James genießen will, und nun das. Tränen steigen mir in die Augen und rollen in großen Sturzbächen über mein Gesicht. Wie soll ich ihm das nur erklären? Er würde es nicht verstehen. Er würde einen polizistenmäßigen Anfall kriegen und mich zwingen, ihm zu sagen, was passiert ist. Aber wenn ich das tue, dann bringe ich ihn in große Gefahr. Ich glaube nicht, dass die Typen bloß scherzen. Ich kann das Risiko einfach nicht eingehen. Mein Herz blutet. Es schreit bei dem Gedanken, James zu verlassen, und mit einem Mal weiß ich es. Weiß, dass ich ihn liebe, und das mit einer unumstößlichen Gewissheit. Ich weine. Weine um eine Liebe, die gerade erst begonnen hat und nun schon wieder zerstört werden soll. Und ich weiß noch etwas. Ich werde Peter um Hilfe bitten. Ich weiß zwar nicht wie, aber vielleicht kann er mir helfen.

James wird bald zurückkommen, und deswegen sehe ich zu, dass ich mich wieder einkriege und meine Tränen trockne. Es dauert eine Weile, aber als ich die Wohnungstür höre, sehe ich wieder so gut wie normal aus. Äußerlich. Mein Inneres steht völlig Kopf.

»Hilfe, es sind so viele Tüten!«, höre ich James' dumpfe Stimme. Ich springe auf und laufe ihm entgegen. Ungeachtet der Tüten falle ich ihm um den Hals. Das Ergebnis ist, dass er die Tüten fallen lässt und die Arme um mich schlingt.

»Womit habe ich das verdient?«, flüstert er an meinem Ohr. »Also nicht, dass ich etwas gegen diese Begrüßung einzuwenden hätte, aber gibt es einen besonderen Anlass?«

Ich schüttele einfach nur den Kopf als Antwort. »Nein, ich habe dich einfach nur vermisst.«

Jetzt klingt er amüsiert. »Ich war doch nicht mal eine Stunde weg.«

»Mir kam es wie eine Ewigkeit vor.«

Okay, das war jetzt geradezu unglaublich kitschig, aber ich kann einfach nicht anders. Ich helfe ihm die Tüten aufzusammeln, und wir tragen alles in die Küche. Dann schnappe ich mir eine Schürze und werfe James die Reserveschürze zu. »Dann lass uns doch mal loslegen«, sage ich betont munter. Ich will diesen Vormittag genießen. James soll ihn genießen.

Und das tun wir. Die Küche gleicht innerhalb kürzester Zeit einem Schlachtfeld, und ich glaube, ich habe fast mehr Teig in den Haaren als schlussendlich in der Teigschüssel. Wir lachen, scherzen, singen sogar Weihnachtslieder, und nach etwa einer Stunde beginnt ein herrlicher Geruch die Küche zu durchziehen. Plötzlich komme ich mir vor wie in meine Fantasie versetzt. Es duftet nach Zimt, Koriander und Karamell, und James und ich backen. Es könnte alles so schön sein. Ich drehe mich zu ihm um und sehe ihn eine Weile schweigend an. Konzentriert rollt er den Lebkuchenteig aus und presst dabei die Lippen aufeinander. Er sieht aus wie ein kleiner Junge, und irgendwie ist er das ja gerade auch.

»Danke«, sage ich leise.

»Wofür denn?«

Eigentlich dachte ich, meine Stimme wäre zu leise gewesen, als dass er mich gehört haben könnte, aber anscheinend hat er Ohren wie ein Luchs.

»Ach nichts.« Ich beiße mir auf die Lippe und beginne, den Teig für die Zimtsterne anzurühren.

»Mary, wofür?« James hat den Teig Teig sein lassen und kommt zu mir. Er stützt sich links und rechts von mir auf der Anrichte ab und sieht mir in die Augen. Ich kann seinem Blick nicht lange standhalten und wende den Kopf zur Seite. »Für einfach alles! Du bist immer für mich da«, sage ich leise, und der Kloß in meinem Hals vergrößert sich mit jedem Wort.

James sieht mich einfach nur an. Er scheint über etwas nachzudenken und lächelt dann. »Ich bin immer für dich da, Mary. Egal wann.«

»Aber warum?«, flüstere ich und sehe ihn wieder an. »Warum bist du so lieb zu mir?«

»Weil ich es genieße, dein Verlobter zu sein.« Seine Worte fühlen sich an wie warmer Honig, und ich glühe beinahe. Er kann so wunderschöne Dinge sagen. *Sag's noch einmal,* denke ich und lehne mich an ihn. Aber er schweigt.

»Ich bin auch gern deine Verlobte«, könnte ich jetzt sagen und dann abwarten, was passiert, aber irgendwie wollen die Worte mir nicht über die Lippen. Der Telefonanruf hängt wie ein dunkler Schatten über dem Tag, obwohl es mir immer wieder gelingt, ihn für einige Minuten zu vergessen. Als ich das erste Blech aus dem Ofen ziehe, schnuppere ich genüsslich.

»Das riecht wirklich nach Weihnachten«, meint James, und ich stimme ihm aus vollem Herzen zu. Alle Probleme und Sorgen haben nichts in dieser Jahreszeit verloren, und ich glaube ganz fest daran, dass sie sich über kurz oder lang verkrümeln werden. Das erste Blech trägt übrigens Ausstecherle, und nachdem sie abgekühlt sind und das nächste Blech im Ofen ist, beginnen wir mit dem Verzieren. Wir bepinseln sie mit Schokolade, zeichnen mit buntem Zucker die verschiedensten Formen und essen jede Menge unverzierte Plätzchen.

»So sollte jeder Tag sein«, sage ich laut, ohne nachzudenken, und schlucke dann. »Ich bin gleich wieder da.« Ich verlasse den Raum und denke verzweifelt nach. Ich kann nicht so lange warten, deshalb ziehe ich mein Handy aus der Tasche und beginne, eine Nachricht zu tippen.

[11:25] Mary: *Ich brauche deine Hilfe.*

Die Antwort kommt wie aus der Pistole geschossen.

[11:26] Peter: *Jederzeit! Ruf mich an*

Das werde ich auch. Ich muss es tun. Schon um James zu schützen. Wenn ich doch nur wüsste, was Peter weiß. Dass er etwas weiß, vermute ich seit unserem Treffen im Restaurant, und inzwischen bin ich fast sicher. Aber um das herauszufinden, muss ich mich mit ihm treffen.

[11:30] Mary: *Kein Anruf. Wir treffen uns morgen gegen 10 bei Starbucks.*

Ich weiß, dass er nicht fragen wird, von welchem der unzähligen Cafés ich spreche. Er kennt meinen Laden, und ich bin sicher, dass er dort auftauchen wird. Nur weiß ich noch nicht, wie ich es schaffen soll, dorthinzukommen, ohne dass James mich begleiten will oder Verdacht schöpft. In diesem Moment fällt mir Michael ein. Ich weiß, dass zwischen uns beiden eigentlich nichts geklärt ist, und dennoch ist er der Einzige, von dem ich mir vorstellen könnte, dass er mir hilft. Vielleicht lässt er mich sogar noch einmal bei sich wohnen, wenn ich keinen anderen Platz finde? Aber was mache ich mit Pillow? Und wie soll ich es aushalten, James zu verlassen? Wie soll ich das überhaupt anstellen? Das alles sind Sorgen, die mir das Herz sehr, sehr schwer machen, sodass ich mich kaum überwinden kann, noch einmal in die Küche zurückzugehen.

»Da bist du ja wieder«, begrüßt mich James und holt ein Blech Vanillekipferln aus dem Ofen.

»Ja, da bin ich.« Ich lächle ihn an und spüre selbst, dass es verkrampft wirkt.

»Ist alles in Ordnung, Mary?« Er klingt besorgt.

»Alles gut!« Ich versuche, so normal wie irgendwie möglich zu wirken.

»Weißt du, was uns eigentlich noch fehlt?« James hat offenbar wirklich Feuer gefangen, was die Weihnachtsbäckerei betrifft. Sonst hätte er bestimmt gemerkt, wie mir zumute ist. Er sieht mich erwartungsvoll an, und ich überlege kurz.

»Also mir fehlt eine vernünftige Familie, aber was meinst du?«, scherze ich.

»Ein Weihnachtsbaum!«

In meinem Gehirn macht es klick. Natürlich. Zu unserem Weihnachtsfest, dass ich ihm bereiten will, gehört natürlich auch ein Weihnachtsbaum.

»Stimmt!« Ich sehe ihn an. »Wann wollen wir ihn kaufen gehen?«

»Warum nicht jetzt gleich?«, erkundigt er sich, und seine Augen glitzern übermütig. »Mein erster Weihnachtsbaum!«

»Aber wir backen doch gerade.« Ich runzle die Stirn. »Dein *erster* Weihnachtsbaum?«

James verzieht kurz den Mund. »Sagen wir es so: Es wird der erste mit echten Nadeln sein.«

»Echte Tannen sind doch das Beste«, sage ich und kratze den restlichen Teig aus der Schüssel, um ihn James in den Mund zu schieben. Dann sehe ich ihn fragend an. »Aber willst du wirklich jetzt gehen? Mitten beim Backen?«

»Das können wir später immer noch«, sagt er und zuckt die Schultern.

Das ist allerdings auch wieder wahr. Also warum denn auch nicht? »Abgemacht«, erkläre ich und gehe zum Waschbecken, um meine Hände zu säubern.

»Super.« James stellt sich neben mich.

»Wir passen doch nicht zu zweit ans Waschbecken.« Ich versuche, ihn mit der Hüfte beiseitezuschieben.

»An mir liegt das aber nicht«, neckt er mich.

So ein Frechdachs! Ich drehe mich spontan zu ihm um und spritze ihm Wasser ins Gesicht. Ich kann mich einen unendlich schönen Augenblick lang, an seinem erstaunten Blick erfreuen, dann verzieht sich sein Mund zu einem Grinsen. »Na warte!«

Innerhalb weniger Sekunden entspinnt sich eine ausgewachsene Wasserschlacht zwischen uns, und als ich wieder zu Atem komme, bin ich patschnass. »Das war lustig«, keuche ich außer Atem und boxe James leicht gegen die Schulter.

»Absolut. Aber jetzt sollten wir uns umziehen und den Weihnachtsbaum besorgen«, antwortet James und sieht dabei deutlich weniger zerzaust aus, als ich mich fühle.

Schnell verschwinden wir beide in unseren Zimmern. Pillow, der vom Backen nicht sonderlich viel hält, erwartet mich auf meinem Bett und beobachtet interessiert, wie ich eine Jeans und einen warmen Pulli überstreife.

Ich kraule ihm ganz kurz das Köpfchen, und er schließt blinzelnd die Augen. James wartet bereits auf dem Flur.

»Frauen brauchen immer so unglaublich lang«, witzelt er, und ich verdrehe die Augen.

»Jap, weil ihr wollt, dass wir annehmbar aussehen.«

Er reißt die Augen auf. »Warte, das dauert so lange?«

»Hahaha! Aber damit du es weißt, ja!« Ich strecke ihm die Zunge raus, und dann verschwinden wir gemeinsam nach draußen. Es ist winterlich kalt, aber heute schneit es nicht. Der Schnee liegt etwa zehn Zentimeter hoch, und ich kann nicht anders, als meine Hand in regelmäßigen Abständen in den Schnee auf der Mauer neben mir zu tunken.

»Gehen wir echt zu Fuß?«, erkundige ich mich beiläufig und trete ein Stück näher zu James.

»Klar«, erwidert er und zwinkert mir zu. »Es macht so viel Spaß, mit dir spazieren zu gehen und dir beim Spielen mit dem Schnee zuzusehen.«

Ich lächele. Schnee ist für mich als New Yorkerin nichts Neues. Unsere Stadt ist für die extremen Winter bekannt. Wir haben hier viel Schnee, und es ist ständig kalt, aber was soll ich sagen? Ich liebe es! Es ist mir egal, dass es ständig Nachrichten über irgendein vom Schnee ausgelöstes Chaos gibt, und es ist mir auch egal, dass ich jedes Jahr mindestens einmal ausrutsche und auf der Nase lande.

»Ich liebe Schnee«, erkläre ich und greife mir eine Handvoll davon. »Er ist das Beste am Winter. Ich konnte immer vor meinen verrückten Weihnachtseltern fliehen und im Schnee spielen.« Unauffällig bin ich James noch nähergekommen und stopfe jetzt mit einem triumphierenden Grinsen den Schnee hinten in seine Jacke.

»Ahhhhh«, schreit er erschrocken auf, und noch bevor ich reagieren und einen vernünftigen Sicherheitsabstand zwischen uns schaffen kann, schnappt er mich um die Hüfte und wirft mich über seine Schulter. Ich kreische, irgendwo zwischen Lachen und Panik, und versuche zappelnd, mich zu befreien. Ich habe natürlich keine Chance. Wenige Sekunden später setzt er mich ab, und bevor ich mich versehe, drückt er mir mit sanfter Stärke eine Handvoll Schnee ins Gesicht. Ich pruste und spucke, und eine Gänsehaut breitet sich auf meinem gesamten Körper aus. James seift mich ein, und als er mich wieder loslässt, ist, glaube ich, mein Gesicht abgestorben.

»Das war so fies«, keuche ich und springe einen Meter von ihm weg.

»Das war Rache«, erklärt er seelenruhig.

»Mistkerl!«

»Zuckersüße kleine Schneezicke!«

Wir gehen weiter, und ich halte einen gebührenden Sicherheitsabstand zu ihm. Ich muss zugeben, dass ich ein bisschen schmolle, was natürlich Unsinn ist, weil ich ja angefangen habe, aber trotzdem. Immerhin scheint er wirklich Spaß zu haben.

»Ich habe meine Meinung geändert«, erkläre ich schließlich und schiebe meine Unterlippe nach vorne. »Ich mag Schnee nicht mehr!«

Sein warmes Lachen schallt durch die Luft, und als er sich zu mir umdreht, fällt es mir schwer, meinen Schmollmund aufrechtzuerhalten.

»Der Blick ist unfair«, erklärt James mit einer karamellweichen Stimme und kommt langsam auf mich zu. Ich mache traurige Augen und sehe unter meinen Wimpern zu ihm hoch. »Warum denn?«, frage ich leise und ich erkenne, dass sich seine Augen unmerklich weiten.

»Weil ich ihm einfach nicht widerstehen kann.« Er legt seine Arme um mich, und mein Herz klopft schneller.

»Mein Gesicht ist eingefroren«, erkläre ich, und das süße Grübchen erscheint in seinem Mundwinkel.

»Nicht mehr lange.«

Gleich darauf berührt sein warmer Mund meine kalten Lippen, und ich erschauere sanft. Seine Daumen streichen rau und fest über meine Wangenknochen, und mir ist innerhalb von Sekunden absolut nicht mehr kalt.

»Wir sollten jetzt unseren Weihnachtsbaum kaufen gehen.« Ich seufze, als wir uns widerstrebend voneinander lösen.

Kapitel 14

Der beste Beweis der Liebe
ist Vertrauen.

Joyce Brothers

»Ferdinand«, erkläre ich und sehe mit glänzenden Augen auf den Baum vor uns.

»Nein!« James sieht mich so an, als zweifle er ein wenig an meinen geistigen Fähigkeiten.

»Er sieht aus wie ein William«, sagt er im Brustton der Überzeugung.

»Du kannst einen Baum doch nicht William nennen!«, rufe ich empört und schüttle energisch den Kopf. »Der englische Prinz heißt William, nicht unser Baum! Außerdem sieht dieser stramme Kerl hier definitiv aus wie ein Ferdinand.«

»Ich glaube, dieses Thema müssen wir noch gründlicher ausdiskutieren, aber sehe ich das richtig? Wir sind uns einig, dass es dieser Baum sein soll?«, erkundigt sich James amüsiert und sieht mich fragend an.

»Absolut«, erkläre ich und nicke bestätigend. »Schau ihn doch mal an! Er ist perfekt. Gerade, groß, grün.«

»Eine echte Tanne eben?«, fragt James amüsiert. Der macht sich doch über mich lustig, und ich strecke ihm die Zunge raus. »Er ist die schönste Tanne der Welt!«

James nickt dem Verkäufer zu und deutet auf den Baum. »Der

soll es sein. Was meinen Sie? Sieht er eher aus wie ein Ferdinand oder nicht viel eher wie ein William?«

Ich stoße ihn kichernd in die Seite, und der Verkäufer grinst uns an. »Dieses Detail zu beurteilen ist mir unmöglich, verzeihen Sie!«

James bezahlt, und der Mann verspricht, dass der Baum gleich zu ihm nach Hause geliefert wird. Ganz natürlich greift James nach meiner Hand, die übrigens eiskalt ist.

»Du kleine Frostbeule«, murmelt er und steckt meine Hand gemeinsam mit seiner in seine Manteltasche, während er darüberreibt. Es dauert nicht lange, bis sie sich wärmer anfühlt. Der Weg zu ihm nach Hause kommt mir deutlich länger vor als der Hinweg, und meine Beine werden schwer. Als wir schließlich ankommen, erwartet unser Baum uns bereits vor der Tür. Vom Lieferanten ist allerdings keine Spur mehr zu sehen.

»Na großartig«, jammere ich und betrachte die große Tanne. »Wie kriegen wir Ferdinand denn jetzt in die Wohnung?«

James mustert mich einen Augenblick und erklärt dann: »Wir arbeiten zusammen, um *William* da reinzukriegen!«

Das tun wir dann auch. Gemeinsam bugsieren wir den Baum in einer waghalsigen und halsbrecherischen Aktion in seine Wohnung. Als er schließlich am gewünschten Ort steht, haben wir nicht nur meinen armen Kater fast zu Tode erschreckt, sondern uns die Finger wundgetragen und mehrfach die Wand gerammt.

»Na, das ging doch einwandfrei«, findet James, und ich frage mich, ob wir in den vergangenen dreißig Minuten dasselbe erlebt haben. Immer noch keuchend und inzwischen auch nassgeschwitzt lasse ich mich auf das Sofa fallen und betrachte unser Werk aus dieser durchaus angenehmeren Perspektive. »Ferdinand sieht so gut aus!«

»Wir nennen diesen Baum *nicht* Ferdinand!«, erklärt James noch einmal nachdrücklich.

»Aber warum?« Ich schiebe meine Unterlippe nach vorne und runzle schmollend die Stirn.

»Nicht dieser Blick!«, sagt er streng und ein bisschen verzweifelt.

»Aber wenn es doch klappt?«, erkläre ich trocken und sehe ihn weiter so an.

»Wie wäre es, wenn wir ihm keinen Namen geben?«, schlägt er vor, und ich werfe gespielt schockiert die Hände vor meinen Mund. »Du willst den armen Baum ohne Namen lassen? Das ist ein Schicksal grausamer als der Tod«, rufe ich aus, und er beginnt zu lachen. Es klingt aber fast ein wenig gequält.

»Dann soll es so sein, Ferdinand mein Freund.« Er verdreht die Augen und zeigt mit dem Finger auf mich.

»Aber nächstes Jahr suche ich den Baum und seinen Namen aus, damit wir uns gleich richtig verstehen!«

Ich starre ihn wortlos an. Ist ihm klar was seine Worte gerade impliziert haben? Nächstes Jahr. Sieht er uns nächstes Jahr gemeinsam Weihnachten feiern, oder bedeuten seine Worte gerade das Gegenteil? Vielleicht meint er ja, dass er ohne mich im nächsten Jahr den Baum auf jeden Fall aussuchen kann. Der Gedanke versetzt mir einen Stich, und ich schlucke, um den Kloß, der sich in meinem Hals bilden will, zu vertreiben. »Wie sieht das eigentlich aus?«, erkundige ich mich halb aus Interesse und halb um mich abzulenken. »Kommt deine Familie an Weihnachten hierher?«

James zögert kurz, und ich wundere mich. Muss man über so eine Frage nachdenken? Sein Körper verspannt sich, und ein unglücklicher Ausdruck tritt in seine Augen.

»Nein. In diesem Jahr bin ich allein«, erklärt er kurzangebunden, und ich wundere mich über sein ernstes Gesicht. Stimmt etwas nicht zwischen ihm und seiner Familie? Eigentlich weiß ich gar nichts über sie, außer dass seine Mutter ihm das Kochen beigebracht hat. Eine sehr magere Information, wie ich finde. Plötzlich huscht ein Lächeln über sein Gesicht und vertreibt die düsteren Regenwolken. »Ganz allein werde ich an Weihnachten aber wohl nicht sein.«

Oh wie süß! Damit meint er bestimmt mich. Auch wenn wir

noch gar nicht darüber gesprochen haben und ich auch keine Ahnung habe, wie ich das mit meiner Familie koordinieren soll, freut es mich, dass er an mich denkt.

»Wir sollten den Baum schmücken«, wechsle ich ziemlich abrupt das Thema und sehe zu unserem Baum, der noch genauso natürlich und schön vor uns steht, wie er geschaffen wurde. »Obwohl er so eigentlich schon schön genug ist.«

James nickt und mustert den Baum ebenfalls. Dann grinst er. Offensichtlich hat er eine Idee.

»Wir könnten Weihnachtsschmuck backen.«

»Backen?«, wiederhole ich leicht dümmlich und sehe ihn verwirrt an. Wieso in aller Welt sollten wir denn Weihnachtsschmuck backen? James zieht sein Handy hervor und tippt ein wenig darauf herum. Dann hält er es mir hin, und ich sehe das Standbild eines Videos. Ich drücke auf Start, und schon geht es los. Auf dem kleinen Display sehe ich eine Art Tutorial zum Backen von Weihnachtsschmuck, und ich muss zugeben, das ist ziemlich cool!

»Das ist eine wirklich gute Idee!«, erkläre ich und sehe dabei James an. »Dafür, dass das dein erstes richtiges Weihnachten ist, machst du das ziemlich gut!«

»Nicht wahr?« Er grinst so stolz, dass ich ihn einfach kurz umarmen muss. »Halt, halt, halt«, hält er mich zurück, als ich ihn loslassen will, und zieht mich in seine Arme. »Dann hatte ich also eine gute Idee?«

»Jaahaaaaa«, erkläre ich langgezogen. »Lass mich los, damit wir anfangen können!«

Nur widerwillig löst er sich von mir, und auch ich vermisse seine Umarmung, sobald er mich freigibt.

Dann gehen wir wieder zum Küchenbereich. Dort sieht es immer noch aus wie auf einem Schlachtfeld, aber ich beginne trotzdem, einen ganz normalen Mürbeteig anzurühren, während James nach bunten Bonbons sucht. Eifrig beginne ich, Sternenplätzchen auszustechen, die in der Mitte leer sind. James hat inzwischen die verschiedenen Bonbons zerstoßen und füllt nun die Löcher in den Plätzchen mit den Bruchstücken. Als ein ganzes Blech voll mit in den unterschiedlichsten Farben gefüllten Plätzchen ist, schiebe ich es in den vorgeheizten Ofen und streiche mir dann eine feuchte Haarsträhne aus meinem verschwitzten Gesicht. »Jetzt werden wir mal sehen, ob das funktioniert.«

»Wollen wir so lange einen Film anschauen?«, erkundigt sich James, und ich überlege kurz.

»Aber wann machen wir denn dann die Küche sauber?«

»Na, wenn wir fertig sind«, erklärt er gelassen, und ich lasse mich von dieser vagen Erklärung überzeugen.

»Dann los!«

Wir lassen uns auf das Sofa fallen. Wie aufs Stichwort taucht auch Pillow auf und springt mit einem gekonnten Satz auf meinen Schoß. Nach kurzem Grübeln entscheiden wir uns für eine romantische Komödie, in der ein total attraktiver Feuerwehrmann eine schusselige junge Studentin der Tiermedizin und ein ziemlich cooler Kater namens Ambrose vorkommen. James legt wieder einen Arm um mich und tippt mit der anderen Hand etwas in sein Handy. Aus den Augenwinkeln glaube ich die Worte »vermisse« und »Kuss« zu erkennen, und in meinem Magen verkrampft sich etwas.

»Na, gibt es was Besonderes da draußen?«, erkundige ich mich betont harmlos und beobachte mit Schrecken, wie James das Handy von mir wegdreht.

»Nein, gar nichts«, erklärt er, und in meinen Ohren klingt seine Stimme ausweichend. Das ungute Gefühl breitet sich in meinem Magen aus, und plötzlich fällt mir das Atmen schwer.

»Ach so.« Ich beiße mir auf die Unterlippe. *James ist nicht Peter.* Ich versuche, es mir immer wieder vorzusagen und erinnere mich dazu noch daran, dass unsere Verlobung ja eigentlich gar keine ist. Er könnte rein theoretisch alles machen, was er will, und es wäre kein Betrug. Trotzdem bleibt da diese kleine nagende Stimme, die mir Zweifel einflüstert und damit den ganzen Film für mich zerstört. Ich bin wirklich froh, als die Eieruhr klingelt und ich unseren Weihnachtsschmuck aus dem Ofen holen kann.

Bei einem Blick auf die Plätzchen vergesse ich meine Sorgen aber gleich wieder und quieke begeistert auf. Sie sehen wunderschön aus!

»Das ist ja toll!« James freut sich unheimlich darüber, dass seine Idee funktioniert hat, und will gerade einen der Kekse anfassen, als ich ihm auf die Finger schlage. »Die sind heiß!«

»Ja, Mama«, mault er und trollt sich wieder aufs Sofa. Ich gehe auch zurück, aber als er dieses Mal seinen Arm um mich legen will, beuge ich mich nach vorn. Ich spüre seine Verwunderung genau, aber er sagt nichts, und ich weiß, dass er es nicht verstehen kann. Wie soll er auch. Er weiß ja nicht, was ich gesehen habe.

»Übrigens muss ich morgen früh mal weg«, erkläre ich und sehe ihn dabei nicht an.

»Ach ja?«, erkundigt er sich erstaunt. »Wohin denn?«

»Ich bin auf einen Kaffee verabredet«, erkläre ich und antworte auf die Frage, ob ich mich mit Nina treffe, mit einem vagen »Mhm.« Ich will ihn eigentlich nicht anlügen, aber wenn ich ihm sage, mit wem ich mich treffe, dann gibt es bestimmt einen Streit, den ich gern verhindern würde.

»Das passt ganz gut. Ich muss morgen sowieso auch in die Stadt«, sagt er und lächelt.

Was will er wohl in der Stadt? Ich zögere, traue mich kaum, ihn zu fragen.

»Ich glaube, unsere Kekse könnten jetzt abgekühlt sein«, sage ich stattdessen und stehe auf. Pillow sieht mich böse an. Er mag es nicht, wenn der Film so oft gestört wird.

Stolz mustere ich den fertigen Baum. Es sieht großartig aus! Die schönen roten Wachskerzen vervollständigen den weihnachtlichen Anblick unseres mit Keksen behängten Baumes.

»Nicht schlecht!« James sieht ebenso zufrieden aus, wie ich mich fühle.

»Absolut nicht!« antworte ich, und mein Blick wandert zur Uhr an der Wand. »Mann, es ist echt spät!«

»Ja, Zeit fürs Bett.«

Wir sagen Gute Nacht, aber es fühlt sich anders an als in den vergangenen Tagen. Irgendetwas hat sich zwischen uns geschoben. Oder vielleicht war es auch ich? Ob James unterbewusst spürt, dass ich Zweifel habe? Schweigend mache ich mich bettfertig und schlüpfe dann unter die Decke. Noch immer schwirrt mir die Nachricht, die James vor mir versteckt hat, im Kopf herum. Wem hat er wohl geschrieben, und warum hat er sein Handy weggedreht? Ich seufze tief. Morgen werde ich mich mit Peter treffen. Ich bin sehr gespannt, was er zu sagen hat. Müde schließe ich die Augen und hoffe, dass mein Vertrauen nicht enttäuscht wird.

Ich bin so nervös und weiß eigentlich gar nicht genau, warum. Die kurze Fahrt durch die Stadt, die weihnachtlich geschmückten Fenster und die dick eingemummelten Leute ziehen wie in einem Traum an mir vorbei. Es kommt mir vor, als läge etwas Gefährliches in der Luft, als James mich vor dem Starbucks-Café absetzt und sich mit einem flüchtigen Kuss auf meine Wange verabschiedet. Ich schätze mal, dass Peter bereits drinnen auf mich wartet, und betrete mit möglichst sicheren Schritten den Laden. Auch hier spürt man ganz deutlich den Geist der Weihnacht. Im Radio läuft gerade *Last Christmas,* und ich stöhne. Dieses Lied kriegt man nach Weihnachten wieder monatelang nicht aus dem Kopf.

Dort, an einem kleinen Tisch, sitzt Peter. Er sieht mich und springt auf. Die Begrüßung ist mehr als seltsam. Es ist eine Mischung aus Umarmung und Händeschütteln, und für Menschen, die einander einmal so nahe waren, fühlt sich das sehr seltsam an. Mein Herz macht einen kurzen Satz. Es ist so eine Art Erinnerungshopsen. Das Herz ist noch immer daran gewöhnt, beim Anblick eines einmal geliebten Menschen kurz schneller zu schlagen.

Ich hole mir meinen üblichen Schokomuffin und eine heiße Schokolade. Vor Peter steht ein schwarzer Kaffee, und ich schüttele mich innerlich. Kaffee ist einfach nicht meins.

»Du wolltest dich mit mir treffen?«, erkundige ich mich, und Peter nickt. Ich frage ihn nicht, weil es mich wirklich interessiert, oder eigentlich doch, aber besonders will ich das peinliche Schweigen überbrücken.

»Eigentlich möchte ich erst einmal wissen, wie es dir so geht«, erklärt Peter und klingt mit einem Mal sehr bedrückt. Plötzlich nehme ich auch die dunklen Ringe unter seinen Augen wahr. Er hat abgenommen, und sein Gesicht wirkt leicht eingefallen. Sein Anblick erschreckt mich.

»Wie es mir geht?« Ich bin überrascht und kann das auch nicht verbergen. »Eigentlich sehr gut.«

Peter lächelt müde, und der schmerzliche Ausdruck um seinen Mund verstärkt sich. »Das freut mich wirklich sehr! Was machen deine Bücher?«, erkundigt er sich, und ich bin noch verwirrter. Eigentlich hat er sich nie sonderlich für das, was ich tue, interessiert. Schreiben war für ihn nie ein Beruf. Geld musste es sein. Es freut mich, dass er sich jetzt für mich interessiert. Auch wenn meine Antwort ihn in seinen Vorurteilen vermutlich noch bestärken wird.

»Leider läuft das gerade gar nicht«, erkläre ich seufzend und schüttle den Kopf. »Keine Ideen. Null, Niete, Nada, Niente.«

»Ach Mary«, Peter greift über den Tisch hinweg nach meiner Hand, und ich erstarre kurz. »Das wird schon wieder. Du bist einer der kreativsten und intelligentesten Menschen, die ich kenne.«

Seine Worte sind wie Balsam auf meiner verwundeten und verwirrten Seele. Ob Peter sich vielleicht wirklich geändert hat?

»Hoffentlich!« Ich seufze und sehe ihn fragend an.

»Du hast mich doch aber bestimmt nicht die ganze Zeit sprechen wollen, um zu erfahren, wie es mit meiner Karriere als Schreiberling läuft, oder?«, hake ich nach, und er schüttelt leicht den Kopf.

»Natürlich nicht. Mary, ich wollte mich noch einmal bei dir entschuldigen! Wirklich! Es tut mir unfassbar leid, was ich dir angetan habe! Du bist eine wunderbare Frau, und ich habe es komplett versaut.«

Ich kaue auf meiner Unterlippe herum und kann ihn nicht ansehen.

Eigentlich hätte ich nach dem letzten Mal wohl mit einer solchen Entschuldigung rechnen müssen, oder? Habe ich aber nicht und mustere nun meine Fingernägel, als gäbe es dort etwas unheimlich Interessantes zu sehen.

»Mary, bitte. Sag doch etwas«, fleht er und sieht mich bittend an. »Ich verstehe, wenn du mir nie wieder vertrauen kannst! Ehrlich. Es war der größte Fehler meines Lebens!«

»Was?«, erkundige ich mich, als ich meine Stimme wiederfinde, und klinge mit einem Mal sehr scharf. »Mich zu betrügen? Das war also ein Fehler? Wie nett, dass du von selbst darauf gekommen bist.«

Peter sieht aus wie ein kleines Häufchen Elend und starrt in seinen Kaffee. »Aber Mary, ich will doch nur verhindern, dass dir so etwas ein weiteres Mal passiert. Bitte versteh das doch.«

Wovon redet er denn jetzt um alles in der Welt? Verblüfft ziehe ich beide Augenbrauen in die Höhe. »Was meinst du?«

Peter zögert, und als er dann die Zähne auseinanderkriegt, stottert er ziemlich herum. »Na, also, du, du und dieser, dieser Typ.«

»James?«, erkundige ich mich und gebe meiner Stimme einen festen Klang. Hätte ich mir ja eigentlich denken können, dass ihm das nicht passt, was er im Carlton gesehen hat. »Was ist mit uns?«

Peter wird leicht grünlich im Gesicht, oder bilde ich mir das nur ein? »Na ja, das wüsste ich eigentlich auch ganz gern«, sagt er dann leise. »Seid ihr zusammen?«

Hm, mit dieser Frage treibt er mich schon ein bisschen in die Enge. Bin ich mit James zusammen? Also unsere »Verlobung« ist ja offiziell nur ein Fake. Aber so, wie wir uns momentan verhalten, wie ich empfinde, wenn er um mich ist? Das alles fühlt sich ziemlich echt an.

»Ich denke schon«, erkläre ich und glaube zu spüren, dass meine Worte Peter schmerzen. Wenn er die Wahrheit gesagt hat, dann liebt er mich ja immer noch. Aber kann und muss ich darauf wirklich Rücksicht nehmen? Ist die Wahrheit nicht immer am besten? Peter seufzt.

»Oh Mary, ich würde ja gern sagen, dass ich mich für dich freue, aber …« Er unterbricht sich, schweigt, und ich werde langsam ungeduldig.

»Aber?«, erkundige ich mich, als er nach einer gefühlten Ewigkeit immer noch nichts sagt. Meine Stimme klingt gereizt. »Fühlt sich wahrscheinlich nicht so gut an, wenn man seine Verlobte betrügt und sie einem dann gar nicht lange nachweint, oder?«

»Das sowieso nicht«, erklärt er, und ganz kurz glaube ich, den Anflug eines Lächelns auf seinen Lippen zu erkennen. »Aber da ist noch etwas, und ich weiß nicht, ob es wirklich gut ist, dir das zu sagen.«

Kann dieser Mann denn nicht einmal das sagen, was er eigentlich meint, ohne stundenlang um den heißen Brei herumzureden? »Warum solltest du es mir denn nicht sagen?« Ich beiße die Zähne zusammen, um ihn nicht anzufauchen. Ich werde langsam wirklich ärgerlich, weil er so um den heißen Brei herumredet. Wenn er etwas über die Angriffe weiß, kann es doch nur gut für mich sein, das zu erfahren.

»Weil es dir wehtun wird, das zu hören«, antwortet er schlicht, und mein Herz krampft sich einen kurzen Augenblick lang zusammen. Was wird jetzt kommen? Werde ich es aushalten? »Versuch es«, fordere ich ihn dann betont sicher auf und hoffe nur, dass ich gerade die richtige Entscheidung treffe.

»Ich glaube, dieser James ist nicht ehrlich zu dir.«

Uff. Na das klingt für mich doch jetzt arg nach einem gekränkten Ego. »Weil du das als Ehrlichkeit in Person beurteilen kannst, oder wie?«, fauche ich und funkele ihn böse an.

Er hebt abwehrend die Hände, um sich zu verteidigen. »Mary, bitte reg dich nicht auf. Ich habe ihn gestern mit eigenen Augen mit einer anderen gesehen. Sie wirkten sehr vertraut und haben sich für heute Morgen wieder verabredet.«

Klatsch. Es fühlt sich an, als hätte dieses Mal er mir eine Ohrfeige verpasst. Wie paralysiert starre ich ihn an und versuche zu verarbeiten, was ich gerade von ihm gehört habe. »Du lügst!«, sage ich tonlos.

Er sieht mich traurig an. »Ich wünschte, es wäre so, aber Mary, ich sage dir die Wahrheit und werde das auch beweisen.«

Er greift nach meiner Hand, aber ich schüttele sie ab. Ich weiß nicht, wie ich mich gerade eigentlich fühle. Es scheint mir eine Mischung aus Angst, grenzenlosem Schmerz und einer Portion Wut zu sein. »Fass mich nicht an!«, blaffe ich.

Er schluckt, nickt und steht auf. »Ich verstehe, dass du mir nicht vertraust. Dann komm bitte einfach so mit.«

Er steht auf, und ich tue es ihm nach. Ich fühle mich, als wäre ich in einem bösen Traum gefangen, und folge ihm aus dem Café. Nebeneinander gehen wir schweigend die Straße hinunter, und meine Gedanken kreisen die ganze Zeit nur um eine Frage. Sagt Peter die Wahrheit? Und wenn er die Wahrheit sagt, was bedeutet das dann? Was würde es für mich bedeuten, wenn James eine Freundin hätte? Habe ich nicht gestern noch an Liebe gedacht? Hat er eigentlich jemals behauptet, Single zu sein, oder habe ich das einfach nur aus seinem Verhalten mir gegenüber geschlossen? Mein Kopf fühlt sich schwer an, und ich würde gerne weinen, um den Druck loszuwerden. Ganz offensichtlich hat mein Körper seinen Vorrat an Tränen für die nächsten Tage bereits verbraucht. Plötzlich bleibt Peter stehen und hält mich am Arm fest.

»Schau, dort.«

Kapitel 15

Flucht ist keine Lösung – lediglich
die zeitliche Verschiebung einer nötigen Entscheidung.

Armin Jans

Ich schaue und schaue und kann meinen Augen einfach nicht trauen. Dort, in einem geradezu winzigen Café, dessen großes Fenster mit Tannenzweigen, Weihnachtskugeln und rot-weiß gestreiften Zuckerstangen dekoriert ist und das den hübschen Namen Gilians Place trägt, sitzt James und hält eine junge und hübsche Frau im Arm. Also ich vermute, dass sie jung und hübsch ist, denn ich kann sie nicht genau erkennen.

»Das darf nicht wahr sein«, murmele ich erschüttert. Meine Hand fährt automatisch zu meinem Magen, um den großen Knoten wegzumassieren, der sich dort gerade bildet und mir schreckliche Schmerzen zufügt.

Ja, ich weiß sehr genau, dass da nicht wirklich ein Knoten ist, der mich schmerzt, aber es fühlt sich eben genauso an, okay? »Bring mich hier weg«, flüstere ich und drehe mich abrupt vom Fenster weg.

»Wohin?« Peter greift wieder nach meinem Arm, und dieses Mal schüttele ich ihn weder ab noch schreie ich ihn an. Ich glaube, ich brauche gerade wirklich jemanden, der mich stützt. Ich nenne ihm James' Adresse, und er sieht mich fragend an.

»Willst du dort …?«

»Nein!« Ich schüttele wild den Kopf. Natürlich will ich dort nicht bleiben! Ich kann es nicht. Aber ich muss ja meinen Kater und meine Sachen abholen. Nicht eine Sekunde lang denke ich darüber nach, dass James sich vielleicht Sorgen machen könnte. Er ist doch selbst schuld. Immerhin macht er hier gerade den Peter und trifft sich hinter meinem Rücken mit irgendeinem Püppchen.

»Wo willst du dann hin, Mary? Soll ich dich wieder zu deiner Wohnung bringen?«, fragt Peter.

»Das geht nicht!« Meine Stimme bricht kurzzeitig, und ich sehe ihn hilflos an.

»Was ist denn los?«, fragt er erschrocken, und ich sehe die Besorgnis in seinem Blick. Ich hatte es während des gestrigen Tages vergessen, aber nun steht mir die Gefahr wieder direkt vor Augen.

»Ich werde von einem Unbekannten bedroht, Peter, und weiß nicht, ob ich schon wieder in meine Wohnung darf.«

»Du machst Witze.« Der Schock steht ihm ins Gesicht geschrieben. »Wo willst du denn dann jetzt hin?«

Dachte ich wirklich, ich hätte keine Tränen mehr? Ich kann euch sagen, dass das eine große Fehlannahme war. Ich schluchze los. »Ich weiß nicht, wohin ich soll«, bringe ich schniefend hervor und vergrabe mein Gesicht in den Händen. Ich bin hilflos, ängstlich und unendlich verletzt. Ich kann nicht mehr klar denken.

»Du kommst zu mir«, erklärt Peter ruhig, und mein Kopf fährt herum. Die Tränen versiegen.

»Ich will aber nicht mehr mit dir zusammen sein«, rutscht es mir in meinem Schreck ungefiltert so heraus, wie es gedacht wurde. Ich kann sehen, dass Peter sich durch meine Worte getroffen fühlt, und fast, aber auch wirklich nur fast, wünsche ich mir, sie zurücknehmen zu können.

»Ich weiß. Und das verstehe ich auch, Mary« Er schluckt. »Sieh es erst einmal als eine Art Wiedergutmachung meinerseits an, und vielleicht«, er zögert und wirft mir einen kurzen Seitenblick zu, »vielleicht kannst du mir ja irgendwann doch wieder trauen?«

Wir sind bei seinem Wagen angekommen und steigen ein. Wer weiß, vielleicht könnte ich das. In einer Million Jahren. Ich brauche wirklich einen Platz zum Übernachten und jemanden, der ein Auge auf mich hat, zumindest bis ich mit der Polizei gesprochen habe.

»Dann nehme ich das an, bis ich mit der Polizei gesprochen habe und sie sagen, dass ich wieder in meine Wohnung darf«, erkläre ich und impliziere gleichzeitig, dass ich überhaupt nicht darüber nachdenke, dauerhaft bei ihm einzuziehen oder so.

»Ich nehme, was ich kriegen kann«, sagt er leise, und bei diesen Worten läuft es mir eiskalt über den Rücken, ohne dass ich wüsste warum. Inzwischen hat Peter vor James' Zuhause angehalten, und ich steige aus.

»Kannst du mich in etwa einer Stunde hier abholen?«, frage ich leise und sehe ihn dabei nicht an.

»Natürlich!«, sagt er nur und braust davon. Ich ziehe meinen Schlüsselbund aus der Tasche und suche nach dem Schlüssel zur Haustür. Als mich Pillow in der Wohnung erwartet und mich mit schiefgelegtem Köpfchen ansieht, laufen mir schon wieder die Tränen über die Wangen.

»Wir müssen gleich weg, mein Kleiner«, erkläre ich schluchzend und hebe ihn auf meinen Arm. Er schmiegt sich an mein tränennasses Gesicht, und ich beruhige mich ein wenig. Nachdem ich ihn abgesetzt und ihm noch ein letztes Mal den Napf in der Küche gefüllt habe, gehe ich in mein Zimmer und packe meine Tasche. Immer wieder schießen mir die Tränen in die Augen, und ich wische sie mit dem Ärmel meines Pullis weg.

Ja, ich könnte natürlich erst einmal mit James reden und ihn fragen, wo er war. Das werde ich auch tun, wenn er noch rechtzeitig auftaucht. Ansonsten muss ich ihm einen Brief schreiben. Mir ist schon auf der Fahrt klargeworden, dass das hier die perfekte Möglichkeit ist, mir unauffällig einen anderen Wohnort zu suchen. Aber ich will nicht gehen ohne eine Erinnerung. Schnell renne ich ins Bad und greife mir James' Deo. Dann verschwinde ich wieder in meinem Zimmer, verstecke das Deo unter meinen Klamotten und packe weiter.

Gerade als ich das Kleid aus dem Schrank ziehe, das ich bei dem Essen mit meinen Eltern anhatte, höre ich den Schlüssel, und gleich darauf fliegt die Tür mit einem Knall ins Schloss.

»Mary?« Es ist James, und er klingt schrecklich aufgeregt. »Bist du hier?«

Ich antworte nicht, weil mir der Kloß in meinem Hals nun plötzlich doppelt so groß vorkommt, aber das muss ich auch gar nicht, denn schon stürmt James ins Zimmer. Er sieht wütend aus, seine dunklen Haare stehen in alle Richtungen ab. Es dauert einen Moment bis er meinen Koffer entdeckt. Er wird weiß wie die Wand. »Was ist hier los? Mary, wo um alles in der Welt warst du?«

»Ich könnte dich dasselbe fragen«, antworte ich leise und sehe ihn nicht an.

»Nein, ich glaube nicht, dass du das kannst. Ich war derjenige der bei Starbucks stand und dann von der Bedienung hört, dass die junge Dame, die ich beschrieb, in Begleitung eines Mannes verschwunden wäre. Was sollte ich denn denken? Ich habe mir Sorgen gemacht!«

»Wo warst du, während ich bei Starbucks war, James?«, frage ich schneidend und sehe ihn jetzt doch an. Er wirkt wirklich völlig aufgelöst, und ich glaube eigentlich nicht, dass er so ein guter Schauspieler ist.

»Warum ist das jetzt wichtig?«, fragt er aufgebracht.

»Weil ich wissen will warum du mit einer anderen Frau rummachst«, brülle ich mit einem Mal los. Einige Sekunden hängt eine Totenstille in der Luft.

»Was?«, keucht er und reißt die Augen auf. »Was redest du denn da für einen absoluten Blödsinn?«

»Blödsinn? Blödsinn?« Ich schnappe nach Luft. Wie dreist ist das denn? Auch wenn ich nicht glaube, dass er schauspielert, finde ich seine Reaktion doch irgendwie … ich weiß auch nicht.

»Ich habe euch gesehen«, sage ich müde und schaue ihn direkt an. »Also versuch nicht, dich herauszureden!«

»Was auch immer du gesehen zu haben glaubst«, sagt er, und seine Stimme bebt. »Es ist falsch! Die Frau war meine Schwester.«

Damit hat er mir einen Moment lang den Wind aus den Segeln genommen. Seine Schwester? Waaaaas? Aber dann besinne ich mich. Denke an die Nachricht, die er vor mir versteckt hat. Wieso hätte er eine Nachricht seiner Schwester verstecken sollen?

»Das ist ja mal eine Ausrede, die bestimmt noch nie zuvor verwendet wurde.« Ich schnappe weitere Kleidungsstücke und werfe sie achtlos in den Koffer. Mit einem Mal stürzt James auf mich zu und drückt mich an sich.

»Mary!« Er brüllt fast, und ich zucke zusammen bei dem Schmerz, den ich in seinen Augen lesen kann. »Geh nicht weg, bitte!«

Ich mache mich von ihm los. Wenn diese Frau seine Schwester war … aber ich darf ihm gar nicht glauben. Darf mich nicht auf eine mögliche Versöhnung einlassen, sondern muss das Spiel weiterspielen.

»Gut, worüber habt du und deine ›Schwester‹«, ich male bei dem Wort Schwester mit den Fingern Anführungszeichen in die Luft, »euch denn so unterhalten?«

James sieht mich nicht an. »Es ging um etwas Privates.«

Jetzt schwillt mir aber wirklich der Kamm bei so viel Dreistigkeit. Ich wünsche mir nämlich nichts mehr, als dass er mir jetzt die Wahrheit sagt.

»Natürlich.« Meine Stimme trieft geradezu vor Sarkasmus. Selbst wenn ich ihm die Sache mit der Schwester glaube, so verletzt es mich doch, dass er mir nicht sagt, worum es ging. Dann wüsste ich es wenigstens, bevor ich gehe. »Weil du bei mir ja befürchten musst, ich würde deine ach so privaten Angelegenheiten herausposaunen«, brülle ich ihn an und schleife meinen Koffer auf den Flur. Dann suche ich nach Pillow. Ich entdecke ihn unter dem Sofa, wohin er sich vor unserem Streitgespräch geflüchtet hat.

»Komm, Pillow«, locke ich, aber nur langsam wagt er sich unter dem Sofa hervor. Ich bugsiere ihn in seinen Katzenkorb und drehe mich nicht mehr um, als ich James' Hausschlüssel von meinem Schlüsselbund löse und ihn in die kleine Schale neben der Haustür fallen lasse.

»Mary!« James hält mich wieder am Arm fest, und dieses Mal schüttle ich ihn ab. Ich kann ihm nicht zuhören, denn jetzt ist der perfekte und gleichzeitig schlimmste Augenblick gekommen, um den Forderungen meines Erpressers nachzukommen. Außerdem ist da immer noch diese kleine gehässige Stimme, die mir zuflüstert, dass das, was ich gesehen habe, vielleicht doch keine Umarmung unter Geschwistern war.

Ich schleppe meine Sachen auf den Flur und höre nur noch leise James, der mich bittet zu bleiben. »Wo willst du denn jetzt hin?«

Ich drehe mich um und sehe ihn möglichst kalt an. »Du hast kein Recht mehr, das zu fragen. Das hattest du eigentlich nie.«

In diesem Moment glimmt ein Funke in seinen Augen auf, und seine Miene wird kalt. Genauso klingt auch seine Stimme. »Da hast du recht. Diese ganze Sache hier ist doch eine riesengroße Farce. Außerdem, selbst wenn ich mich mit einer anderen Frau getroffen hätte, was interessiert es dich?«

Seine Worte bohren sich wie ein Dolch in mein Herz, und ich weiß, dass ich es gleich nicht mehr aushalten werde.

»Tut es auch nicht. Es interessiert mich nicht«, flüstere ich erstickt, schlage die Tür hinter mir zu und hole zitternd Luft. Der Schmerz raubt mir beinahe den Atem. Ich trage meine Sachen nach draußen und warte an der Straße. Um Pillow vor dem Lärm zu schützen, habe ich ein Tuch über seine Box gelegt.

Als Peters Auto neben mir am Straßenrand hält, habe ich schon das Gefühl, komplett eingefroren zu sein. Ich werfe meinen Koffer auf den Rücksitz und nehme die Transportbox auf den Schoß.

»Alles okay?«, erkundigt Peter sich mitleidig, und ich schüttele einfach nur den Kopf. Nichts ist in Ordnung, und eigentlich glaube ich auch nicht, dass es allzu schnell wieder in Ordnung kommen wird.

»Ich verstehe dich«, sagt er leise, und am liebsten würde ich trocken auflachen bei seinen Worten.

Er kann es gar nicht verstehen. Er hat ja keine Ahnung von wahrer Liebe, und da kann er noch so oft behaupten, diese blonde Zaubermaus wäre nur ein Fehler gewesen. So ein Fehler passiert nicht, wenn man jemanden wirklich liebt. Treue ist einer der wichtigsten Aspekte einer Beziehung. Zumindest in meiner Welt. Mein Mann soll keine andere Frau wollen. In diesem Moment wird mir klar, dass ich nie wieder etwas mit Peter anfangen könnte. Ich könnte ihm nicht wieder vertrauen. Aber das liegt nicht nur an der Sache mit der Zaubermaus, sondern vor allem an der Tatsache, dass ich mein Herz an James verschenkt habe, der es nun leider wieder gebrochen hat.

Wobei … hat er es eigentlich gebrochen? Was ist, wenn mein Gefühl mich nicht trügt und diese Frau wirklich seine Schwester war? Ich weiß ja, wie gesagt, kaum etwas über seine Familie. Es wäre also durchaus möglich.

Ich höre seine sanfte Stimme, sein eindringliches Flehen, das mich bittet zu bleiben, und dieser Gedanke erstickt die Stimme des Zweifels. Ich glaube, wenn ich dieser Stimme in meinem Kopf Raum geben würde, dann würde ich wahnsinnig, denn mein tiefstes Inneres setzt immer noch das größte Vertrauen in James.

Als wir an Peters Wohnung ankommen, wollen sich meine Füße kaum bewegen. Es ist eigentlich nicht so viel Zeit vergangen seit ich das letzte Mal hier gewesen bin, und trotzdem ist es mir fremd.

»Komm doch rein«, sagt Peter und trägt meinen Koffer ins Haus. Die Wohnung sieht genauso aus, wie ich sie das letzte Mal gesehen habe, und auch der vertraute Geruch nach Peter ist noch da. Erst lasse ich Pillow aus seiner Box, der sofort unter das nächstgelegene Möbelstück flüchtet und dort vermutlich der Dinge harren wird, die kommen werden. Solange sehe ich mich um. Es ist so anders als in James' Wohnung. Überall stapeln sich Berge von Akten, sodass man kaum erkennen kann, wie die Möbel eigentlich aussehen. Immerhin ist der Boden frei, denn Peter ist da sehr pingelig. Egal ob der Rest seiner Wohnung wie ein Schlachtfeld aussieht, sein Boden muss sauber sein.

»Wo soll ich deinen Koffer hinstellen?«, erkundigt Peter sich, und ich gebe die Frage zurück.

»In welches Zimmer willst du mich denn einquartieren?« Hoffentlich hält er sich wenigstens jetzt mit dummen Sprüchen zurück.

»Ich kann dir mein Bett anbieten.«

Er kann es wohl einfach nicht lassen, und früher hätte ich auch bestimmt wenigstens gekichert, aber nein. Heute ist alles anders. »Ich glaube, da schlafe ich lieber auf dem Fußboden«, erkläre ich kurzangebunden und wische ihm damit das Lächeln aus dem Gesicht. Jetzt sieht er regelrecht schuldbewusst aus, aber noch etwas anderes spiegelt sich in seinem Blick. Ungeduld? Ärger? Ich kann es nicht sagen. »Es tut mir leid«, erklärt er kurz und stellt den Koffer vor dem Gästezimmer ab.

»Schon okay.« Ich öffne die Tür und bin froh, dass hier keine Aktenstapel zu finden sind.

»Willst du noch mit mir gemeinsam Mittag essen?«, fragt Peter vom Flur aus, und ich schüttele den Kopf.

»Nein danke! Ich glaube, ich brauche jetzt erst einmal meine Ruhe«, entschuldige ich mich und schließe die Tür, nachdem Pillow sich tatsächlich entschlossen hat, zu mir ins Zimmer zu witschen.

Im Zimmer hole ich *Stolz und Vorurteil* aus meiner Tasche und beginne zu lesen. Diese fantastische Geschichte kann mich eigentlich immer packen, aber obwohl ich mich immer wieder konzentriere, schweifen meine Gedanken heute ab. Ich frage mich, ob das wirklich die einzige Möglichkeit war, James zu schützen. Musste ich wirklich gehen? Werde ich jetzt jemals herausfinden ob er mir die Wahrheit gesagt hat? Mit etwas Abstand bin ich sogar beinahe überzeugt. Seine Verzweiflung war zu echt, und auch unsere gemeinsame Zeit hat keinerlei Anlass zum Zweifeln gegeben.

»Habe ich den größten Fehler meines Lebens gemacht?«, frage ich meinen Kater leise und streiche über sein weiches Fell. Er sieht mich an und dreht sich dann auf den Rücken, damit ich seinen Bauch kraulen kann.

»Immerhin hat ihn der Irre jetzt nicht mehr auf dem Kieker«, murmle ich und hoffe aus vollem Herzen, dass ich damit richtigliege.

Kapitel 16

Einem Menschen,
den Kinder und Tiere nicht leiden können,
ist nicht zu trauen.

Carl Hilty

Mein Handy klingelt mich wach, aber ich fühle mich wie gerädert und kann meine verklebten Augen kaum öffnen. Meine Lider sind geschwollen von den vielen Tränen, die ich gestern vergossen habe. Ich habe den ganzen restlichen Tag und die ganze Nacht verschlafen. Mit zitternder Hand greife ich nach meinem Handy und hebe ab.

»Miss Parker?« Die Stimme kommt mir irgendwie bekannt vor, aber ich kann sie in diesem verwirrten ersten Moment einfach nicht richtig zuordnen.

»Miss Parker?«, wiederholt die Stimme, und ich reiße mich zusammen. Dann räuspere ich mich umständlich. »Ja?«, krächze ich in den Hörer.

Ein erleichtertes Seufzen ertönt. »Miss Parker, hier ist Deputy Chief Bond.«

Ach, deswegen kam mir die Stimme so unglaublich bekannt vor. Na ja, immerhin kein psychopathischer Erpresser. Und Bond wollte ich heute ja ohnehin noch anrufen …

»Deputy Chief Bond. Was kann ich für Sie tun?«, erkundige ich mich möglichst emotionslos. Er muss ja nicht gleich mitbekommen, dass etwas nicht stimmt. Meine miesen Versuche hätte ich mir aber auch sparen können.

»Miss Parker mir tut sehr leid, was … nun ja, gestern vorgefallen ist.«

Der Deputy Chief klingt verlegen, und ich knurre unwillig. Hätte ich mir ja eigentlich denken können, dass der Blödmann sofort zu seinem Boss rennt und ihm alles erzählt. »Ja, mir auch«, antworte ich nur und warte ab.

»Jedenfalls sind wir der Sache mit dem Zettel weiter nachgegangen, und wir sollten dringend miteinander reden.«

Der Deputy Chief klingt ernst und duldet keinen Widerspruch. Also nicht, dass ich widersprechen wollen würde, aber wenn, dann hätte ich keine Chance. »Wo kann ich Sie denn finden, Miss Parker?«, erkundigt er sich mit freundlicher Stimme, und ich schlucke wieder einmal gegen einen Kloß an, als ich mich umsehe. Ich nenne ihm Peters Adresse, und er verspricht, in der nächsten Stunde vorbeizukommen. Okay, das heißt, mir bleibt wohl nicht mehr so viel Zeit, mein gebrochenes Herz möglichst blickdicht zu kitten und mich in eine normale Frau zu verwandeln. Aber wahrscheinlich weiß Bond ohnehin schon alles, weil sich James bei ihm ausgeheult hat. Ich stehe auf und wundere mich, als ich mit einem Mal ein lautes Miauen höre. Draußen im Flur sitzt Pillow und sieht mich geradezu flehend an.

»Oh Schätzchen, was ist denn los?« Ich nehme ihn auf den Arm und gehe mit ihm in die Küche. Dort steht Peter und macht offenbar Frühstück. Etwas in meinem Herzen krampft sich heftig zusammen. Das hier wirkt alles so falsch, dass ich einfach nur wieder mit Weinen anfangen will. Das geht aber natürlich nicht, wenn ich Bond möglichst normal willkommen heißen will. Peter sieht sich um. »Guten Morgen«, sagt er und lächelt. Ich kann mich aber nun wirklich nicht zu einem Lächeln durchringen.

»Hast du nicht gehört, dass Pillow Hunger hat?«, frage ich und kann nicht verhindern, dass meine Stimme vorwurfsvoll klingt. Ich habe schon immer bemängelt, wie wenig sich Peter um meinen Kater gekümmert hat. Er hat es aber immer mit einem lässigen Winken abgetan.

»Doch, natürlich«, verteidigt Peter sich prompt und deutet auf einen gefüllten Napf in der Ecke. »Er wollte aber nicht fressen.«

Hm, das ist nun wirklich seltsam. Ich gehe mit meinem Kater zu dem Napf hinüber und setze ihn dort ab.

Sofort beginnt er zu knuspern, und ich komme aus dem Staunen nicht mehr heraus.

»Merkwürdig«, murmle ich und beobachte meinen Kater. Vielleicht kann er sich ja ebenso wenig mit der neuen Situation abfinden wie ich? Der Gedanke lässt meine Laune schon wieder absacken, weil ich sofort ein Bild von James und meinem Kater im Kopf habe, wie sie zusammen auf dem Sofa sitzen und einen Film anschauen.

Ich muss ihn vergessen. Er hat mich belogen. Also wahrscheinlich … wie auch immer. Es ist kaum anzunehmen, dass eine nahe Versöhnung bevorsteht. Außerdem muss ich mich jetzt ein wenig auf den Besuch von Bond konzentrieren. Was er wohl herausgefunden hat? Es kann ja nicht gerade eine Kleinigkeit sein …

»Peter, Deputy Chief Bond kommt gleich her«, sage ich und trete den Rückzug aus der Küche an. Es ist seltsam, dass mir diese Wohnung, in der ich schon so viel Zeit verbracht habe, inzwischen so fremd ist.

»Warum kommt er her?«, fragt Peter.

»Weiß ich nicht«, sage ich im Hinausgehen. »Es gibt wohl neue Ermittlungen zu der Sache mit den Drohbriefen, denke ich, und dann kann ich ihn ja gleich fragen, ob und wann ich wieder in meine Wohnung zurückdarf.« Ich verschwinde im Bad und ziehe mich an. Nicht ausgefallen oder schön, sondern einfach nur praktisch. Kaum bin ich fertig mit Anziehen, als es auch schon an der Tür klingelt. Peter öffnet, und ich begrüße Bond. Mein Herz macht einen kurzen und hoffnungsvollen Satz, aber natürlich ist James nicht da. Warum sollte er auch?

»Hallo, Miss Parker.« Bond reicht mir die Hand, und ich zeige ihm, wo wir uns setzen können. Peter zieht sich diskret zurück, und ich bin eigentlich auch ganz froh darüber.

»Also, Miss Parker«, beginnt Bond und zieht eine Akte aus seiner Tasche, »wie geht es Ihnen?«

»Ich nehme an, Sie haben neue Erkenntnisse?«, erkundige ich mich recht beiläufig und versuche, das Zittern meiner Hände zu verbergen.

»Das haben wir allerdings, und es fällt mir wirklich nicht leicht, Ihnen das zu sagen.«

Okay, das klingt nun ja wirklich gar nicht gut.

»Wir konnten die Fingerabdrücke, die sich zusätzlich zu Ihren auf dem Zettel befanden, identifizieren«, erklärt Bond, und ich frage mich, ob das nicht eigentlich gut sein sollte. Aber als er weiterspricht, wird mir mit einem Schlag klar, dass das hier überhaupt nicht gut ist.

»Miss Parker, wie gut sind Sie mit Nina Fletcher bekannt?«, erkundigt sich Bond, und es würde bestimmt beiläufig klingen für jemanden, der nicht gerade ein absolutes Feintuning in Sachen Nuancen durchmacht.

»Sehr gut«, antworte ich zögernd und mit einem unguten Gefühl. »Sie ist meine beste Freundin, und Sie haben sie doch kennengelernt, als … Warum?«

Bonds Gesicht verzieht sich, als hätte er Zahnschmerzen. »Miss Parker, gibt es Ihrerseits irgendeinen Grund zu der Annahme, dass Ihre Freundin Ihnen schaden wollen könnte?«

»Nina? Niemals!«, platze ich ohne lange nachzudenken heraus.

Die Worte sind heraus, bevor ich gründlicher über sie nachdenken kann. Dann aber, nachdem ich es gesagt habe, denke ich an die Momente, in denen mir selbst bereits der Gedanke gekommen ist, dass Nina sich irgendwie komisch verhielt, und mir wird kalt.

»Nun Miss Parker, Sie sollten wissen, dass die Fingerabdrücke, die wir auf dem Brief und dem Briefkasten gefunden haben, eindeutig zu Ihrer Freundin gehören«, erklärt Bond, und seine

Stimme klingt mitleidig. Warum hat er Mitleid? Ist er etwa so sicher, dass Nina …?

»Aber, das kann doch gar nicht sein. Das ist der totale Blödsinn! Ich muss sofort mit Nina sprechen!« Ich merke, wie ich lauter werde, will aufspringen und werde von Deputy Chief Bond zurückgehalten.

»Das ist wirklich keine gute Idee, Miss. Nicht bevor wir erneut mit Ihrer Freundin gesprochen haben. Sie hat gerade Besuch von unseren Leuten, die sie fürs Erste in Gewahrsam nehmen werden.«

Ich beginne, hysterisch zu lachen. Nina und in Gewahrsam nehmen? Das ist doch absolut absurd! Was bedeutet das eigentlich? Gewahrsam. »Sie sperren Nina ein?« Meine Stimme klingt angespannt und piepsig, und plötzlich steht Peter hinter mir und legt mir behutsam die Hand auf die Schulter.

»Mar, die Polizisten müssen das tun«, sagt er leise, aber ich schüttele ihn ab. »Nur weil Ihre Fingerabdrücke auf dem Brief und dem Briefkasten sind? Das ist doch Blödsinn!«

»Miss Parker, bitte hören Sie mir zu«, sagt Bond mit ruhiger Stimme. »Wir haben selbstverständlich mehr als nur die Fingerabdrücke.«

Mehr? Ich schließe einen Moment die Augen und atme tief durch. »Was noch?«

»Erinnern Sie sich bitte an die Beschreibung der Frau im Auto, als Sie am Pfarrhaus überfallen wurden.«

Es dauert eine Weile, bis ich die Worte komplett erfasst habe. Als sie dann aber komplett in meinen Kopf eingedrungen sind, keuche ich auf. Die vage Beschreibung von Michael. Ja, sie würde auf Nina passen, aber das reicht doch nicht, um …

»Bringen Sie mich zu ihr«, rufe ich. Ich will meiner Freundin in die Augen sehen und sie fragen, ob sie es ist, die hinter alldem steckt, und wenn ja, warum. Und wenn sie es nicht war, dann will ich ihr zur Seite stehen. Der Deputy Chief zögert und nickt dann widerstrebend.

»Wenn Sie ganz sicher sind, Miss.«

Nein das bin ich natürlich nicht, aber trotzdem. Ich sage Peter, dass ich nicht will, dass er mitkommt. Das fehlte gerade noch, dass wir James über den Weg laufen und er dann denkt, ich wäre auch nicht besser als er. Er würde nie verstehen, dass zwischen Peter und mir absolut nichts mehr ist.

Ich folge Deputy Chief Bond zu seinem Wagen und starre die Fahrt über aus dem Fenster. Trotzdem spüre ich, dass der Polizist immer wieder zu mir herübersieht. Ich glaube, er möchte etwas sagen, aber es scheint. als würde er sich zurückhalten. Als wir am New Yorker Police Department ankommen, wird mir plötzlich kalt. Ja, es ist kein richtiges Gefängnis, aber trotzdem fühle ich mich bei dem Gedanken, dort drinnen meine Freundin zu sehen, wirklich unwohl. Trotzdem folge ich Bond in das Gebäude. Er setzt mich auf einen Stuhl und gibt ein paar Anweisungen, die ich nur am Rande verstehe. Ich glaube, sie gelten aber auch nicht mir. Ich sehe erst wieder auf, als ich eine Tür klacken höre, und dann bleibt mir fast das Herz stehen. Dort steht Nina in Handschellen neben einem Polizisten und starrt mich mit leeren Augen an. Mein Herz krampft sich zusammen beim Anblick ihrer geschwollenen Augen, und ich springe auf. Ich will sie in den Arm nehmen und ihr sagen, dass alles wieder gut wird, aber schon bei meiner ersten Bewegung werde ich von einem der umstehenden Polizisten zurückgehalten. James ist übrigens nicht unter ihnen, und ich kann eine gewisse Enttäuschung nicht unterdrücken, die aber sofort von dem unglaublichen Schock überlagert wird.

»Nina? Alles in Ordnung?«, frage ich, und meine Stimme überschlägt sich fast. Meine Freundin zeigt keine Reaktion, und mit einem Mal beschleichen mich wieder Zweifel. Ich trete wenigstens einen kleinen Schritt auf sie zu und sehe ihr in die Augen.

»Nina? Willst du mir etwas sagen?« Ich kann nicht verhindern, dass meine Stimme zu zittern beginnt. »Warst du es? Hast du mir diese Anrufe und Briefe geschickt?«

Jetzt wird ihr Blick plötzlich ein bisschen klarer, und ihre Augen werden beinahe schwarz. »Wie kannst du das fragen?«, fragt sie rau, und mit einem Mal schwingt so viel Schmerz in ihrer Stimme mit, dass ich nicht anders kann, als mir eine Träne aus den Augenwinkeln zu wischen.

»Nina es tut mir so leid! Ich habe es nicht wirklich …«

»Nein!« Sie spuckt es beinahe. »Wie kannst du so etwas glauben? Wie konntest du das fragen? Du bist doch immer meine beste Freundin gewesen!«

»Das bin ich immer noch«, rufe ich verzweifelt, in dem Wissen, einen riesigen Fehler gemacht zu haben, und Nina senkt den Blick.

»Miss Parker … ich glaube, das reicht.« Sanft zieht mich Deputy Chief Bond mit sich, und ich kann mich nicht mehr wehren. Ninas Verzweiflung hat sich in mein Gehirn gebrannt, aber vielleicht kann sie ja auch einfach unglaublich gut schauspielern? Ich meine, die Fingerabdrücke, Michaels Beschreibung … Sofort möchte ich mich ohrfeigen. Wie kann ich nur an ihr zweifeln?

»Bitte, Deputy Chief Bond sagen Sie mir, was Nina gesagt hat, als sie verhaftet wurde«, bitte ich flehentlich, und er sieht mich beinahe gütig an.

»Sie sagte sie habe den Zettel nur ganz kurz in den Händen gehabt, bevor Sie kamen. Und die Abdrücke auf dem Briefkasten erklärte sie sich durch ihr Abstützen im Schock.«

»Warum sollte sie unsere Freundschaft aufs Spiel setzen? Sie hätte mich doch jederzeit um Hilfe bitten können.« Meine Frage klingt wie ein Schrei in meinen Ohren, und der Polizist hebt hilflos die Hände.

»Also das kann ich Ihnen auch nicht sagen, Miss. Aber vielleicht fällt Ihnen ja irgendetwas ein, und wenn dem so ist, dann rufen Sie mich bitte unverzüglich an. In Ordnung?«

»Wie lange muss Nina hier auf dem Revier bleiben?«, frage ich leise, und er zuckt mit den Achseln.

»Bis ihre Kaution gedeckt wird. Dann muss sie auf den entsprechenden Gerichtstermin warten.«

Absurd! Absurd, absurd, absurd! Diese ganze Situation ist vollkommen absurd. Wie in einem dicken Nebel stehe ich auf. Einer von Bonds Kollegen wird mich nach Hause fahren, aber gerade bei diesem Stichwort fällt mir noch etwas ein. »Ach ja, Deputy Chief Bond?«

»Ja, Miss Parker?«, fragt er und sieht mich freundlich interessiert an.

»Sie wissen ja, dass ich nicht mehr bei, na ja, dass ich nicht mehr bei Mr. Parker wohne, und ich wollte gerne wissen, wann ich denn in meine Wohnung zurückkann. In meiner jetzigen Bleibe möchte ich ungern länger wohnen«, sprudele ich hervor. Ein Lächeln huscht über sein Gesicht.

»Ach so, ja, natürlich …« Er grübelt einen Moment, verschwindet aus dem Zimmer und taucht ein paar Minuten später wieder auf. »Also ich habe das mit dem Leiter der Spurensuche besprochen. Wenn Sie wollen, dann können Sie in Ihre Wohnung zurück. Natürlich sollten Sie aber vorsichtig sein und über einen Türspion und eine Gegensprechanlage nachdenken. Aber zurzeit sollte es sicher sein.«

Ein Gefühl der Erleichterung macht sich in meinem Innern breit, und ich muss zum ersten Mal an diesem Tag ein kleines bisschen lächeln. »Danke! Vielen Dank!«

Der Deputy Chief nickt. Dann winkt er mich kurz beiseite und sagt in gesenktem Tonfall: »Miss Parker, James ist kein Lügner.«

»Ich weiß«, antworte ich ebenso leise, und er stutzt.

»Ja aber, warum …?«

Vermutlich denkt James, ich halte ihn für einen Lügner, und hat genau das seinem Chef erzählt. Der wiederum wundert sich jetzt wahrscheinlich darüber, dass unsere Aussagen zu diesem Thema nicht übereinstimmen. Das Problem ist nur, ich kann ihm nicht von den Drohanrufen erzählen. Es würde gegen die Regeln des Erpressers verstoßen, und das hat bis jetzt nichts Gutes eingebracht.

Mir wird klar, dass ich nicht glaube, dass Nina etwas damit zu tun hat. Das könnte sie nicht. So ist sie nicht.

Aber wenn Nina es nicht war, dann haben sie die Falsche geschnappt. Genau das sage ich auch dem Deputy Chief, der mir nachsichtig zunickt. »Wir werden die Gerechtigkeit siegen lassen, Miss Parker. Ich verspreche es Ihnen.«

Hoffentlich kann dieser Mann sein Versprechen auch einhalten. Wir verabschieden uns, und sein Kollege bringt mich zu Peter nach Hause. Als ich klingele, öffnet er sofort die Tür. »Und? Worum ging es?«, erkundigt er sich freundlich.

»Du wirst doch wohl mitbekommen haben, dass sie Nina aufs Revier geholt haben!«, schnauze ich ihn an.

»Natürlich habe ich das mitbekommen. Ich war vorhin dabei, schon vergessen?«, sagt er überrascht und etwas genervt. Ja, eigentlich hatte ich das wirklich vergessen, aber das sollte ich vielleicht lieber nicht laut sagen. Ich zucke unbestimmt die Achseln und sehe ihn nicht an. »Was machen wir denn nur?«, flüstere ich mutlos.

»Ich bin doch nicht umsonst Anwalt. Vielleicht könnte ich mich für Nina einsetzen«, bietet Peter an, und ich sehe erstaunt auf.

»Glaubst du denn auch, dass sie unschuldig ist?«

Er zögert einen Moment, und seine Lippen werden schmal.

»Ich weiß nicht genau, was ich glaube, aber ich will, dass dein Leben bald wieder normal verläuft.«

Als er das sagt, fällt mir etwas ein. »Oh, übrigens sagt der Deputy Chief, dass ich wieder nach Hause kann. Würdest du mich bringen?«

»Ach wirklich?« Peter sieht gar nicht begeistert von dieser Neuigkeit aus. »Ich hatte eigentlich gehofft …«, er bricht ab, und ich sehe ihn fragend an.

»Was hattest du gehofft?«, hake ich nach.

»Dass du noch ein Weilchen bleibst, um ehrlich zu sein«, sagt er schüchtern und setzt dann gleich erklärend hinzu. »Weißt du, ich habe mich so daran gewöhnt, dass ich nicht allein bin.«

Das ist mein Stichwort. »Peter, wir sollten da noch etwas besprechen«, erkläre ich ruhig, und er stellt sich gerader hin.

»Aber nicht heute«, sage ich und sehe ihm fest in die Augen. »Ich möchte ehrlich gesagt nichts lieber als nach Hause und, wie du es ausdrückst, zur Normalität zurückfinden.«

Ich sehe ihm an, dass es ihm nicht recht ist. Er kneift die Augen zusammen, und sein Mund wird zu einem dünnen Strich. »Bist du sicher, dass das klug ist, Mary?«

»Ich war selten sicherer«, gebe ich kurzangebunden zurück.

»Wenn du meinst.« Er sieht ein bisschen traurig aus. »Werden wir uns denn wenigstens noch sehen?«

Also ich finde ja, dass er jetzt fast ein bisschen aufdringlich ist. Sein Betrug an mir ist ja nicht vor vier Jahren passiert, sondern eher vor gefühlt vier Tagen.

»Ich denke schon«, erkläre ich dennoch mit einem gewissen Zögern und sehe ihn dann direkt an. »Aber versteh bitte, dass ich Zeit brauche. Ich habe dir bereits gesagt, dass eine Liebesbeziehung zwischen uns beiden nicht mehr infrage kommt, und selbst beim Thema Freundschaft brauche ich noch Zeit.«

Ich bin brutal ehrlich, aber ich glaube einfach, dass es so am besten ist. Ich kann mir nicht mehr vorstellen, ihn zu küssen, ihn zu umarmen oder ihm nahe zu sein. Es löst vielmehr einen unbestimmten Würgereiz bei mir aus. Keine Ahnung, wie das früher möglich war.

Peters Gesicht hat sich verändert. Seine Augen funkeln, und jetzt bin ich sicher, dass er wütend ist. Er ist es einfach nicht gewohnt, dass man ihm widersteht oder widerspricht.

»Ich rufe mir ein Taxi«, erkläre ich und greife nach meinem Handy. Bevor er mich aufhalten kann, habe ich bereits die Nummer gewählt und bestelle mir das Taxi hierher. Dann schnappe ich mir ohne ein weiteres Wort meinen Kater und meinen unausgepackten Koffer. Auf dem Weg nach draußen stolpere ich beinahe über einen Stapel Akten, der auf den Boden gerutscht sein muss, und kann mich nur mit viel Herumgerudere auf den Beinen halten. Ich spüre Peters Blick in meinem Rücken, als ich die Wohnung verlasse, und erst als ich im Taxi sitze, lässt dieses seltsam unangenehme Gefühl wieder nach.

Als ich zum ersten Mal seit Wochen meine Wohnung betrete, ist mir tatsächlich ein bisschen mulmig zumute. Es ist so viel passiert, seitdem ich das letzte Mal hier gewesen bin. Aber anders als in Peters Wohnung fühlt sich das hier alles gleich vertraut und wie zu Hause an. So wie eine lang getragene Jacke, in die man einfach immer wieder reinschlüpfen kann und sich dann wohlfühlt.

Mein erster Weg führt natürlich in die Küche, und ich bin überrascht zu sehen, dass nichts mehr von den Spuren des Chaos zu sehen ist, das der Stein ausgelöst hat. Offensichtlich war hier nicht nur die Spurensuche, sondern auch noch eine Putzkolonne am Werk. Ich muss beinahe grinsen, als ich mir vorstelle, wie James hier auf Knien herumrutscht und meinen Küchenboden schrubbt. Aber nein, verbessere ich mich innerlich sofort wieder, dafür ist sein Rang zu hoch. Diesen Job mussten ganz sicher andere übernehmen. Ich kann kaum beschreiben, wie sehr sich mein Kater freut, als ich ihn aus seinem Korb lasse. Er rennt durch die gesamte Wohnung und prüft wahrscheinlich, ob alles in Ordnung ist. Dann reibt er sich ausgiebig an sämtlichen Tisch- und Stuhlbeinen und stellt damit klar, dass er hier zu Hause ist und dass genaugenommen alles hier ihm gehört. Ich kann ihn aber gut verstehen, denn auch ich fühle mich deutlich befreiter, als ich in meine Küche gehe und mir dort eine Tasse Tee aufsetze. Dann gehe ich in mein Bad und lasse heißes Wasser in die Wanne laufen. Ich muss baden, und zwar dringend. Natürlich verlangt Pillow erst noch, dass ich als seine persönliche Sklavin in der Küche für einen gedeckten Katzentisch sorge, bevor ich in das warme und ersehnte Nass eintauchen kann, aber dann steige ich endlich in die Wanne, die nach einem wunderbaren Weihnachtsbadezusatz riecht, und seufze wohlig auf, als die Wärme des Wassers langsam jede einzelne Zelle meines Körpers durchdringt. Seit zwei Tagen war ich nicht mehr so entspannt. Eigentlich sogar schon länger, denn auch wenn ich in James' Gegenwart sehr, sehr glücklich war, so lag doch immer eine gewisse Spannung in der Luft. Keine schlechte Spannung natürlich. Eigentlich die schönste Spannung der Welt, aber trotzdem.

Ich schließe die Augen und beginne zu träumen. Von meiner Zeit mit James, von Ferdinand, unserem Baum, und hach …

Irgendwann muss ich tatsächlich eingeschlafen sein, denn als ich meine Augen wieder öffne, ist es dämmrig im Bad, und das Wasser ist deutlich abgekühlt, sodass ich zu zittern beginne. Schnell steige ich aus der Wanne, lasse das Wasser ablaufen und trockne mich ab. Dann schlüpfe ich in meinen kuscheligsten Frotteeschlafanzug und ziehe mir die dicken Wollsocken über, in denen ich immer ausrutsche, wenn ich nicht aufpasse.

Eigentlich sieht mein Plan ja vor, dass ich mein dummes Herz dazu bringe, nicht mehr schneller zu schlagen, wenn ich an James denke, aber als ich schnell meinen Koffer ausräume, fällt mir das Deo in die Hand, das ich James geklaut habe. Ich schlucke und schnuppere. Oh Mann, es ist nur ein billiger Abklatsch, es fehlt der angenehme, warme und herbe Geruch von Mann, aber es riecht dennoch irgendwie nach ihm. Ehe ich genauer über meine Tat nachdenken kann, bin ich auch schon zu meinem Bett gelaufen und habe das Deo auf mein Kopfkissen gesprüht. Kaum habe ich verstanden, was ich da eigentlich tue, als ich das Deo auch schon erschrocken in eine Ecke werfe. Was denke ich mir eigentlich? So werde ich nie und nimmer darüber wegkommen. Super Idee, Mary. Ehrlich!

Kapitel 17

Gerne hast du mir die fast leere Flasche
deines After Shave geschenkt. Später zu Hause
wird mir klar, wie dumm meine Bitte war.
Als wäre es dasselbe, an einer Flasche zu schnuppern.

Frei nach Unbekannt

Nachdem ich meinen akuten Anfall von Deoschnüffel-, und Kissenkuschelei halbwegs verarbeitet und mein Herz wieder großenteils unter Kontrolle gebracht habe, setze ich mich zum ersten Mal seit Wochen auf meine eigene Couch und zappe mich auf Netflix durch, bis ich endlich bei einer Folge *When Calls the Heart* hängenbleibe. Auch Pillow hat sich wohl mit dem Gedanken abgefunden, dass wir ab jetzt wieder nur zu zweit sind, und räkelt sich schnurrend neben mir. Kater müsste man sein.

Während eine spannende Schießerei über den Bildschirm flimmert, schweifen meine Gedanken ab.

Nina. Was mache ich denn nur wegen ihr? Inzwischen bin ich von zwei Tatsachen wirklich und wahrhaftig überzeugt. Erstens: Nina hat mit den Briefen und Anrufen nichts zu tun, und zweitens: Sie wird mir vermutlich nie verzeihen, dass ich auch nur einen einzigen Moment an ihr gezweifelt habe.

Ich weiß, dass ich sie sehr verletzt habe mit der Frage, ob sie es war. Aber wie hätte ich mir denn sicher sein können? Die Beweise haben mich erschlagen. Schuldgefühle plagen mich, und ich versuche, gegen mein Gewissen anzukämpfen.

In diesem Moment klingelt mein Handy und verrät, dass eine WhatsApp-Nachricht eingegangen ist. Sie ist tatsächlich von Nina, und ich traue mich kaum, sie zu öffnen. Ich weiß auch, dass ich ganz sicher keine Freundlichkeit erwarten kann. Ich weiß, dass ich sie nicht verdient habe, aber dann überrascht mich die Heftigkeit der Nachricht doch.

> [15:00] Ninamaus: *Falls es dich irgendwie interessieren sollte: Meine MUTTER hat die Kaution bezahlt. Ich sitze hier ziemlich in der Tinte, aber warum bilde ich mir überhaupt ein, dass es dich was juckt? Weißt du was? Ich glaube, ich brauche mal eine ganz … ach, vergiss es!*

Okay … das klingt gar nicht gut. Ich habe ja bereits erwähnt, wie Ninas Mutter ist. Wo meine Mutter noch ganz viele liebenswerte Seiten hat, da hat sie keine. Also keine allzu offensichtlichen. Ich glaube schon, dass sie Nina liebt, aber sie versteckt es oft ziemlich gut. Ich glaube auch, dass Nina sie deshalb niemals um Hilfe bitten würde, wenn sie es nicht unbedingt müsste. Ich muss ihr antworten, aber ich weiß auch, dass hier mehr nötig ist als ein einfaches *Tut mir leid.*

Wenn ich ein Mann und Nina meine Freundin wäre, dann würde ich sie vermutlich zu einem romantischen Dinner einladen, hundert Rosen besorgen, Kerzen verteilen und für sie singen. Aber eine Entschuldigung könnte doch immerhin schon mal den Anfang bilden oder?

> [15:04] Mary: *Ich kann dir nicht sagen, wie leid es mir tut.*

Ich drücke auf Senden und tippe wie verrückt weiter, als ich auch schon eine Antwort bekomme.

[15:05] Ninamaus: *Da bin ich aber froh, denn ich habe auch gar keine Lust es zu hören. Echt nicht.*

Ich schlucke schwer. Mann, es ist nicht leicht, das zu lesen, aber ich glaube, das habe ich verdient. Ich werde mir etwas einfallen lassen müssen. Vielleicht sollte ich … Gerade als ich so am Überlegen bin, kommt eine Nachricht von Peter an.

[15:20] Peter: *Ich wünschte, die Liebe meines Lebens würde mir verzeihen. Das würde mein Leben wieder lebenswert machen.*

Du liebe Zeit. Er ist ja noch deutlich melodramatischer als ich. Ich bin also die Liebe seines Lebens? Na, das ist ja toll. Wenn er die Liebe seines Lebens so behandelt, dann will ich nicht wissen, wie er mit Menschen umgeht, die er hasst. Aber dieses Melodrama irritiert mich. War er schon immer so, überlege ich. Eigentlich nicht. Peter hat sich während unserer Beziehung nicht gerade durch emotionale Vielfalt ausgezeichnet. Eher im Gegenteil. Er fand mich immer viel zu emotional und meinte, ich sei eine Heulsuse. Kopfschüttelnd tippe ich meine Antwort.

[15:25] Mary: *Peter, ich bitte dich, lass es gut sein.*

Ich kenne ihn zu gut, um zu glauben, dass er es wirklich lassen wird. Peter ist einer der hartnäckigsten Menschen, die ich kenne. Vielleicht war das auch einer der Gründe, aus denen ich damals mit ihm zusammengekommen bin. Aber Hartnäckigkeit allein reicht eben nicht. Eine winzig kleine Stimme in meinem Kopf flüstert mir zwar zu, dass er es vielleicht wirklich ernst meint. Dass er mich noch liebt und mich wirklich glücklich machen will, aber mein Herz hält dagegen. Es schlägt für einen anderen, und das kann ich nun einmal nicht ändern. Vielleicht hat Peter sich geändert, ja, aber der Mann für mich wird er nie mehr werden können. Außerdem wäre es geradezu fahrlässig dumm, Peter, nach all dem, was er sich geleistet hat, wieder in mein Leben zu lassen. Ich meine, er hat mich geradezu dummdreist betrogen! Mein Telefon klingelt. Ich hebe ab, und mein Blut gefriert mir in den Adern, als ich die Stimme erkenne. »Willst du, dass es aufhört?«

Es ist der Erpresser, Stalker oder was für einem kranken Hirn das alles sonst entsprungen ist. Seine heisere Stimme jagt mir Schauer über den Rücken, und gleichzeitig werde ich wütend. Was für eine bescheuerte Frage. Was soll ich denn sonst wollen? Nein, lieber Herr Erpresser. Ich wünsche mir viele, viele weitere gemeinsame Jahre mit Ihnen und glaube, dass diese Geschichte eine Zukunft hat. Das ist doch total dämlich.

»Ja!«, krächze ich, und meine Stimme zittert.

»Dann musst du zahlen!«

Der Tonfall ist süffisant, und ich zittere inzwischen wie ein Pinscher.

»Oh, jetzt sind wir also wieder bei der Forderung vom Anfang.«

»Und zwar hunderttausend Dollar, falls du dich noch erinnerst«, knarzt die Stimme durch den Hörer.

Ich kann es nicht glauben. Das muss doch wohl ein Scherz sein. Wo soll ich denn hunderttausend Dollar herkriegen?

»So viel Geld habe ich nicht«, erkläre ich überraschend ruhig, und meine Stimme klingt hohl und fremd.

»Dann sieh zu, dass du es beschaffst. Sonst wird es immer schlimmer werden.« Das höhnische Kichern, das nun folgt, kann ich kaum beschreiben. *Schlimmer?* Also um ehrlich zu sein, will ich mir das gar nicht vorstellen. Schlimmer als jetzt?

»I-ich sehe, w-was ich tun kann«, stammle ich und lege auf.

In den kommenden Tagen vermisse ich James und auch Nina so sehr, dass ich glaube, man müsste es mir körperlich ansehen können. Es sind die letzten Tage des Semesters, und ich verfolge mehr oder weniger fleißig die Vorlesungen übers Internet. Eigentlich habe ich ja frei, aber es lenkt mich von alldem ab, was in meinem Leben gerade schiefläuft. Alles was mich ablenkt, ist gut, aber zur

Uni gehen kann ich natürlich nicht. Ganz ehrlich, ich will einfach nicht zu viel Zeit allein draußen verbringen.

Etwa zwei Tage später, als ich gerade wieder einmal in tiefstem Selbstmitleid versinke, mit einer riesigen Packung Eis auf der Couch sitze und mir *Stolz und Vorurteil* in der langen, besseren Version mit dem braunäugigen Colin Firth als Mr. Darcy reinziehe, klingelt mein Handy. Wie bei jedem Anruf seit der Geldforderung zucke ich zusammen und sehe mein Handy nur zögernd an.

Freddy leuchtet mir der Name meines besten Freundes auf dem Display entgegen, und vor Überraschung fällt mir das Telefon fast aus der Hand.

»Fred! Ich glaub es ja nicht!«, blubbere ich völlig aufgelöst drauflos. »Bist du wieder raus aus dem Funkloch, mein Hübscher?«

»Noch nicht ganz! Wie geht es dir?« Er schreit, und ich kann ihn trotzdem nur bruchstückhaft verstehen. Er sitzt irgendwo im Ausland und hilft bei einem Missionseinsatz. Ich vermisse ihn so sehr, dass es mir wehtut, und ich möchte, dass er das weiß.

»Ich vermisse dich!«, rufe ich in den Hörer, als gerade die Verbindung abbricht. Ausgerechnet jetzt? Mir laufen die Tränen über die Wangen. Ich fürchte, Freddy und ich entfernen uns immer weiter voneinander. Wann immer wir uns sehen, ist es, als wäre er nie weggewesen, aber es ist schwer, über diese Entfernung eine Freundschaft aufrechtzuerhalten. Das Selbstmitleid kommt zurück, und das mit größerer Wucht als zuvor. Gerade als ich mir wieder und wieder die Tränen aus den Augenwinkeln wische, klingelt es an der Tür. Ich schleppe mich hin, und als ich beim Öffnen Nina vor mir sehe, traue ich meinen Augen kaum. Erst Freddys Anruf, dann Nina … was hat das zu bedeuten?

»Nina!«

»Ich bin wirklich noch böse auf dich«, sagt sie leise, und ich kann nicht verhindern, dass ich zusammenzucke, als hätte sie mich geschlagen.

»Ich weiß«, murmle ich, aber sie unterbricht mich.

»Aber ich glaube, ich habe da eine Info, die du kennen solltest.« Sie zieht die Schultern hoch, und jetzt bin ich plötzlich ganz Ohr. Es muss etwas sehr Wichtiges sein, dass sie ihre Wut hintenanstellt. Ich bitte sie hinein, und sie kommt auch mit, bleibt aber in meinem Flur stehen. Das tut so weh.

»Nina …«, setze ich an. »Kann ich dir etwas Gutes tun?«

Sie schüttelt unwirsch den Kopf. »Peter«, sagt sie nur, und ich runzle fragend die Stirn.

»Was ist mit ihm?«

Nina schweigt einen kurzen Augenblick, mahlt mit den Zähnen und sieht sehr blass aus.

»Er hat Geldprobleme.«

Ich lache kurz auf. Das ist absurd. Peter ist ziemlich wohlhabend, und mit seiner Monsterkanzlei …

»Das ist doch Quatsch!«, erkläre ich überzeugt.

Nina seufzt tief. »Ist es eben nicht. Ich habe heute ein Gespräch zwischen meinem Chef und einem anderen Anwalt angehört, in dem es darum ging, dass Kalla & Stone so gut wie pleite ist.«

Ich atme scharf ein. Was bedeutet das?

»Es kommt aber noch besser«, erklärt Nina leise, und ich schlucke.

»Mein Chef sagt, dass Peter versprochen hat, in kürzester Zeit wieder zahlen zu können. Er versprach eine Summe von hunderttausend Dollar.«

Es dauert einen Moment, bis ihre Worte bei mir ankommen, und noch einen weiteren Moment, bis etwas in meinem Kopf klick macht.

»Heißt das etwa …?« Ich gerate ins Stammeln, und Nina zuckt hilflos die Achseln. »Das heißt gar nichts. Es ist nur so, dass die Polizei mich gestern angerufen hat. Sie haben meine Studiengebühren überprüft und festgestellt, dass ich ein Darlehen von dreißigtausend Dollar beantragt habe, das abgelehnt wurde. Ich habe ihnen gesagt, dass ich meine Eltern nie um Hilfe bitten würde und dass ich nichts damit zu tun habe. Ich dachte nur, dass du es wissen solltest. Aber ich sollte auch wieder los.«

Ich nicke stumm, und Nina verlässt die Wohnung, während ich versuche, Ordnung in das Gewirr meiner Gedanken zu bringen. Das kann doch eigentlich kein Zufall sein, oder? Der Brief, die Forderung über hunderttausend Dollar und Peters Versuch, mich zurückzugewinnen. Entweder ist das alles ein grausamer Scherz oder aber ein riesiger Zufall. Was aber, wenn es kein Zufall ist? Wenn … Mein Atem geht schneller, und eine Gänsehaut kriecht über meine Arme.

Ich muss die Wahrheit herausfinden, aber wie soll ich das anstellen? Ich habe keine Ahnung von Geld, aber ich muss mir dringend einen Plan machen. Tief in Gedanken versunken laufe ich im Wohnzimmer hin und her. Nina hat mir einen riesigen Gefallen getan und mir damit gezeigt, dass es für unsere Freundschaft noch Hoffnung gibt. Dass mit dem Studiendarlehen glaube ich ihr ohne zu zögern. Wenn ich es also schaffe, die Wahrheit herauszufinden und Nina zu entlasten, dann wäre das vielleicht der Weg, um die Sache zwischen uns ein für alle Mal zu klären.

Ich denke so angestrengt nach, dass es beinahe wehtut.

Wie ins Trance verrichte ich alle möglichen Arbeiten in der Wohnung. Ich schrubbe das Bad so lange, bis es blitzt und blinkt. Ich wische Staub, entferne gefühlt jedes Haar aus meinem flauschigen Teppich und putze sogar meinen Kühlschrank. Und trotz allem fällt mir einfach keine Lösung ein.

Auch als ich später im Bett liege und Pillows Bäuchlein kraule, grübele ich noch darüber nach, wo um alles in der Welt die Lösung zu suchen ist. Es ist spät, als mir endlich die Augen zufallen.

Mitten in der Nacht fahre ich aus dem Schlaf hoch. Es ist stockfinster in meinem Zimmer, und doch sehe ich klar. Ich weiß es. Ich weiß, wie ich Peter überführen und die Wahrheit herausfinden kann. Ich springe aus dem Bett und ignoriere den kalten Fußboden unter meinen nackten Sohlen, der mich erzittern lässt. Ich tapse durch den dunklen Raum zum Lichtschalter und blinzle, als das helle Licht meine müden Augen blendet. Ich fühle mich mit einem Mal wie ein Genie. Schnell hole ich mir einen

Block und einen Stift und schreibe eine Liste. Entweder ist das hier die beste oder aber die blödeste Idee, die ein Mensch jemals hatte. Ich halte inne und nicke. Das gilt es nun herauszufinden. Inzwischen ist mir ziemlich kalt, und ich husche zurück in mein warmes Bett. Schnell schalte ich das Licht aus. Dann sinke ich endlich zufrieden zurück auf meine Matratze und lasse zu, dass mich der gesunde Schlaf umfängt.

Kapitel 18

Ich spiele ein gefährliches Spiel

Mary Christmas Parker

Am nächsten Morgen wache ich mit dem Gefühl auf, das man hat, wenn man eine richtig gute, aber auch riskante Idee hatte. Es fühlt sich kribbelig und gleichzeitig zum Zerreißen gespannt an. Ich stehe auf, streichle meinen Kater und fühle mich dabei unglaublich hibbelig. Was soll ich bloß machen, wenn es schiefgeht? Die Sache ist nämlich nicht gerade ungefährlich. Das Erste was ich schlussendlich erledige, ist ein Anruf bei Deputy Chief Bond. Er ist überrascht, hört mir aber interessiert zu. Als ich fertig bin, ist eines klar. Der Deputy findet die Idee nicht ganz so grandios wie ich, sondern steht meinem Plan vielmehr ein wenig skeptisch gegenüber. Mit viel Schmeichelei und einer Menge Überredungskunst gelingt es mir jedoch, ihn halbwegs zu überzeugen.

»Dass Sie mir aber nichts Gefährliches oder Außerplanmäßiges tun!«, schärft er mir wiederholt ein, ehe er auflegt. Ich und etwas Gefährliches oder gar Außerplanmäßiges tun? Wie kommt er auf den Gedanken? Das ist doch gar nicht meine Art. Ich grinse ein bisschen. Der arme Mann hat ja keine Ahnung, was es bedeutet, sich auf den Plan einer Mary Christmas Parker einzulassen. Wenn ich allerdings ehrlich bin, dann ist mir selbst auch nicht ganz wohl bei der Sache. Jetzt habe ich aber noch unheimlich viel vorzubereiten und will auch gleich damit anfangen. Schnell greife ich nach meinem Handy und tippe eine Nachricht an Peter.

[9:22] Mary: *Hey, schöner Mann. Ich hatte eine kleine, aber möglicherweise lebensverändernde Erkenntnis. Kann ich heute Nachmittag gegen drei bei dir vorbeikommen?*

Das *schöner Mann* ist natürlich ziemlich dick aufgetragen, aber in diesem Fall gehe ich das Risiko ein. Ich muss es tun. Hoffentlich nimmt er den Satz mit der Erkenntnis so auf, wie ich es mir erhoffe. Er ließ sich schon immer gern schmeicheln. Innerhalb weniger Minuten kommt die Antwort, auf die ich gewartet habe.

[9:30] Peter: *Aber natürlich! Ich freu mich sehr auf dich!*

Mal sehen, ob er sich heute Mittag auch noch so über meinen Besuch freuen wird. Eigentlich glaube ich es ja nicht. Zumindest nicht, wenn der Plan so aufgeht, wie ich es mir denke. Pfeifend bereite ich mir und meinem flauschigen Mitbewohner das Frühstück zu und schaufele mein Müsli in Rekordgeschwindigkeit in mich hinein. Ich brauche Kraft und Ballaststoffe, denn heute wird kein einfacher Tag.

Nach dem Frühstück putze ich meine Wohnung ein zweites Mal. Ja, das hat eigentlich gar nichts mit meinem Plan zu tun, aber es lenkt mich ab. Pillow verkriecht sich auf mein Bett, wo er vor meiner Putzattacke weitgehend geschützt ist. Dass es um ihn herum hektisch wird, mag er genauso wenig wie Streit oder sonstige ungebetene Störungen. Dann beginne ich, die Wohnung von allen Erinnerungen an Peter zu reinigen. Ich werfe Fotos und Erinnerungsstücke weg, schrubbe einen Fleck aus dem Teppich, dort wo sein Saftglas einmal umgefallen ist, und verhalte mich insgesamt wie Meister Propper.

Gegen dreizehn Uhr ist meine Wohnung endgültig blitzblank, und ich beginne mit den eigentlichen Vorbereitungen.

Schnell springe ich unter die Dusche und gebe mir danach

jede erdenkliche Mühe mit meinem Aussehen. Damit das heute klappt, muss ich einerseits super aussehen und andererseits meine, hoffentlich vorhandenen, Talente als Schauspielerin entdecken. Ich übe also meinen verliebtesten Blick vor dem Spiegel und muss feststellen, dass es ein Wunder ist, dass ich jemals einen Freund bekommen habe, falls ich wirklich so aussehen sollte, wenn ich verliebt bin. Ich erinnere an eine hechelnde Dogge. Wirklich süß für einen Hund, für einen Menschen aber nicht so toll. Dabei sagt man doch, braune Augen würden einem das Betteln erleichtern. Nachdem ich dann vollständig angezogen und geschminkt bin und mein mangelndes Schauspieltalent zumindest aufgewärmt ist, mache ich mich auf den Weg. Im Auto fällt es mir schwer, das Lenkrad ruhig zu halten, und meine Handflächen fühlen sich ganz schwitzig an. Als ich vor Peters Zuhause halte, zähle ich einmal langsam bis zehn, um mich zu beruhigen. Als ich das Gefühl habe, dass mein Puls wieder ansatzweise normal ist, steige ich aus und laufe auf wackligen Beinen zur Haustür. Auf mein Klingeln hin öffnet Peter sofort.

»Mary, wie schön, dich zu sehen! Du bist pünktlich auf die Minute.« Er strahlt mich an, und ich versuche, ihn so anzusehen, als sei ich ein klein wenig verlegen.

»Ich freue mich, dass du mir erlaubt hast zu kommen«, flüstere ich und versuche mich an einem unschuldigen Augenaufschlag.

»Dafür brauchst du doch keine Erlaubnis!«, erklärt Peter und greift nach seiner Jacke. »Wollen wir los?«

Ich zucke zusammen. Nein. Wir können nicht weggehen. Wir müssen rein. In seine Wohnung, sonst kann ich das alles vergessen.

»Weißt du«, ich hoffe, dass meine Stimme nicht zu sehr zittert. »Eigentlich hatte ich gehofft, wir würden heute hierbleiben. Mir ist nicht so nach Ausgehen.«

Peter zögert einen Moment und scheint zu überlegen.

»Hm, was würdest du denn gerne machen?«, hakt er nach.

Spiel. Satz. Und Sieg! Ich kenne ihn gut genug, um zu wissen, dass ich ihn jetzt in der Tasche habe.

»Wie wäre es mit einem Film und Essen vom Chinesen?«, erkundige ich mich möglichst beiläufig.

»Das klingt doch nach einem Plan.« Peter lächelt, und beim Anblick dieses kühlen und gleichzeitig schleimigen Lächelns wird mir fast schlecht. Liegt es an meiner dunklen Vorahnung, dass ich jetzt so empfinde? Immerhin hat Peters Lächeln mir früher weiche Knie beschert. Das allerdings ist definitiv vorbei. Trotzdem befehle ich mir, mich zusammenzureißen. Heute wird es vermutlich ziemlich schwierig. Außer natürlich, es verläuft alles ohne Probleme, was ich aber irgendwie kaum glauben kann.

»Dann rufe ich mal dort an«, sagt Peter, und ich trete in den Flur.

»Willst du nicht lieber hinfahren?« Ich ziehe meine Jacke aus, damit er nicht auf die Idee kommt, dass wir zusammenfahren, lächele ihn so süß an, wie es mir nur möglich ist, und lege den Kopf ein wenig schief. »Dann kannst du auch darauf achten, dass sie wirklich genügend Sojasoße an mein Essen geben!«

Peter schmunzelt. »Du und deine Sojasoße! Badest du immer noch in dem Zeug?«

Als ich nicke, schüttelt er den Kopf und lacht.

»Was tut man nicht alles für die Frau seiner Träume. Gut, ich fahre gleich los und bin spätestens in einer halben Stunde wieder da.«

Ich nicke und warte mit klopfendem Herzen, bis die Tür hinter ihm zuschlägt. Bisher läuft alles fast perfekt. Zu perfekt, ich muss wirklich auf der Hut sein. Kaum höre ich draußen einen Motor starten, da mache ich mich auch schon daran, den Plan in die Tat umzusetzen. Ich muss Beweise finden. Ich kenne Peter einfach ziemlich gut. Oder zumindest seine Macken. Man sieht ja schon in seiner Wohnung, dass er über alles und jedes eine Datei anlegt.

Ich glaube allerdings nicht, dass er, wenn mein Verdacht richtig ist, so dumm wäre, die Akte zum Fall »Mary« auszudrucken und offen herumliegenzulassen und deswegen sprinte ich jetzt in sein Arbeitszimmer und an seinen Rechner. Ich fahre ihn hoch und schmunzle, als ich den Kasten mit dem Passwort sehe. *Debby* tippe ich ein und kann einfach immer noch nicht glauben, dass er wirklich den Namen seiner Mutter als Passwort verwendet.

Schnell klicke ich mich in seine Dateien ein. Der PC ist fast so überladen wie seine Wohnung.

Wenn ich er wäre, unter welchem Namen würde ich dann meine Dateien speichern, die ich geheim halten wollte? Ich überlege fieberhaft und scrolle mich durch eine schier endlose Liste von Geschäftsbriefen, Aktennamen und sonstigem Anwaltskram. Wahrscheinlich würde ich einen Namen wählen, der sich nur minimal von den anderen unterscheidet, überlege ich gerade in dem Moment, als mir eine Datei – oder besser ihr Name – ins Auge fällt. *Fall XMAS – Aktennummer 2412.*Das muss es sein. Mit zitternden Fingern öffne ich die Datei. Das heißt, ich möchte sie öffnen. Jedoch leuchtet mir wiederum ein Feld entgegen, in dem ein Passwort von mir gefordert wird. Mist aber auch! *Debbie* tippe ich und beiße mir auf die Unterlippe, als das Feld rot aufleuchtet. Falsch. Wieso ist das falsch? Ich schlucke. Wenn ich ein egozentrischer mieser Typ wäre, welches Passwort würde ich verwenden? *Peter* versuche ich, aber auch das ist falsch. *Kalla*, *Ichliebemichselbstunfassbar* und *Bester Anwalt* erweisen sich ebenfalls als falsch. In einem letzten verzweifelten Versuch tippe ich Peters Geburtsdatum ein. Ich kann nur mit Mühe ein Kreischen unterdrücken, als sich die Datei tatsächlich vor meinen Augen öffnet.

Schnell beginne ich, mich durch die verschiedenen Seiten zu scrollen und traue meinen Augen kaum. Es sind die verschiedensten Dokumente. Einige sind von Peter selbst geschrieben, einige sind an ihn gerichtet, und in allen herrscht keinerlei Ordnung nach Datum oder sonst irgendeinem System. Hektisch beginne ich zu lesen, und gleich die erste Seite lässt mich erstarren.

Chase Bank
Walter Preston/
NYC
Sehr geehrte Damen und Herren von Kalla & Stone,
in Bezug auf die Überziehung Ihres Kreditrahmens müssen wir leider zum Entschluss eines Insolvenzverfahrens Ihrerseits raten. Ihren Zahlungsrückstand von $ 96.400 müssen Sie bis spätestens zum 20.12. beglichen haben, sollten Sie sich gegen unseren Rat entscheiden. Bitte verständigen Sie uns umgehend, wenn Sie zu einem Entschluss gekommen sind.
Die folgenden Dokumente überlassen wie Ihnen zur Kenntnisnahme und zum Verbleib bei Ihren Unterlagen.
Mit freundlichen Grüßen,
Walter Preston
Financial Adviser
i

Nina hat also recht gehabt. Natürlich hatte sie recht und hat mir wahrscheinlich genauso viel gesagt wie sie konnte. Wobei ... wahrscheinlich hat sie mir sogar mehr gesagt. Fieberhaft lese ich weiter, bis ich erneut an einem Satz hängenbleibe, der aus einer E-Mail stammt, die Peter gestern geschrieben hat.

Charles,
ich verspreche dir, dass du das Geld bald hast. Spätestens übermorgen habe ich die 100 000 $, und dann können wir die Kanzlei retten.
Gruß,
Peter

Ich halte die Luft an. Eindeutiger geht es wohl nicht. Hier bleibt keine Lücke oder sonst etwas, das mich zum Zweifeln ermutigen würde. Als ich auf die nächste Seite scrolle, fällt mir eine weitere E-Mail ins Auge, von Peter an einen gewissen Walter Jenkins.

Sehr geehrter Mr. Jenkins,
ich bin sehr erleichtert zu hören, dass Sie und Ihre Frau meinen Auftrag annehmen. Ich möchte, dass Sie wissen, dass Sie sie nicht verletzen sollen. Ich möchte nur, dass Sie sie einschüchtern. Ich brauche nur das Geld, und Sie bekommen Ihres, wenn Sie meine Bedingungen erfüllen. Ihre Frau soll sich bei den Aktionen unbedingt sichtbar zeigen. Man muss sie ungefähr beschreiben können. Für diesen Zusatz erhalten Sie von mir einen Bonus über 3 Prozent.
Danke für Ihr Engagement,
Peter Kalla

Ich kann kaum beschreiben, welches Gefühl in diesem Moment in meinem Herzen überwiegt. Einerseits bin ich sehr froh, dass ich so schnell und problemlos gefunden habe, wonach ich suche, und andererseits haut mich die Tatsache, dass Peter hinter allem steckt, doch echt um. Ich glaube, ich befinde mich in einer Art Schockzustand. Schnell ziehe ich mein Handy aus der Tasche um Chief Bond zu informieren, dass ich fertig bin, als ich plötzlich hinter mir ein klickendes Geräusch höre.

Zu Tode erschrocken fahre ich herum und sehe direkt in Peters Augen, die kalt auf mich gerichtet sind. Er hält etwas in der Hand, das ich nicht erkennen kann, das aber seltsam blitzt. Wie im Zeitraffer blicke ich zur Uhr. Ich kann doch nicht so sehr die Zeit vergessen haben? Nein, habe ich auch nicht. Der Blick zur Uhr verrät mir, dass eigentlich erst unglaubliche zwanzig Minuten vergangen sind, seit Peter das Haus verlassen hat. Die Erkenntnis fährt wie ein Blitz durch meinen Körper. Das hier war geplant. Er hat mich reingelegt, steht es mir plötzlich glasklar vor Augen. Er hat mich durchschaut, und ich bin ihm einfach treudoof ins Netz gegangen.

»Peter! Du bist ja schon wieder da!« Ich versuche mich an einem Lächeln. Allerdings schlottern meine Knie vor Schreck, und ich wirke mit Sicherheit nicht ruhig und gelassen. Ich könnte wetten, das Ergebnis meines verzweifelten Versuchs, das Unvermeidliche zu verhindern, ist das gestellteste Lächeln seit Victoria Beckham.

»Ich wwollte gegerade nur …«, stottere ich und beiße mir auf die Lippe.

»Ja, was wolltest du Mary?«, Peter macht einen Schritt auf mich zu, und mit einem Mal erkenne ich, was dort in seiner Hand blitzt. Eine Pistole. Mein Herz bleibt stehen.

»Was soll das, Peter?«, piepse ich panisch.

Seine Augen sind noch immer auf mich gerichtet, und sein Lächeln ist unecht.

»Eine gute Frage. Ja, was sollte das Mary? Ich kann nicht nachvollziehen, warum du mich verlassen und mir so alles viel, viel schwerer machen musstest. Dabei habe ich dich wirklich geliebt.« Seine letzten Worte klingen schwermütig, und ich schlucke.

»Du hast …«, mich betrogen, will ich eigentlich sagen, aber der Anblick der Pistole, die er eindeutig auf mich gerichtet hat, lässt mir den Rest des Satzes schlicht und ergreifend im Halse stecken bleiben. Weiß er, wie er damit schießen kann? Offensichtlich. Er sieht aus, als hätte er nicht zum ersten Mal eine Waffe in den Händen. Habe ich jemals geglaubt, diesen Mann zu kennen?

»Warum?«, hauche ich die einzige Frage, die mir durch den Kopf geht. Peter bleibt stehen, und einen Augenblick lang wirkt er abgelenkt. Die Hand, die die Pistole hält, zittert, und seine Augen wirken traurig.

»Ich brauchte Geld«, sagt er, und seine Stimme klingt tonlos. »Mein Partner hat das Geld, das ich investiert hatte, veruntreut, und ich stehe vor dem Bankrott. Ich könnte alles verlieren, was ich mir so mühevoll erarbeitet hatte. Ich hatte von Anfang an daran gedacht, dich um dein Geld zu bitten, aber dann hast du mich verlassen und wolltest mich nicht mehr zurücknehmen. Ich hatte also nicht nur die Frau verloren, mit der ich mein Leben teilen wollte, sondern auch die letzte Chance auf die Rettung meines Geschäfts verspielt.« Er seufzt und sieht mit einem Mal nur noch verzweifelt aus. »Also habe ich ein Pärchen engagiert. Kleinkriminelle, nichts Großes. Sie sollten dir nur Angst machen, damit du bei mir Schutz suchst. Aber das hast du nicht.« Er setzt sich wieder in Bewegung, und der harte Ausdruck kehrt auf sein Gesicht zurück. Ich weiche zurück, als er weiterspricht.

»Du hast dich in deiner Angst vor den Anschlägen nicht etwa an mich gewandt.« Ein freudloses Lachen entweicht seiner Kehle, und ich starre ihn an. Bin wie von Sinnen vor Angst und Schrecken.

Mit sonorer Stimme fährt er fort. »Stattdessen hast du dich erst bei diesem Pfarrer und dann auch noch bei dem Bullen einquartiert.« Peter steht jetzt unmittelbar vor mir, und ich kann nicht weiter zurück. Mit einer beinahe zärtlich wirkenden Bewegung legt er mir die Waffe an die Schläfe. »Das war sehr dumm von dir.«

Das kalte Metall auf meiner Haut spüre ich kaum. Ich weiß nicht wieso, aber ich weiß mehr, dass ich Angst habe, als dass ich es wirklich fühle.

»Ich will dir nicht wehtun, Mary! Wirklich nicht. Aber ich will das Geld.«

Ich kann nichts sagen, kann mich nicht bewegen, und ich glaube nicht, dass ich noch atme.

»Du wirst mir also das Geld überweisen.« Noch immer streichelt Peter meine Schläfe mit dem kühlen Lauf der Waffe.

Ich nicke schwach und wundere mich, dass ich dazu überhaupt noch in der Lage bin.

»Braves Mädchen«, flüstert er, und mir wird noch ein bisschen kälter. Langsam, mit einer katzenhaften Bewegung weicht er einen Schritt zurück, lässt die Waffe aber auf mich gerichtet. Zitternd lehne ich mich an die Wand. Was soll ich jetzt bloß tun?

»Ich habe das Geld doch noch gar nicht.« Ich versuche, meiner Stimme einen festeren Klang zu geben, scheitere aber kläglich.

Peters Augen weiten sich einen Augenblick lang. Er flucht verhalten. »Aber … Warum?«

Ich räuspere mich. »Du wusstest doch, dass mein Erbe mit der

Hochzeit verbunden war …?« Es soll eine Aussage sein, klingt aber mehr wie eine Frage.

»Nein, das wusste ich leider nicht. Ich wusste nur, dass du es in Kürze erwartest.« Er schweigt, seine Augen verengen sich zu kleinen Schlitzen, und er überlegt. Seine Finger zittern, und er ähnelt einem Tier im Käfig.

»Dann müssen wir das wohl ein bisschen anders machen«, sagt er nach einer Weile und dreht sich zu mir um. Seine Augen sind traurig. »Du bleibst wohl eine Weile mein Gast.«

»Nein!« In meiner Panik vergesse ich alles und flüchte. Angst macht nicht klug, sondern dumm. Ich kann das bezeugen. Ich komme nicht mal einen Meter weit, bis Peter sich auf mich stürzt. Er will mich ganz offensichtlich nur aufhalten, aber von der Wucht seines Körpers werde ich mit dem Kopf gegen die Wand geschleudert. Fast werde ich ohnmächtig vor Schmerzen und spüre eine warme Flüssigkeit – Blut? – an meiner Schläfe hinablaufen. Ich habe keine Chance. Peter sieht erschrocken aus. »Tut mir leid, Mary. Das wollte ich nicht.« Es klingt seltsam, diese Worte aus dem Mund des Mannes zu hören, der mich gerade fesselt. Die Tränen laufen mir über das Gesicht. In weniger als zwei Minuten hat er mich verschnürt wie ein Paket.

»Ich wollte das hier nicht tun, Mary. Du musst mir bitte glauben«, sagt er leise und holt ein feuchtes Tuch, um meine blutende Stirn abzuwischen. Es fühlt sich gut an, die kühle Nässe zu spüren.

»Was hast du vor?«, krächze ich mühsam und schluchze vor Schmerzen auf, als ich meinen Kopf zu bewegen versuche.

Jetzt, wo er die Waffe beiseitegelegt hat und sich um mich kümmert, fasse ich wieder etwas Mut. Den Mut der Verzweiflung sozusagen.

»Na, was schon?« Aus seinen Augen spricht Verzweiflung, als er mich ansieht. »Ich werde mich bei deiner Tante melden und sie freundlich um die unverzügliche Überweisung des Geldes bitten, gesetzt dem Fall, sie möchte ihre geliebte Erbnichte wiedersehen.«

»Und was passiert mit mir?«, frage ich leise, und er sieht mich nicht an.

»Ich hoffe, dass ich dich so bald wie möglich wieder freilassen kann. Wirklich.«

Es ist stockfinster, meine Glieder schmerzen, und vom vielen Weinen, das genauso schmerzhaft wie nutzlos war, bin ich heiser. Außerdem zittere ich vor Kälte, Schmerzen und Erschöpfung. Ich fühle mich ausgetrocknet und schwach. Ich habe keine Ahnung, wie viel Zeit wirklich vergangen ist, seitdem Peter mich in sein Bad getragen und dort auf einem weichen Teppich abgesetzt und an die Wand gelehnt hat. Die Fliesen an meinem Rücken sind so kalt, dass ich noch stärker zittere, und ich habe schrecklichen Durst. Ob er wohl schon meine Tante angerufen hat? Wie wird sie wohl reagieren?

Ich schließe meine von Tränen geschwollenen Augen und döse ein wenig vor mich hin.

Kapitel 19

Tränen reinigen das Herz.–

Fjodor Michailowitsch Dostojewski

Als ein schrilles Klingeln ertönt, schrecke ich auf. Die Stellen, an denen Peter mich gefesselt hat, schmerzen mehr und mehr, und meine Beine sind eingeschlafen. Meine Wange ist gefühlt doppelt so dick wie normal, und ich spüre das getrocknete Blut an meiner Schläfe. Das Wirrwarr aus Gefühlen hat einer tiefen Leere und Hoffnungslosigkeit Platz gemacht, und ich habe keine Kraft mehr um zu Weinen. Wieder ertönt das Klingeln. Das ist doch die Türklingel? Jähe Hoffnung keimt in meinem Inneren auf, aber Peter wird wohl kaum öffnen. Es klingelt wieder. Wieder und wieder, bis es sich zu einem reinen Klingelorkan ausgeweitet hat. Dann hört es mit einem Mal auf.

»Bitte hilf mir. Oh bitte, bitte, bitte!«, flüstere ich kraftlos in die Dunkelheit und warte. Ich horche angestrengt. Peters Stimme dringt leise durch die Badezimmertür. Er klingt barsch.

»Was willst du hier?«

Die Antwort kann ich nicht hören. Dann fragt er:

»Und wie kommst du darauf, dass du da bei mir an der richtigen Adresse wärst?«

Und dann, nach einer Pause, in der die Person an der Tür irgendwas gesagt haben muss: »Jetzt hör mir mal gut zu. Ich kann dir nur raten, Mary und mich in Ruhe zu lassen, sonst siehst du deine Freundin vielleicht nie wieder.«

Das reißt mich aus meiner Schockstarre. Vor der Tür muss Nina stehen. Aber wie kommt die denn hierher? Und wieso …

»Hilfe!«, schreie ich, so laut ich kann.

»Na, das ist doch interessant.«

Okay, das ist Bond. Er ist also doch da.

»Hilfeeee! Hilfeeee!« Ich brülle, so laut ich kann.

»Miss Parker?«

Mir wird schwindelig vor Glück. Im nächsten Augenblick fliegt die Tür auf, und helles Licht blendet mich. Ich schließe reflexartig die Augen und spüre nun, wie sich jemand an meinen Fesseln zu schaffen macht. Die Erleichterung, die mich durchströmt, als meine Glieder mit einem Mal wieder frei sind, ist grenzenlos. Ich öffne langsam meine Augen und erkenne blinzelnd im Licht Deputy Chief Bond. Er starrt mich schockiert an. Kein Wunder, ich sehe sicher grauenvoll aus.

»Sie sind doch gekommen«, ist alles, was ich mit letzter Kraft hervorbringe. Mit einer grenzenlosen Sanftheit greift er unter meine Achseln und hilft mir schweigend auf. Seine starken Hände stützen mich, und er spürt wohl, dass ich nicht allein laufen kann, denn er führt mich langsam zu einem von Peters Sofas, wo er wartet, bis ich sicher sitze. Dann lässt er sich neben mich fallen und beugt sich vor um mir ins Gesicht zu sehen. Er wendet sich an seinen Kollegen. »Bringen Sie ihr ein Glas Wasser und einen Beutel Eis, wenn Sie welches im Kühlschrank finden, Willman, und rufen Sie einen Krankenwagen.«

Seine Stimme ist klar und warm, und ich würde gern anfangen zu weinen, so sehr berührt mich seine väterliche Freundlichkeit. Es kann natürlich auch sein, dass ich Bond immer unwillkürlich mit James in Verbindung bringe, und mich deshalb bei ihm geborgen fühle. Mein Blick irrt durch den Raum und bleibt an Peter hängen, der gerade von zwei weiteren Polizisten Handschellen angelegt bekommt. Sein Gesicht, das ich früher so attraktiv fand, ist nun nur noch eine verzweifelte Fratze. Ich zittere bei dem Gedanken an das kalte Gefühl der Waffe auf meiner Haut. Ich sehe ihn genau vor mir, den Blick in Peters Augen. Ich krampfe meine Hände in meinem Schoß zusammen und wende den Blick von der Szene ab. Der Polizist, der offensichtlich Willman heißt, kommt mit einem Glas Wasser zurück, das ich in hastigen, durstigen Zügen herunterstürze. Das kühle Wasser tut unendlich gut. Willman hält mir noch einen Beutel Eis entgegen und erklärt, dass der Krankenwagen unterwegs ist. Ich stöhne, als die Kälte auf die Schwellung in meinem Gesicht trifft. Ich stelle das Glas auf den Tisch und werfe Bond einen flehenden Blick zu.

»Ich will sofort aus dieser Wohnung raus«, flüstere ich schwach.

»Selbstverständlich, Miss Parker«, sagt er ernst, steht auf und hilft mir auf die Beine. Ich kämpfe gegen ein heftiges Schwindelgefühl an.

Er und sein Kollege helfen mir in meinen Mantel, und Bond bindet mir sogar die Schnürsenkel zu. Dann verlassen wir, hinter den anderen Polizisten, die Peter bei sich haben, das Haus. Auf dem Weg nach draußen wendet Peter sich zu mir um. Seine Lippen zittern und er formt vier Worte, die ich deutlich verstehen kann, auch ohne sie zu hören. »Es tut mir leid.«

Eine Woge von Mitleid überrollt mich. Peter war zwar vieles, aber nicht abgrundtief böse.

Draußen vor der Tür umfängt mich die kühle Luft wie eine alte Freundin. Die Gänsehaut, die sie hervorruft, hat etwas unglaublich Befreiendes. Sie ist anders als jede Gänsehaut der letzten Wochen. Anders als jede, die durch James' Berührung ausgelöst wurde. Anders als jede, die mich bei dem Gedanken an Peter überlief. Ich bin draußen. FREI! Mit einem Mal wird mir in vollem Umfang bewusst, was eigentlich in der letzten Stunde geschehen ist, und der Schock beginnt sich zu lösen. Mein Körper beginnt unkontrolliert zu zittern, und Bond schlingt seinen Arm fester um meine Taille, um mich zu stützen. Ich kralle meine Hand in seinen Arm und unterdrücke einen Schrei der Erleichterung, als mir auch schon die blanken Tränen die Sicht verschleiern.

Ein tiefer, erleichterter Schluchzer entringt sich meiner schmerzenden Kehle. Ich kann nicht glauben, dass es wirklich für immer vorbei ist. Mit tränenverschleiertem Blick beobachte ich, wie die Polizisten Peter die Hand auf den Hinterkopf legen und ihn ins Auto verfrachten. Er wehrt sich nicht. Ganz nebenbei zieht Bond ein Taschentuch hervor und steckt es mir zu. Ich lasse mich aus seinem Griff auf die steinernen Stufen sinken und versuche, meine zitternden Glieder unter Kontrolle zu bekommen. Die Gedanken rasen durch meinen Kopf wie eine Achterbahn. Peter. Es war die ganze Zeit Peter, der dahintersteckte. Es ist eine Sache, es zu vermuten, und eine ganz andere, es sicher zu wissen. Auch wenn er mir leidtut, muss ich zugeben, dass es mir vermutlich nicht leichtfallen wird, ihm zu verzeihen. Die Erleichterung über meine Rettung ist jedoch so groß, dass ich sie kaum in Worte fassen kann.

»Mary?« Bond geht neben mir in die Hocke und sieht mich mitleidig an. »Es tut mir so leid, dass wir erst so spät reinkamen.«

Ich nicke stumm. Ich will gerade gar nicht wissen, was los ist oder warum sie erst so spät kamen. Das ist jetzt völlig unwichtig. Immerhin sind sie gekommen!

»Mary, Sie sollten jetzt erst einmal einfach froh sein, dass es vorbei ist«, spricht Bond meine Gedanken aus.

Wieder sieht er mich ganz väterlich an.

»Nicht wahr? Das sollte ich.« Seufzend nicke ich vor mich hin.

In diesem Moment hören wir die Sirene, und kurz darauf stehen die Sanitäter vor mir und beginnen, mich routiniert zu untersuchen. Es dauert eine ganze Weile, aber dann bin ich weitestgehend versorgt und muss glücklicherweise nicht ins Krankenhaus. Wie durch Watte bekomme ich mit, dass der Krankenwagen wieder verschwindet. Allerdings nicht, bevor die Sanitäter mir eingeschärft haben, es die nächsten Tage nicht zu übertreiben.

»Sie haben einen Schock.« Bond fährt sich mit der Hand über die Glatze und seufzt wieder. »Komm, ich bringe Sie nach Hause.«

Er hilft mir wieder auf die Beine und führt mich sanft zu seinem Auto. Ich steige ein und lehne meinen Kopf an den Sitz. Bond setzt sich hinters Lenkrad und gibt vorsichtig Gas. Einen Augenblick lang herrscht Stille im Auto.

»Er wollte dabei sein«, sagt er dann leise.

»Wer denn?«, tue ich so, als hätte ich nicht die geringste Ahnung, von wem er spricht. Wenn James etwas von der Idee wusste und hätte dabei sein wollen, dann wäre er es auch gewesen, aber das ist jetzt nicht der Punkt.

»Wann werden Sie mich für die Aussagen brauchen? Ich habe auch belastende Dokumente auf dem PC gefunden.«

Er zögert schon wieder einen Moment, und in seinen Augen sehe ich Mitleid. »Ich wünschte ich könnte Sie da ganz raushalten, aber das wird nicht möglich sein. Wahrscheinlich werden wir Sie morgen brauchen. Es tut mir so leid, dass Ihre Vorweihnachtszeit ausgerechnet so verlaufen muss.«

»Schon in Ordnung, Deputy Chief. Sie sind ja nun wirklich der Letzte, der etwas dafürkann.«

»Vielleicht.« Sein Mund ist ein dünner Strich. »Ich hätte Sie nicht dort reingehen lassen sollen.«

»Ich glaube kaum, dass man mich hätte zurückhalten können«, antworte ich leise und wage nicht, ihm in die Augen zu sehen. Meine Zukunft erscheint mir so unsicher, wie nie zuvor, und in anderthalb Wochen ist Weihnachten.

»Vermutlich nicht.« Er schmunzelt ein wenig. »Machen Sie sich bitte keine Sorgen mehr. Sie sind jetzt völlig außer Gefahr.« Er zögert. »Ach ja … Vielleicht sollten Sie auch wissen, dass Ihre Freundin Nina uns sehr geholfen hat. Ihre Unschuld steht inzwischen natürlich fest.«

»Ja, Peter wollte durch die Frau am Steuer des schwarzen Wagens den Verdacht auf sie lenken«, sage ich. »Das geht aus einer Mail auf seinem PC hervor.«

Mein Herz macht einen Satz. Hastig verabschiede ich mich von ihm und schleppe mich langsam und schwerfällig die Stufen zu meiner Wohnung hinauf.

Mit zitternden Fingern schließe ich die Tür zu meiner Wohnung auf und trete ein. Leise miauend streicht mir Pillow um die Beine.

»Hm, Schmusekater. Du hast doch garantiert einen Riesenhunger«, flüstere ich und nehme ihn auf den Arm. Ganz entgegen seiner sonstigen Gewohnheit wehrt er sich nicht, sondern beginnt leise zu brummen.

Ich gebe ihm etwas zu fressen und lausche dem fröhlichen Knurpsen. Wie paralysiert sehe ich mich um und streiche mit den Fingerspitzen über meine Möbel. Es fühlt sich alles an wie immer, und dabei ist doch alles anders. Zumindest eins weiß ich ganz genau. Ich muss mit Nina sprechen. Mit zitternden Fingern tippe ich ihre Nummer ins Telefon und kämpfe gegen die aufsteigende Nervosität an. Wie wird sie wohl reagieren? Hat sie mir wirklich verziehen? Verdient hätte ich es nicht, aber immerhin hat sie der Polizei geholfen. In diesem Moment knackt es in der Leitung. »Mary?«, sagt Nina atemlos.

»Nina!« Meine Stimme bricht.

»Mary? Geht es dir gut?« Sie klingt besorgt, aber ich kann nicht antworten.

»Ich komme.« Wieder klickt es.

Etwa fünf Minuten später klingelt es an der Tür, und als ich sie einen Spaltbreit öffne, steht Nina vor mir. Sie schreit auf vor Schreck, als sie mein Gesicht sieht. Dann schließt sie mich wortlos in die Arme, führt mich zurück in die Wohnung und ins Schlafzimmer, wo ich auf mein Bett sinke und hemmungslos zu schluchzen beginne. Sanft streicht Nina über mein Haar und wartet einfach ab. Es dauert lange, bis ich mich beruhigt habe. Sehr lange. Aber dann ebbt mein Schluchzen ab, und ich setze mich auf. Aus verheulten Augen sehe ich Nina an, die mich liebevoll anlächelt.

»Und jetzt erzählst du mir einfach alles«, sagt sie ruhig.

»Es war Peter«, schniefe ich und wage nicht, ihr in die Augen zu sehen.

»Ich weiß«, sagt sie sanft und drückt meine Schulter. »Ein Mann wie Peter, der sich alles so hart erarbeitet hat, reagiert in Geldnot nicht entspannt. Ich war da und wollte mit ihm sprechen, bevor du dich in Gefahr begeben würdest. Ich dachte auch, ich könnte mich so vielleicht irgendwie entlasten. Denn ich hatte keine Ahnung, wie ich meine Unschuld sonst beweisen sollte.«

»Du hast der Polizei geholfen obwohl ich … Es tut mir so leid, dass ich dich …«

Ich kann es nicht aussprechen. Kann nicht aussprechen, dass ich meine beste Freundin verdächtigt, dass ich dem Menschen misstraut habe, der mir seit Jahren immer und überall zur Seite steht.

»Mary, ist schon okay! Vermutlich hätte ich mich auch verdächtigt. Es war also Peter. Und es war es wirklich wegen des Erbes, stimmt's? Wie hat der Penner dich denn bitte zugerichtet?«

»Er wollte mich erst überzeugen, dass ich ihn zurücknehme, und als ich das nicht wollte, hat er zu härteren Mitteln gegriffen. Als er verstanden hat, dass das Geld nur im Hochzeitsdeal mit drin ist, hat er seinen Plan geändert. Er wollte meine Tante um das Erbe erpressen.« Ich hebe kurz meinen Blick. »Aber er ist nicht nur böse.«

»Er ist das mir Abstand Elendste, was frei rumläuft!«, schimpft Nina, und ich muss ganz aus Versehen ein bisschen lächeln. Das tut zwar weh, aber auch irgendwie gut.

»Ich glaube nicht, dass er in der nächsten Zeit allzu frei sein wird.«

»Wahrscheinlich nicht.« Auch Nina lacht nun.

»Es tut mir wirklich sehr, sehr leid!« Ich sehe ihr nun fest in die Augen. »Ich hätte dir niemals misstrauen dürfen.«

»Wie gesagt: Ich glaube, ich hätte mir auch misstraut!«, meint sie und zuckt mit den Achseln. Aber ich sehe ihr an, dass sie das eigentlich nicht glaubt. Und ich weiß in diesem Moment, dass sie, wenn die Sache andersherum gewesen wäre, nicht an mir gezweifelt hätte. Nina ist eine wunderbar klare und entschiedene Frau. Ich habe so eine Freundin eigentlich gar nicht verdient.

Nina sagt nachdenklich: »Aber ein Gutes hatte es. Ich hätte nie gedacht, dass meine Mutter die Kaution zahlt. Vielleicht hat sie doch mehr Interesse an mir, als ich immer denke.«

Ich würde sie am liebsten umarmen, aber das traue ich mich

nicht. So weit ist unser Neuanfang noch nicht gediehen. Dafür drücke ich ihr ganz fest die Hand. »Ich würde mich sehr für dich freuen, wenn eure Beziehung sich verbessert«, sage ich leise.

Sie erwidert den Händedruck, und dann schweigen wir beide eine Weile.

»Ich muss meinen Eltern und Gerti die Wahrheit sagen nicht wahr?«, frage ich irgendwann, und Pillow schmiegt bestätigend sein Köpfchen gegen meine Hand. Auch Nina nickt nachdrücklich.

»Heute Abend noch?« Meine Stimme zittert.

»Mary, lauf nicht davor weg!«

»Gut. Das werde ich nicht.«

Oh Mann, sie werden nicht gerade erfreut sein zu erfahren, dass eigentlich schon seit einer halben Ewigkeit alles gecancelt wurde, keine Hochzeit stattfindet und ich die Bedingungen meiner Tante nicht erfüllt habe. Außerdem wird es sie wohl kaum freuen zu hören, dass ich heute in großer Gefahr war. Todesmutig greife ich zum Hörer und wähle die Nummer meiner Mutter.

»Mary?«, ertönt wenige Augenblicke später ihre Stimme in der Leitung.

»Mama, ich muss dir etwas sagen.« Ich merke, wie der Kloß in meinem Hals auf die etwa doppelte Größe anschwillt, und schlucke heftig dagegen an.

»Was denn, Kind? Du hast dich ganz schön rar gemacht die letzten Tage. Wenn wir schon mal hier sind … Geht es um die Hochzeit?«

»Auch.« Mir treten nun wirklich Tränen in die Augen. »Mama, bitte lass mich ausreden. In Ordnung? Nur dieses eine Mal.«

»Aber ich lasse dich doch immer ausreden!« Sie klingt empört.

»Mara, ich bitte dich.« Mir war nicht klar, dass mein Vater mithört, aber vielleicht ist das ganz gut so.

»Na gut. Was gibt es, Kind?«

Ich hole tief Luft, sammle meinen ganzen Mut und ändere plötzlich meine Meinung. »Wo seid ihr? Könnt ihr bitte herkommen?«

Ich höre ihr überraschtes Atmen in der Leitung. »Jetzt?«

»Ja«, sage ich leise, und Nina drückt meine Hand ganz fest.

»Na gut«, sagt meine Mutter nach kurzem Zögern. »In zwanzig Minuten sind wir da.«

Wir legen auf, und ich zittere mit einem Mal am ganzen Körper. Ich habe unglaubliche Angst vor dem klärenden Gespräch, das nun folgen wird. Nina tut ihr Bestes, um mich zu beruhigen, aber ich werde mit jeder Sekunde hibbeliger. Als es nach etwas mehr als zwanzig Minuten schließlich an der Tür klingelt, zucke ich zusammen. Beruhigend streicht Nina mir über die Schulter. »Ich mach schon auf«, sagt sie leise, und ich nicke dankbar. Ich höre ihre Stimmen im Flur, und als meine Mutter einige Sekunden später den Kopf durch die Tür streckt, zuckt sie erschrocken zusammen.

»Kind! Wie siehst du denn aus? Was ist passiert?«, ruft sie erschrocken, und auch mein Vater reißt die Augen auf, als er mich sieht. Anstatt mich zu umarmen, scheinen beide wie erstarrt, und eigentlich ist es mir auch ganz recht so. Ich warte, bis sie sich hingesetzt haben und mich aus großen Augen fragend ansehen. Dann beginne ich.

»Mama, vor etwas mehr als drei Wochen ist etwas passiert.«

Ihr Mund formt sich zu einem kleinen O, und sie schluckt. Sagen tut sie nichts, und dass ist für meine Mutter wirklich außergewöhnlich.

»Als ich Peter in seiner Kanzlei besuchen wollte …«, setze ich an, werde nun aber doch von ihr unterbrochen.

»Du meinst James?«, fragt sie, und mein Vater stößt sie mit dem Ellenbogen an. »Du wolltest sie zu Ende erzählen lassen«, sagt er, und ich bin ihm dankbar. Dennoch antworte ich auf ihre Frage. Es passt ganz gut.

»Ich meine Peter, Mama«, sage ich ruhig, und sie zieht die Nase kraus. Also spreche ich schnell weiter. »Denn Peter und James sind nicht ein und dieselbe Person.«

Dann erzähle ich meinen Eltern, was in den letzten Wochen wirklich vorgefallen ist. Ich verschweige ihnen kein Detail, angefangen bei der Kleideranprobe, über Peters Betrug und meine Suche nach einem geeigneten Ehemann bis hin zu den Drohbriefen und dem Stein in meiner Wohnung. Dann erzähle ich, was heute in Peters Wohnung geschehen ist. Nur meine Zeit mit James halte ich so knapp wie möglich. Ich will nicht über das nachdenken, was ich hatte, und verloren habe. Womöglich für immer. Als ich fertig bin, sehe ich meinen Eltern in die Augen. Der Brustkorb meiner Mutter hebt und senkt sich schnell hintereinander, und ihre Lippen beben. Mein Vater hat die Hände so fest zu Fäusten geballt, dass die Fingerknöchel sich weiß abzeichnen. Er hat den Kopf gesenkt, während meine Mutter mir direkt ins Gesicht sieht.

»Und das ist alles wahr?«, flüstert sie mit einem Mal erstickt. Ich nicke stumm.

»Also, dass … ich kann … Kind, diese ganze Sache wegen Gertis Erbe?« Der Schock zeichnet sich deutlich auf ihrem Gesicht ab.

»Mama, es tut mir leid«, wispere ich, und meine Augen brennen.

»Was tut dir leid? Dass du uns belogen hast? Uns verschwiegen hast, dass du in großer Gefahr warst?« Ihre Stimme klingt tonlos. Auch wenn sich mein Inneres aufbäumt, muss ich zugeben, dass sie in gewisser Weise recht hat. »Mama, ich wollte nicht, dass ihr Gertis Erbe verliert. Meinetwegen.« Meine Stimme klingt erstickt.

»Gertis Erbe?«, kommt es fassungslos zurück.

»Ja«, antworte ich leise und beschämt.

»Ich glaube, wir sollten jetzt gehen«, sagt meine Mutter kühl, und ich stehe auf.

»Was?«

»Wir müssen los«, wiederholt sie, und ich schlucke. Mit dieser Reaktion hätte ich in keinem Fall gerechnet.

»Sind Sie sicher?«, fragt Nina, und ihre Stimme klingt kritisch.

»Ja, bist du dir wirklich sicher, Mara?« Mein Dad sieht sie an, und sie nickt. Also seufzt er und steht auf. Aber anstatt ihr zur Tür zu folgen, kommt er auf mich zu und bleibt vor mir stehen.

»Wir sehen uns, mein Schatz«, sagt er leise und küsst mich auf die Wange. Dann verlassen meine Eltern die Wohnung. Eine Träne löst sich aus meinem Auge, bleibt an meiner Wimper hängen, bevor sie schlussendlich auf meine Wange tropft. Mit dem Handrücken wische ich sie weg und sehe Nina an, die den Kopf schüttelt. »Deine Mutter ist wirklich krass!«

Nina kümmert sich rührend um mich. Sie bereitet mir ein kleines Abendessen zu und steckt mich in die Badewanne. Als ich wieder rauskomme, hat sie einen Film eingelegt, und als er zu Ende ist, steckt sie mich ins Bett.

»Ich bleibe heute Nacht bei dir.«

»Aber geht das denn? Wegen deiner Familie?«, frage ich zaghaft, und sie zuckt mit den Schultern.

»Die sind sowieso sauer auf mich. Wegen dem Gericht und so. Morgen gehen wir dann zusammen zur Polizei, und dann wird auch das vermutlich schnell geklärt sein.«

Ich schlinge meinen Arm um Nina und schmatze ihr einen dicken Kuss auf die Wange. »Du bist die beste Freundin auf der ganzen Welt!«

In dieser Nacht habe ich das erste Mal seit meinem Auszug bei James keine Angstträume mehr und wache am Morgen erholt auf. Die Schmerzen sind schon deutlich weniger geworden, und ein tastender Griff in mein Gesicht verrät mir, dass die Schwellung ebenfalls bereits abklingt. Neben mir im Bett entdecke ich Nina und auch Pillow.

Ein Lächeln gleitet über meine Lippen, bevor die ganzen Ereignisse des gestrigen Tages mich wieder einholen und ich erzittere. Es wird wohl eine Weile dauern, bis ich mich davon erholt haben werde.

Ich stehe vorsichtig auf, um die beiden anderen nicht zu wecken, strecke meine schmerzenden Glieder, begutachte und versorge die Scheuerstellen von den Seilen und bereite ein kleines Frühstück für uns drei zu. Dann wecke ich Nina und meinen Kater, und wir frühstücken gemeinsam. »Du hast aber einen

Hunger!«, zieht Nina mich auf, als ich bereits das vierte Aufbackbrötchen in mich hineinstopfe.

»Ich habe ja auch einiges hinter mir«, gebe ich lächelnd zur Antwort und kaue genüsslich. »Außerdem muss ich mich stärken, bevor wir zur Polizei gehen.«

»Das verstehe ich natürlich.« Nina nickt und bewegt ihre Zunge in einer Backe hin und her, bevor sie mich ansieht. »Ich hoffe wirklich, dass ich dadurch entlastet bin.«

Empört fahre ich auf. »Wenn die dir weiter was anhängen wollen, dann bekommen sie es mit mir zu tun!«

Nina lacht. »Du hast fürs Erste genug Abenteuer erlebt, meine Liebe. Halt dich mal zurück.«

Später im Auto versuchen wir, die angespannte Stimmung durch laute Musik aufzubessern. Als wir dann am Police Department ankommen, braucht es aber trotzdem einen Moment, bis wir den Mut aufbringen hineinzugehen. Als ich dann nach Chief Bond frage, werden wir sofort in sein Büro geführt, wo er uns freundlich willkommen heißt. »Wie geht es uns denn heute?«, fragt er mich und lächelt sein väterliches Lächeln.

»Ich glaube, der Schock sitzt immer noch«, erkläre ich und zucke mit den Schultern. »Ansonsten würde ich wohl heulend in der Ecke liegen.«

Dann beginnt die Befragung. Sie dauert nicht lange, weil die Polizisten sich Peters Datei inzwischen auch angesehen haben. Sie beweist seine Schuld. Erst jetzt erfahre ich den vollen Umfang von Ninas Beteiligung an meiner Rettung gestern Abend. Ich greife nach ihrer Hand und drücke sie fest. Außerdem wird klar, dass Nina nun wirklich in vollem Umfang entlastet ist und sogar noch eine Entschädigung von Peter ausgezahlt bekommen wird.

»Ha! Da springt für mich ja sogar noch was raus.« Sie lacht, und ich merke, dass sie mir helfen will, mit meinen Schuldgefühlen umzugehen.

»Du bist wirklich die beste Freundin der ganzen großen weiten Welt«, erkläre ich.

Nachdem alles zu Protokoll gegeben ist, erklärt Bond, dass er mir rechtzeitig vor dem Gerichtstermin Bescheid geben wird, und dann sind wir auch schon entlassen. Heute schaue ich mich das erste Mal entspannt in diesem Gebäude um. Ist ja klar, dass das in der letzten Zeit nicht so möglich war.

Gerade als wir die Glastür am Haupteingang öffnen, erkenne ich in der Spiegelung des Glases etwas. Oder besser gesagt jemanden. Jemanden, der mein Herz zum Rasen bringt. Quasi von Null auf Hundert in zwei Sekunden.

Ich bleibe abrupt stehen und schnelle auf dem Absatz herum. James sieht mir mitten ins Gesicht. Als sich unsere Blicke kreuzen, habe ich das Gefühl, keine Luft zum Atmen mehr zu haben. Er mustert mich. In seinen Augen erkenne ich Schock, Wut und etwas anderes, Tieferes. Die Welt hört auf, sich zu drehen, und alles, was ich sehe, sind diese Augen. Der Blick in ihnen ist so unergründlich und tief, dass ich glaube, darin zu versinken.

Kapitel 20

Das Leben ist voller Offenbarungen.

Mary Christmas Parker

»Ich habe wirklich alles versaut«, bringe ich zum ungefähr hundertsten Mal unter Schluchzen hervor, seitdem wir das Police Department verlassen haben.

»Hey, Mary«, Nina versucht verzweifelt, mich ein wenig aufzubauen. »Es gibt doch immer noch eine Chance.«

Ich schüttle den Kopf. »Wie sollte er mich noch wollen? Vielleicht hat er das ja auch nie!«

»Also das glaubst du doch wohl selbst nicht, oder?«, fragt Nina streng. Ich zucke die Achseln, und sie seufzt.

»Mary, der Mann musste sich nicht aus reiner Nächstenliebe als dein Verlobter ausgeben. Glaub mir, da war mehr. Ein Mann küsst eine Frau nicht einfach nur so zum Spaß.«

»Ja, vielleicht bis er gemerkt hat, dass ich denke, er hat eine Freundin.« Und wieder schluchze ich los.

Nina redet beruhigend auf mich ein, aber selbst diese Seele von Freundin kann ihre Ungeduld nicht ganz verbergen. Die Tränen laufen irgendwann nur noch still, und ich komme mit dem Wischen nicht mehr hinterher, als es an der Tür klingelt. Wir sehen uns verwirrt an.

»Wer könnte das denn jetzt sein?«, fragt Nina leise, und ich zucke wieder sehr hilfreich mit den Achseln.

»Keine Ahnung«, schniefe ich, stehe dann aber doch vom Sofa auf, um nachzusehen.

Mit langsamen Schritten schlurfe ich zur Tür und öffne. Ich habe eigentlich nichts erwartet, aber dennoch klappt mir die Kinnlade herunter, als ich meine Tante Gertrud sehe.

»Gerti?« Ich sehe aus meinen tränenverschleierten Augen genauer hin und erschrecke. Sie sieht furchtbar aus. Vielleicht fast genauso schrecklich wie ich. Ihre Augen sind rot, und ihre Nase wirkt auf mich geschwollen. Ihr Haar ist durcheinander, und sie zittert am ganzen Körper.

»Tante, was machst du hier?«, rufe ich erschrocken und öffne die Tür weiter.

»Mary, Kind, darf ich bitte reinkommen? Ich muss unbedingt mit dir sprechen!« Nicht nur ihre Hände zittern, sondern auch ihre Stimme, und in meinem Innern breitet sich eine namenlose Angst aus. Was, wenn jemand gestorben ist?

»Komm rein. Was ist denn nur geschehen?« Ich führe meine zitternde Tante zum Sofa. Nina sieht erschrocken auf, als wir kommen, und geht dann in meine kleine Küchenzeile. Gleich darauf höre ich den Wasserkocher und lächele dankbar. Eine gute Tasse heißer Tee ist genau das, was meine Tante jetzt braucht.

Bleich und schweigend sitzt sie in sich zusammengesunken auf dem Sofa und starrt ins Leere. Ich kann meine Unruhe kaum beherrschen und trommle mit den Fingern auf meinen Oberschenkeln herum. Als Nina mit einer Tasse zu uns tritt, aus der ein dampfiger Geruch von Zimt und etwas Fruchtigem aufsteigt, schüttelt sie abwehrend den Kopf.

»Tante, so sag mir doch bitte, was los ist!« frage ich verzweifelt.

»Es tut mir so furchtbar leid, Mary!« flüstert meine Tante nun tonlos.

»Was, Tante?«, frage ich, und in diesem Moment habe ich wirklich keine Ahnung, was sie meinen könnte.

»Es ist alles meine Schuld«, sagt sie, meine Frage ignorierend, während ihr Tränen über die Wangen laufen. »Deine Eltern haben mir den Kopf gewaschen.«

In diesem Moment macht es bei mir klick. Darauf hätte ich auch früher kommen können, ehrlich.

»Tante …«, setze ich vorsichtig an, als sie mich auch schon wieder unterbricht.

»Ich habe ihm einfach nicht geglaubt.« Ich mustere sie aufmerksam und warte, bis sie weiterspricht. »Als dieser … Mann bei mir angerufen hat, habe ich ihm einfach nicht geglaubt.«

Ich atme scharf ein. Daran habe ich noch gar nicht gedacht. Ich habe mir keine Gedanken darüber gemacht, wie meine Tante auf den Anruf von Peter wohl reagiert hat. Offenbar ganz anders als erwartet.

»Du hast ihm also nicht geglaubt?«, hake ich zögernd nach, und sie schüttelt den Kopf.

»Ich habe es für einen schlechten Scherz gehalten! Ich kannte doch die Stimme von deinem Verlobten und … ich habe es einfach nicht geglaubt. Ich meine, ich habe schon gemerkt, dass ich es im Restaurant etwas übertrieben habe, und gedacht, das wäre die Retourkutsche.« Sie wird rot. »Ich habe mich echt geschämt. Und ich war sauer, weil ich dachte, ihr habt dafür einen Freund engagiert und lacht jetzt über mich. Ich hätte dich nie absichtlich in Gefahr gebracht! Glaub mir bitte!«

Eine Welle von Mitleid überschwappt mich. Nachdem nun alles vorbei ist, tut mir meine Tante leid. Sie muss sich wirklich schrecklich fühlen. In mehr als einer Hinsicht. Als hätte sie meine Gedanken gelesen, spricht sie weiter.

»Es tut mir so leid, dass du dich dazu gezwungen gefühlt hast, einen Ehemann zu suchen wegen meines Erbes. Es tut mir so leid, dass du meinetwegen in Gefahr geraten bist.«

Sie greift nach meiner Hand und fährt mit den Fingern leicht über die Mullbinden, mit denen Nina die wunden Stellen verbunden hat, die von den Seilen zurückgeblieben sind. Dann betrachtet sie mein Gesicht und die dortigen Blessuren. »Tut es sehr weh?«

Hm … Mit dieser Entschuldigung hätte ich nicht gerechnet, aber das ist dieser Tage ja nichts Neues, nicht wahr?

»Nicht der Rede wert«, winke ich ab und ignoriere das protestierende Pochen der Wunden. Ich kann ihr trauriges Gesicht kaum ansehen und versuche, sie zu beruhigen. Allerdings gibt es da eine Frage, die mir auf dem Herzen brennt.

»Aber warum eigentlich diese Auflage wegen des Erbes, Tante Gertrud?«, traue ich mich endlich zu fragen. Meine Tante schluckt, aber ihr Atem geht ruhiger. Dennoch zittert ihre Stimme, als sie mir antwortet.

»Ach Mary, ich glaube, ich bin dir diese Erklärung wirklich schuldig.« Sie klingt so traurig, wie sie aussieht und wie ich es noch nie bei ihr erlebt habe. Aber sie hat recht, was die Erklärung angeht. Seit Jahren weiß ich, dass ich bis zu meinem fünfundzwanzigsten Geburtstag den Mann fürs Leben gefunden haben muss, wenn ich das Geld meiner Tante erben will, und ich habe mich immer gefragt, warum.

»Mary, ich mache mich dann mal eben auf den Weg«, flüstert Nina mir ins Ohr, und ich nicke. Sie verabschiedet sich von meiner Tante und winkt mir zu, bevor sie aus der Wohnung verschwindet. Wir haben es nicht verabredet, aber ich bin ihr dankbar für die Privatsphäre, die sie uns lässt. Ich weiß, dass ich sie nachher anrufen muss, um ihr alles zu erzählen, was ich jetzt wohl gleich erfahren werde.

»Also Tante, bitte …«

Tante Gerti wiegt den Kopf mit geschlossenen Augen hin und her. Aber dann überwindet sie sich und beginnt zu sprechen.

»Mary, Liebes, diese Geschichte ist sehr persönlich, aber ich werde sie dir erzählen, weil ich glaube, dass du sie hören musst, um mich verstehen zu können.«

Nun bin ich wirklich gespannt. Ich schlucke und mustere meine Tante ganz genau. Was kann sie mir wohl so Wichtiges zu erzählen haben, das es ihr so schwerfällt? Sie holt noch ein paarmal Luft, und dann legt sie los.

»Weißt du, ich war noch ein sehr kleines Mädchen, als meine Mutter mir das erste Mal von dem großen Familienerbe erzählte, dass ich als Älteste einmal erben würde, und mir sagte, dass ich mich, wenn ich erwachsen wäre, vor Männern in Acht nehmen sollte, die mehr an meinem Geld als an mir interessiert wären. Ich war noch zu klein, um zu verstehen, was sie damit meinte.«

Ich bin verwirrt und sehe meine Tante fragend an. Mir ist klar, dass diese Geschichte für sie eine tiefe Bedeutung haben muss, und ich bin wirklich gespannt, wie es weitergeht.

»Erzähl weiter, Tante«, bitte ich.

»Nun ja, ich wurde älter, und mit der Zeit begannen die jungen Männer, sich für mich zu interessieren.«

Ihre Augen glitzern ein bisschen bei der Erinnerung, aber dann schiebt sich ein trüber Schleier vor das Glitzern, als sie weiterspricht. »Es waren viele Männer, aber unter ihnen war nicht einer, den ich hätte heiraten wollen. Es war nur Spaß. Ich wurde allerdings nicht jünger, und irgendwann wurde mir klar, dass es an der Zeit war, etwas Richtiges zu beginnen. Eines Tages, ich war gerade einunddreißig, trat Bill Evens in mein Leben.«

Bill Evens. Diesen Namen habe ich noch nie zuvor gehört. Wer mag dieser Mann gewesen sein, und was ist wohl aus ihm geworden? Ich schlucke und warte gespannt auf die nächsten Worte, die vielleicht die Antwort auf diese Fragen enthalten werden. Gertis Stimme bebt, und ich erkenne Tränen in ihren Augen.

»Er war alles, was sich eine Frau wie ich nur wünschen konnte. Er war reich, attraktiv, und er mochte mich. Zumindest dachte ich all das.«

Eine Träne löst sich aus den Augenwinkeln meiner Tante und bahnt sich einen Weg über ihre leicht runzlige Wange. Ihre Tränen werden von denen in meinen Augen gespiegelt, denn ich kann mir vorstellen, in welche Richtung diese Geschichte verlaufen wird.

»Ich war so verliebt«, fährt meine Tante stockend fort, und ich nicke verstehend. »Er war so liebevoll und charmant. Ich hatte das Gefühl, für ihn etwas ganz Besonderes zu sein. Er rief mich an, führte mich zum Tanzen aus und umwarb mich nach allen Regeln der Kunst.«

»Was passierte dann?«, hake ich nach, als sie in Schweigen versinkt, und sie zuckt leicht zusammen, als hätte sie vergessen, dass ich noch da bin. »Meine Eltern misstrauten ihm. Sie fanden, ich sei zu alt und nicht hübsch genug, als dass sich ein Mann für mich interessieren könnte.«

»Wie gemein!«, entfährt es mir wütend. Nie hätte ich meine Großeltern für so grausam gehalten. Wie kann man so etwas zu seinem eigenen Kind sagen?

»Ich glaube, sie meinten es nur gut.« Meine Tante seufzt. »Mein Vater ließ Bill von einem Privatdetektiv durchleuchten, und der fand heraus, dass Bill überhaupt nicht reich war. Er war ein Hochstapler, und Vater war überzeugt davon, dass Bill nicht mich wollte. Das sagte er mir ganz offen. Ich war überzeugt davon, dass er log oder wenigstens im Unrecht war. Ich verteidigte den Mann, den ich liebte, und sagte, ich würde Bill heiraten, egal was meine Eltern täten oder dächten. Ich war von seiner Unschuld überzeugt.«

Ich ahne, was jetzt kommen wird, aber ich kann nicht sprechen. Ich will sie auch nicht unterbrechen. Es fällt ihr ganz offensichtlich auch ohne Unterbrechungen schon schwer genug.

»Vater schloss mich vom Erbe aus. Alles sollte deinem Vater zufallen, wenn ich darauf bestehen würde, Bill zu heiraten. Aber ich wollte ihn so sehr, dass es mir gleich war. Ich ging zu Bill, sagte ihm, wie sehr ich ihn liebte und dass ich ihn auch ohne mein Erbe und die Zustimmung meiner Familie heiraten würde.«

Jetzt bebt sie am ganzen Körper, und ich kann mir nur vorstellen, wie lange das in ihrem Innern geschmort haben muss. Ich setze mich neben sie und lege ihr den Arm um die Schultern. Als sie weiterspricht, bricht ihre Stimme.

»Er sagte, er sagte … dass ich ein altes Dummchen sei. Er werde sich doch nicht so verschenken an eine Frau, die nichts habe und vermutlich nie etwas haben werde. Dann ließ er mich stehen. Ich sah ihn nie wieder.«

Ich bin schockiert. Ich kann nicht anders, als meine arme alte Tante fest in die Arme zu schließen. Sie weint an meiner Schulter, und ich kann kaum glauben, dass sie all die Jahre diese Geschichte mit sich herumgetragen hat.

»Es tut mir so leid, Gerti«, flüstere ich in ihr dünnes Haar und halte sie, so fest ich nur kann. Ich will sie abschirmen von diesem schrecklichen Schmerz. Von der seelischen Grausamkeit dieses elenden Halunken. Tränen des Mitleids fließen aus meinen Augen in ihr Haar.

»Es tut mir ja so unendlich leid!«

Es dauert eine Weile, bis sie sich beruhigt hat, aber dann werden die Schluchzer weniger, und sie nimmt das Taschentuch, das ich ihr reiche.

»Und du hast ihn wirklich nie wiedergesehen?«, frage ich, und sie schüttelt den Kopf.

»Nie. Ich habe Jahre später allerdings gehört, dass er eine reiche, junge Frau geheiratet hat.«

So ein mieser Typ. Ich kann es wirklich kaum glauben. Wie kann man nur so falsch sein?

»Ich wollte nur verhindern, dass dir dasselbe geschieht wie mir.« Gerti schnieft und sieht mich flehend an. »Ich wollte, dass du beizeiten daran denkst, dir den richtigen Mann zu suchen. Mara hat mir erzählt, was dir passiert ist, und offensichtlich ist ja alles noch viel schlimmer geworden!«

»Aber das ist nicht deine Schuld, Tante!« Jetzt verstehe ich so vieles. Verstehe ihre Auflagen zum Thema Erbe und kapiere auch, warum sie James einem Test unterzogen hat, als wir essen waren. Sie wollte, dass es meinem Mann um mich geht, und nicht um das Geld. Meine ganze Wut ist zwar schon längst verraucht, aber nun habe ich das Gefühl, noch eine Last würde von meinen Schultern genommen.

»Vielleicht war es wirklich nicht meine Schuld.« Sie schluckt. »Aber ohne meine Auflagen hättest du diesem Peter nie davon erzählt.«

»Oh«, an dieser Stelle kann ich sie zum Glück beruhigen, »ich hatte Peter völlig unabhängig von dem Erbe erzählt.«

Mit einem Mal huscht ein Lächeln über ihr Gesicht.

»Dann war es also *wirklich* nicht meine Schuld?«

»Nein!«, bestätige ich und wische mir eine Träne aus den

Augenwinkeln. »Anscheinend haben wir einfach ein Händchen für Ganoven«, versuche ich zu scherzen, aber meine Tante wird sofort wieder ernst.

»Nein Mary, das glaube ich nicht.«

»Wie meinst du das?«, erkundige ich mich.

Sie zögert und fragt dann: »Wo ist eigentlich James?«

Ich schlucke wieder. Diese Frage schmerzt mich mehr, als ich zugeben möchte.

»Er hat mir nur einen Gefallen getan. Es war nur eine Lüge.«

»Das glaubst du doch wohl selbst nicht!«, ruft Gerti entrüstet, und ihre Augen funkeln mit einem Mal wieder. »Wer euch beide beim Abendessen gesehen hat, weiß, dass er dir nicht nur einen Gefallen getan hat!«, sagt sie energisch und schaut mich streng an. »Da war so viel Bewunderung und Stolz in seinen Augen, wenn er mit dir sprach. Mary, James ist kein Lügner. Er ist einer von den Guten!«

»Ich weiß«, flüstere ich tonlos und sehe ihr nicht in die Augen. »Aber ich glaube, dass ich ihn nicht verdient habe. Ich habe ihn immer und immer wieder von mir weggestoßen.« Diese Wahrheit ist so schrecklich, dass ich nicht glaube, dass ich sie in den nächsten Jahren werde verdauen können. »Ich werde eine einsame alte Dame mit vielen kleinen Pillows werden, aber anders als du bin ich selbst schuld.«

»Ach papperlapapp!«, wiegelt meine Tante ab und wedelt meine Bedenken mit einer schnellen Handbewegung quasi weg. »Der Junge hat in dir genau die richtige Frau gefunden, und wenn er so klug ist, wie ich glaube, dann weiß er das auch ganz genau. Außerdem«, fügt sie augenzwinkernd hinzu, »bin ich die einzige alte Katzenlady in dieser Familie, verstanden?«

Ich schmunzle kurz, bin mir aber noch immer unsicher. James ist wahrscheinlich viel zu klug, um mich zurückzunehmen. Meine Tante wirkt allerdings so überzeugt, dass es mir schwerfällt, an meinen gesunden, schützenden Zweifeln festzuhalten.

»Kind, du musst mit ihm sprechen!«, sagt sie eindringlich. »Du musst die Liebe finden, die ich leider nicht mehr finden konnte.«

Beinahe bittend umfasst sie dann mein Kinn und sieht mir in die Augen. »Bitte Mary. Werde glücklich und beweise, dass es noch wahre Liebe und gute Männer auf der Welt gibt.«

Die Geschichte meiner Tante hat mich tiefer getroffen, als sie es vielleicht ahnt. Ihren Schmerz zu sehen, hat mir bewusst gemacht, was Liebe bedeutet. Eben nicht nur das Glück der erfüllten Liebe aus den Romanen, sondern auch den tiefen, unermesslichen Schmerz der unerwiderten Liebe. Dass meine Tante diese Tatsache am eigenen Leib erfahren musste, kann ich leider nicht mehr ändern. Aber vielleicht kann ich ja etwas anderes für sie tun. Ich sehe sie mit tränennassen Augen liebevoll an und gebe ihr das einzige Versprechen, von dem ich weiß, dass ich es halten kann.

»Ich werde es versuchen!«

Kapitel 21

Es gibt so vieles zu bedenken,
damit man wirklich nichts vergisst.
Und mancher wünscht sich schon seit Wochen,
dass alles bald vorüber ist.

Aus Weihnachtsstress von Monika Peschel

Am vierundzwanzigsten Dezember wache ich mit einem mehr als unguten Gefühl in der Magengegend auf. Heute ist mein Geburtstag. Ich bin jetzt fünfundzwanzig Jahre alt, und nichts ist so, wie ich es mir für mein neues Lebensjahr erhofft hatte.

Langsam steige ich aus dem Bett und fühle mich innerlich absolut leer. Ein neues Lebensjahr sollte doch eigentlich etwas absolut Besonderes sein, oder nicht? Der Geburtstag ein Tag der Freude und des Feierns? Stattdessen habe ich in diesem Jahr nichts von dem erreicht, was ich eigentlich geplant hatte. Ich habe kein Buch geschrieben, meine Verlobung ist geplatzt, ich wurde von meinem Exverlobten hintergangen und erpresst, und eigentlich gehe ich jetzt sogar schon auf die dreißig zu. Alles in allem ist das kein angenehmer Auftakt für diesen Tag. Immerhin wurde Peter geschnappt, und mein neues Lebensjahr beginnt ohne Angst. Das könnte man also durchaus als Erfolg werten.

Ich tapse barfuß in die Küche und stelle Pillow sein Futter hin. Dann sehe ich mich um. Nichts an dieser Wohnung verrät, dass heute Weihnachten ist, und dabei kommt doch meine Familie heute Abend. Meine Mutter wird entsetzt sein, wobei sie sich seit der Geschichte mit James, Peter und alldem doch deutlich zurückhält. Ich glaube, ihr ist einiges klarer geworden, aber wir werden ja sehen, wie lange das vorhalten wird.

Pillow streicht mir schnurrend um die Beine, als würde er spüren, dass ich eigentlich so gar nicht in Weihnachtsstimmung bin. Nicht einmal einen Baum habe ich, und das macht mich noch trauriger. Gerade als ich mit einem Bauchplatscher in ein waschechtes Geburtstagstief fallen kann, klingelt es an der Tür. Wer kann das denn sein so früh am Weihnachtsmorgen? Gut, am Weihnachtsmorgen in Deutschland. Hier bei uns in den Staaten könnte es eigentlich jeder sein. Der Postbote?

Von Nina weiß ich, dass ihre Mutter und ihre Schwester nebst Verlobtem völlig ausflippen und sie in den Wahnsinn treiben. Es könnte also durchaus sein, dass meine beste Freundin bei mir reinschneit. Ich reiße also schwungvoll die Tür auf und pralle dann erschrocken zurück, als ich einem Tannenbaum … na ja … ins grüne Gesicht sehe.

Es dauert einen Augenblick, bis ich das Gesicht meinem Vater zuordnen kann, der in dem Tannenbaum oder besser, zwischen seinen Nadeln steckt und mich schnaufend ansieht.

»Happy Birthday, Schätzchen. Wo soll der Baum hin?«, begrüßt er mich mit einem hochroten Kopf.

»Der Baum?«, echoe ich und sehe immer noch fassungslos auf das Gewirr aus Mann und Baum.

»Natürlich der Baum.« Hinter dem seltsamen Wesen aus Baum und Vater taucht nun der Kopf meiner Mutter auf. Sie trägt tatsächlich wieder eine Weihnachtsmannmütze auf dem Kopf. »Nun frag doch nicht so stupide, Kind. Mir war klar, dass du nach dem Stress der vergangenen Wochen keine Zeit gehabt hast, dich wirklich um Weihnachten zu kümmern. Übrigens: Happy Birthday, Liebes.«

Sie drängt sich an meinem Vater und dem exorbitant großen Baum vorbei die Treppe hinunter in meine Wohnung und schmatzt mir einen knallenden Kuss auf die Wange.

»Alles Gute zum Geburtstag, Herzblatt«, wiederholt sie ihre Glückwünsche, stemmt die Hände in die Seiten und sieht sich um. »Ich habe es mir doch gedacht. Keine Weihnachtsdeko. Nun lass uns mal rein, damit wir hier alles schön weihnachtlich gestalten können.«

Ich fühle mich völlig überrannt und taumle benommen einen Schritt zur Seite, während meine Mutter meine Wohnung stürmt, als wäre sie ein Feldmarschall und meine arme Wohnung das Land, das es zu erobern gilt.

Nur am Rande bekomme ich mit, wie Pillow beim Anblick des grünen Ungetüms sehr ungehalten wird. Fauchend verschwindet er in meinem Schlafzimmer und versteckt sich bestimmt unter meinem Bett. Währenddessen scheucht mich meine Mutter ins Bad und meinen Vater ins Wohnzimmer. Als mir klar wird, dass gerade Hurrikan Mutter durch meine Wohnung wuselt, verfalle ich in Renngalopp, was meine morgendliche Routine angeht.

Katzenwäsche, Zahnpasta kauen, einmal mit der Bürste durch die Haare, fertig. Dann eile ich so schnell wie möglich auf den Flur und erstarre. Meine Mutter muss unheimliche Kräfte haben, denn schon jetzt meine ich, die Wohnung kaum wiederzuerkennen. Aus dem Wohnzimmer schallt mir stimmungsvolle Weihnachtsmusik entgegen, und die Bilderrahmen im Flur sind bereits mit roten Schleifen und Tannenzweigen geschmückt. Ich husche ins Wohnzimmer und bleibe auch hier wieder wie angewurzelt stehen. In der Ecke neben meinem Fernseher dirigiert meine Mutter meinen Vater und den Weihnachtsbaum hin und her, bis sie wohl glaubt er stehe am perfekten Platz. Mit einem strahlenden Lächeln im Gesicht dreht sie sich zu mir um und gestikuliert aufgeregt.

»Schau, ist der Baum nicht wunder-wunderschön?«

Ich muss es zugeben, aber bei seinem Anblick schießen mir unwillkürlich Tränen in die Augen, weil ich an Ferdinand, den traumhaften Weihnachtsbaum denken muss, den ich mit James zusammen gekauft und geschmückt habe.

»Er ist wirklich schön, Mama«, bringe ich mühsam hervor,

und beim Lächeln läuft mir ein kleines salziges Rinnsal aus dem Auge und bleibt schlussendlich an meiner Nasenspitze hängen, wo ich es mit meinem Handrücken einfange. Ja, dieses Weihnachten wird wirklich etwas ganz Besonderes werden.

Während ich so meinen Gedanken nachhänge, lässt meine Mutter nichts anbrennen. Sie fegt durch meine Wohnung wie ein Brummkreisel und hat irgendwoher unseren alten Baumschmuck aufgetrieben, mit dem sie nun den großen Baum füllt. Ich komme mir hier sehr fehl am Platz vor und entscheide deswegen, noch ein wenig in die Stadt zu fahren, um für heute Abend ein paar Geschenke zu besorgen. Ja, ich gehöre zu den Menschen, die auf den letzten Drücker einkaufen, und dass ich in den vergangenen Wochen nicht an Geschenke gedacht habe, ist ja wohl mehr als klar. Also verabschiede ich mich und verschwinde nach draußen. Allerdings nicht ohne von meiner Mutter noch den Auftrag zu bekommen, frischen Plätzchenteig aus dem Kühlregal mitzubringen.

Ich fahre in die Stadt und stelle wieder einmal fest, dass ich ja wohl nicht die Einzige sein kann, die auf den letzten Drücker einkauft. Auch wenn hier eigentlich erst morgen der Trubel richtig losgeht, herrscht ein unglaubliches Theater. Die Straßen sind völlig überfüllt von Menschen, die sich anbrüllen, drängeln und so gar nichts von der gelassenen Ruhe an sich haben, die dieser festlichen Zeit doch immer nachgesagt wird. *Und das an einem Montag*, denke ich und schüttle den Kopf. Ich schiebe mich mit Müh und Not zwischen zwei wirklich dicken Frauen, die zwei noch dickere Kinderwagen vor sich herschieben, durch in die Mall, und erledige zuerst einmal das mit dem Teig, damit ich es nicht vergesse. Dann geht es los. Die Jagd auf Geschenke beginnt. Für Gerti finde ich vergleichsweise schnell einen hübschen Schal und ein paar farblich passende Ohrringe, und auch für meine Mutter ist es kein Problem. Sie bekommt von mir ein sündhaft teures Parfüm, von dem sie schon eine Ewigkeit lang schwärmt. Das größte Problem stellt für mich, wie in jedem Jahr, mein Vater dar. Schon als ich klein war, sagte er immer, er wünsche sich nur, dass ich ein braves Kind wäre, aber was wäre das denn bitte für ein bescheuertes Geschenk? Vor allem jetzt, da ich erwachsen bin.

Also habe ich in jedem Jahr einen Riesenstress damit, was ich ihm nur schenken soll. Auch in diesem Jahr streife ich durch die Abteilung mit den Herrendüften und werde einfach nicht fündig. Stattdessen finde ich das Deo, das James verwendet, und ehe ich mich versehe, habe ich es gekauft. Großartig, wirklich großartig. Als hätte es nicht gereicht, das Deo aus seiner Wohnung zu klauen. Ich stehe also mitten in der unglaublich großen Mall und weiß überhaupt nicht, wonach ich eigentlich genau suche. Kleiner Tipp: Das ist keine kluge Idee. Völlig verwirrt setze ich mich in das kleine Starbucks-Café gegenüber und überlege fieberhaft. Was würde sich mein Vater wohl wünschen? Was würde ich mir wünschen, wenn ich er wäre?

»Mary?«, ertönt da mit einem Mal eine bekannte Stimme neben mir, und ich springe hastig auf. Ein Glück, dass mein Kakao schon so gut wie leer ist.

»Michael!«, kreische ich und falle ihm lachend um den Hals. Vergessen ist das ungute Gefühl an den Tagen, die ich mit ihm verbracht habe, vergessen unser letztes Treffen, und vergessen, was sonst zwischen uns war. Ich freue mich einfach so unglaublich, ihn zu sehen. Auch er scheint vergessen zu haben, dass wir uns beim letzten Mal nicht gerade freundlich getrennt haben. Er strahlt mich an, und ich biete ihm an, sich doch zu mir zu setzen.

»Ich habe leider gar nicht viel Zeit. Aber ein paar Minuten gern«, erklärt er und lässt sich in den Sessel plumpsen. Dann schauen wir uns ein Weilchen schweigend an. Es ist kein unangenehmes Schweigen, aber wir überlegen wohl beide, womit wir anfangen sollen.

»Also, Mary, wie geht es dir?«

»Oh, du ahnst ja gar nicht, was du alles verpasst hast!« Ich erzähle in groben Zügen, was passiert ist, seit wir uns das letzte Mal gesehen haben. Dann werde ich aber mit einem Mal ernst, und in meinem Magen fühlt sich etwas seltsam an. Eigentlich würde ich es gern ignorieren, aber es ist noch etwas Wichtiges unausgesprochen, und ich glaube kaum, dass so eine perfekte Gelegenheit noch einmal kommen wird.

»Michael … Ich wollte dir noch sagen, wie leid mir alles tut«, bringe ich zögerlich heraus.

»Mary, nicht«, unterbricht er mich sanft und greift über den kleinen Tisch nach meiner Hand. »Es war mein Fehler, nicht zu erkennen, dass dein Herz nicht mir gehört und auch nie gehören wird. Inzwischen glaube ich, dass es so auch am besten war.« Er seufzt und fährt sich mit einer Hand durch die Haare. »Du hast mich vom ersten Moment an eine Frau erinnert, die mir einmal alles bedeutet hat. Ich habe mir eingebildet, in dich verliebt zu sein, aber ich weiß jetzt, dass ich es nicht war.«

Aha, na wenn das so ist. Irgendwie fühlt es sich nicht so schön an, das zu hören. Aber ich weiß, dass es gut ist. Ich sollte mich darüber freuen, dass er mir nicht nachweint.

»Wie geht es James?«, fragt er so freundlich, dass sich meine Hand um seine verkrampft. »Ich weiß es leider nicht«, antworte ich leise, und seine Augen weiten sich kurz. Dann drückt er meine Hand ermutigend und lächelt.

»Ich weiß zwar nicht, was zwischen euch passiert ist, Mary, aber ich bin sicher, dass es wieder gut wird. Ich kenne das Gefühl, wenn einem …«, er verstummt, und in seine lächelnden Augen tritt ein schmerzvoller Glanz. »Ich bin ganz sicher, dass da alles gut werden wird.«

Dann verabschiedet er sich schnell, und ich bleibe mit zwiespältigen Gefühlen zurück. Einerseits habe ich jetzt endgültig das Gefühl, dass nichts mehr zwischen uns steht, aber andererseits ist mir gerade wieder diese Trauer in seinen Augen aufgefallen. Michael braucht definitiv eine Frau. Ich beiße mir auf die Unterlippe und ermahne mich zur Geduld. Rom wurde ja schließlich auch nicht an einem Tag erbaut, nicht wahr? Ich sollte jetzt erst einmal weiter nach einem Geschenk für meinen Vater suchen.

Es dauert eine ganze Weile, aber irgendwann entscheide ich mich genervt für eine CD von einem seiner Lieblingsmusiker, und dazu schenke ich ihm noch ein Hörbuch. Bei diesen Geschenken kann ich wenigstens davon ausgehen, dass er sie auch benutzen wird. Als ich in der langen Schlange an der Kasse stehe, fällt mein Blick auf die Uhr. Es sind drei Stunden vergangen, und ich sollte wirklich dringend schauen, was meine Mutter meiner Wohnung angetan hat. Ich zahle und spurte los zu meinem Auto. Die Geschenke werfe ich auf den Beifahrersitz, und dann geht's ab nach Hause. Dort erwartet mich ein ganz anderes Bild als das, was ich vorhin zurückgelassen habe. Es ist geradezu idyllisch. Noch immer klingt leise Musik durch die Räume, und aus der Küche riecht es verlockend nach Gebackenem. Ich husche in mein Schlafzimmer und finde auch dort ein angenehmes Idyll vor. Anstatt unter liegt mein Katerchen nun auf dem Bett und schläft tief und fest. Aus meinem Schrank ziehe ich das Geschenkpapier hervor und verpacke meine Beute. Dann schlendere ich in die Küche und lege meiner Mutter den versprochenen Teig auf die Anrichte. Sie dreht sich kaum um.

»Das hat aber lange gedauert. Wo warst du bloß?«

Ehe ich antworten kann, hat sie sich schon den Teig geschnappt und beginnt, ihn zu bearbeiten. In meiner Küche bin ich also auch nicht mehr erwünscht. Der Blick ins Wohnzimmer verrät, dass hier wohl mal alles nach Plan verlaufen ist. Es sieht wirklich wunderschön weihnachtlich aus mit dem Baum, unter dem sogar schon Geschenke liegen. Schnell hole ich meine Päckchen und lege sie zu den anderen unter den Baum. Meine Stimmung ist noch immer aus denselben Gründen gedrückt, aber trotzdem sollte ich mir vielleicht ein bisschen bessere Laune zulegen. Immerhin ist heute mein Geburtstag.

Gerade in diesem Moment klingelt das Telefon, und als ich drangehe, sprudelt mir Ninas Stimme aufgeregt ins Ohr.

»Alles, alles Liebe zum Geburtstag, Maus! Ich bin so froh, dass es dich gibt, denn ansonsten würde ich einfach mal gepflegt ausrasten!« Sie holt tief Luft. »Wie ist dein Geburtstag bisher so?«

»Ziemlich verrückt«, erkläre ich und verziehe mich wieder ins Schlafzimmer. »Meine Eltern sind da.«

»Schon?« Nina klingt so überrascht, wie ich es heute Morgen auch war und es eigentlich auch noch bin, wenn ich ehrlich sein soll.

»Ja, sie sind heute Morgen aufgetaucht und machen meine arme Wohnung gerade weihnachtsfertig.«

»Oh, oh! Das klingt sehr übergriffig«, sagt Nina, und ich kann das Lachen in ihrer Stimme hören.

Auch ich schmunzle. »Das ist der zweite Name meiner Mutter, das weißt du doch.«

Wir lachen, und mir wird klar, dass ich die Einmischung meiner Mutter in diesem Fall eigentlich gar nicht so schlimm finde. Immerhin muss ich mir keine Gedanken machen, dass sie heute Abend ausflippt, weil die Wohnung nicht weihnachtlich genug geschmückt ist. Das hat durchaus etwas Erleichterndes.

»Mary, Kind, du solltest dich jetzt langsam umziehen.«

Als hätte sie gehört, dass wir gerade von ihr sprechen, steckt meine Mutter ihren Kopf zur Tür herein und schaut strafend, als sie sieht, dass ich telefoniere. »Du solltest fertig sein, wenn Gerti auftaucht.«

Eigentlich wollte ich ja was Bequemes anziehen, aber ich sehe ein, dass ich heute keine andere Wahl habe, wenn der Abend mit meiner Familie friedlich verlaufen soll. Also nicke ich.

»Nina, ich muss auflegen und mich für meine Familie schönmachen.«

»Steht es noch, dass wir uns dann nächste Woche sehen, wenn der ganze Rummel rum ist?«

»Absolut! Hab dich lieb!« Ich schmatze einen Kuss durch die Leitung und lege dann auf. Nina werde ich erst morgen frohe Weihnachten wünschen, wie in Amerika üblich. Grübelnd drehe ich mich einmal um mich selbst. So, was ziehe ich denn jetzt am besten an? Etwas Weihnachtliches macht meine Mutter bestimmt sehr glücklich. Mit zusammengekniffenen Augen stehe ich vor dem geöffneten Kleiderschrank und inspiziere kritisch meine Garderobe. Meine Augen bleiben an einem roten Kleid hängen, das ich bisher erst einmal getragen habe. Ich nehme den Kleiderbügel aus dem Schrank und lasse meine Finger sanft über den kühlen Stoff gleiten.

Dieses Kleid ist etwas ganz Besonderes. Es reicht mir bis knapp zu den Knien, das Oberteil ist eng geschnitten und schmiegt sich an meinen Körper. Ab der Taille fällt der Stoff dann aber locker und umspielt meine Beine absolut vorteilhaft. Insgesamt bin ich total verliebt in das Kleid, aber man bekommt nicht gerade oft die Möglichkeit, Rot zu tragen. Allgemein ist mir rot als Farbe zu kräftig, aber für Weihnachten passt es doch perfekt, oder?

Ein Paar schwarze Strumpfhosen, und das Haarband mit dem roten Stein werden meine Erscheinung bestimmt aufs Schönste vervollständigen. Ich dusche in Blitzgeschwindigkeit, packe eine Kur auf meine Haare und kann mich dann endlich anziehen und aufhübschen. Ich finde, das ist der schönste Teil am Vorbereiten auf eine Feier oder so. Ich ziehe die Strumpfhosen an und schlüpfe dann in das Kleid. Danach greife ich zum Fön und verpasse meinen Haaren eine absolut ungesunde Behandlung, die aber Wirkung zeigt. Als ich fertig bin und beinahe eine ganze Dose Haarspray verbraucht habe, fällt mein Haar in weichen Locken über meine Schultern, wird von meinem geliebten Haarband gehalten, und ich bin sehr zufrieden. Ich habe ja bereits erwähnt, dass meine Haare sich sonst standhaft weigern, in lockigem Zustand zu bleiben, und wenn sie es heute tun, dann ist das einfach eine Premiere.

Jetzt ist die Schminke dran. Eigentlich ist das der allerbeste Teil. Ich habe schon immer gern gezeichnet und stelle mir mein Gesicht wie eine Leinwand vor, die ich selbst gestalten kann. Ich beginne mit einer dezenten Grundierung. Darauf folgen Bronzer, Rouge und ein dezentes Augen-Make-up. Mein geliebter und unglaublich teurer Lippenstift, der perfekt zur Farbe des Kleides passt, vervollständigt das Gesamtbild. Ich lege mir noch eine schmale goldene Kette um den Hals und betrachte mich im Spiegel. Für eine Frau mit gebrochenem Herzen sehe ich eigentlich ausgesprochen gut aus.

Ich verlasse das Bad, gehe in den Essbereich und traue meinen

Augen kaum. Meine Mutter hat das Raclettegerät hervorgekramt und den Tisch gedeckt. Mit einem Mal fühle ich ein beinahe heimeliges Gefühl in mir aufsteigen. Eine Familie ist doch etwas Wunderbares.

Es klingelt an der Tür, und als ich öffne, steht Tante Gerti vor mir. Ihr Blick gleitet über mein Gesicht zu meinem Kleid und dann zu der Strumpfhose. Ihre Mundwinkel zucken, und dann fällt sie mir um den Hals.

»Alles Liebe zum Geburtstag, mein wunderschönes großes Mädchen. Möge es das beste und gesegneteste Jahr deines Lebens werden«, flüstert sie an meinem Ohr und drückt mich so fest, dass ich um meine Rippen bange.

»Ich danke dir, Gerti. Ich hab dich lieb«, keuche ich, als sie mich loslässt.

»Ich dich auch, Kind.« Sie räuspert sich, zögert und gibt sich einen Ruck. »Hast du etwas von Du-weißt-schon-wem gehört?«

Ein stechender Schmerz fährt von meinem Kopf direkt in mein Herz, und ich beiße mir den Lippenstift ab, während ich mit brennenden Augen den Kopf schüttle. Meine Tante wird bleich.

»Ach Gerti, es soll vermutlich einfach nicht sein«, erkläre ich und spüre, wie meine Unterlippe zu zittern beginnt. Ich werde jetzt aber nicht weinen. Mein Make-up sitzt perfekt, und ich werde das jetzt nicht durch mein bescheuertes Herz zerstören. Stattdessen schicke ich meine Tante ins Wohnzimmer und verschwinde im Bad, um meinen Lippenstift zu erneuern. Der Blick in den Spiegel verrät mir, dass meine Zähne aussehen, wie sie nun einmal aussehen, wenn man mit ihnen auf Lippenstiftlippen herumgekaut hat. Also noch mal Zähne putzen.

Kapitel 22

Wenn ein Wunder auf der Welt geschieht,
Geschieht's durch liebevolle, treue Herzen.

Johann Wolfgang von Goethe

Als ich wieder ins Wohnzimmer komme, sitzt meine Familie bereits auf dem Sofa. Gerti sieht mich an, und ihre Augen sind immer noch leer und traurig. Sie murmelt etwas, das wie »Weihnachtswunder« klingt, aber ganz ehrlich? Diese Sache mit dem Weihnachtswunder ist absolut nicht mehr mein Ding. Für mich gibt es dieses Jahr kein Weihnachtswunder, und wahrscheinlich sowieso nie mehr.

»Ich finde es so schön, dass wir alle hier zusammen sind!« Meine Mutter hat sich inzwischen auch in Schale geschmissen und lächelt euphorisch in die Runde.

»Danke Mama, dass du das alles organisiert hast.« Ich lächele zurück und bin ihr in diesem Moment wirklich dankbar. Wahrscheinlich ist das ihre Art zu sagen, dass sie sich für mich wünscht, dass mein Leben wieder in vertraute Bahnen kommt, und das rührt mich. Sie fordert uns auf, an den Tisch zu kommen, und ich frage mich, wann sie es geschafft hat, den Berg Kartoffeln zu schälen, der mir da aus der großen Schüssel dampfend entgegenlacht. Daneben stehen vier verschiedene Platten mit Käse, der darauf wartet, geschmolzen zu werden, und jede Menge Gemüse zum Grillen. Bei dem Anblick läuft mir das Wasser im Mund zusammen, und mein Magen verrät mit einem lauten Grummeln, dass er sich aufs Essen freut. Ich setze mich neben meine Tante an den Tisch und starre hungrig auf die Köstlichkeiten. Als wir alle sitzen, sage ich einmal leise »Danke« und dann beten wir und beginnen zu essen. Wir reden nicht viel, aber es ist das erste Mal seit geraumer Zeit, dass ich in der Gegenwart meiner Familie nicht den dringenden Wunsch habe, mich zu vierteilen, aus dem Fenster im dritten Stock zu springen oder mir eine Kugel in den Kopf zu jagen. Stattdessen genieße ich ihre Gegenwart, und eine tiefe Liebe erfüllt mein Herz. Das Essen schmeckt absolut fantastisch, und das muss ich meiner Mutter auch sofort sagen.

»Kind, mit vollem Mund spricht man nicht«, teilt sie mir liebenswürdig mit, und ich grinse sie verschmitzt an. Sie schüttelt den Kopf über mich und verbeißt sich ganz offensichtlich ein Schmunzeln. »Aber danke für das Kompliment«, fügt sie mit einem liebevollen Lächeln hinzu.

Nach dem Essen setzen wir uns gemeinsam aufs Sofa, und mein Vater entzündet die Kerzen am Tannenbaum. Wir essen Plätzchen, trinken meinen Spezialkakao und genießen den Geruch von geschmolzenem Wachs, der den Raum schon bald erfüllt. Tante Gerti schafft es sogar, uns dazu zu bringen, einige deutsche Weihnachtslieder zu singen. Nach einer ganzen Weile deutet mein Vater zum Fenster. »Seht nur, es schneit!«

»Oh wie herrlich!« Die Augen meiner Mutter beginnen zu glänzen, und auch meine Tante wird ganz zappelig.

»Das ist der perfekte Zeitpunkt, um mit den Geschenken zu beginnen«, erklärt mein Vater, und meine Mutter kichert.

»Nach all den Jahren kommt es mir immer noch so seltsam vor, dass wir auf deutsche Art Weihnachten feiern. Mein Vater hätte sehr geschimpft, hätten wir am 24. Dezember ans Geschenkeauspacken gedacht.«

»Wir sind richtige Revolutionäre!«, kreischt Tante Gerti aufgeregt, obwohl für sie Weihnachten schon immer am 24. war. Ich grinse und gehe dann zum Baum hinüber. Ich greife nach den Päckchen und beginne, sie zu verteilen, bis jeder von uns einen kleinen Haufen vor sich hat. Dann geht es ans Auspacken, und während um mich herum die reine Freude herrscht, bin ich geradezu überwältigt. Von meinem Vater habe ich eine wunderschöne Kette mit dazu passenden Ohrringen bekommen.

»Oh Papa, sind die etwa echt?«, frage ich atemlos und beim Anblick der blitzenden Steine erschüttert.

»Natürlich, Schatz. Für dich ist das Beste gerade gut genug.« Er lächelt so stolz und liebevoll, dass mir Tränen in die Augen schießen. Ich nehme ihn ganz fest in den Arm und schmiege mich an ihn.

»Ich danke dir so sehr, Papa«, flüstere ich und sehe, dass er sich freut. Dann packe ich die nächsten Päckchen aus und freue mich angemessen über den Pulli meiner Tante. Als ich darin einen Scheck über die Höhe meines Erbes finde, werde ich blass. Gerti zwinkert mir jedoch vergnügt zu, und ich nicke ihr zu. Sie hat sich wohl wirklich sehr viele Gedanken über mich gemacht. Fünf Nullen sind schon ein mega großer Betrag. Als ich die Zahl so dastehen sehe, kann ich auf einmal irgendwie verstehen, warum Peter so weit gegangen ist. Ich beschließe, das Geld still und leise zu bunkern, allerdings nicht alles. Denn ein knappes Drittel davon werde ich Nina leihen für ihr Studium. Der Gedanke macht mich so froh, dass ich Gerti breit angrinse.

Von meiner Mutter habe ich ein Top und einen Gutschein für Bücher bekommen. Ich beobachte, wie die anderen meine Geschenke öffnen, und freue mich über ihre überraschten und aufgeregten Gesichter.

»Das sind wirklich wunderschöne Ideen, Mary«, erklärt meine Mutter und lächelt. »Du musst ja ewig darüber nachgedacht haben.«

Na ja, so etwa zwei Stunden insgesamt, aber das müssen sie nun wirklich nicht wissen. »Ich freue mich, dass es euch gefällt!«

In diesem Moment klingt es an der Tür, und ich springe irritiert auf. Mal sehen, wer um diese Zeit an diesem Abend noch bei mir auftaucht. Als ich die Tür öffne, bläst mir der Wind eiskalte Schneeflöckchen und den Geruch von New York im Winter ins Gesicht, und ich erschauere. Ich sehe mich suchend um, aber vor der Tür steht niemand. Es ist komplett dunkel, und gerade als ich nach draußen treten will, fällt mein Blick auf ein kleines längliches Päckchen, das auf der Fußmatte liegt. Ein Päckchen … Fast wäre ich daraufgetreten. Vielleicht schickt mir jemand eine Bombe, überlege ich kurz, verwerfe den Gedanken aber gleich wieder. Immerhin ist die Zeit der gruseligen Stalker und grässlichen Drohbriefe endlich vorbei. Also hebe ich das Päckchen auf und gehe kopfschüttelnd zurück in die Wohnung. Meine Familie sieht mir interessiert entgegen.

»Wer war das denn?«, fragt meine Mutter, und ich zucke die Schultern.

»Keine Ahnung.« Ich halte das Päckchen in die Höhe. »Von wem von euch ist das denn?«

Meine Familie wechselt Blicke, und der Reihe nach schüttelt jeder von ihnen den Kopf.

»Von uns ist das nicht«, fasst Dad diese Geste noch einmal für mich zusammen.

»Aber von wem kann es dann sein?« Ich überlege. Auf dem kleinen Kärtchen, das an dem Päckchen hängt, steht mein Name, also ist es ganz sicher für mich. Ich zögere kurz, bevor ich die Schleife löse, mit der das Geschenk umwickelt ist. Als ich den Deckel von der kleinen Schachtel abhebe, fällt mein Blick auf Seidenpapier, das den eigentlichen Inhalt verbergen soll.

Meine Finger beginnen zu zittern, ohne dass ich eigentlich weiß, warum. Ich schlage das Seidenpapier auseinander und schreie leise auf. Dort liegt ein Medaillon, das so wunderschön ist, dass es mir geradezu den Atem raubt. Noch immer zittere ich, als ich es vorsichtig aus dem Karton hebe und es ehrfürchtig in den Händen halte.

»Das ist ja zauberhaft«, haucht meine Mutter.

»Allerdings«, antworte ich atemlos und kann meine Augen nicht davon lösen.

»Von wem das wohl ist?«, grübelt Gerti, und in diesem Moment fällt mir der kleine Umschlag auf, der unter dem Papier liegt. Vorsichtig lege ich das Medaillon zurück in die Schachtel und ziehe den Umschlag hervor. Als ich hineingreife, fällt mir ein zusammengefaltetes Blatt entgegen, und als ich es öffne, traue ich meinen Augen kaum.

All I want for Christmas is You steht ganz oben auf dem Blatt, und darunter folgt der Text des Liedes von Mariah Carey, das mir an Weihnachten schon immer am liebsten war. Vers für Vers wurde es in sorgfältiger Schönschrift zu Papier gebracht, und eine Gänsehaut überzieht meine Arme, als ich die letzte Strophe lese.

Oh, I won't ask for much this Christmas
I won't even wish for snow
And I'm just gonna keep on waiting
Underneath the mistletoe.

Darunter steht noch etwas, und mein Herzschlag setzt aus.

Ich werde unter dem Mistelzweig auf Dich warten. Bitte komm! J.

Das kann doch nur, das kann doch nicht …? Aber er muss es sein. Wer sonst würde ausgerechnet dieses Lied …? Außerdem: *J*! Meine Hände zittern nun so unkontrolliert, dass ich Angst habe, den Brief zu zerreißen. Meine Tante hat ganz offensichtlich über meine Schulter geschaut und nimmt mir nun sanft, aber bestimmt den Brief aus der Hand. Dann reicht sie mir das Medaillon, und unwillkürlich krampfen meine Finger sich darum.

»Nun geh schon, Kind!«, flüstert sie und versetzt mir einen leichten, aufmunternden Stoß. Wie in Watte verpackt fühlt sich mein Hirn an, als ich aufstehe, meine Stiefel und den Mantel anziehe und mit unsicheren Schritten zur Tür wanke. Ich spüre kaum die kalte Luft auf meiner Haut, als ich auf die Straße trete und mich suchend umsehe. In meinem Magen fühlt sich irgendetwas seltsam verknotet an, und ich habe Schwierigkeiten, normal zu atmen. Langsam bewege ich mich vorwärts und warte darauf, dass ich entweder jemanden sehe oder etwas passiert.

Hinter mir höre ich plötzlich ein leises Geräusch und fahre herum. Dort, im fahlen Licht einer Straßenlaterne, steht James und lächelt mich an. Seine Augen sprechen zu mir, und ich kann meinen Blick nicht mehr von ihm losreißen. Mein Herz beginnt zu rasen, als mein Blick von seinem Gesicht zu der Laterne wandert und auf den Mistelzweig fällt, der dort über ihm hängt.

»Wie schön, dass du wirklich gekommen bist«, sagt er weich, und ich kann ihn gar nicht ansehen aus Angst, er könnte all meine Gefühle an meinem Gesicht erkennen, während ich weiter auf ihn zugehe.

»Du bist völlig verrückt«, flüstere ich heiser, als ich direkt vor ihm stehe. Ich öffne meine Hand, die sich immer noch um das Medaillon krampft, und halte es ihm vors Gesicht. »Es ist wunderschön, aber wieso schenkst du es nicht der Frau, die du liebst?«

Ich will ihn testen. Immerhin hat er auch nicht den Versuch gemacht, sich bei mir zu melden. Er nimmt langsam meine Hand und lächelt. »Das habe ich doch!«

Ich versuche, möglichst ungehalten auszusehen, obwohl mein Herz vor Freude springt. »Wer war dann …?«

»Meine Schwester!« kommt es wie aus der Pistole geschossen, noch bevor ich die Frage überhaupt beenden kann.

»Du weißt, dass das wie die mieseste Ausrede alles Zeiten klingt oder?«, erkundige ich mich, während sich das Gefühl der Freude in mir ausbreitet und ich versuche, das Lächeln zu unterdrücken, das sich auf mein Gesicht schleichen will.

»Tja, dann bin ich wohl der einzige Mann, bei dem es keine Ausrede ist. Ich bin nämlich nicht der Typ für Ausreden.« Er zieht eine Augenbraue hoch und starrt mich an.

Natürlich starrt er mich in Sekundenschnelle zu Boden. Und das habe ich auch verdient. Aber dann hebt er mein Kinn, und sein Blick wird weich. Er deutet auf das Medaillon. »Hast du es denn schon geöffnet?«

Ich sehe ihn verblüfft an, während die Erleichterung mein Herz umspült wie eine angenehm kühle Meereswelle. Ich weiß, dass ich herausfinden werde, was hinter der Geschichte mit seiner Schwester steckt, aber nicht heute. Jetzt will ich etwas ganz anderes. »Nein?«, sage ich fragend, und sein Lächeln wird breiter.

»Warst du etwa abgelenkt?«

Ich ignoriere die Hitze, die mir bei seiner Anspielung in die Wangen steigt, und betätige vorsichtig den kleinen Mechanismus. Als das Medaillon aufklappt, blicke ich auf zwei kleine Bilder. Das auf der linken Seite zeigt James, der für die Kamera posiert. Ich schmunzle und streiche sanft über das Bild. Dann betrachte ich die andere Seite. Dort befindet sich ein Bild, das ich noch gar nicht kenne. Es zeigt James und mich. Wir lachen in die Kamera und sehen einfach überglücklich aus.

»Oh!«, hauche ich und traue mich endlich, ihn anzusehen.

»Darf ich?«, fragt er und nimmt mir das Schmuckstück ab. Er öffnet den Verschluss der Kette und bedeutet mir, mich umzudrehen. Ich atme tief ein, als ich seine Finger in meinem Nacken spüre, und höre das leise Klicken, als er den Verschluss wieder zuschnappen lässt.

»Danke.« Ich drehe mich todesmutig um und stehe nun direkt vor ihm. »Wie hast du bloß den Mistelzweig da hochgekriegt?«, frage ich leise und sehe zu ihm nach oben.

»Das ist doch völlig egal!« Er lächelt schief und greift behutsam nach meinen Schultern. »Hauptsache, er ist da.«

Und dann liegen seine Lippen mit einem Mal auf meinen. Meine Knie werden weich, und ich merke erst jetzt in vollem Ausmaß, wie sehr ich seine Küsse vermisst habe. Erst nach einer ganzen Weile löst er sich von mir und sieht mir tief in die Augen.

»Du ahnst nicht, wie sehr ich dich vermisst habe.«

»Ich dich auch«, wispere ich, überwinde meinen Stolz und lehne meinen Kopf an seine Brust. »Es tut mir alles so leid.«

»Das muss es nicht«, erklärt er fest. »Ich habe den ganzen Fall weiterverfolgt. Ich weiß, warum …«

»Ich wollte es nicht!« Nun beginne ich wirklich zu weinen. »Ich hatte solche Angst, dass dir etwas geschieht!«

Sanft schlingt James seine Arme um mich und hält mich fest.

»Mary, schhh, beruhige dich.« Zart beginnt er, die Tränen von meinen Wangen zu küssen. »Jetzt ist ja alles wieder gut.«

»Ich liebe dich, James!«, platze ich heraus.

Wir werden beide ganz still und sehen uns an. Ich habe es gesagt. Schniefend und leise zwar, aber ich habe es gesagt. James' Augen werden weich. Tief sinkt sein Blick in meinen. »Ich liebe dich auch, Mary Christmas Parker!«

Es ist wundervoll, es endlich zu hören, obwohl ich es ja eigentlich schon weiß. Ich schmiege mich an ihn.

»Willst du mit reinkommen?«

Er sieht mich beinahe empört an. »Ich bitte darum! Eine ordentliche Portion deiner Familie kann heute nicht schaden.«

Ich lache hell auf. »Du willst es wohl nicht anders. Na dann komm, du Held.«

Er greift nach meiner Hand, und ich schiebe meine Finger zwischen seine. Dann gehen wir ins Haus und betreten kurz darauf Hand in Hand das Wohnzimmer. Ich glaube, meine Mutter und meine Tante fallen gleich in Ohnmacht. Gerti sieht aus, als würde sie gleich hyperventilieren. Mein Vater fasst sich als Erster. »James, was für eine Überraschung!« Er steht auf und klopft ihm freundschaftlich auf den Rücken.

»Ja, wirklich!« Auch meine Mutter hat sich inzwischen wieder gefasst und schüttelt James strahlend die Hand. »Frohe Weihnachten! Ich freue mich so, dass Sie hier sind.«

»Ich freue mich auch.« James lächelt und drückt sanft meine Hand. Ich erschauere und schlage die Augen nieder. Ich sollte wohl ... »Also meine Lieben«, beginne ich stockend. »Ich möchte euch noch einmal ganz offiziell meinen Freund James Parker vorstellen.«

Während meine Mutter die Hände vor den Mund schlägt und mein Vater zufrieden nickt, rutscht meine Tante nervös auf dem Sofa herum. »James, ich möchte auch gerne noch etwas sagen.«

Ich sehe sie überrascht an. Ich hatte von ihr eine größere Freude erwartet.

»Ja?«, fragt James verwundert.

»Ich möchte mich entschuldigen für den Anteil, den ich an dieser schrecklichen Geschichte hatte. Ich wollte Mary eigentlich nur schützen, und dennoch habe ich nur Schlechtes bewirkt. Ich hoffe, dass dieses Erbe nun nicht mehr zum Problem wird.«

Ich halte die Luft an. Ich hatte das nicht erwartet und bin gespannt, wie James reagieren wird. Er holt tief Luft, löst sich von mir und geht zu Gerti hinüber. Wie gebannt verfolge ich seinen Weg, als er sich vor ihr hinhockt.

»Gertrud«, beginnt er langsam und freundlich. »Bitte mach dir keine Sorgen. Mary ist das Wichtigste für mich. Ganz egal, wie viel Geld sie hat.«

Ich beobachte, wie meiner Tante Tränen in die Augen schießen. Ihre Lippen beben, und mit einem Mal zieht sie James fest an sich. »Ich danke dir!«, flüstert sie erstickt.

Auch mir laufen nun die Tränen über das Gesicht. Ich habe das Gefühl, dass dieser Moment, diese Umarmung wie Balsam für die geschundene Seele meiner Tante ist. James hält meine Tante fest, und sie wirkt sehr klein und zerbrechlich in seinen Armen.

»Wie wäre es mit ein paar Keksen?«, fragt meine Mutter in das allgemeine Schweigen hinein, und ich muss lächeln.

»Das ist eine wirklich gute Idee.«

James löst sich sanft aus der Umarmung und kommt zu mir. Gemeinsam lassen wir uns auf das Sofa fallen, und er legt seinen Arm um meine Schultern, während meine Mutter noch mehr Kekse bringt. Ich lehne mich an seine Schulter. »Danke«, flüstere ich. »Du kannst dir nicht vorstellen, wie viel das bedeutet hat.« Er drückt mich an sich und lächelt sanft.

Der Rest des Abends verläuft wie in einem Traum. Meine Familie benimmt sich geradezu vorbildlich, wir lachen und reden bis spät in die Nacht. Als sich James dann verabschiedet, begleite ich ihn zur Tür.

»Danke, dass du gekommen bist!«, sage ich leise. Er lacht und küsst mich sanft. »Ich konnte nicht anders.« Wieder küsst er mich, und in meinem Kopf klingen leise die Zeilen *All I want for*

Christmas is You. James zieht sich zurück und lächelt wieder. »Ich musste bei dir sein, weil ich dich liebe.«

Die schönsten Worte der Welt aus dem Mund des schönsten Mannes der Welt.

Kapitel 23

Neues Jahr, neues Glück

Verfasser unbekannt

»Und du glaubst wirklich, dass sie mich mögen werden?«

Zappelig sehe ich James an, der für meine Begriffe mal wieder ewig braucht, um sich fertig zu machen. Zappelig ist übrigens gar kein Ausdruck für ein Mädchen, das wie eine Verrückte auf und ab hüpft. James grinst, legt mir eine Hand auf den Kopf und sieht mir in die Augen.

»Davon bin ich überzeugt! Sie sind sowieso alle schon ganz gespannt auf dich.«

»Das beruhigt mich so gar nicht«, jammere ich, und er lacht. Ich stimme eher halbherzig mit ein. Sicher interessiert es euch zu erfahren, warum ich eigentlich so nervös bin? Ich verrate es euch. Heute ist Silvester, ich werde seine Familie kennenlernen, und ich bin so unglaublich nervös! Warum? Na, inzwischen kennt ihr mich doch gut genug, um zu wissen, dass mir zu wichtigen Anlässen gern mal irgendein Missgeschick unterläuft. Ich sehe mich schon mit einem riesigen Soßenfleck auf meinem neuen, cremefarbenen Kleid. Es war bestimmt keine gute Idee, ein Kleid in einem hellen Cremeton zu kaufen. Ganz bestimmt werde ich mich furchtbar blamieren. Ich sollte mich umziehen. Oder nicht hingehen.

»Jetzt hör doch endlich auf, dir Sorgen zu machen.« James legt seinen Arm um mich und drückt mir schmunzelnd einen Kuss auf die Schläfe.

»Aber ich will ihnen doch gefallen!«, jammere ich, und da lacht er mit einem Mal aus vollem Hals.

»Ganz ehrlich, sie werden dich lieben, gerade weil du so bist, wie du bist. Außerdem«, er schmunzelt wieder, »reicht es nicht, dass du mir gefällst?«

Ach, er ist einfach wundervoll. Ich schlinge meinen Arm fest um seine Taille. »Bitte halt mich fest, wenn ich stolpere, halt mir den Mund zu, wenn ich Unsinn rede und wenn …« Mit einem Mal hält mir dieser freche Kerl doch glatt wirklich den Mund zu.

»Jetzt redest du Unsinn, mein Schatz«, erklärt er und schiebt mich dann trotz meines Protests aus der Haustür.

Meine Eltern haben ohne zu zögern zugestimmt, dass ich Silvester mit James und seiner Familie verbringe, und auch sonst sind sie momentan einfach nur goldig. Man könnte sagen, sie sind jetzt fast die Eltern, die ich mir immer gewünscht habe. Galant hält James mir die Tür zum Auto auf, und ich schlüpfe in den Wagen. Draußen und auch hier drinnen ist es so kalt, dass ich sofort beginne, mir in die kalten Handflächen zu pusten.

»Warum ziehst du denn auch keine Handschuhe an?«, rügt James mich sanft, und ich kneife ihn ins Bein.

»Das nächste Mal dann, Papa.«

»Heute Abend darfst du mich auch Schatz nennen«, erklärt er mit einem so gönnerhaften Blick, dass ich nicht anders kann, als ihn zu küssen und ihn dann in die Lippe zu beißen.

»Das sage ich meiner Mama, du grausame Frau!«, mault er.

»Muttersöhnchen!« Ich kichere, und er schluckt kurz.

»Mary, ich sollte dir noch etwas sagen … beim Thema Mutter … aber du darfst nicht böse werden.«

»Okay?« Ich sehe ihn zögernd an und bin gespannt, was jetzt kommt.

»Du wolltest wissen, warum ich mich mit meiner Schwester getroffen habe …« Davon fängt er wirklich jetzt an? Hm, aber er wird schon seinen Grund dafür haben.

»Ja, schon, aber …«

Er legt mir die Hand auf den Mund, und ich halte den Schnabel. »Meine Familie ist anders als deine.«

Ja, das denke ich mir. Niemand ist wie meine Familie.

»Wir sind … hm … reich«, setzt er hinzu, und ich schnappe nach Luft. Reich? Das ist jetzt doch wohl ein schlechter Witz, oder?

»Wie reich?«

»Na ja, mein Vater ist nicht Rockefeller, aber vielleicht sein kleiner Bruder.«

Ich starre ihn mit offenem Mund an, und er schnipst vor meinem Gesicht herum. »Komm wieder runter. Es ist nur die Familie meines Vaters.«

Das sagt er so leicht. Mein Gehirn schlägt gerade dreifache Saltos. Welchen Teil der Familie werde ich heute kennenlernen? Und was in aller Welt hatte das mit seiner Schwester zu tun?

»Was hat das denn mit deiner Schwester zu tun?«, frage ich jetzt zögernd. Er sieht beinahe verlegen aus.

»Ich bin – genau wie du – nicht unbedingt der größte Fan von snobistischem Reichtum, und das führt häufig zu Spannungen mit meinem Vater. Du hast also recht, ich bin ein Muttersöhnchen, und ich musste mich mit meiner Schwester treffen, weil sie mir etwas mitgebracht hat, was ich dringend brauche.«

»Und was?«, frage ich jetzt sehr interessiert.

»Das verrate ich dir ein anderes Mal.«

»Neugierig machen und dann kneifen? Das gilt nicht!«

»Glaub mir«, sagt er und knabbert sanft an meinem Hals. »Das Warten lohnt sich.«

Ich lasse mich nur zu gern von ihm ablenken und schnappe nach Luft, als wir uns wieder voneinander lösen.

»Bist du mir böse?«, fragt er leise.

»Aber warum denn?«, erkundige ich mich erstaunt.

Er zuckt die Achseln. »Du fandest das Pfarrhaus snobistisch, und ich habe dir nicht erzählt, dass …«

»Ach ich bitte dich!«, unterbreche ich ihn erleichtert. »Das mit dem Pfarrhaus lag an der Situation. Ich wollte einfach nicht das Pfarrhaus.«

James atmet erleichtert aus, zieht mich zu sich und küsst mich so, dass ich alles andere vergesse.

»Sollten wir nicht losfahren?«, erkundige ich mich möglichst beiläufig und atemlos, als er mich wieder loslässt.

»Da hast du wohl recht«, erklärt er seufzend und streichelt ein letztes Mal meinen Handrücken. Während er losfährt, wird mir klar, dass ich eigentlich keine Ahnung habe, wo genau seine Familie wohnt und wie lange wir fahren müssen. Ich versuche, mich auf den Weg zu konzentrieren, aber schon bald werden meine Augen von den immer größer werdenden Häusern in Beschlag genommen. Plötzlich kreische ich los.

»Nein! Das ist nicht dein Ernst.«

James sieht mich ein wenig erschrocken von der Seite an. »Was meinst du?«

»Das findet doch heute Abend nicht in der Upper East Side statt, oder?«

Sein schuldbewusster Blick ist Antwort genug.

»Wie kannst du mich so«, ich deute auf mein Outfit, das nie und nimmer schick genug für die Upper East Side ist, »dorthingehen lassen?« Ich habe wirklich Panik. Ich will doch einen guten ersten Eindruck hinterlassen.

»Mary!«, James blinkt, fährt an den Rand und sieht mich ernst an. »Glaub mir, du bist perfekt für heute Abend.«

»Aber es ist DAS Viertel der Stadt.« Ich klinge jammerig und kläglich.

»Ich weiß, aber wen interessiert das schon? Der Einzige, der sich vielleicht einen Kopf darum macht, ist mein Vater. Aber ich will, dass meine Mutter und meine Schwestern dich so kennenlernen, wie du wirklich bist«, erklärt er mit so ernster und fester Stimme, dass ich erkenne, wie wichtig ihm das ist.

»Aber wird dein Vater …?«

»Vergiss meinen Vater!«, erklärt James heftig und beinahe wütend. »Er ist ein Snob, und seine Meinung interessiert mich nicht.«

Puh, offensichtlich bin ich also nicht die Einzige, die Schwierigkeiten mit ihrer Familie hat. James hat mich in diesem Punkt so gut unterstützt, dass ich ihm ebenfalls eine Unterstützung schulde. »Na dann lass uns doch mal einen schönen Silvesterabend verleben!«

Ich drücke seine Hand ganz fest, bevor er wieder anfährt. Es dauert nicht mehr lange, bis James vor einem der herrschaftlichen Appartmenthäuser dieses Viertels anhält.

»Das ist es?« Meine Augen werden groß.

»Ja, uns gehört das Penthouse.« James greift nach meiner Hand und zieht sie an seine Lippen, bevor er mich fragend ansieht. »Mary, stört es dich wirklich nicht, dass ich Geld habe?«

Ich weiß genau, warum er das glaubt. Ich habe mich bei der Strenge in Michaels Haus so unwohl gefühlt und mich kaum einmal entspannt, und James weiß das auch. Ich war noch nie in einem Penthouse, aber es ist völlig klar, dass ein Penthouse in Manhattan noch mal eine andere Nummer ist als ein großes altes Pfarrhaus in New Jersey. Der Gedanke, dass ich darüber nachgedacht habe, Michael wegen des Erbes zu heiraten, erscheint mir jetzt dümmer, naiver und gefühlloser denn je. Ich bin so froh, dass es nicht so gekommen ist. Aber James hat das alles miterlebt, auch wenn meine Gefühle mich immer zu ihm hingezogen haben. Es ist doch klar, dass er sich nicht sofort überzeugen lässt.

»Überhaupt nicht!«, beruhige ich ihn. »Es kam nur alles ein kleines bisschen unvorbereitet.«

»Tut mir leid.« Er sieht schuldbewusst aus.

»Schon okay. Jetzt lass uns reingehen«, drängele ich, und er steigt aus, um mir die Tür aufzuhalten. Hand in Hand gehen wir über den breiten Bürgersteig zur Tür, die von einem Concierge geöffnet wird, dem James nach einer kurzen Begrüßung den Autoschlüssel in die Hand drückt, damit er den Wagen wegparkt. Da muss ich doch schlucken. Mit Bediensteten habe ich es echt nicht. Aber James lässt mich nicht zum Nachdenken kommen, sondern schiebt mich in den Aufzug. Wir fahren wir nach oben. Der Concierge muss uns angemeldet haben, denn nicht einmal einen Augenblick später fliegt die Tür zum Penthouse auf, und eine Frau, die ganz eindeutig James' Mutter ist, fällt ihm um den Hals.

»Mein Junge! Ich bin so froh, dass du dieses Jahr zu Silvester bei uns bist!« Sie strahlt, und ich erkenne die tiefe Liebe und den Stolz, den man nur in den Augen einer Mutter finden kann. Auch James sieht mit einem Mal weniger angespannt aus. Er küsst seine Mutter auf den Kopf und dreht sich dann zu mir um.

»Dieses Jahr hatte ich gar keine andere Wahl, Mama«, erklärt er und greift wieder nach meiner Hand, die er während der Begrüßung losgelassen hat.

»Ich wollte dir nämlich unbedingt jemanden vorstellen.«

Nun dreht sich auch seine Mutter zu mir und mustert mich. Schnell strecke ich ihr meine Hand entgegen.

»Guten Tag, Mrs. Parker. Mein Name ist Mary. Mary Parker.«

Ihr Mund steht mit einem Mal sperrangelweit offen, und sie dreht ihren Kopf ruckhaft zu James. »Ist das deine Frau? Hast du geheiratet?«

Als mir klar wird, wie das in ihren Ohren geklungen haben muss, steigt mir die Hitze in die Wangen. Ich kralle meine Fingernägel in James' Hand und weiß nicht, was ich sagen soll. Am liebsten würde ich natürlich alles erklären, aber ich bin für diese Frau ja eine völlig Fremde. James drückt meine Hand ebenfalls und schüttelt dann den Kopf.

»Natürlich nicht, Mutter. Der Name ist Zufall. Mar ist meine Freundin. Ich dachte, Sabrina hätte …«

Während seiner Worten hat sich der Gesichtsausdruck seiner Mutter völlig gewandelt. Sie lächelt strahlend, kommt auf mich zu, und als ich ihr die Hand schütteln will, schließt sie mich einfach in ihre Arme.

»Ich freue mich ja so, Sie kennenzulernen, Mary. Ich bin Francesca.«

Aha. Das hört sich ganz so an, als hätte mein James italienische Wurzeln auch wenn man sie ihm nicht ansieht. Ich gebe zu, seine Mutter ist mir grundsympathisch. Sie hakt sich bei mir ein und zieht mich in die Wohnung. Mir ist schon aufgefallen, dass sie nicht viel eleganter gekleidet ist als ich, und ich werde ruhiger. Bei ihrem angeregten Geplapper bleibt mir auch gar keine Zeit, mich in vollem Umfang an der Eleganz aufzuspulen, die das Penthouse ausstrahlt. Es ist riesig und so wunderschön, dass mir der Atem stockt. Es ist ganz anders, als ich es mir vorgestellt hatte. Mit der gesetzten, eher altertümlichen Pracht des Pfarrhauses hat es ungefähr so viel gemeinsam wie ein robuster Kaltblüter mit einem grazilen Rennpferd.

Das Penthouse ist modern und stilvoll eingerichtet. Die hohen Wände und großen Fenster sorgen dafür, dass es hell ist, und die Aussicht werde ich mir später noch einmal genauer ansehen müssen. Die eher kühlen Farben der Einrichtung werden von einem wunderschönen Parkettboden aufgefangen und ergeben so ein stimmiges Gesamtbild. Ich sehe eine Wendeltreppe, die nach oben in ein weiteres Stockwerk führt, während ich Francesca folge.

Im Wohnzimmer wartet offensichtlich der Rest der Familie. Francesca schiebt mich nach vorn und stellt mich als James' Freundin vor. Auf dem Sofa sitzen zwei junge Frauen oder vielmehr Mädchen. Die eine erkenne ich sofort. Es ist die Frau, mit der ich James im Café gesehen habe. Sie ist vielleicht einundzwanzig Jahre alt und lächelt mich schüchtern an. Auch das andere Mädchen ist sehr schön, aber deutlich jünger. Ich schätze sie auf etwa siebzehn.

Inzwischen ist James neben mich getreten und unterbricht den Redeschwall seiner Mutter. »Mary, das sind meine Schwestern, Sabrina und Viola.« Ich lächele, und die beiden antworten herzlich.

»Und das ist mein Vater.« James deutet auf den Mann in einem großen Sessel, der mir bis jetzt noch gar nicht aufgefallen ist. Nun steht er auf, und ich weiß mit einem Mal, woher James seine Größe hat. Mit schweren, elefantenartigen Schritten kommt der Mann auf mich zu und streckt seine Hand aus. »Ich bin Steve Parker.«

»Und ich Mary Christmas Parker«, antworte ich und kann nicht verhindern, dass meine Stimme leicht zittert. Warum um alles in der Welt nenne ich meinen vollen Namen? Einen Moment lang ist es still im Raum, und meine Panik nimmt intergalaktische Größen an. Steve Parker mustert mich mit strenger Miene. Es dauert eine Ewigkeit, bis er sich bewegt. Erst zucken seine Mundwinkel, dann seine Schultern und dann bricht dieser Berg von einem Mann mit einem Mal in dröhnendes Gelächter aus.

»Das nenne ich mal originell«, ruft er mit seiner dröhnenden Bassstimme. »Setzen Sie sich zu mir, Miss Parker, und erzählen Sie mir, wieso genau Ihre Eltern Sie hassen.«

Es dauert einen Augenblick, aber dann löst sich die Spannung bei mir. Ich lache herzlich und unglaublich erleichtert. Vielleicht war das doch nicht so dumm. »Glauben Sie mir, das habe ich mich schon manches Mal gefragt.«

Man kann es nicht anders sagen, das Eis ist gebrochen. James' Vater plaudert mit mir wie mit einer alten Bekannten, und wo dieser Mann bitte »snobistisch« sein soll, muss mir erst mal jemand verraten.

James scheint ebenfalls ganz verblüfft zu sein. Als sein Vater gerade mal mit einer seiner Schwestern redet, beugt er sich zu mir und flüstert mir etwas ins Ohr. »Das ist noch niemandem gelungen! Wie hast du diesen Mann gezähmt, Mary?«

Ich schüttele verwundert den Kopf. Dann schmunzele ich und lehne meine Schulter an seine. »Vielleicht war das mein nachträgliches Weihnachtswunder für dich.«

»Das Essen war großartig, Francesca!«, erkläre ich und lege mir zufrieden eine Hand auf den Bauch. Es ist nicht gelogen. Nach diesem Silvesteressen will man nie wieder etwas anderes essen.

»Meine Frau kocht alles selbst!« Steve Parker sieht seine Frau so stolz und verliebt an, dass auch mir spontan die Knie weich werden. Man kann genau erkennen, wie viel er für sie empfindet. Ein kurzer Blick auf die Uhr verrät mir, dass es noch anderthalb Stunden sind bis Mitternacht. Beim Essen haben sie mir erklärt, dass wir draußen auf dem Dachgarten das mitternächtliche Feuerwerk bewundern werden. Bis dahin vertreiben wir uns die Zeit mit wirklich lustigen Gesprächen.

»Sag mal, hat es dir eigentlich Spaß gemacht, mich an der Nase herumzuführen?«, erkundige ich mich bei James.

»Was meinst du?«, fragt er erstaunt, und ich grinse.

»Na, wegen Tante Gerti und dem Erbe. Du hättest mich quasi kaufen können mit dem Geld, das ihr habt.«

Er lacht herzlich und küsst mich ohne eine Antwort. Aber eigentlich ist das hier auch viel besser. Einen kurzen Satz macht mein Herz, als Sabrina, die ältere seiner Schwestern, mich einmal mit sich zieht.

»Du glaubst gar nicht, wie froh ich bin, dass du und mein Bruder doch zusammengefunden habt!«

Sie lacht mich so freundlich an und sieht James dabei so ähnlich, dass es mir absurd vorkommt, dass ich ... egal.

»Es wäre so schlimm für mich gewesen, der Grund zu sein, dass es nicht klappt bei meinem Bruder und der Liebe.« Sie seufzt. »Hat er dir denn gefallen?«

Ich stutze. »Dein Bruder? Sonst wäre ich doch nicht ...«

Ihr Lachen klingt glockenklar. »Nein, der Verlobungsring natürlich. Ich meine ja nur, weil du ihn noch nicht trägst.«

»VERLOBUNGSRING?« Ich schlage mir die Hand vor den Mund, und Sabrina sieht mich überrascht an.

»Oh nein ... er hat noch nicht gefragt. Ich hab alles kaputtgemacht.« Sie sieht jetzt wirklich verzweifelt aus, und vielleicht sollte ich einfach gar nichts mehr fragen, aber hallo? Das kommt nicht in die Tüte.

»Was für ein Verlobungsring?«

Sie schluckt und flüstert dann: »Wenn du ihm erzählst, dass ich was gesagt habe ...«

Ich hebe beruhigend meine Hand. »Das würde ich nie tun.«

Erleichtert lächelt sie wieder. »Als ich meinen Bruder im Café getroffen habe, da habe ich ihm Mutters Verlobungsring gebracht. Er sagte, er hätte ein Mädchen gefunden, das es wert wäre.«

Ich kann es kaum glauben. Das hat er gesagt? Dann ging es ihm die ganze Zeit so?

»Bitte tu überrascht!«, fleht sie noch einmal.

»Ich werde die Überraschung in Person sein«, versichere ich und drücke ihr die Hand, während ich strahlend lächele. In meinem Bauch kribbelt es wie verrückt.

»Ach, das wird alles so toll«, plaudert sie vor sich hin. »Vor allem, weil Papa dich mag. Das ist perfekt.«

Perfekt … ja, so würde ich das allerdings auch nennen. Ich kann den ganzen Abend nicht mehr aufhören zu lächeln, und als wir dann um kurz vor Mitternacht oben auf dem Dach stehen, platzt mein Herz beinahe vor Glück.

»Was gibt es zu lächeln?«, flüstert James und vergräbt seinen Kopf in meinem Hals.

»Ich bin einfach nur so glücklich«, antworte ich ganz ehrlich. Ja, ich könnte glücklicher kaum sein. Mein Herz fließt über vor lauter Liebe und Glück. Um uns herum beginnt James' Familie zu zählen. Eine Gänsehaut überzieht meinen Körper, und ich schmiege mich in die Arme des Mannes, den ich einmal heiraten werde.

»Fünf … vier … drei … zwei … eins … Frohes neues Jahr!«

James küsst mich ins neue Jahr, und ich weiß, dass es perfekt werden wird. Erneut frage ich mich, ob mein Leben überhaupt noch schöner werden kann.

Kapitel 24

Wenn dir's in Kopf und Herzen schwirrt,
was willst du Bessres haben!
Wer nicht mehr liebt und nicht mehr irrt,
der lasse sich begraben.

Johann Wolfgang von Goethe

»Vor einem Dreivierteljahr habe ich mich gefragt, ob mein Leben noch schöner werden kann«, erkläre ich Nina und sehe in den Spiegel, in dem ich ihr Gesicht erkennen kann.

»Und was ist die Antwort?«, erkundigt sich meine Freundin und lächelt ein bisschen traurig. Sie tut mir so leid. Vor ein paar Tagen hat ihr letzter Freund ihre Beziehung beendet. Schon wieder. Aus diesem Grund ist Nina als Single auf meiner Hochzeit. Es ist allerdings ziemlich schwer für mich, traurig zu sein, denn ich bin überglücklich!

»Die Antwort ist: Es kann noch viel, viel schöner werden.« Ich kichere und meine jedes einzelne Wort genauso, wie ich es sage.

»Und daran ist mein Bruder schuld«, brüllt Sabrina aus dem Hintergrund und bringt mich damit noch mehr zum Lachen. Ihr habt es bestimmt schon erraten, und falls das nicht so ist, werde ich es euch verraten. Heute, an einem Tag mitten im August, ist mein Hochzeitstag, und ja, dieses Mal ist es wirklich so. Heute werde ich heiraten, und der Grund dafür hat nichts mit Geld, sondern nur mit Liebe zu tun.

Ihr erinnert euch vielleicht noch daran, dass meine Eltern nicht besonders begeistert darüber waren, wie schnell ich Peter heiraten wollte. Umso erstaunter war ich, als sie vor Freude fast an die Decke gesprungen sind, als James um meine Hand angehalten hat. Ich war übrigens tatsächlich die Überraschung in Person.

Ich kann selbst kaum glauben, wie gut sich alles für mich entwickelt hat. Als Gerti gehört hat, dass James eigentlich viel reicher ist als ich, da hat sie einen handfesten Lachanfall bekommen, während meine Mutter in eine Papiertüte geatmet hat. Ich schmunzle bei der Erinnerung.

Meine Finger streichen sanft über den zarten Stoff meines Brautkleides. Es ist das Kleid, das ich mir für meine Hochzeit mit Peter ausgesucht hatte, und ich finde, es passt perfekt! Schließlich wollte ich es tragen, wenn ich die große Liebe meines Lebens heirate. Tja, und so kitschig oder wie auch immer das auch klingen mag, genau das wird heute passieren. Es klopft an der Tür, und dann steckt meine Mutter ihren Kopf herein.

»Es geht looooos!« Sie hat rote Flecken im Gesicht und ist mindestens so aufgeregt wie ich. Sie und Francesca verstehen sich prima und haben gemeinsam alles für heute geplant. Ich stehe auf und spüre, wie sich das Kleid unter mir bauscht. Dann ergreife ich den Brautstrauß, den meine Mutter mir entgegenstreckt.

»Setz dich noch einmal, Kind.«

Sie öffnet den Schrank und holt meinen Schleier hervor. Den hätte ich ja beinahe vergessen. Ich lasse mich wieder auf dem Stuhl nieder und beobachte im Spiegel, wie meine Mutter das zarte Gebilde vorsichtig in meiner Frisur befestigt. Dann wirft sie ihn nach vorn, sodass er mein Gesicht verschleiert. Das habe ich mir so gewünscht. Ich möchte, dass James den Schleier zurückschlägt, wenn ich bei ihm ankomme. Sabrina lächelt mich an und drückt meine Hand ganz fest. Meine zukünftige Schwägerin und ich sind richtige Freundinnen geworden. »Viel Glück!«, flüstert sie.

Wieder klopft es an der Tür, und ich springe auf, um die unbändige Anspannung loszuwerden. Ich bin so aufgeregt wie nie zuvor in meinem Leben. Ich werde heiraten! Es ist mein Vater, der nun ins Zimmer kommt und uns allen damit klarmacht, dass es nun unwiderruflich losgeht. Er schaut mich an, und seine Augen werden ganz groß. Dann kommt er auf mich zu und schließt mich fest in seine Arme. »Mein kleines Mädchen, mein wunderschönes kleines Mädchen!«, flüstert er, und seine Augen glänzen verdächtig.

»Nicht weinen, Papa!« Ich drücke ihn an mich und versuche auch, meine Fassung zu bewahren.

»Ich liebe dich so!«, sage ich und gebe ihm einen sanften Kuss. Ich merke, wie viel ihm diese Worte bedeuten, denn er scheint beinahe zu wachsen.

»Und ich liebe dich, mein Kind! Ich bin so froh, dass du den Richtigen gefunden hast!«

»Ich auch«, sage ich aus vollem Herzen und umarme meine Mutter.

Mein Vater reicht mir den Arm. Langsam und sicher führt er mich die Treppe hinunter und aus dem Pfarrhaus, das ich vor etwas weniger als einem Jahr das erste Mal betrat. Meine Brautjungfer Nina folgt mir. Danach kommen meine künftigen Schwägerinnen. Ich hätte nie erwartet, dass ich mich unter diesen Umständen hier wiederfinden würde. Mein Vater und ich treten aus der Tür, und die warme Luft eines sonnigen Augusttages begrüßt uns. Ja, ich wollte keine Weihnachtshochzeit. Ich liebe diese Jahreszeit, aber überlegt doch nur. Mein Geburtstag, Weihnachten und mein Hochzeitstag. Das wären doch zu viele Festtage in derselben Zeit. Außerdem liebe ich den Sommer, und das Pfarrhaus und die Kirche sehen zu dieser Jahreszeit und im goldenen Licht der Sommersonne einfach traumhaft schön aus. Ihr habt mit Sicherheit schon erraten, wer uns trauen wird, nicht wahr? Michael Neilson, der Pfarrer, mit dem alles begann.

Mein Vater führt mich über den steinigen Weg hin zum Portal der Kirche. Sabrina und Viola huschen hinein und setzen sich zu ihrer Familie. Nina nickt mir aufmunternd zu, als auch schon von drinnen der Hochzeitsmarsch ertönt und sich die großen Türen für uns öffnen.

Während mich mein Vater nach vorn führt, stehen alle auf. Ich kann nur daran denken, dass ich nicht stolpern darf, denn natürlich habe ich heute hohe Schuhe an. Als Braut muss das einfach sein, finde ich. Meine Knie fühlen sich an wie aus Pudding. Ich kann die Augen der Hochzeitsgesellschaft spüren, die auf mir ruhen, und einen Augenblick lang glaube ich, es vor Nervosität nicht aushalten zu können. Hier sind so viele Anwesende aus der Upper Class … Aber genau in diesem Moment begegnen meine Augen den seinen. Ich blicke in die Augen, die meine Welt bedeuten, und in denen ich regelmäßig versinke.

James' Blick hält mich gefangen, und ich kann nur mit Mühe verhindern, dass mir die Kinnlade herunterklappt. Er sieht so unglaublich großartig aus. Der schwarze Anzug ist neu, und sein Haar ist zu einer Windfrisur aufgetürmt. Es dauert eine Weile, bis ich bemerkte, dass ich ihm immer näherkomme und ich also trotz meines Starrens weiter meine Füße bewegt habe. Noch länger dauert es, bis ich bemerke, wie er mich eigentlich ansieht. In seinen Augen erkenne ich Ehrfurcht, Glück und eine unendlich große Liebe. Ich merke, wie ich zu strahlen beginne. Meine Schritte werden schneller, und ich strebe ihm entgegen. Sein Gesicht spiegelt meins, und ich lese eine unbändige Freude darin. Endlich haben wir die letzten Meter überwunden, und mein Vater legt meine Hand in die von James. Dann küsst er mich und geht auf seinen Platz zu meiner Mutter. James hebt vorsichtig den Schleier von meinem Gesicht und schlägt ihn sanft nach hinten über meine Schulter.

»Du bist so wunderschön!«, flüstert er und sieht mich an wie das kostbarste Geschenk der Welt. Ich kann nichts erwidern, hoffe aber, dass meine Augen alles sagen. Neben uns räuspert sich jemand, und einen kurzen Augenblick huschen meine Augen zu Michael der mich freundlich anlächelt, bevor er sich an die Gemeinde wendet und zu sprechen beginnt.

»Ich begrüße Sie ganz herzlich, liebe Festgemeinde. Heute ist ein besonderer Tag, und wir haben uns alle hier zusammengefunden, um Mary Christmas und James Parker im heiligen Stand der Ehe zu vereinen.«

Er macht eine kurze Pause und sieht zuerst James und dann mich eindringlich an. »Die Liebe zwischen Mann und Frau ist ein wertvolles Geschenk. Ein Geschenk, das den ersten Menschen gegeben wurde. Sie muss gepflegt und geachtet werden. Ich bin sehr froh, sagen zu können, dass diese beiden Menschen das tun. Sie lieben und respektieren einander. Sie sind der beste Freund ihres Partners und können sich aufeinander verlassen.«

Als Michael das sagt, drücke ich James' Hand ganz fest. Seine Augen funkeln, und ich glaube, dass ich genauso aussehe. Das muss das Glück sein. Wie im Traum ziehen Michaels Worte an mir vorbei, und es kommt mir vor, als wären erst wenige Sekunden vergangen, als schon das Eheversprechen an der Reihe ist. James und ich dürfen unsere eigenen Gelübde sprechen.

»James«, beginne ich mit leicht zitternder Stimme. »Du bist mein bester Freund! Ich verspreche, dich zu lieben und zu umsorgen.«

Ich höre ein lautes Schluchzen aus dem Publikum. Francesca und ihre emotionale Ader. Ich lächele und sehe meinen Liebsten an.

»Mary«, sagt James, und seine Augen lösen sich nicht eine Sekunde von meinen. »Ich hatte nie eine bessere Freundin als dich. Ich verspreche, dich zu lieben, mit dir zu lachen und dich zu trösten.«

Meine Augen schwimmen vor Tränen, als nun wieder ich an der Reihe bin. »Ich verspreche, mit dir zusammen zu wachsen. Und ich verspreche, Änderungen zu akzeptieren, wenn wir uns verändern.«

James drückt meine Hand noch fester. Gleich wird er sie zerquetschen. »Ich verspreche, meine Hoffnungen, meine Gedanken und meine Träume mit dir zu teilen, während wir unser Leben zusammen aufbauen.«

Nun kommt der Teil, auf den ich gewartet habe. Meine Augen suchen James', und ich trete einen kleinen Schritt näher an ihn heran. »Wenn du jemanden brauchen wirst, der dich ermutigt, wirst du immer mich haben.«

Und der Mann meines Herzens antwortet: »Wenn du eine helfende Hand brauchst, wird meine immer da sein! Denn von heute an, Mary Christmas Parker, gehst du deinen Weg nicht mehr allein.«

Ich kämpfe mit den Tränen der Rührung, die mich zu überwältigen drohen, und zwinge mich zum Weitersprechen. »Meine Arme werden dein Schutz und mein Herz dein Zuhause sein.«

Gleich ... gleich ... James sieht mich immer noch an. »Ich verspreche, dich zu lieben mit allem, was ich habe!«

»Und ich werde dich lieben mit allem, was ich geben kann«, antworte ich strahlend, bevor wir uns den Gästen zuwenden und gleichzeitig unser Versprechen beenden.

»Ich werde es tun auf die einzige Art, die ich kenne. Denn ich trage dein Herz in meinem. Für immer und ewig!« Bei diesen letzten Worten haben wir uns wieder ganz einander zugewandt und starren uns an. Aus den Bänken höre ich Schniefen, Taschentücher werden gezückt und Hachs erschallen. Aber das alles kommt mir ganz weit weg vor. Ich sehe James' Schwester, und kurz erinnere ich mich an den Moment, in dem ich sie für seine Freundin hielt. Es kommt mir alles so weit weg vor.

»Willst du, James«, beginnt Michael nach einem Moment der Stille und sieht meinen zukünftigen Ehemann fest an, »Mary als deine Ehefrau lieben, achten und ehren und die Ehe mit ihr nach Gottes Gebot und Verheißung führen in guten wie in schlechten Tagen, bis dass der Tod euch scheidet, so antworte: Ja, mit Gottes Hilfe.«

»Ja, mit Gottes Hilfe.« James' Stimme klingt fest, und ich bekomme eine Gänsehaut, als Michael sich mir zuwendet.

»Willst du Mary, James als deinen Ehemann lieben, achten und ehren und die Ehe mit ihm nach Gottes Gebot und Verheißung führen in guten wie in schlechten Tagen, bis dass der Tod euch scheidet, so antworte: Ja, mit Gottes Hilfe.«

»Ja, mit Gottes Hilfe.« Meine Stimme klingt in meinen Ohren wie ein Jubelschrei.

Nun wendet sich Michael an die Hochzeitsgäste und lässt seinen Blick über die Reihen schweifen.

»Wollt ihr als Familie und Freunde des Paares ihre Ehe unterstützen, ihnen mit Rat und Tat zur Seite stehen heute und in den vor ihnen liegenden Jahren?«

»Ja!«, »Natürlich!«, »Das wollen wir!«, schallt es zurück, und ich höre deutlich die Stimme von Steve.

»In der Kraft des mir verliehenen Amtes erkläre ich euch beide vor Gott und den Menschen zu Mann und Frau«, erklärt Michael. »Ihr dürft euch küssen.«

Mit einem Mal fällt alle Anspannung von mir ab, als James mein Gesicht in seine Hände nimmt und mich sanft und zärtlich küsst. Es fühlt sich an wie ein allererster Kuss. Ehrfürchtig, dankbar und unendlich liebevoll! Die Glocken läuten, um uns herum beginnen die Leute zu jubeln, Musik brandet auf und wir verlassen vor Glück strahlend die Kirche.

Draußen scharen sich die Gratulanten um uns, es gibt Glückwünsche, Umarmungen, und Reis wird kiloweise auf uns gestreut. Es ist ein unglaublicher Trubel, und ich komme aus dem Lächeln nicht heraus. Die ganze Zeit spüre ich meinen frischgebackenen Ehemann an meiner Seite und kann es einfach noch nicht glauben, dass er nun für immer zu mir gehören wird.

»Ich freue mich so sehr für dich, mein Kind!« Es ist Tante Gerti, die erst James und mir nun strahlend um den Hals fällt und meine Wangen mit Küssen bedeckt. »Es ist doch noch alles gut geworden! Alles ist so wunderbar!«

»Da hast du allerdings recht«, stimme ich ihr zu. Es könnte nicht besser sein!

Als der ganze Trubel etwas abgeflaut ist, führt James mich zur Straße und zu unserem Hochzeitsauto. Ich wollte keine dieser albernen Limousinen mit Chauffeur, sondern lieber einen kleinen schnittigen Sportwagen mit vier Ringen.

»Jetzt hast du fünf Ringe, mein Schatz!«, flüstert James mir ins Ohr, als er mir die Tür aufhält.

»So wie es sich eine Frau nun einmal wünscht.« Ich kichere und drücke ihm einen schnellen Kuss auf den Mund.

»Sei nicht so gierig«, grinst er, knallt die Tür zu und steigt auf der Fahrerseite ein.

»Was kann ich denn dafür, dass du so unglaublich gut aussiehst?«, antworte ich lächelnd.

Die Gäste werden jetzt gleich in Richtung Gasthaus aufbrechen, aber James und mich erwartet zuerst noch ein Fototermin. Ich habe mir gewünscht, dass unsere Bilder hier, außerhalb von New York gemacht werden, und dann hat James das vorgeschlagen, was ich mir am meisten gewünscht hätte. Die Kulisse für unsere Fotos bildet ein kleiner, verwunschener Pferdehof. Das ist doch der Traum eines jeden Mädchens, oder? Der Fotograf scheucht uns durch die Gegend, als wäre er kurz vor dem Wahnsinn. Ständig müssen wir die Pose wechseln.

»Seht euch verliebt an! Ja, wunderbar! Nein, verliebter! Großartig. Ja, streichelt das Pferd. Perfekt! Unglaublich!« So geht es die ganze Zeit.

»Ich finde das auch unglaublich«, murmelt James, und ich muss kichern. Der Fotograf hält diesen Moment fest und unterstreicht ihn mit einem langgezogenen: »Heeeeerrlich, dieses Lachen! So natürlich! Das macht die Liebe!«

James und ich grinsen uns an. »Ja, ja, die Liebe!«, flüstert er in mein Ohr. Als das Fotoshooting vorbei ist, machen wir uns auf den Weg zum Essen.

»Ich bin am Verhungern!«, erkläre ich, als wir gemeinsam im Auto sitzen und über die leere Straße brausen.

»Dann muss ich ja Gas geben!« James beschleunigt, und in diesem Moment fällt mir etwas ein.

»Ja, bloß nicht!« Ich blicke ihn in gespieltem Entsetzen an. »Du weißt doch, dass so was übel ausgehen kann!«

Er stutzt einen Augenblick. Dann erscheint sein bezauberndes

Grübchen. »Oder aber es endet perfekt. Nicht wahr, mein Purzelchen?«

»Nein!« Ich boxe ihn, so fest ich kann, gegen die Schulter, die vor Lachen bebt. »Du wirst jetzt nicht anfangen, mich Purzelchen zu nennen!«, flehe ich entsetzt, und er lacht so sehr, dass ich beinahe Angst habe, das Auto könnte von der Fahrbahn abkommen.

»Natürlich nicht! Dein Gesicht war den Spaß aber wert!« Er wischt sich mit einer Hand eine Lachträne aus dem Augenwinkel, und ich würde ihn gerade sehr gern durchkitzeln.

»Keine Gewalt gegenüber dem Fahrer«, erinnert er mich, und ich strecke ihm die Zunge heraus.

»Ich wollte dich eigentlich küssen, aber das kannst du jetzt vergessen.«

Er macht ein theatralisches Gesicht. »Noch keine zwei Stunden verheiratet, und schon küsst sie mich nicht mehr«, frotzelt er. »Die anderen hatten recht. Die Ehe ist ein Gefängnis!«

Ich liebe es so sehr, mit diesem Mann zusammen zu lachen. Ich weiß, das denkt man in solchen Augenblicken immer, aber ich werde ganz bestimmt niemals genug von seinem Lachen bekommen. Nun herrscht ein einvernehmliches Schweigen im Auto, und ich sehe aus dem Fenster auf die vorbeiziehende Landschaft. Meine linke Hand ruht auf James' Knie, und ich lächele glücklich vor mich hin. Was für ein unglaublicher Tag!

Gemeinsam sitzen wir wenig später zwischen unseren Familien und Freunden in einem großen Festsaal und reden, lachen und freuen uns über die vielen Überraschungen und Geschenke, die für uns vorbereitet wurden. Das Essen wird auf einem großen Buffet serviert. Allerdings werden wir von allen Seiten so bestürmt, dass es uns einfach unmöglich ist, selbst etwas zu uns zu nehmen. Als James und ich endlich dazu kommen, etwas zu essen, grummelt mein Magen bereits protestierend, und ich habe das Gefühl, alles doppelt zu sehen. Das Essen ist wirklich unglaublich köstlich, und jeder einzelne Bissen tut mir unendlich gut. Zwischendurch gibt es einige Reden.

Mit einer gewichtigen Miene steht mein Schwiegervater auf und klopft ans Mikrofon.

»Meine Lieben! Ihr könnt euch gar nicht vorstellen, wie froh ich bin, dass wir heute diesen Tag gemeinsam feiern können«, dröhnt seine Stimme durch den Raum, und ich höre aufgeregt zu bei dem Gedanken an das, was nun kommt. Was dann allerdings wirklich kommt, rührt mich zu Tränen. Steve Parker hält eine Lobeshymne auf seinen Sohn und mich. Als er fertig ist, kommt er zu uns und schließt uns fest in seine starken Arme. Ich drücke ihn an mich und bin so glücklich darüber, dass ich etwas dazu beitragen konnte, dass James und sein Vater sich nun näher sind als jemals zuvor.

Dann tritt Nina mit einem Mikrofon in der Hand nach vorn und hält eine so süße Rede, dass ich am liebsten zu ihr laufen und sie umarmen würde. Ihre Augen sind leicht gerötet, ich kann es deutlich erkennen, und gerade, als sie über die wundervolle Hochzeitspredigt spricht, zucke ich zusammen. Natürlich! Wieso bin ich bisher nicht auf diese Idee gekommen? Meine Augen huschen zu Michael, der Nina interessiert zuhört, und in meinem Kopf nimmt eine faszinierende Idee Gestalt an. Nina und Michael. Die beiden wären das perfekte Paar! Niemandem würde ich das gemeinsame Glück so sehr gönnen wie den beiden. Vielleicht kann ich da ja etwas drehen?

Nina fordert nun das Brautpaar – also uns – auf, auf die Tanzfläche in der Mitte des Raumes zu treten und unseren ersten gemeinsamen Tanz als verheiratetes Paar zu tanzen. Ich bin sehr gespannt, welches Lied James ausgewählt hat. Hätten wir die Weihnachtshochzeit gefeiert, dann wäre die Liedauswahl natürlich sehr leicht gewesen. *All I want for Christmas* wird für immer und ewig unser Lied bleiben, aber wir haben einstimmig beschlossen, dass es zu unserer Sommerhochzeit einfach nicht passt. Als plötzlich die sanften Klänge von *Can You Feel the Love Tonight* aus den Lautsprechern schallen, lehne ich mich nach vorn und küsse James mit all der Zärtlichkeit, die gerade in mir aufwallt.

»Eine großartige Liedwahl!«, flüstere ich, und dann beginnen wir zu tanzen. Es fühlt sich an, als wäre ich in seine Arme geschmiedet worden, als wir uns zu den langsamen Walzerklängen drehen. Die Zeit bleibt stehen, all die Menschen um mich verschwinden, und ich sehe nur noch ihn. Meine Gedanken kreisen um die Zeit, die kommen wird. Um das Schöne und auch um meine Ängste. Ich liebe ihn so sehr. Was ist, wenn ich ihn verliere? Wenn ihm etwas geschieht?

»Mary? Was ist los?« James sieht mich besorgt an.

»Was meinst du?«, frage ich erschrocken. Kann er Gedanken lesen?

»Warum machst du dir schon wieder Sorgen?«, schimpft er sanft, und ich sehe ihn einfach nur an.

»Weil ich dich so liebe!«

Ein verschmitztes Lächeln huscht über sein Gesicht. »Ich finde ja nicht, dass das ein Grund für Sorgen ist, mein Schatz.« Er drückt mich noch ein wenig fester an sich, bis ich seinen Herzschlag spüre. »Genieße unseren Tag!« murmelt er, und dann küsst er mich. In diesem Moment bin ich überzeugt, dass unsere Herzen im gleichen Takt schlagen. Ich schiebe alle Sorgen von mir und küsse den Mann meiner Träume.

Epilog

Heut ist mir alles herrlich; wenn's nur bliebe!
Ich sehe heut durchs Augenglas der Liebe.

Johann Wolfgang von Goethe

Anderthalb Jahre später, im Januar

»*Sie hat ihn also geheiratet, lieber Leser*«, beende ich das letzte Kapitel und lausche mit einem glücklichen Lächeln dem aufbrausenden Applaus im Publikum der großen Buchhandlung. Ich warte geduldig, bis es ruhiger wird, und spreche dann weiter. »Wären wir in einem Märchen, dann würde ich sagen ›And they all lived happily ever after‹, aber …«

Aus einer der letzten Reihen winkt mir Nina aufgeregt zu. Sie strahlt und hält einen Daumen in die Höhe. Neben ihr sitzt ihr Ehemann und wiegt einen Säugling auf den Armen. Ich gönne den beiden ihr Glück und bin ehrlich dankbar dafür, wie alles ausgegangen ist.

»… aber«, nehme ich den Faden wieder auf, »da diese Art perfekte und fehlerlose Märchen nur auf dem Papier existieren«, ich räuspere mich noch einmal und sammele allen meinen Mut, »möchte ich euch heute noch sagen, dass eine reale Liebesgeschichte eben nicht beim Kuss mit einem ›glücklich bis zum Ende aller Tage‹ endet. Eine reale Liebe ist so viel mehr als das.

Sie ist eine kühlende Hand auf einer fiebernden Stirn, ein freundliches Wort nach einem anstrengenden Tag. Manchmal ist Liebe kein ›Darum!‹, sondern ein schlichtes und einfaches ›Trotzdem!‹. Ich möchte, dass meine Leser diese Tatsache nie vergessen, weil eine solch fehlerhafte Liebesgeschichte so auch einfach perfekt ist.«

Wieder antwortet mir lauter Applaus, und ich verlasse lächelnd die Bühne. Unten wartet James auf mich, und ich springe ihm strahlend in die Arme.

»Du warst so großartig«, flüstert er an meinem Hals, und ich spüre einen festen Kloß in meiner Kehle bei diesem Lob des Mannes, der einfach alles für mich ist.

»Danke, Liebling. Ohne dich wäre diese Geschichte niemals geschrieben worden.« Ich lege den Kopf in den Nacken, sehe in seine Augen, und er küsst mich. Auch nach zwei Jahren kribbelt mein ganzer Körper bei seinem Kuss. Ich kann einfach nicht glauben, was alles geschehen ist. Es ist wahr, dass es ohne ihn nie so weit gekommen wäre. Nach unserer Hochzeit hat James mich immer wieder gedrängt, unsere Geschichte in einen richtigen Roman zu verpacken. Ich wollte es nicht, fand es zu privat und hielt mich für zu untalentiert, aber auch Ninas Worte damals im Brautmodengeschäft gingen mir nie aus dem Kopf. Irgendwann habe ich dann wirklich zum Stift gegriffen und begonnen. Und ja, was soll ich sagen? Heute sind wir hier. Ich sehe mich in der Buchhandlung um, und meine Augen bleiben bei dem großen Tisch hängen, auf dem mein Buch steht. *Merry Mary Christmas.* Ich fühle eine Art mütterlichen Stolz bei diesem Anblick.

Ich hätte nie damit gerechnet, dass diese Geschichte so angenommen werden würde. Ich bin einfach nur überglücklich, und meine Hand gleitet spontan zu meinem Bauch, der sich langsam, aber sicher rundet. Ja, ich bin schwanger und habe nun endgültig das Gefühl, dass mein Leben einfach nicht mehr besser werden könnte. Spontan schmiege ich mich an die Schulter meines Mannes.

»Hast du auch das Gefühl, vor Glück platzen zu müssen?«

»Jeden Tag, seitdem ich dich kenne, Liebes«, antwortet er, und ich strahle vor Freude.

»Du sagst immer so nette Sachen zu mir«, necke ich ihn.

»Weil du mir nichts anderes durchgehen lassen würdest«, gibt er zurück und macht ein zerknirschtes Gesicht.

»So schlimm bin ich gar nicht«, schmolle ich und werfe ihm einen echten original Mary-Dackelblick zu.

»Ist ja schon gut. Du weißt doch ganz genau, dass ich diesem Blick nicht wiederstehen kann.«

Ja, das weiß ich allerdings! Das macht das Ganze umso schöner. Ganz ehrlich, ihr Lieben? Besser könnte das Ende meiner Geschichte doch gar nicht sein! Ich habe den Mann meiner Träume an meiner Seite, mein Buch wurde veröffentlicht, und auch sonst könnte ich mir eigentlich nicht mehr wünschen.

Aber eigentlich ist das ja auch gar nicht das Ende, sondern vielmehr der Anfang … oder? Bald werden wir eine richtige kleine Familie sein! Ich küsse James und weiß zumindest eine Sache mit vollkommener Sicherheit. In seinen Armen werde ich mich immer sicher fühlen. Für immer und ewig.

Ende

Dank

Es ist unfassbar. Mein Buch ist fertig, es wird veröffentlicht und ich schreibe eine DANKSAGUNG! Ich liebe es, bei Büchern die Danksagungen zu lesen. Sie sagen immer so viel aus. Ich hatte mich sehr auf meine eigene Danksagung gefreut, aber soll ich euch mal was verraten? Das Danksagungschreiben ist gar nicht so leicht, wie es sich anhört. Ich habe die ganze Zeit Angst, jemanden zu vergessen oder irgendeinen Quatsch zu schreiben! Es gibt so viele wichtige Menschen in meinem Leben, und ich will allen gerecht werden!

Mein erster, größter und wichtigster Dank gilt in jedem Fall Gott. Ihm verdanke ich alles, was ich bin und habe! Ohne ihn wäre ich nichts. Er ist mein bester Freund und Helfer. Danke, dass Du mich nach Deinem Plan führst!

Ganz besonders möchte ich auch dem Piper Verlag, Eliane Wurzer, Christiane Bauer und allen anderen Beteiligten dafür danken, dass sie an mein Manuskript geglaubt, und *Merry Mary Christmas. Eine Hochzeit zu Weihnachten* bei »Piper Gefühlvoll« ein Zuhause gegeben haben. Für mich ist das noch immer absolut aufregend und überwältigend.

Meiner Lektorin Ulla Mothes danke ich dafür, dass sie Mary unter ihre Fittiche genommen hat. Ihr Verständnis für meine Figuren, ihre aktive Hilfe und die einfache Zusammenarbeit waren einfach ein Traum. Mit ihrer Hilfe konnten die einzelnen losen Fäden in den Buchteppich gewoben werden, um diesen zu vervollständigen. Ihr habe ich es zu verdanken, dass Mary zu einem runderen und stimmigeren Werk werden konnte. Ich finde sie und ihre Arbeit toll, und das soll sie auch wissen!

Danke an Elena und Giada. Freundinnen, Crewmitglieder und verantwortlich für mein Autorenbild. Danke ihr beiden für den tollen Tag, das Make-up und das Foto.

Natürlich geht auch ein großer Dank an meine ganze Familie. Ich möchte meiner Mama und besten Freundin danken, die stolz auf mich ist, mich anfeuert, mich unterstützt und mir von Anfang an die Liebe zu Büchern nahegebracht hat. Du bist eine wunderbare Mutter und hast nichts mit Marys oder gar Ninas Mutter gemeinsam. Ich habe dich lieb! Auch meinem Papa möchte ich danken. Du bist mein Held und ein toller Papa! Ach, was sage ich: Der beste Papa der Welt! Ich habe dich lieb. Auch wenn du das Buch vermutlich furchtbar kitschig findest und ich dich nie zwingen würde, es zu lesen, weiß ich immer, dass du stolz auf mich bist. Meine Oma, meine Omi, meine Tanten, Schwestern und wer sonst noch alles dazugehört: Auch euch habe ich lieb! Sehr sogar!

Nicht vergessen werden dürfen all die Menschen, die mir geholfen haben, an mich zu glauben. Repräsentativ danke ich meinem ehemaligen Deutschlehrer Herrn Löhmann. Mit seiner Unterstützung habe ich niemals aufgegeben. Dann kommt mein erster Fan, Mia. Mia, du bist die Beste! Du warst die Erste, die sich in James verliebt und mit Mary gefühlt hat. Danke, dass du mich motivierst und unterstützt. Julia, Nadine, Sabrina und all meine anderen Testleser, ohne die ich nie so schnell fertiggeworden wäre, bekommen von mir eine dicke, virtuelle Umarmung. Ihr habt mich so wahnsinnig toll angefeuert, dass ich gar nicht anders konnte, als zu tippen, was das Zeug hielt. Danke auch an all die Leser auf *Sweek*, für all die kritischen, wunderbaren, motivierenden und rührenden Kommentare. Ihr könnt euch kaum vorstellen, wie viel mir das bedeutet hat!

Die Autoren, die mich im Verlauf dieser Veröffentlichung irgendwie unterstützt und/oder begleitet haben, sollten eigentlich jeder einzeln einen langen Text bekommen, aber leider reicht der

Platz dafür nicht. Ein ganz besonderer Dank geht an meine liebe Anna Savas. Du bist so ein toller Schreibbuddy! Ich drück dich. Auch der lieben Nina MacKay möchte ich ganz besonders danken. Deine Reaktion auf meine Rezension zum zweiten Hipster hat mich so motiviert! (Sie sagte, ich solle selbst Bücher schreiben …) Danke auch an Lin Rina, Andi Dutter, Steffi Hasse, Tanja Voosen, Nicole Alfa, Lisa Rosenbecker, Natalie Elin und Ayla Dade. Jeder Einzelne von euch ist der Wahnsinn. Danke, dass ihr mich mit euren Erfahrungen und eurer Freude unterstützt. Danke für jeden Tipp, für jede Motivation, Ermutigung und jedes Gespräch mit euch. #Autorenbuddypower

Danke an die Mitglieder meiner M.M.C. – Bloggersquad, die Mary unterstützen! Danke an die beiden Annas, Miri, Emi, Janine, Gwen, Lisa, Josi, Denise und Natalie! Danke, dass ihr euch bereiterklärt habt, mich auf diesem Weg zu begleiten und zu unterstützen!

Ein großes und vermutlich unerwartetes Dankeschön geht auch an die Auma Riester und meine Kollegen dort! Die Zeit bei euch ist immer wieder toll und inspiriert mich. Ohne diese Zeit wäre mein Buch vermutlich nicht fertig geworden. Bei euch zu jobben ist mir eine Freude!

Danke an meine wunderbaren Freunde, die mich auch, jeder auf seine Weise, unterstützt haben. Danke an Tabea, die das Buch verschlungen und sogar ein paar Tränen vergossen hat. Wir sind so lange ein (Chaoten-)Team, und *das* habe ich vorher nie erlebt. Auch mein Best Buddy Bro Chiara verdient die Erwähnung als Tröster in Katastrophenlagen! Immer wieder bringst du mich zum Lachen. Auch ein Dankeschön an meine Eva, die an mich glaubt und mich beim Schreiben unterstützt, auch wenn ihre Nase ganz tief in Chemiebüchern steckt. Danke, Hörnchen! Inga, Kate, Kikia (die andere Chiara) und all die anderen, die sich immer wieder mein verrücktes Geschwätz über die Figuren in meinem Kopf angehört haben oder sonst irgendwie mit mir befreundet sind, bekommen ebenfalls ein dickes Dankeschön. Ich hab euch alle lieb!

Last but not least möchte ich den Lesern danken, die gerade die Geschichte rund um Mary, James und Pillow in den Händen halten. Danke für jedes Feedback, jede Rezension, jeden Blogbeitrag und jedes Bild, das ihr postet. Eure Unterstützung bedeutet mir so viel. Ihr seid der Wahnsinn!